Mary Balogh

Après avoir passé toute son enfance au pays de Galles, elle a émigré au Canada, où elle vit actuellement. Ancienne professeure, c'est en 1985 qu'elle publie son premier livre, aussitôt récompensé par le prix Romantic Times. Depuis, elle n'a cessé de se consacrer à sa passion. Spécialiste des romances historiques Régence, elle compte une centaine d'ouvrages à son actif, dont une quinzaine qui apparaissent sur les listes des best-sellers du *New York Times*. Sa série consacrée à la famille Bedwyn est la plus célèbre.

Le bel été de Lauren

Du même auteur
aux Éditions J'ai lu

Duel d'espions
N° 4373

Le banni
N° 4944

Passion secrète
N° 6011

CES DEMOISELLES DE BATH

1 – Inoubliable Francesca
N° 8599

2 – Inoubliable amour
N° 8755

3 – Un instant de pure magie
N° 9185

4 – Au mépris des convenances
N° 9276

LA FAMILLE HUXTABLE

1 – Le temps du mariage
N° 9311

2 – Le temps de la séduction
N° 9389

3 – Le temps de l'amour
N° 9423

4 – Le temps du désir
N° 9530

5 – Le temps du secret
N° 9652

Une nuit pour s'aimer
N° 10159

MARY BALOGH

Le bel été de Lauren

Traduit de l'anglais (États-Unis)
par Sophie Pertus

AVENTURES
& PASSIONS

Vous souhaitez être informé en avant-première
de nos programmes, nos coups de cœur ou encore
de l'actualité de notre site *J'ai lu pour elle* ?

Abonnez-vous à notre *Newsletter* en vous connectant
sur **www.jailu.com**

Retrouvez-nous également sur Facebook
pour avoir des informations exclusives :
www.facebook/pages/aventures-et-passions
et sur le profil *J'ai lu pour elle*.

Titre original
A SUMMER TO REMEMBER

Éditeur original
Bantam Dell, a division of Random House, Inc., New York

© Mary Balogh, 2002

Pour la traduction française
© Éditions J'ai lu, 2013

1

En ce matin de mai, le soleil brillait dans le ciel londonien sans nuage. La lumière faisait scintiller la rosée des feuillages de Hyde Park comme si le lieu avait revêtu un habit éclatant de fraîcheur. Les conditions étaient idéales pour une promenade sur Rotten Row, lieu très prisé par la haute société londonienne. Piétons et cavaliers se côtoyaient sur la longue étendue qui menait de Hyde Park Corner à Queen's Gate, une solide barrière de protection séparant l'herbe foulée du chemin de promenade.

Seul un détail venait jeter une ombre sur ce tableau parfait. Au milieu de la pelouse, un incident avait éclaté et attiré la foule des curieux. De toute évidence, il s'agissait d'une bagarre. Vu l'heure avancée et le nombre de participants – quatre au total –, il ne pouvait s'agir d'un duel.

Les messieurs approchèrent leur monture de la barrière pour voir de quoi il retournait. Un échange de coups de poing en bonne et due forme. Ils restèrent assister au combat qui donnait soudain un piquant inhabituel à la matinée. Seuls ceux qui escortaient des dames se virent contraints de s'éloigner à la hâte. Quelques piétons s'étaient agglutinés devant la scène. Les hommes restaient et les femmes fuyaient ; ce n'était pas un spectacle pour elles.

— Scandaleux !

La voix s'éleva, masculine et indignée, couvrant le tohu-bohu des spectateurs.

— Que quelqu'un prévienne un agent ! La racaille ne devrait pas avoir le droit de venir dans ce parc offenser la sensibilité des honnêtes gens.

Quand trois des personnages répondaient à cette description, dépenaillés et crasseux, il en allait tout autrement du quatrième, au port de tête élégant et à l'habit impeccable.

— C'est Ravensberg, monsieur, précisa l'honorable M. Charles Rush au marquis de Burleigh outré.

Ce nom suffit à calmer l'émoi du marquis qui porta son monocle à son œil et, de son poste d'observation à quatre pattes, regarda au-delà des têtes des badauds. Le vicomte Ravensberg était torse nu. Pour l'instant, l'affaire ne tournait pas à son avantage. Deux hommes le maintenaient par les bras tandis que le troisième lui bourrait le ventre de coups de poing.

— Scandaleux ! répéta le marquis.

Cette fois, l'exclamation fut étouffée par les encouragements et les huées alentour. Ils étaient même deux ou trois gentlemen à prendre des paris sur l'issue de ce combat.

— Je n'imaginais pas vivre assez vieux pour voir Ravensberg s'abaisser à se battre contre de la racaille, maugréa le marquis tandis que les coups de poing continuaient de pleuvoir sur le ventre du vicomte.

— Quelle honte ! Trois contre un, ce n'est pas équitable ! s'exclama une voix derrière lui.

Ravensberg venait de prendre un coup d'une telle violence dans l'œil droit que sa tête avait basculé en arrière.

— Mais il n'accepterait pas d'assistance, fit valoir lord Arthur Kellard, indigné. C'est lui qui les a défiés, en affirmant qu'il les battrait à plate couture.

— Ravensberg a *défié* cette populace ? lâcha le marquis avec le plus profond dédain.

8

— Ils ont osé lui répondre avec insolence quand il leur a reproché d'avoir accosté une fille de ferme, expliqua M. Rush. Mais au lieu de les corriger avec sa cravache comme nous le lui conseillions tous, il a tenu à… *oh, ça alors* !

Ravensberg s'était redressé et riait à gorge déployée. Cette gaieté incongrue désarma un instant ses adversaires et il décocha un coup de pied vif et agile qui trouva le menton de son assaillant dans un craquement d'os et un claquement de dents. Il profita de la surprise des deux autres pour se dégager de leur étreinte. Puis il se retourna pour leur faire face, jambes fléchies, bras en avant, et, du bout des doigts, leur fit signe d'approcher. Il souriait.

— Venez donc, bougres ! À moins que vous ne vous sentiez quelque faiblesse ?

Sans aucun doute, celui qui se trouvait à terre, étendu sur le dos et la mâchoire fracassée, était de cet avis.

Un grondement approbateur s'éleva de la foule toujours plus nombreuse des spectateurs.

Sans sa chemise, le vicomte Ravensberg était impressionnant. De taille moyenne, d'une minceur qui confinait à la grâce, il avait dû paraître une proie facile aux trois voyous qui s'en étaient pris à lui avec mépris quelques minutes plus tôt. Sauf que ses jambes minces, gainées d'une culotte de peau à la mode et de bottes à revers, se révélaient extrêmement musclées maintenant qu'il n'était plus en selle. Et que son torse et ses bras nus étaient ceux d'un homme qui, à force d'exercice, avait sculpté son corps à merveille. Les multiples cicatrices qui ornaient ses avant-bras, son torse et même le dessous de sa mâchoire du côté droit signifiaient qu'il avait dû faire une carrière militaire. Idée impensable quand on le connaissait apprêté et en société.

— User d'un tel langage dans un lieu public ! s'indigna le marquis. Et se montrer ainsi à demi nu ! Tout cela pour une fille de ferme, dites-vous ? Ravensberg est la honte de sa famille. Je plains son pauvre père.

Mais personne, pas même M. Rush à qui ces remarques s'adressaient, ne prêtait attention à ce qu'il disait. Les deux voyous encore conscients se jetaient tour à tour sur le vicomte qui riait et les repoussait à coups de poing. Ceux qui connaissaient le vicomte savaient qu'il passait plusieurs heures par jour chez Jackson, à la salle de boxe, où il en décousait avec des adversaires plus grands et plus lourds que lui.

— C'est ce qui arrive quand on s'amuse à voler des baisers à une pauvre fille qui traverse seule le parc ! Tôt ou tard, continua-t-il sur le ton de la conversation, vous allez mettre en commun vos deux demi-cerveaux pour en constituer un complet et vous vous rendrez compte que vous auriez plus de chances de venir à bout de moi si vous m'attaquiez simultanément.

— Ceci n'est pas un spectacle pour les dames, observa le marquis d'un air sombre. Or voici la duchesse de Portfrey qui s'approche avec sa nièce.

Un des messieurs se hâta d'aller à leur rencontre – sans doute à contrecœur – et la voix réprobatrice du marquis fut soudain couverte par la foule en liesse. Les deux derniers agresseurs se ruaient sur leur cible dans un élan commun quand le vicomte les saisit et les cogna crâne contre crâne. Ils s'écroulèrent.

— Bravo, Ravensberg ! s'exclama une voix par-dessus le chœur des sifflements et des applaudissements.

— Il m'a fracassé la mâchoire, nom d'un chien ! se plaignait le troisième larron, le visage entre les mains.

Il roula dans l'herbe et cracha du sang et au moins une dent. Il avait repris connaissance mais ne semblait plus disposé à se battre.

Le vicomte repartit d'un rire franc en s'essuyant les mains sur sa culotte.

— Sapristi, c'était trop facile ! Je m'attendais à une plus belle opposition de la part de trois des meilleurs travailleurs de Londres. Tout compte fait, ils méritaient à peine que je descende de cheval. Et certainement pas que j'ôte mes vêtements. Si je les avais eus sous mon commandement dans la Péninsule, je les aurais mis en première ligne de mon régiment pour protéger les hommes de plus de valeur.

Cependant, la matinée avait encore un incident du plus vif intérêt à offrir, autant à Ravensberg qu'aux spectateurs. La cause involontaire de cet affrontement vint à lui en courant ; la foule se fendit obligeamment pour laisser passer la jeune fille. Elle lui jeta les bras autour du cou et se serra contre lui.

— Oh, merci ! *Merci*, monseigneur, s'écria-t-elle avec ferveur. Merci d'avoir sauvé ma vertu. Je suis une bonne fille, je vous assure. Mais ils m'auraient volé un baiser et p'têt' plus si vous ne vous étiez pas trouvé là pour me sauver. Alors, vous, je vais vous embrasser, pour sûr. En récompense. Parce que vous l'avez bien gagné.

Elle était gironde et bien faite, avec les joues roses. Des sifflements fusèrent et des commentaires mi-égrillards, mi-admiratifs. Le vicomte Ravensberg sourit avant de baisser la tête pour prendre ce qu'elle lui offrait, avec une insistante minutie. Puis il lui donna un demi-souverain en lui assurant qu'elle était, en effet, une bonne fille.

Elle s'éloigna d'un pas tranquille en ondulant de ses hanches généreuses, le sourire aux lèvres, et les sifflements d'encouragement reprirent de plus belle.

— Scandaleux ! lâcha encore une fois le marquis. Et en plein jour, qui plus est ! Mais peut-on espérer plus de convenance de la part de Ravensberg ?

Le vicomte l'entendit et se tourna vers lui en esquissant un salut ironique.

— J'accomplis un service public, monsieur, déclara-t-il. Je fournis aux salons mondains des sujets de conversation plus croustillants que le temps qu'il fait ou l'état de santé de la nation.

M. Rush laissa échapper un petit rire tandis que le marquis s'éloignait, raide comme la justice, incapable de contenir sa contrariété.

— Je crois que les plus élégants et les plus respectables parlent à peine de toi, Ravensberg. Tu ferais bien de venir chez White te mettre un morceau de bifteck sur l'œil. Ce coquin te l'a bien amoché.

— J'avoue que ça fait un mal de tous les diables, admit gaiement le vicomte. Dieu du ciel ! Si seulement la vie était toujours aussi amusante... Ma chemise, je te prie, Farrington.

Il la prit des mains de lord Farrington à qui il avait confié ses vêtements au début de la bagarre et regarda autour de lui. La foule se dispersait. Il haussa les sourcils.

— J'ai fait fuir toutes les dames, on dirait ? remarqua-t-il en scrutant Rotten Row comme s'il en cherchait une en particulier.

— C'est un lieu extrêmement fréquenté, fit valoir Farrington en riant, et tu étais torse nu !

— Ah, repartit le vicomte avec insouciance en remettant sa redingote. Mais j'ai une réputation de mauvais sujet à tenir, vois-tu. Du reste, il me semble que j'ai rempli mon devoir pour ce matin. Mais que diable allons-nous faire de ces deux corps ? demanda-t-il en fronçant soudain les sourcils.

— Les laisser reprendre leurs esprits tout seuls ? suggéra lord Arthur. Je suis en retard pour mon petit déjeuner, Ravensberg. Et il faut que tu t'occupes de cet œil avant que je ne perde l'appétit.

— Eh, toi !

Le vicomte haussa la voix et sortit de sa poche une autre pièce qu'il jeta dans l'herbe à côté de l'homme à la mâchoire brisée.

— Ranime tes amis et emmène-les dans une taverne avant qu'un agent ne vienne les arrêter. Quelques chopes de bière devraient vous remettre sur pied. Et n'oublie pas, à l'avenir, que quand une fille dit non, elle veut probablement dire non. Cela fait partie des bases du langage. Oui veut dire oui et non veut dire non.

— Nom de Dieu, marmonna l'homme qui se tenait toujours le menton d'une main mais étendait l'autre pour ramasser la pièce. Je ne regarderai plus jamais une fille, m'sieur.

En riant, le vicomte sauta sur son cheval dont M. Rush avait tenu la bride pendant l'échauffourée.

— Petit déjeuner, annonça-t-il joyeusement. Et un bon steak juteux pour mon œil. On te suit, Rush.

Quelques minutes plus tard, Hyde Park, et le secteur de Rotten Row, avait retrouvé toute son élégante agitation ; les traces de cette scandaleuse bagarre avaient disparu. Cela faisait néanmoins un incident de plus à ajouter à la liste déjà longue des célèbres frasques de Christopher Butler, vicomte Ravensberg – dit Kit.

— Ta compagnie m'est si agréable, Lauren, déclarait la duchesse de Portfrey à sa nièce quelques minutes plus tôt. Mon mariage me procure encore davantage de joie que je ne m'y attendais et Lyndon se montre remarquablement attentif maintenant que j'attends un heureux événement. Mais il ne peut rester en permanence attaché à mes pas, le pauvre homme. Nous sommes tous deux enchantés que tu aies accepté notre invitation à venir chez nous jusqu'à mon retour de couches.

Miss Lauren Edgeworth sourit.

— Nous savons l'une et l'autre que vous me rendez un service bien plus grand que ceux que je pourrai jamais vous rendre, Elizabeth. Newbury Abbey m'était devenu insupportable.

Cela faisait deux semaines qu'elle était à Londres, mais ni la duchesse ni elle n'avait évoqué le véritable motif de sa présence. Le prétendu besoin qu'avait Elizabeth de sa compagnie en attendant la naissance de son premier enfant d'ici à deux mois n'était qu'une excuse. Bien sûr que ce n'était qu'une excuse.

— Je n'ai jamais rien vécu de comparable à ce que tu as subi, Lauren. Bien que je ne cherche pas à minimiser ton chagrin au moment où moi-même j'ai trouvé le bonheur, sache que la vie continue. Je doute que cela puisse suffire à t'apaiser, mais n'oublie pas que j'avais trente-six ans quand j'ai épousé Lyndon à l'automne dernier.

Le duc de Portfrey prenait grand soin de sa femme dont il était manifestement très épris. Lauren salua d'un sourire les paroles de sa tante, qui se voulaient réconfortantes. Et elles continuèrent de se promener dans Hyde Park comme elles l'avaient fait tous les matins depuis son arrivée, excepté ces trois derniers jours de pluie. De grandes étendues d'herbe le long du chemin, de nombreux piétons et cavaliers, un air de campagne au cœur d'une des plus grandes et animées villes du monde.

Elles approchaient de Rotten Row. Deux semaines plus tôt, la première fois qu'Elizabeth avait suggéré qu'elles poussent leur promenade de ce côté-là, Lauren avait eu un mouvement de recul. Certes, le matin, il y avait beaucoup moins de monde que l'après-midi, à l'heure de la promenade mondaine. Elle avait voulu éviter tout ce beau monde – les voir et surtout être vue. Car après le désastre de l'année passée, elle n'aurait jamais cru retrouver le courage d'affronter la société.

Plusieurs mois auparavant, tout le beau monde était réuni à Newbury Abbey, dans le Dorsetshire, pour célébrer le mariage de Lauren Edgeworth avec Neville Wyat, comte de Kilbourne. La veille au soir, il y avait eu un grand bal au cours duquel Lauren avait songé que jamais elle ne serait plus heureuse. Elle avait raison, hélas ! Le grand jour, l'église du village était pleine à craquer. Toute la bonne société assistait à l'événement. À l'instant où Lauren s'apprêtait à remonter l'allée centrale au bras de son grand-père, la cérémonie avait été interrompue. Par une personne que Neville croyait morte et dont Lauren comme toute sa famille ignoraient l'existence : la femme de Neville.

Ce printemps, Lauren était venue à Londres, incapable de supporter plus longtemps la maison de la douairière de Newbury Abbey, sa comtesse et Gwendoline, la sœur de Neville, tandis que ce dernier s'était installé avec sa Lily dans l'abbaye, à trois kilomètres à peine. Elle n'avait malheureusement guère le choix. La mère de Lauren avait épousé en secondes noces le frère cadet du comte de l'époque avant d'embarquer avec lui pour un voyage de noces dont elle n'était jamais revenue. Lauren avait été élevée à Newbury Abbey, avec Neville et Gwen. C'est donc avec énormément de reconnaissance qu'elle avait accueilli l'invitation d'Elizabeth, s'imaginant que, vu l'état de sa tante, elle échapperait aux événements de la saison mondaine. Elle avait raison. En revanche, Elizabeth aimait prendre l'air.

— Seigneur ! s'exclama soudain la duchesse au moment où elles franchirent le sommet d'une petite éminence. Je me demande bien ce qui provoque cet attroupement. J'espère que personne ne s'est trouvé mal. Ou n'est tombé de cheval.

En effet, une petite foule de cavaliers et de piétons s'était formée sur l'herbe au bord du chemin, là où elles devaient passer pour rejoindre le Row. Il sembla à Lauren qu'il y avait surtout des messieurs. Si quelqu'un était souffrant ou blessé, la présence de dames pourrait se révéler utile. En cas d'urgence, ces dernières faisaient preuve de plus d'esprit pratique que les messieurs. Elles pressèrent le pas.

— Dieu que je suis bête de me souvenir justement maintenant que Lyndon est sorti à cheval ce matin ! dit la duchesse. Crois-tu que…

— Certainement pas, assura Lauren avec fermeté. D'ailleurs, je ne crois pas qu'il s'agisse d'un accident : les gens applaudissent.

— Oh, fit Elizabeth en lui posant la main sur le bras pour la faire ralentir, je crois que nous sommes en train d'assister à une bagarre, Lauren.

Elle semblait au bord du fou rire.

— Passons comme si nous n'avions rien remarqué, ajouta-t-elle.

— Une bagarre ? répéta Lauren en ouvrant de grands yeux. Dans un lieu public ? Au grand jour ? Cela ne se peut.

Pourtant, Elizabeth avait raison. Un jour se fit dans la foule, qui lui permit de voir en détail la scène qui se déroulait au centre. Une scène des plus choquantes qui lui fit détourner les yeux.

Il y avait trois hommes – et peut-être bien un quatrième étendu dans l'herbe. Deux d'entre eux, le vêtement usé, étaient manifestement des ouvriers. Mais c'est sur le troisième que le regard de Lauren se fixa. Les jambes ployées, prêt à l'action, il semblait faire signe aux deux autres de s'approcher. C'était moins son attitude qui la déroutait que ses vêtements – ou plutôt leur absence. Ses bottes à revers souples et sa culotte de peau le désignaient comme un gentleman. En revanche, au-dessus de la taille, il était tout à fait nu. Et d'une virilité aussi magnifique que déstabilisante.

Lauren tourna vivement la tête en rougissant de gêne, mais eut le temps de noter deux autres détails, l'un visuel, l'autre auditif. Il était blond, très beau, et il riait. Les mots qu'il prononçait pour accompagner son geste dominèrent le brouhaha des spectateurs.

— Venez donc, bougres ! lança-t-il apparemment sans la moindre gêne.

Elle en rougit, tout en espérant ardemment qu'Elizabeth n'avait rien vu ni rien entendu. De sa vie elle n'avait connu un tel embarras.

Mais Elizabeth riait, de bon cœur, semblait-il.

— Pauvre lord Burleigh, commenta-t-elle. Il a l'air prêt à faire une attaque d'apoplexie. Je me demande pourquoi il ne s'éloigne pas tout simplement pour laisser ces enfants s'amuser. Les hommes sont parfois bien bêtes, Lauren. Le moindre désaccord doit se régler aux poings.

— Elizabeth ! protesta Lauren scandalisée. Avez-vous vu ? Avez-vous entendu ?

— Comment aurait-il pu en être autrement ? répondit-elle en riant doucement.

Mais avant qu'elles aient pu en dire davantage, elles furent distraites par l'apparition d'un grand et beau jeune homme brun qui monta sur le chemin devant elles et s'inclina avec une élégance empressée avant de leur donner le bras à toutes les deux.

— Elizabeth. Lauren. Bonjour. Quelle belle matinée, n'est-ce pas ? Il va sûrement faire une douceur peu habituelle pour la saison. Permettez-moi de vous escorter jusqu'à Rotten Row pour que tous les messieurs qui s'y promènent m'envient.

Joseph Fawcitt, marquis d'Attingsborough, était un cousin – le neveu de la vicomtesse douairière de Kilbourne. Il assistait à la bagarre, comprit Lauren, mais les avait vues et était venu à leur rencontre pour les détourner du spectacle. Elle lui donna le bras avec reconnaissance. Du reste, songea-t-elle en écho à ses paroles, il ne devait pas rester un seul gentleman sur Rotten Row. Manifestement, ils étaient tous réunis autour des lutteurs.

— Qu'il est parfois contrariant d'être une dame, Joseph, remarqua Elizabeth en lui donnant l'autre bras. J'imagine que, si je vous demandais quel gentleman est en train de se battre et pourquoi, vous ne me répondriez pas ?

Il lui sourit.

— Une bagarre ? Mais de quoi parlez-vous ?

— C'est bien ce qu'il me semblait, fit Elizabeth dans un soupir.

— Pour ma part, déclara Lauren avec feu, je n'ai aucune envie de le savoir.

Elle était encore troublée par le souvenir de l'homme qui se battait, torse nu. Et de ses mots. « Venez donc, bougres ! »

Joseph se tourna vers elle, une étincelle dans le regard.

— Ma mère compte venir vous rendre visite à Grosvenor Square cet après-midi, annonça-t-il. Elle a des projets pour vous, Lauren. Vous voilà prévenue.

Un raout, un concert ou un bal quelconque, sans doute. Elle avait le plus grand mal à convaincre tante Sadie, la duchesse d'Anburey, la mère de Joseph, qu'elle n'avait simplement aucune envie de participer aux activités de la saison. Maintenant que sa fille, lady Wilma Fawcitt, était fiancée au très bon parti le comte de Sutton – et la chose s'était faite avant même le début de la saison mondaine –, tante Sadie ne rêvait que de jouer les marieuses auprès de Lauren.

Joseph se tourna pour dire quelque chose à Elizabeth et, malgré elle, Lauren jeta un coup d'œil par-dessus son épaule. Elle venait d'entendre un tonnerre d'applaudissements qui devaient saluer la fin du combat. La foule s'était séparée ; le gentleman au torse nu était toujours debout. Choquée quelques minutes plus tôt, elle était à présent horrifiée. Il avait une *femme* dans les bras. Oui, il lui enlaçait la taille et elle le tenait par le cou ! Et il l'embrassait ! Sous les yeux de plusieurs dizaines de spectateurs !

Dans son élan pour détourner la tête, elle accrocha deux yeux rieurs.

Elle rougit de plus belle.

— Tu m'as l'air dans un triste état, Ravensberg, commenta lord Farrington tard dans la nuit en se rasseyant, le verre plein. Serais-tu gris ? Ou est-ce seulement ton œil ? Je dois dire qu'il a pris des tons de noir, de violet et de jaune magnifiques. Sans parler de la fente rouge par laquelle tu regardes le monde.

— J'avoue, mon cher Ravensberg, que j'ai à peine touché à mes rognons ce matin tant sa vue me coupait l'appétit. Ou était-ce hier matin ?

— Si j'étais absolument sûr que ce manteau de cheminée allait tenir sans moi, j'irais me resservir un verre, remarqua Charles Rush. Quelle heure est-il, au fait ?

— Quatre heures et demie, répondit lord Farrington en consultant la pendule à quelques centimètres de la tête de son ami.

— Diable ! s'exclama M. Rush. Où est passée la nuit ?

— Là où elles vont toutes, répondit lord Arthur en bâillant. Voyons... il me semble avoir commencé la soirée au raout de ma tante... la chose la plus ennuyeuse du monde, mais devoir familial oblige. Je ne suis pas resté longtemps. Elle a vérifié par-dessus mon épaule que Ravensberg ne m'accompagnait pas, et, même une fois rassurée, elle m'a fait un sermon sur mes fréquentations et sur le risque de voir déteindre sur soi la mauvaise réputation de ses camarades. Apparemment, il faut que je garde mes distances avec toi, Ravensberg, si je sais ce qui est bon pour moi.

Ses amis saluèrent sa plaisanterie d'un grand éclat de rire général. Sauf Kit. Étalé avec son élégance habituelle dans un grand fauteuil de cuir face à la cheminée de ses appartements de St. James's, il fixait de son œil valide les braises éteintes.

— Tu n'auras pas à subir mon influence pernicieuse bien longtemps, dit-il. J'ai été convoqué à Alvesley.

— Par ton père ? demanda lord Farrington après avoir bu une gorgée de son verre. Redfield en personne ? Une convocation, vraiment, Ravensberg ?

— Une convocation, confirma Kit en hochant lentement la tête. Il va y avoir une grande partie de campagne, cet été, en l'honneur du soixante-quinzième anniversaire de la douairière, ma grand-mère.

— C'est un vieux dragon ? s'enquit M. Rush avec sympathie. Bon, est-ce que vous croyez que la cheminée va s'écrouler si je la lâche ?

— Tu es gris, mon cher, l'informa lord Arthur. Ce sont tes jambes, pas la cheminée.

— J'ai toujours eu un faible pour elle, voyez-vous, poursuivit Kit. Et mon père le sait. Oh, bon sang, Rush ! Regarde ton verre, tu veux : il est encore à moitié plein.

M. Rush regarda son verre avec un étonnement ravi et le vida d'un trait.

— Ce qu'il me faut, déclara-t-il, c'est mon lit. Si mes jambes veulent bien me porter jusqu'à lui.

— Dieu du ciel ! marmonna Kit d'un air sombre. Ce qu'il me faut, à moi, c'est une épouse.

— Va te coucher, s'empressa de lui conseiller lord Arthur. Après une bonne nuit de sommeil, il n'y paraîtra plus. Je te le garantis.

— Le cadeau d'anniversaire de mon père à ma grand-mère, ce doit être les fiançailles de leur héritier, expliqua Kit.

— Oh, ça alors ! Et leur héritier, c'est toi.

— Quelle déveine, mon pauvre vieux !

Lord Arthur et M. Rush avaient parlé simultanément.

— La peste soit des pères ! s'indigna lord Farrington. Et t'a-t-il choisi quelqu'un ?

Kit se mit à rire et écarta les doigts sur les accoudoirs de son fauteuil.

— Et comment ! En plus de tout le reste, je dois hériter de la fiancée de feu mon frère.

— Mais qui est-ce ?

M. Rush réussit à se redresser et à se tenir debout tout seul.

— La sœur de Bewcastle, annonça-t-il sans la moindre trace d'ébriété.

— Bewcastle ? Le *duc* ? demanda lord Arthur.

— J'ai obéi à mon père en quittant la Péninsule et en vendant mon régiment ; je vais rentrer à Alvesley au bout de trois ans à peine alors qu'il m'en avait banni à vie lors de mon dernier séjour ; je vais même lui faire plaisir sur la question du cadeau d'anniversaire. Mais je vais le faire à mon idée, bon sang ! J'aurai au bras une femme que j'aurai choisie moi-même – et épousée avant d'y aller pour que Redfield ne puisse s'opposer. J'ai été très tenté de prendre une créature vulgaire, mais c'est une mauvaise idée. C'est justement ce qu'il s'attend à ce que je fasse. Je vais donc choisir, au contraire, la personne la plus irréprochable qui soit. C'est ce qui l'irritera le plus parce qu'il ne pourra pas se plaindre d'elle. Il me faut donc quelqu'un d'ennuyeux, de respectable, de collet monté, de parfait, récita-t-il avec une satisfaction sinistre.

Un instant, ses amis le considérèrent en silence, fascinés. Puis lord Farrington rejeta la tête en arrière et éclata de rire.

— Toi, Ravensberg, tu vas épouser une femme ennuyeuse et respectable ? Rien que pour contrarier ton père ?

— Mauvaise idée, mon vieux, renchérit M. Rush en marchant d'un pas décidé vers le buffet. C'est toi qui vas te marier avec elle pour la vie ; pas ton père. Elle te sera vite insupportable, crois-moi. La vulgaire catin t'apportera au moins quelque amusement.

— Il faut bien se marier un jour, expliqua Kit en couvrant un instant son œil au beurre noir de sa main. Surtout quand on a perdu son frère aîné et que, de ce fait, on est devenu à son corps défendant l'héritier d'un titre de comte, de grands domaines et d'une fortune tout aussi considérable. Il faut remplir son devoir, avoir des héritiers. Qui de mieux, pour cela, qu'une femme calme et méritante, maîtresse de maison accomplie, qui fera son devoir mais pas d'histoires et mettra au monde un héritier plus quelques autres enfants ?

— Il existe tout de même un obstacle bien réel à ce plan, Ravensberg, objecta lord Farrington en fronçant les sourcils avant de poursuivre, en riant. Quelle femme respectable pourrait vouloir de toi ? Certes, tu es homme à plaire, si l'on en juge par la façon dont les dames te regardent. Et, bien entendu, tu as ton titre actuel et tes espérances. Cependant, depuis que tu as vendu ton régiment, tu t'es taillé une réputation de débauché des plus solides.

— C'est le moins que l'on puisse dire, marmonna lord Arthur dans son verre.

— À ce point ? Dans quel monde guindé vivons-nous ? commenta Kit. Mais enfin, je suis on ne peut plus sérieux. Et je suis tout de même l'héritier de Redfield. Cela devrait suffire à compenser tout le reste quand on saura que je cherche vraiment à prendre femme.

— Ce n'est pas faux, admit M. Rush qui remplit son verre et prit place sur une chaise. Mais cela ne te garantira pas forcément le genre d'épouse que tu recherches, mon vieux. Les parents élèvent leurs filles au nom de grands principes et aucune ne s'approche des messieurs qui se battent torse nu avec des ouvriers puants à proximité de Rotten Row. Ni de ceux qui embrassent des filles de ferme à la vue de tous. Ni de ceux qui, suite à un pari, remontent St. James Street dans leur carrick, en passant devant tous les clubs, coincé sur le siège entre deux catins peinturlurées. Ni de ceux dont le nom figure dans tous les livres de paris en face de tous les défis les plus scandaleux.

— Que me reste-t-il ? demanda Kit en ignorant cette sombre prédiction et en reportant son attention sur le feu éteint. Il doit y avoir de nouvelles arrivées, maintenant que la Saison bat son plein. Des hordes de demoiselles en quête d'un mari. Qui est la plus ennuyeuse, la plus prude, la plus guindée, la plus respectable de toutes ? Allons, messieurs, vous le savez certainement mieux que moi, vous qui fréquentez les réceptions mondaines.

Ses compagnons réfléchirent sérieusement à la question. Chacun d'entre eux avança quelques noms que les autres refusèrent sous divers prétextes.

— Il y aurait bien miss Edgeworth, avança enfin lord Arthur lorsqu'ils parurent à court de suggestions. Mais elle n'est plus de première jeunesse.

— Miss Edgeworth ? répéta lord Farrington. De Newbury Abbey ? La fiancée abandonnée du comte de Kilbourne ? Grands dieux ! Ma sœur était à la noce. L'événement de l'année dernière... Le marié attendait devant l'autel. La mariée s'apprêtait à faire son entrée. C'est alors qu'une femme en haillons est arrivée, prétendant être l'épouse que Kilbourne croyait morte. Le pire, c'est qu'elle disait la vérité ! Il paraît que la petite Edgeworth s'est enfuie de l'église comme si elle avait le diable aux trousses – à en croire Maggie qui n'est pas du genre à exagérer. Elle est à Londres cette année, Kellard ?

— Oui, confirma lord Arthur. Chez Portfrey. La duchesse est la tante de Kilbourne, tu sais bien. Et miss Edgeworth est de sa famille.

— J'avais entendu dire qu'elle était en ville, admit M. Rush. Mais elle ne sort pas beaucoup, si ? Et elle est entourée par les Portfrey et je ne sais combien d'autres parents, je crois, qui essaient tous de la marier discrètement, et à quelqu'un de *respectable*, précisa-t-il avec une espèce de hennissement. Ce qui est sûr, c'est qu'elle est d'un ennui à mourir. Non, vraiment, pas elle, Ravensberg.

— De toute façon, renchérit lord Arthur, tu ne l'aurais pas même si tu la voulais. Portfrey, Anburey, Attingsborough – aucun des hommes de sa famille ne laisserait un type de ta réputation s'approcher d'elle. Et même si tu arrivais à franchir les rangs de sa garde rapprochée, elle t'ignorerait. Je pense qu'elle te glacerait sur place. Non, vraiment, tu es tout, sauf le mari qu'il lui faut. Il va falloir que nous te trouvions quelqu'un d'autre. Mais pourquoi ne veux-tu pas...

Kit l'interrompit en riant.

— Serait-ce un défi ? demanda-t-il. Si c'est le cas, tu aurais difficilement pu le rendre plus irrésistible. Ah, je ne pourrai pas m'approcher de miss Edgeworth parce que je suis le genre de débauché dont il faut absolument protéger cette fleur délicate et vieillissante ? Et, si j'y parviens, elle me glacera sur place d'un seul regard sévère et virginal ? Parce qu'elle est incorruptible et que je suis la corruption incarnée ? Sapristi ! Je l'aurai, déclara-t-il en tapant du plat de la main sur son accoudoir.

Lord Farrington rejeta la tête en arrière en hurlant de rire.

— Ça sent le pari ! lança-t-il. Cent guinées que tu n'y arriveras pas, Ravensberg.

— Et cent de plus pour moi, renchérit lord Arthur. Et elle est d'une arrogance, Ravensberg... La semaine dernière, quelqu'un – je n'arrive pas à me rappeler qui, hélas – l'a comparée à une statue de marbre en précisant que, des deux, c'était elle la plus froide.

— Moi aussi, je vais y aller de mes cent guinées, alors, intervint M. Rush. Bien que je me méfie toujours de Ravensberg. Ça me revient : Brinkley ! Qui cherche désespérément une nouvelle mère à ses enfants orphelins. C'est par lui que je sais qu'elle est à Londres. Quand il a abordé le sujet du mariage avec elle – alors qu'ils se promenaient un matin sur Rotten Row, vous imaginez ! – elle lui a répliqué d'emblée qu'elle n'avait aucune intention de se marier, avec personne, jamais. Il l'a crue. Apparemment, ce n'est pas le genre de femme dont on met la parole en doute. C'est à ce moment-là qu'il a fait ce commentaire sur les statues de marbre. Et Brinkley est éminemment respectable, Ravensberg.

— Contrairement à moi, repartit Kit en riant. Enfin, pour trois cents guinées plus le plaisir de faire enrager mon père, je vais la faire changer d'avis, hein ? Disons d'ici à la fin juin, quand je devrai me rendre à Alvesley ? Un mariage avant la fin juin entre miss Edgeworth et votre serviteur.

— Moins de six semaines ? Tope-là, déclara lord Farrington en se levant résolument. Maintenant, je vais me coucher sans quoi je ne trouverai jamais mon lit. Viens, Rush, je vais te conduire dans la direction du tien, du même coup. Si j'étais toi, Ravensberg, j'attendrais une semaine pour me mettre en campagne. N'importe quelle femme un peu délicate risque de défaillir à la vue de cet œil. Du coup, cela ne te laisse plus que cinq semaines.

Cette idée sembla l'amuser considérablement.

— Un mariage avec miss Edgeworth d'ici le dernier jour de juin, donc, résuma lord Arthur en se joignant à leurs deux amis qui sortaient de la pièce. C'est impossible, Ravensberg. Même pour toi. Surtout pour toi. Voilà les cent guinées les plus faciles à gagner de l'année, sans aucun doute. Mais, bien entendu, tu vas essayer.

— Bien entendu, confirma Kit en leur rendant leur sourire. Et je vais réussir. Par quel événement commencerai-je ? Qu'y a-t-il, d'ici une semaine environ ?

— Le bal de lady Mannering, répondit lord Farrington après un instant de réflexion. Il y a toujours un monde fou. Tout le monde y assiste. Mais peut-être que miss Edgeworth ne viendra pas, Ravensberg. Je ne l'ai vue à aucun bal – ni à aucune réception, du reste. Cela dit, si je l'avais vue, je ne l'aurais certainement pas reconnue. Quelqu'un se serait chargé de me la montrer du doigt. Elle défraie encore la chronique.

— Très bien, dit Kit en se levant pour raccompagner ses amis. Le bal de lady Mannering. Il faut que je tâche de savoir si elle y sera. Est-ce une beauté, au fait ? Est-elle laide ?

— Ça, déclara fermement lord Farrington, il va falloir que tu le découvres tout seul, Ravensberg. Si elle a une tête de gargouille, ce sera bien fait pour toi.

2

La semaine suivante, Lauren arriva au bal de lady Mannering en compagnie du duc et de la duchesse d'Anburey et du marquis d'Attingsborough. Malgré son angoisse, elle avait fini par accepter d'y assister. Tout le beau monde serait présent et son orgueil ne permettait pas qu'elle se terre plus longtemps.

Elle appartenait à la bonne société, c'était la saison mondaine et elle se trouvait à Londres. Si elle persistait dans sa décision de vivre une vie recluse en jouant les dames de compagnie auprès d'Elizabeth, elle risquait de donner l'impression durable d'avoir peur d'apparaître en public, de craindre d'être raillée, méprisée ou évitée parce qu'elle n'était qu'une pauvre malheureuse rejetée le jour même de son mariage. De fait, elle était terrifiée. Mais elle avait reçu une noble éducation. Et une dame digne de ce nom ne se laissait pas gouverner par ses sentiments, encore moins par la peur. Une dame digne de ce nom ne renonçait pas à sa place dans la société parce qu'elle était gênée, malheureuse, nourrie de l'impression qu'on ne voulait pas d'elle. Bref, une dame digne de ce nom ne s'apitoyait pas sur son sort.

Elle avait donc pris son courage à deux mains et accepté de se rendre sur l'un des terrains de jeu favoris du beau monde – un grand bal. Elle s'y présenterait la tête haute et affronterait les démons qui ne la quittaient pas depuis ce terrible matin dans l'église de Newbury. Elle resterait à Londres jusqu'au retour de couches d'Elizabeth – le duc avait installé la duchesse à Londres afin qu'elle soit proche des meilleurs médecins –, puis elle mènerait à bien le projet qu'elle avait échafaudé. Grâce à sa modeste fortune, elle s'établirait quelque part – à Bath, peut-être – où elle vivrait une vie calme et retirée, entourée de quelques amis choisis. Mais, avant, elle allait affronter l'épreuve du bal pour que personne ne puisse l'accuser de lâcheté.

Le carrosse du duc d'Anburey, orné de la couronne ducale, prit place dans la file de voitures à cheval qui déposaient les invités devant Mannering Mansion, sur Cavendish Square. Toutes les fenêtres de la maison étaient éclairées par la lumière des chandelles et l'éclat doré venait jusqu'à illuminer le tapis rouge déroulé sur les marches et le trottoir. Malgré le bruit des chevaux qui s'ébrouaient, le claquement de leurs sabots sur le sol et le grondement des roues, on entendait les exclamations joyeuses et les rires qui provenaient de l'intérieur.

Les nerfs crispés, Lauren comprit combien elle avait changé au cours des quatorze mois qui s'étaient écoulés depuis le bal de son mariage. Son aisance avait disparu. Il était grand temps qu'elle reprenne sa place de choix, convaincue de sa valeur. Non plus en tant que future épouse de Neville, future comtesse, mais en tant qu'honorable miss Lauren Edgeworth. Elle releva le menton en un mouvement quelque peu arrogant, destiné à masquer son désir de sauter du carrosse et de courir, courir jusqu'à ce que Cavendish Square, Mayfair, Londres ne soient plus qu'un petit point lumineux à l'horizon. Mais elle ne réussirait jamais à se fuir elle-même.

Ce fut leur tour de descendre. Un valet de pied ouvrit la portière de la voiture. Les messieurs sortirent, puis oncle Webster aida tante Sadie à mettre pied à terre et Joseph tendit la main à Lauren. Elle la prit et descendit sur le tapis rouge, le maintien et l'expression parfaitement contrôlés. Elle se savait très en beauté. Sa robe avait été faite spécialement pour l'occasion par la couturière d'Elizabeth et cette dernière avait aidé Lauren à choisir le tissu, le modèle et les accessoires. Toutes deux étaient connues pour leur goût exquis.

Elle sourit à son oncle et sa tante, la main posée sur l'avant-bras de Joseph.

— Bravo, Lauren, sourit celui-ci avec un clin d'œil approbateur. Vous avez le port d'une reine. Et vous êtes plus jolie que toutes les reines que j'ai vues.

— Combien en avez-vous vu, Joseph ? demanda-t-elle en soulevant le devant de sa jupe de sa main libre. Tous deux montèrent les marches qui conduisaient à l'entrée illuminée de mille feux.

Une soudaine panique s'empara d'elle. Et si quelque chose sur elle clochait ? Sa tenue ? Sa démarche ?

— Hmm... voyons, répondit Joseph en faisant semblant de réfléchir. Une seule, en fait. Notre bien-aimée reine Charlotte. Que vous surpassez allègrement.

— Chut ! Vous allez être décapité pour trahison, si quelqu'un vous entend !

Mais elle lui adressa un sourire reconnaissant. Il avait dû sentir son anxiété et s'efforçait de la distraire.

Il la conduisit vers l'escalier encombré par une foule d'invités. Elle inspira profondément, plusieurs fois, et résista à l'envie de regarder la décoration plutôt que les gens. Combien étaient-ils, dans l'escalier et dans la salle de bal, à avoir été témoins de son humiliation le jour de son mariage ?

Nombreux, sans aucun doute. Mais des années de formation et d'autodiscipline pouvaient faire des merveilles, ne tarda-t-elle pas à découvrir. Grâce à cela, elle put monter l'escalier, saluer ses hôtes et entrer dans la salle de bal déjà comble. Pour l'instant, tous observaient et commentaient chaque nouvelle entrée.

Désireuse de prendre confiance en elle, elle se concentra sur la somptuosité de la salle illuminée par des centaines de bougies fichées dans des lustres de cristal et des appliques aux murs. Plusieurs compositions florales dans des tons pastel embaumaient l'air. Enfin elle baissa la tête, découvrit des visages et croisa d'autres regards, inclinant poliment la tête quand c'était celui de quelqu'un qu'elle connaissait.

Contre toute attente, ce fut sa famille qui étouffa dans l'œuf la chance infime qu'elle aurait eue de s'amuser ce soir. Qui l'étouffa à force de gentillesse. Lauren était à peine entrée dans la salle de bal, toujours au bras de Joseph et escortée de près par son oncle et sa tante, que Wilma et lord Sutton s'approchèrent, pleins d'aimable condescendance. Dans leur sillage, un jeune homme anguleux. S'ensuivit alors une valse de prétendants époustouflante : d'abord ce M. Bartlett-Howe, qui pria miss Edgeworth de lui accorder la deuxième danse ; puis le marquis d'Attingsborough, dont il était entendu qu'il avait réservé la première ; enfin un dernier gentleman, qu'était parti chercher lord Sutton et brûlant de désir de réserver la troisième danse avec la jeune femme.

Manifestement, depuis que Lauren avait accepté de venir, sa famille s'était évertuée à prendre des rendez-vous pour qu'elle ne fasse pas tapisserie ce soir-là. De futurs soupirants, peut-être ?

Il y a à peine plus d'un an, la veille de son mariage, elle avait dansé jusqu'à l'étourderie, sûre de son charme, admirée et enviée parce qu'elle s'apprêtait à épouser le comte de Kilbourne. Ce soir, elle n'était plus qu'une beauté flétrie, bientôt vieille fille. Sa famille ne lui faisait ressentir que plus intensément cette funeste réalité.

L'humiliation à son climax. Même la gentillesse avec laquelle Joseph avait proposé de l'accompagner à ce bal – eh bien, ce n'était que cela : de la *gentillesse*.

Un sourire de contenance sur les lèvres, elle se mit à agiter son éventail avec grâce et lenteur.

Lorsque Kit et lord Farrington arrivèrent à Cavendish Square, le bal était commencé depuis un moment. La nuit était claire et étonnamment douce pour un mois de mai, si bien que la grande porte d'entrée était restée ouverte. Les rires et les bruits joyeux des conversations se déversaient sur la place. La musique jouée par l'orchestre était entraînante.

— Il y a foule, en effet, commenta Kit en confiant son haut-de-forme de soie et sa cape d'opéra à un valet de pied en livrée et perruque. Crois-tu que la salle de bal soit bondée, Farrington ?

— Certainement. Je ne suis même pas sûr que nous arrivions à nous faufiler, répondit son ami en ôtant lui aussi sa cape et en vérifiant les plis impeccables de sa cravate. Montons voir ce qu'il en est.

Dans l'escalier, Kit salua d'un signe de tête quelques connaissances masculines. C'était le premier bal auquel il assistait depuis Lisbonne. Il n'avait même pas souvenir du précédent. Bien entendu, il avait reçu nombre d'invitations depuis qu'il était à Londres. Si ses extravagants agissements causaient quelques froncements de sourcils chez les plus guindés et provoquaient la méfiance des parents, il n'en demeurait pas moins le vicomte Ravensberg. Et, surtout, le fils et l'héritier du comte de Redfield. Or on était au beau milieu de la saison mondaine, le temps des alliances. Tous les bons partis étaient partout invités.

— Tu es bien certain qu'elle sera là ce soir ? demanda-t-il en haut de l'escalier faisant face à la salle de bal.

31

La foule était dense et le bruit assourdissant. Il faisait chaud. Le parfum entêtant des fleurs se mêlait aux luxueuses fragrances que portaient les invités.

— Autant que l'on peut l'être, oui, assura lord Farrington à ses côtés, scrutant lentement l'assemblée. C'est Sutton qui me l'a dit, et il est bien placé pour le savoir – il est fiancé à lady Wilma Fawcitt, tu sais. Bien entendu, elle peut avoir contracté une maladie mortelle, s'être brisé un membre ou avoir changé d'avis. Ah !

Il porta son monocle à son œil.

— Tu l'as vue ? l'interrogea Kit.

Il aurait pu se sentir mal à l'aise, dans la mesure où c'était la première fois depuis des années qu'il se montrait à une réception mondaine. De fait, il attirait une attention considérable. Nombre de ceux qui ne dansaient pas regardaient vers lui de manière ostensible, levant qui son lorgnon, qui son monocle, avant de commenter tout bas. Les jeunes filles l'observaient également à la dérobée, notamment celles à qui l'on avait expliqué qui il était : l'inconvenant lord Ravensberg ! Mais Kit ne s'était jamais tellement préoccupé de ce que l'on pouvait penser de lui. Et ce soir ne faisait pas exception.

— Ah... la délicieuse miss Merklinger, murmura lord Farrington en étudiant les danseurs. Toute en fossettes et en boucles blondes. Sans parler de cette gorge...

Kit laissa échapper un petit rire et, à son tour, examina longuement la beauté en question.

— Elle ne doit pas avoir dépassé de beaucoup les dix-huit ans, remarqua-t-il. Ce n'est pas une cible à ajouter à ton tableau de chasse, Farrington.

— Grands dieux, non ! confirma son ami dans un soupir. Et c'est bien dommage. C'est pour cela qu'elle m'attire, sans doute. Alors, voyons... Miss Edgeworth...

Il se remit à détailler la salle et ses occupants. La musique s'était arrêtée et les danseurs quittaient la piste.

— Kellard me l'a montrée, au parc, il y a deux ou trois jours, précisa lord Farrington. Je suis pratiquement certain de la reconnaître.

— Mais vous n'avez pas été présentés, fit valoir Kit. Donc tu ne pourras pas me présenter.

— De toute façon, je ne te faciliterai pas autant les choses. J'ai un pari à gagner, n'oublie pas. Ah, la voilà. Elle est avec Stennson qui la ramène à Attingsborough. Ah, pas de chance, mon vieux. Anburey et la duchesse montent la garde. Elle est bien protégée.

Il souriait.

— Stennson ? Ce vieux barbon ?

Kit suivit le regard de son ami. Il connaissait et le marquis d'Attingsborough et George Stennson, qu'il eut tôt fait de repérer dans la foule. Le couple plus âgé devait être le duc et la duchesse d'Anburey. Et la dame entre les deux messieurs, donc, celle qu'il était venu rencontrer. Sa future femme. De nouveau, Kit porta son monocle à son œil.

Grande, mince, les courbes gracieuses. Il était prêt à parier que, sous la jupe et la traîne de sa robe à la taille haute, elle avait des jambes longues et fines. Et puis elle affichait un port d'une grande élégance, avec cette légère cambrure qui semblait faite pour que la main d'un homme se pose au bas de son dos. Ses cheveux bruns brillaient à la lumière des chandelles. Ils étaient remontés haut sur sa tête, retenus par des peignes, avant de retomber en boucles légères qui encadraient son visage et son cou. Un visage qu'elle avait ovale, avec des pommettes hautes, un nez droit et de grands yeux dont il ne voyait pas la couleur à cette distance. Elle était vêtue avec élégance d'une robe de satin violet coupée à la dernière mode, qu'elle portait avec de longs gants, des mules argentées et un éventail d'un violet moins soutenu.

Bref, une beauté, conclut Kit en retenant un sifflement admiratif.

Elle bavardait avec ses compagnons tout en s'éventant et en regardant autour d'elle. L'espace d'un instant, Kit fut agréablement surpris par son sourire. Il semblait démentir sa réputation de statue de marbre. Il se rendit vite compte que son expression ne changeait jamais, que c'était moins un sourire qu'un rictus de mépris à l'endroit des simples mortels qui l'entouraient.

— Un diamant de la plus belle eau, murmura-t-il en baissant son monocle.

— En effet, convint lord Farrington. Et la plus imprenable des forteresses, Ravensberg. Elle semble considérer que, hormis les personnes de sang royal, personne n'est digne de son attention.

Manifestement, cette idée l'amusait beaucoup.

— Cela dit, fit Kit en cherchant des yeux leur hôtesse qui, par chance, venait vers eux, un sourire de bienvenue aux lèvres, il se trouve que j'ai toujours eu un faible pour les forteresses imprenables, Farrington. Et pour les défis réputés impossibles.

— Lord Farrington, lord Ravensberg, dit la charmante lady Mannering en leur présentant à tour de rôle sa main gantée sur laquelle ils s'inclinèrent, quel plaisir que vous ayez jugé bon de venir ce soir. Je regrette seulement que vous ne soyez pas arrivés plus tôt. Une maîtresse de maison se doit de trouver un cavalier à chaque jeune fille pour la première danse. Et ces messieurs estiment qu'il est de bon ton d'arriver tard !

— Mais ce n'est pas pour danser avec les jeunes enfants que je suis venu, madame, répondit Farrington d'un sourire désarmant. Je savais que la cavalière de mon choix serait accaparée la première heure. En n'arrivant que maintenant, j'espérais que vous seriez enfin libre de me faire l'honneur de danser avec moi.

En riant, lady Mannering lui donna une tape sur le bras avec son éventail.

— Quel coquin vous faites, Farrington ! Vous seriez bien attrapé si je me cramponnais à votre bras jusqu'à la fin de la soirée. Mais comment avez-vous réussi à faire venir lord Ravensberg ? Je croyais qu'il fonçait en carrick à Brighton dès que le temps le lui permettait pour se livrer à toutes sortes d'activités typiquement masculines, de sorte qu'il n'avait plus goût à ces choses ennuyeuses que sont les bals. Quoi qu'il en soit, sa présence ce soir est la garantie de mon succès.

— Comment résister, madame, à l'invitation d'une amie tant chérie de ma mère ? répondit Kit en inclinant la tête.

— Il y a des années que je n'ai pas eu le plaisir de la voir, répliqua lady Mannering. Elle ne quitte plus la campagne. Maintenant, permettez-moi de vous trouver des cavalières… Si toutes les mères ne fuient pas la salle de bal en entraînant leur progéniture à la vue du redoutable vicomte Ravensberg !

— Peut-être accepteriez-vous, madame, suggéra Kit avec un sourire des plus engageants, de me présenter à miss Edgeworth ?

Lady Mannering haussa les sourcils d'un air étonné.

— Il me semble apercevoir des jeunes personnes qui seraient toutes disposées à danser avec un homme de votre réputation, fit-elle valoir. Du reste, c'est sa famille qui s'occupe de lui trouver des cavaliers ce soir. Bien entendu, si tel est votre souhait…

— Oui, madame.

— Est-ce également le vôtre ? demanda lady Mannering à lord Farrington.

— Merci, madame. Mais j'aperçois certaines connaissances à qui je dois présenter mes respects – je vous quitte à regret.

Kit suivit la maîtresse de maison. Les gens s'écartaient sur leur passage. Son entrée avait manifestement fait du bruit, nota-t-il avec amusement. Des murmures de surprise ou d'indignation ? Il l'ignorait et s'en moquait. Par chance, le duc et la duchesse d'Anburey étaient en grande conversation avec un couple, Stennson avait disparu et Attingsborough dirigeait ses galanteries vers une jeune fille rougissante qui venait de quitter la piste de danse. Pour l'instant, miss Edgeworth se trouvait seule. Elle continuait de détailler les alentours avec ce même demi-sourire.

— Miss Edgeworth.

Lorsque lady Mannering l'apostropha, elle se tourna vers eux, haussa les sourcils et cessa soudain de s'éventer.

— Le vicomte Ravensberg a tenu à vous être présenté.

Elle posa sur lui ses immenses yeux violets – de la teinte exacte de sa robe –, un regard magnifique dans un si beau visage. Époustouflante !

Ce visage d'ailleurs ne lui était pas inconnu. Il avait croisé cette jeune femme. Récemment. Soudain, il se souvint. À Hyde Park, le jour où il s'était battu. Quand il avait relevé la tête après avoir embrassé la fille de ferme, il avait accroché son regard – une vraie beauté aux antipodes de la jeune laitière. Et il s'était pris à regretter de ne pas la tenir, elle, dans ses bras. Cependant, avant qu'il ait eu le temps de lui sourire ou de lui faire un clin d'œil, elle s'était détournée pour ne plus lui présenter que son élégante capeline. Un peu plus tard, quand il l'avait cherchée, elle avait disparu parmi les promeneurs de Rotten Row.

Depuis, il n'avait plus songé à elle. Jusqu'à maintenant.

Il s'inclina avec élégance.

À peine eut-elle posé les yeux sur lui que Lauren le reconnut. Un véritable choc. Bien sûr, il était différent. Entièrement vêtu des plus élégants tissus ; une redingote noire, une culotte de soie crème et un gilet brodé, ainsi qu'une chemise et une cravate d'un blanc immaculé.

Il n'était pas d'une beauté extraordinaire et il ne devait pas faire plus de cinq centimètres de plus qu'elle. Pourtant, il émanait de lui une telle assurance et une telle vitalité qu'il en devenait extrêmement beau et séduisant. La bonne humeur illuminait son visage hâlé et faisait briller ses yeux gris.

C'était précisément le genre d'homme dont il fallait à tout prix éviter la fréquentation, songea Lauren dans les secondes qui suivirent les présentations. Elle n'aurait pas été témoin de son inconduite au parc qu'elle aurait tout de même su reconnaître cette virilité brute. Car il était très différent du cortège de messieurs éminemment respectables qui avait défilé depuis le début de la soirée. Elle allait devoir se méfier. C'est alors qu'elle remarqua avec un amusement inattendu que son oncle et Joseph reportaient leur attention sur elle avec une inquiétude non dissimulée. Comme si elle était une jeune fille sans défense. Et lord Sutton traversait la salle d'un pas décidé, accompagné d'un jeune homme à l'air très sérieux. Comme si Lauren n'était qu'une créature vieillissante, dépourvue des charmes nécessaires pour attirer un homme qui n'y soit pas contraint.

Personne n'avait contraint le vicomte Ravensberg.

— Monsieur, murmura-t-elle.

— Miss Edgeworth ? Très heureux.

L'éclat de son regard se fit plus intense et un sourire apparut sur ses lèvres, révélant des dents blanches et de petites rides aux coins de ses yeux. Lauren revint sur sa première impression : si, il était d'une beauté extraordinaire.

— J'ai supplié notre hôtesse de nous présenter, commença-t-il, il fallait que je vous approche pour savoir si votre robe était assortie à vos yeux. C'est le cas, admirablement !

Lauren s'éventa lentement. Une vive chaleur se répandait dans son corps malgré les deux portes-fenêtres ouvertes. Il devait minauder dans le seul but de la faire rougir. En tout cas, le contraste était saisissant avec ce qu'elle l'avait entendu prononcer il y a quelques jours. *Venez donc, bougres.*

Joseph interrompit ses réflexions en toussant délibérément.

— Puis-je espérer que vous m'accorderez la prochaine danse, miss Edgeworth ? s'enquit le vicomte Ravensberg tandis que lady Mannering souriait d'un air bienveillant.

— J'allais conduire ma cousine à la salle des rafraîchissements, intervint Joseph d'un ton aimable mais ferme en offrant son bras à Lauren. Miss Edgeworth a besoin de se désaltérer et de se reposer un peu. Elle a beaucoup dansé. Lauren ?

Mais lord Ravensberg ne la quittait pas des yeux. Il haussa les sourcils d'un air interrogateur en lui décochant un regard rieur. Il attendait sa réponse à elle. Ce qu'aucun gentleman digne de ce nom ne se permettrait. D'autant qu'elle n'avait nul besoin de répondre puisque Joseph l'avait fait pour elle. Il suffisait qu'elle pose la main sur le bras de son cousin et s'éloigne avec un sourire hautain. C'était la seule façon de réagir face à une prétention aussi discourtoise. Elle n'en fit rien.

Personne n'avait contraint le vicomte Ravensberg. Et il lui avait fait un compliment sur ses yeux, même s'il avait poussé la flatterie jusqu'au ridicule. Et il était indéniablement séduisant.

— Merci, Joseph, s'entendit-elle répondre. Il me reste la force de danser une dernière fois avant d'aller prendre un rafraîchissement.

Elle s'avança, posa la main sur la manche du vicomte et le suivit sur la piste. Aurait-elle accepté si Joseph n'était pas intervenu pour la protéger ? Ou si lord Sutton ne s'était pas empressé de lui amener un autre partenaire ? Elle se rendit compte trop tard que la prochaine danse était la valse, cette danse tellement intime que les plus guindés la jugeaient scandaleuse et qu'elle-même, autrefois, avait trouvée si romantique... au bras de Neville, la veille de leur mariage. Jamais plus elle ne s'y était essayée. Jusqu'à aujourd'hui.

— Vous avez l'air bien grave, murmura le vicomte quand elle se plaça face à lui. Êtes-vous fatiguée, tout compte fait ? Préférez-vous que je vous apporte un rafraîchissement ?

— Non, merci.

Elle s'affirmait et se sentait plus forte. D'ailleurs, cette valse arrivait à point nommé. Peut-être allait-elle pouvoir tourner plus d'une page, ce soir.

Aux premières notes, Lauren posa la main gauche sur l'épaule de son cavalier et glissa l'autre dans la sienne. Elle sentit la paume du vicomte épouser la cambrure de son dos. Parce qu'il était moins grand que Neville, elle ne pouvait éviter de regarder son visage. Pas plus qu'elle ne pouvait échapper à l'intimité qui se créait entre eux. Elle sentait la chaleur et la force de ses deux mains ainsi que le subtil parfum de musc de son eau de Cologne. Elle prit une lente inspiration et plongea son regard dans le sien.

Il soutint l'attaque avec un sourire plein de chaleur, comme s'il percevait sa gêne et s'en amusait. Décidément, songea-t-elle, il était dangereux. Elle n'avait jamais été à l'aise avec ce genre d'homme qu'elle fuyait autant que possible.

Il l'entraîna dans les premiers pas de la valse.

Les souvenirs du bal et de son mariage affluèrent, amers et bouleversants. Pour ne pas se laisser submerger par l'émotion, elle compta les pas et se concentra sur le rythme de la musique. Elle se rendit vite compte qu'elle était conduite par un danseur accompli. Il était si facile de le suivre dans l'élégant motif qu'il traçait sur la piste. La taille de cet homme lui permettait de voir par-dessus son épaule ce qui l'entourait, où elle allait...

Jusqu'à présent, elle n'avait pas passé une bonne soirée. Elle s'était consolée grâce à la certitude que son apparition à un tel événement mondain n'était pas inutile. Mais voilà qu'au moment où elle s'y attendait le moins, la situation prenait un tour des plus agréables. Sous la lumière des bougies, les décorations florales et les robes des invitées se fondaient en un merveilleux kaléidoscope de couleurs. Et puis il y avait quelque chose de grisant à valser au bras d'un homme avec autant de légèreté. Certainement, tous deux vivaient le même instant magique.

Cette pensée ramena brutalement Lauren à la réalité. Elle dansait dans le salon de lady Mannering, entre les bras d'un inconnu à la réputation scandaleuse. Joseph avait d'ailleurs tenté de l'en empêcher. Lauren mettait-elle en jeu sa respectabilité à se montrer en présence de cet homme pourtant de haut lignage et présent à ce bal mondain ? Son instinct avait-il eu raison de la prévenir contre lui ? Était-ce un débauché ?

Elle découvrit qu'une partie d'elle se trouvait envoûtée par cette possibilité. Et en aucun cas elle ne devait laisser libre cours à ce sentiment nouveau.

— Assistez-vous aux bals de la saison, monsieur ? s'enquit-elle pour faire la conversation et conserver une certaine distance de sécurité mondaine entre eux. Je dois dire que, pour moi, c'est le premier de l'année.

— Non, répondit-il. Et, oui, je sais.

La brièveté de sa réponse l'indigna. Ignorait-il tout des règles de la conversation ? *Oui, je sais.* Étrange...

S'il ne sortait pas, comment savait-il qu'elle ne se montrait pas ?

— Il y a un monde fou, reprit-elle en tentant de se raccrocher aux banalités d'usage. Lady Mannering doit être ravie de voir ses efforts couronnés d'un tel succès.

— En effet, c'est un succès, confirma-t-il sans détacher ses yeux rieurs des siens.

— Tous ces ornements sont d'un goût exquis, poursuivit-elle laborieusement. Ne trouvez-vous pas, monsieur ?

— Je n'ai pas regardé, mais je vous crois sur parole.

Il flirtait avec elle ! comprit-elle soudain, choquée. Il laissait entendre qu'il n'avait d'yeux que pour elle. De fait, il ne la quittait pas du regard. Mal à l'aise, elle se sentit gagnée par une vague nouvelle de sensations physiques. Très vite l'indignation l'emporta.

— Maintenant, déclara-t-elle d'une voix délibérément dédaigneuse, c'est à vous de choisir un sujet de conversation.

Il rit doucement.

— Un homme n'a pas besoin de bavarder quand il danse avec une belle jeune femme, expliqua-t-il. Il peut se contenter de ressentir. La conversation n'est qu'une distraction.

Le cœur de Lauren s'emballa. Cette révélation choquante, la façon dont il l'avait prononcée... Un doux murmure, une voix de velours, comme une caresse sur sa peau nue. Comme s'ils étaient soudain seuls dans la salle de bal. Ou dans l'intimité d'une...

Oui, ils étaient seuls et dans un recoin sombre. Elle ne s'était pas rendu compte qu'ils évoluaient près de la porte-fenêtre avant qu'il la lui fasse franchir et qu'ils se retrouvent sur le balcon.

Lauren en fut outrée.

— La lumière aussi peut être une distraction, murmura-t-il en accentuant la pression de sa main sur sa taille.

Un instant, elle craignit que sa poitrine ne touche son torse.

En parlant, il avait approché son visage du sien, si près que son souffle chaud lui caressait la joue.

— De même que la foule.

Comment osait-il ! Elle avait eu raison de soupçonner… Aucun gentleman digne de ce nom…

Lord Ravensberg ne s'était pas arrêté de danser et le pas suivant les fit rentrer dans le salon par la seconde porte-fenêtre, moins d'une minute après qu'ils étaient sortis. La cinglante réprimande qu'elle préparait mourut sur ses lèvres quand elle croisa ses yeux rieurs et fut emportée par le tourbillon de la danse. Elle dut reconnaître qu'enfreindre les règles de bienséance avait du bon. Non seulement lord Ravensberg dansait à merveille, mais c'était un séducteur expérimenté. Les hommes ne flirtaient pas avec Lauren Edgeworth, même du temps où elle était heureuse.

C'était la première fois. Il fallait bien admettre que c'était plaisant – du moment que l'on ne se laissait pas duper par ce manège.

Elle ne chercha pas à converser. Lui non plus.

Lorsque la musique se tut, lord Ravensberg lui offrit son bras pour la raccompagner jusqu'à ses amis.

— Je ne proposerai pas de vous escorter jusqu'à la salle des rafraîchissements, miss Edgeworth, dit-il d'une voix teintée d'humour, même si j'imagine que vous devez avoir soif, maintenant. Vos proches ne verraient pas cela d'un bon œil. Ils bouillent d'impatience de vous réprimander sur votre conduite. Compromettre sa réputation en dansant avec le plus grand débauché de Londres !

— Croyez-vous à ce que vous dites ?

— Que vous avez valsé avec un débauché ? murmura-t-il. Oh, sans aucun doute.

— Merci, monsieur, dit-elle poliment quand il l'eut reconduite auprès de tante Sadie.

Elle le toisa. N'avait-il pas honte ?

— Tout le plaisir était pour moi, miss Edgeworth, assura-t-il.

Avant qu'elle ait pu réaliser ce qui allait se passer, il avait porté sa main fine et gantée à ses lèvres. Elle fut envahie d'un sentiment intense d'intimité partagée et prit sur elle pour ne pas retirer sa main. Car, au fond, ce geste n'avait rien de réellement déplacé.

Et, d'un coup, il se volatilisa. Elle parcourut la salle du regard sans le trouver. Soulagée et tout autant déçue : la fin de la soirée allait être bien morne.

Et le reste de sa vie ? se demanda-t-elle avec une emphase qui lui ressemblait peu.

3

Le matin, Lauren se levait toujours à la même heure pour accompagner Elizabeth dans sa promenade quotidienne. Les festivités de la veille ne changèrent en rien ses habitudes. La journée s'annonçait belle malgré l'air encore vif.

— Marcher est excellent pour la santé, observa la duchesse sur le chemin du retour. Je me sens au mieux de ma forme, moi qui suis de plus en plus impotente.

Le mariage allait bien à Elizabeth, songea Lauren en regardant sa tante qui s'était mariée pour la première fois sept mois plus tôt. Et la grossesse aussi. Elle rayonnait.

Un valet de pied leur ouvrit et s'inclina respectueusement avant de s'effacer pour les laisser entrer.

— On a livré un bouquet pour miss Edgeworth, madame la duchesse, annonça-t-il. M. Powers l'a fait porter au salon.

— Pour moi ? demanda Lauren, stupéfaite.

En riant, Elizabeth prit le bras de Lauren et l'entraîna dans le hall.

— Un bouquet le lendemain d'un bal ? Grands dieux, Lauren, tu as un soupirant !

— Certainement pas. J'imagine que c'est de la part de M. Bartlett-Howe. Deux fois, il m'a invitée à danser et il m'a escortée jusqu'au dîner. Pourtant, j'ai tout fait pour ne pas l'encourager. C'est affreusement embarrassant.

— Tu ne dois pas te sentir gênée par l'admiration qu'un gentleman te porte, Lauren. Même si tu ne partages pas son sentiment.

Dans le salon, Lauren se mordit la lèvre à la vue du magnifique bouquet de roses disposé dans un vase de cristal. Elle traversa la pièce pour prendre la carte glissée parmi les deux douzaines de fleurs. Pourvu que le pauvre homme ne se soit pas ridiculisé par un étalage de sentiments extravagants...

— Elles sont ravissantes, commenta Elizabeth juste derrière elle. Il n'a pas dû être facile de trouver des roses en cette saison ; elles ont dû lui coûter une fortune. Pauvre M. Bartlett-Howe. Il est si sérieux et si méritant...

Mais on sentait à sa voix qu'elle avait envie de rire.

« Hélas, était-il écrit sur la carte, je n'ai pas pu trouver de violettes pour rendre justice à vos yeux. » La signature était griffonnée d'une grande écriture désinvolte. « Ravensberg. »

Ses yeux rieurs, son sourire insouciant, sa minceur élégante, son énergie virile, le danger et l'interdit qui émanaient de lui : Lauren avait revu tous ces détails derrière ses paupières closes avant de s'endormir, la veille au soir. Ce même homme à demi nu, dans sa culotte de peau collante, en train de lancer de scandaleux jurons. Toujours lui, en train d'embrasser avec un enthousiasme manifeste la jeune fille qu'il tenait dans ses bras.

— Ce n'est pas M. Bartlett-Howe qui m'a envoyé ces fleurs, révéla-t-elle. C'est le vicomte Ravensberg. J'ai dansé la valse avec lui hier soir.

La duchesse jeta un coup d'œil à la carte par-dessus son épaule.

— Seigneur ! commenta-t-elle joyeusement. Il est terriblement épris, Lauren. Il te fait compliment de tes yeux. Qui est-ce ? Ce nom ne me dit rien.

— Il a souhaité m'être présenté pour voir si ma robe était assortie à la couleur de mes yeux. Avez-vous déjà entendu pareille absurdité ?

— Ce n'est certes pas le genre d'homme que te présenterait le comte de Sutton, fit valoir Elizabeth d'une voix qui tremblait d'amusement. Ce doit être ce coquin de Joseph.

— C'est lady Mannering, révéla Lauren. Tante Sadie et Wilma ont failli en avoir des vapeurs. Après que j'ai dansé avec lui, elles m'ont exhortée à ne plus le revoir. Oncle Webster l'a qualifié de brebis galeuse. Joseph, m'a précisé qu'il avait été officier de cavalerie jusqu'à récemment. C'est l'héritier du comte de Redfield.

— Ah, fit Elizabeth en hochant la tête. Oui, bien sûr. Le fils aîné du comte est mort il y a un an ou deux ; je m'en souviens.

— Elizabeth ? ajouta Lauren en se tournant vers elle, les joues rosies. C'est le gentleman que nous avons vu se battre dans le parc la semaine dernière.

— Oh, mon Dieu !

Le premier moment de surprise passé, Elizabeth choisit d'en rire plutôt que de pâlir d'horreur.

— Ma pauvre Lauren. Tu as dû te sentir prise au piège quand lady Mannering te l'a présenté et que ta bonne éducation t'a contrainte à accepter son invitation à danser. À *valser*, dis-tu ? Et voilà qu'il t'envoie des fleurs. Sans oublier que c'est un fort beau jeune homme.

— La prochaine fois que je le verrai, affirma Lauren en rougissant de plus belle, s'il y a une prochaine fois, j'inclinerai légèrement la tête pour le remercier de cette attention et je lui signifierai clairement que je ne souhaite plus avoir affaire à lui.

— Voilà qui s'appelle briser des cœurs, commenta Elizabeth avec un regard pétillant. Il n'existe pas de jeune dame plus accomplie que toi, Lauren Edgeworth. Allons prendre notre petit déjeuner, enchaîna-t-elle en donnant le bras à son amie. Je vais faire porter ces fleurs dans ton boudoir. Elles seront la preuve éphémère qu'un homme a retourné tout Londres pour trouver des fleurs qui fassent honneur à tes yeux.

— Il n'y a pas de quoi rire, Elizabeth, protesta Lauren.

Mais elle sourit malgré elle en laissant échapper un petit rire.

À Grosvenor Square, Kit sauta du siège de son carrick et se présenta à la porte de la maison de ville du duc de Portfrey. Avant de venir, il s'était assuré que c'était l'un des après-midi où la duchesse recevait.

Au moins, songea-t-il, Lauren Edgeworth était jolie – ravissante même. Et ces yeux… Ce n'était plus une toute jeune fille et ses quelques années de plus soulignaient sa beauté. Du reste, Kit avait presque trente ans et ne s'intéressait guère aux jeunes ingénues. Miss Edgeworth évoluait avec grâce et dignité et affichait en permanence un fin sourire qu'il n'avait vu qu'à certaines statues grecques. Elle en avait aussi la froideur. Rien de son charme et de son humour n'avait opéré la veille. Il était sorti de la salle quelque peu déstabilisé.

Mais c'était là un défi à relever.

La porte s'ouvrit et Kit posa sa carte sur le petit plateau d'argent que le majordome lui tendait.

— Le vicomte Ravensberg pour miss Edgeworth, clama ce dernier en le précédant dans le hall.

Ce fut plus facile qu'il ne s'y attendait. Le majordome ne prit pas la peine de présenter la carte avant d'annoncer le vicomte. Peut-être parce que la famille ne refusait personne les jours de visite, ou parce que le domestique avait associé son nom aux roses de ce matin et en avait conclu qu'il serait le bienvenu. Certainement, Portfrey n'avait pas songé à donner l'ordre qu'on ne le reçoive pas s'il venait à se présenter.

Un valet de pied ouvrit la porte du salon d'où provenait le bruit des conversations. Le majordome s'arrêta sur le seuil.

— Le vicomte Ravensberg pour miss Edgeworth, madame la duchesse, répéta-t-il.

Le silence se fit et Kit entra dans la pièce. Au premier coup d'œil, il reconnut Sutton et Attingsborough. Puis il vit Lauren Edgeworth, près de la fenêtre, se lever d'un air étonné. Une dame belle et distinguée malgré son état évident venait vers lui avec un sourire accueillant. Kit s'inclina devant elle.

— Madame la duchesse, s'inclina-t-il en prenant la main qu'elle lui offrait.

— Lord Ravensberg. Quelle joie.

Si elle était choquée de le voir dans son salon ou contrariée que son majordome ne l'ait pas prévenue, elle était trop bien élevée pour le laisser paraître.

— Ravensberg ?

Le duc de Portfrey, que Kit connaissait de vue, les rejoignit. Plus impassible encore que la duchesse.

— Je viens présenter mes respects à miss Edgeworth, expliqua Kit. Elle m'a fait l'honneur de danser avec moi hier soir.

Les quelques visiteurs le regardaient, sidérés, comme si le majordome venait de commettre un faux pas aussi inexcusable que s'il avait fait entrer le ramoneur dans le salon. Cet événement allait alimenter bien des conversations dans les autres salons d'ici ce soir ; il en avait conscience.

Miss Edgeworth vint à son tour l'accueillir, puis le duc et la duchesse retournèrent s'occuper de leurs hôtes – qui avaient recouvré leurs bonnes manières et repris le fil de leur discussion interrompue.

— Vous êtes bien aimable de venir me voir, monsieur. Et merci pour les roses : elles sont magnifiques.

Mais elle accompagnait ces politesses d'un regard si glacial que lesdites roses auraient gelé dans l'instant si elles s'étaient trouvées à proximité, songea-t-il.

— Ce n'était donc pas le reflet de votre robe, dit-il doucement en approchant le visage du sien. Aujourd'hui, vous êtes vêtue de vert et vos yeux restent violets.

Elle était aussi ravissante que la veille, habillée et coiffée plus simplement.

Son compliment n'eut pas l'effet escompté.

— Asseyez-vous, monsieur, je vous en prie, fit-elle avec condescendance en lui indiquant un siège au milieu du groupe de jeunes gens avec qui elle se trouvait à son arrivée. Je vais vous faire servir une tasse de thé.

Elle s'assit et il remarqua qu'elle se tenait très droite, le dos ne touchant pas le dossier de son fauteuil. Elle se joignit à la conversation ; il était question de musique, de compositeurs et des différents instruments.

Kit ne chercha pas à participer mais se divertit à observer les membres du petit groupe. Son entrée en avait surpris plus d'un. La rousse lady Wilma Fawcitt avait l'air punie, Sutton hautain, Attingsborough sur ses gardes quoique légèrement amusé. Un jeune homme squelettique dont le nom lui échappait paraissait contrarié et George Stennson hostile. Miss Edgeworth était la seule à ignorer sereinement sa présence. Kit but son thé à petites gorgées.

— Miss Edgeworth, finit-il par dire en profitant d'un blanc dans la conversation, me ferez-vous l'honneur de m'accompagner au parc dans mon carrick cet après-midi ?

Comme il l'observait attentivement, il perçut l'instant où s'agrandirent ses beaux yeux et s'entrouvrirent ses lèvres. Était-il allé trop vite ? Comment ferait-il pour gagner son pari si elle refusait ? Elle avait déjà recouvré sa froideur et sa politesse coutumières.

— Oh, ça alors ! s'indigna le jeune homme squelettique dont le nom ne lui revenait toujours pas. J'étais venu vous demander la même faveur, miss Edgeworth, mais il me semblait plus convenable d'attendre de pouvoir vous glisser un mot en privé. J'étais là avant le vicomte Ravensberg, ajouta-t-il faiblement.

Kit haussa les sourcils avec ironie.

— Je vous prie de m'excuser. Aurais-je agi de façon peu convenable ? J'ai passé tant d'années loin de l'Angleterre que j'avoue ne pas être au fait des raffinements de l'étiquette.

Il fixa Lauren Edgeworth d'un regard de plaisantin.

— Oh, ça alors ! répéta le jeune homme qui paraissait franchement mal à l'aise. Loin de moi l'idée d'insinuer...

— Il me semble, intervint Attingsborough calmement, que c'est cet après-midi que nous avions prévu, vous et moi, de nous rendre ensemble à la bibliothèque, Lauren. Vous me rafraîchirez la mémoire si je me trompe.

— Sutton s'est mis en tête de nous emmener toutes les deux faire un tour dans son nouveau barouche après le thé, Lauren, déclara lady Wilma en secouant ses boucles rousses. Je compte sur vous pour être mon chaperon.

Kit continuait de sourire aux yeux violets de Lauren qui soutenait son regard avec toujours autant de froideur.

Elle se détourna.

— Non, commença-t-elle, vous vous trompez, Joseph. Ce n'était pas aujourd'hui. Quant à vous, Wilma, vous n'avez pas besoin d'un chaperon pour vous promener dans un barouche ouvert avec votre fiancé. Un autre jour, peut-être, M. Bartlett-Howe ? Merci, lord Ravensberg ; ce sera avec grand plaisir.

Elle avait accepté par défi, comprit Kit en se levant pour prendre congé. Sans l'intervention des autres, il était à peu près certain qu'elle aurait refusé. Ils avaient quelques points en commun, lui le débauché notoire, elle sa future femme.

C'était une découverte des plus troublantes.

— À tout à l'heure, alors, miss Edgeworth.

Il souriait, quelques minutes plus tard, en descendant les marches du perron. Pour faire tomber les défenses de miss Lauren Edgeworth, il n'allait pas devoir ménager ses efforts. Restait à espérer que ses proches continueraient à la mettre en garde contre lui et l'entourent de mille protections – les idiots.

Quoi qu'il en soit, il allait bientôt l'avoir toute à lui.

Lauren était assise à côté du vicomte Ravensberg et tenait son ombrelle à deux mains pour protéger sa peau des rayons du soleil. Elle n'avait pas l'habitude de se promener dans un carrick de sport et se tenait droite, dans une position inconfortable, peu rassurée d'être si loin du sol. Il aurait été impoli de se cramponner au garde-fou.

Après tout, elle pouvait avoir confiance en lui. Ses mains fines et gantées menaient la paire de gris avec une parfaite assurance. Ses jambes, gainées d'une culotte beige et de bottes à la hussarde en cuir souple parfaitement cirées, étaient minces et musclées.

Choquée du tour que prenaient ses pensées, Lauren se concentra sur le paysage alentour tandis qu'il faisait franchir aisément la grille du parc à son attelage. Le beau monde s'y pressait, à cheval, à pied ou en voiture, pour voir et être vu.

Lauren allait offrir un nouveau sujet de conversation à ses pairs, à en croire Wilma. Elle avait déjà provoqué quelques froncements de sourcils en acceptant de valser avec le tristement célèbre vicomte Ravensberg hier soir. Et voilà que, dès le lendemain, elle acceptait de l'accompagner au parc ! Dans une voiture de sport ! Sans femme de chambre ! Wilma s'était déclarée – à tort – muette de saisissement et en avait appelé à Joseph, à lord Sutton et même à Elizabeth pour faire entendre raison à Lauren. Seul lord Sutton avait obtempéré. Il fallait que miss Edgeworth invente sans tarder une indisposition et fasse transmettre ses regrets au vicomte Ravensberg quand il viendrait la chercher, avait-il conseillé. Elle ne pouvait pas risquer sa réputation simplement parce qu'elle était trop bien élevée pour éconduire un coquin.

— Que quelqu'un mette en doute la réputation de Lauren, était intervenu le duc Portfrey avec prestance en orientant son monocle vers le fiancé de Wilma, et il aura affaire à moi.

À ce souvenir, Lauren sourit. Serait-elle ici, en ce moment, si les autres l'avaient laissée répondre à l'invitation de lord Ravensberg ? Elle n'était pas quelqu'un de têtu. Du moins, le croyait-elle. Elle avait évité cette promenade de l'après-midi dans le parc depuis son arrivée à Londres, mais rien ne l'obligeait à continuer. D'autant qu'elle avait affronté toute l'aristocratie hier soir. Et il n'y avait rien de choquant à se promener en voiture avec un monsieur qui lui avait été présenté dans les formes. En omettant que c'était un débauché notoire.

— Eh bien, miss Edgeworth, attaqua le vicomte en tournant la tête vers elle quand il eut achevé de négocier le délicat virage à l'entrée du parc. Il semble que nous ayons épuisé le sujet du temps.

Lauren fit tourner son ombrelle entre ses mains. Elle avait eu l'impolitesse de laisser languir la conversation. Cet air amusé, ce regard rieur qui n'allait pas tout à fait jusqu'au sourire, les avait-il peaufinés devant son miroir ? se demanda-t-elle un instant. Cet homme était déconcertant. Il avait une fâcheuse tendance à couper le fil de ses pensées. Une attitude qui devait plaire aux femmes certainement.

— Votre père est le comte de Redfield, n'est-ce pas, monsieur ? s'enquit-elle.

— Oui, répondit-il, je suis son héritier. Le plus âgé des deux fils qui lui restent. Mon frère aîné est mort il y a près de deux ans.

— Je suis désolé.

— Pas tant que moi. La dernière fois que j'ai vu Jérôme, je lui ai cassé le nez et mon père m'a banni d'Alvesley.

Seigneur ! songea Lauren au comble de l'embarras. Il était déjà assez terrible que ce pût être vrai, mais pourquoi laver son linge sale devant une inconnue – et une dame, qui plus est ?

— Je vous ai choquée, remarqua le vicomte en lui souriant.

— Je crois, monsieur, répondit-elle avec une soudaine clairvoyance, que vous l'avez fait exprès. Je n'aurais pas dû vous parler de votre père.

— C'est mon tour. Vous avez vécu presque toute votre vie à Newbury Abbey ; pourtant, vous n'avez pas de liens de sang avec ses habitants. Qui est votre père ?

— Le vicomte Whitleaf. Il est mort quand j'avais deux ans. Moins d'un an plus tard, ma mère m'a emmenée à Newbury et a épousé le frère du comte de Kilbourne.

— Et votre mère, est-elle toujours en vie ?

— Deux jours plus tard, ils sont partis en voyage de noces pour ne jamais revenir. Les quelques années qui ont suivi, j'ai reçu des lettres, quelques paquets et puis… plus rien.

Il la regarda cette fois avec gravité.

— Vous ne savez donc pas si votre mère est vivante ou morte ? Ni votre beau-père ?

— Ils sont certainement morts tous les deux. Mais où et quand – je l'ignore.

C'était une chose dont elle ne parlait jamais. Cela faisait bien longtemps qu'elle avait enfoui la douleur au plus profond d'elle-même, ce sentiment d'abandon et de manque.

Ils approchaient de la cohue des voitures, des chevaux et des piétons qui effectuaient le lent circuit de la parade quotidienne.

Lauren changea de sujet avec détermination.

— Venez-vous souvent ici ?

Il la regarda en riant.

— Vous voulez dire à part le matin, du côté de Rotten Row ?

Elle se sentit rougir et fit à nouveau tourner son ombrelle. Plus ils se côtoyaient, plus elle était convaincue que le vicomte Ravensberg n'avait rien d'un gentleman. Il l'avait donc vue, ce matin-là ? Et il n'avait pas honte de l'admettre ? Aucun gentleman digne de ce nom...

— Ah, vous montez à cheval le matin ?

Mais il refusa d'éluder le sujet.

— Ce baiser, précisa-t-il, c'était la façon de cette fille de ferme de me remercier d'avoir mis en déroute les trois voyous qui l'avaient accostée et réclamaient certaines faveurs qu'elle n'était pas disposée à leur accorder.

Était-ce cela, le motif de la bagarre ? Il avait affronté trois hommes pour défendre la vertu d'une fille de ferme ?

— C'était une récompense plus que généreuse, précisa-t-il avant qu'elle ait pu formuler une réponse signifiant qu'elle approuvait le motif mais pas le geste.

À nouveau il cherchait à ébranler ses principes. Mais pourquoi ? Il salua deux cavalières qui passaient, accompagnées de leurs palefreniers, le regard avide de curiosité.

— Un gentleman, le réprimanda Lauren d'un ton guindé, n'aurait sollicité aucune contrepartie.

— Mais combien il aurait été peu galant de refuser ce qu'elle m'offrait de bon cœur ! objecta-t-il. Un gentleman aurait-il dû rejeter cette pauvre enfant, miss Edgeworth ?

— Un gentleman n'y aurait pas pris un plaisir aussi manifeste.

Lorsqu'il rejeta la tête en arrière en riant à gorge déployée, elle se tourna vers lui, outrée. Ils passaient à côté d'un groupe de leurs pairs dont ce comportement ne manqua pas d'attirer l'attention. Lauren eut beau faire tourner son ombrelle, elle ne trouva pas comment poursuivre sur le sujet. Pourquoi n'avait-elle pas fait preuve de plus de contenance, mon Dieu ?

Le quart d'heure qui suivit, ils le passèrent à rouler à une allure d'escargot le long du circuit emprunté par les autres voitures et les cavaliers. Tous les quelques mètres, il fallait s'arrêter pour sourire, saluer, bavarder avec des relations : Wilma et lord Sutton, Joseph, des amis d'Elizabeth ou des gens à qui elle avait été présentée la veille au soir. Il y avait également un certain nombre d'amis de lord Ravensberg, qui chevauchèrent un temps à côté du carrick pour bavarder avec lui et être présentés à Lauren.

Ce fut loin d'être un moment pénible. Comme elle était déjà apparue en public au bal, Lauren était débarrassée de cette peur qui l'avait fait se cacher pendant plus d'un an. C'était une belle journée ensoleillée et elle prenait bien plus de plaisir à cette sortie qu'elle n'aurait dû – et bien plus que si elle avait été en compagnie de M. Bartlett-Howe, songea-t-elle de manière peu charitable. Et cette discussion sur la scandaleuse bagarre dans le parc ; il aurait dû avoir honte de la savoir témoin de la scène. Non, il s'était battu pour prendre la défense d'une jeune fille. Une fille de ferme. Beaucoup d'hommes de son milieu ne remarquaient même pas la détresse de leur propre femme.

La plupart des messieurs qu'ils croisaient le saluaient et semblaient sincèrement ravis de le voir.

La plupart des dames l'ignoraient ostensiblement ou hochaient la tête imperceptiblement, avec dédain. Il n'empêche que beaucoup d'entre elles, jeunes et moins jeunes, lui coulaient des regards. Ce gentleman avait tout pour plaire. Il respirait la vitalité, la bonne humeur, le mépris insouciant des convenances. Et c'était elle, la seule avec qui il avait dansé hier soir. C'était elle qu'il avait invitée à se promener aujourd'hui. Oui, elle, Lauren Edgeworth, l'incarnation de la bienséance.

Ne pas se sentir flattée...

Le vicomte Ravensberg fit sortir son carrick du circuit avant d'avoir effectué le tour complet. Bientôt, comprit Lauren, déçue malgré elle, ils seraient de retour à Grosvenor Square et elle devrait exiger de lui qu'il cesse toute galanterie. Restait une question qu'elle prendrait le droit de poser.

— Pourquoi m'avez-vous invitée à danser, hier soir ? Et pourquoi moi seule ? Vous êtes parti tout de suite après. Pourquoi m'avez-vous envoyé des roses suite à cette unique rencontre ? Pourquoi m'avez-vous invitée à cette promenade ?

Mon Dieu ! Tant de questions, se reprocha-t-elle, très mal à l'aise. Et d'une grossièreté impardonnable. Elle était si gênée qu'elle ne remarqua pas tout de suite qu'il avait dirigé son carrick non pas sur l'allée principale qui menait aux rues de Londres mais sur un chemin qui s'enfonçait dans une partie moins fréquentée et plus boisée du parc. Il était maintenant trop tard pour protester. Voilà qui allait faire jaser, songea-t-elle. Non seulement elle avait dansé la valse avec un débauché notoire, mais elle était sortie en voiture avec lui et l'autorisait à s'éloigner seul avec elle.

— Sans doute ne vous êtes-vous pas contemplée dans un miroir dernièrement, miss Edgeworth, finit-il par répondre.

— Le salon de lady Mannering regorgeait de demoiselles plus jolies que moi, et bien plus jeunes.

— Je ne puis répondre de votre jeunesse, repartit-il, mais de votre beauté, si. Si vous ne savez pas que vous étiez de loin la plus jolies des dames du bal, alors c'est que, vraiment, vous ne vous êtes pas vue récemment.

— C'est absurde.

Lauren n'avait jamais porté d'intérêt à la flatterie. Ni aux dames qui allaient à la pêche aux compliments. Ce qu'elle venait justement de faire. La plus jolie dame du bal, rien que cela !

Le chemin s'enfonçait sous les arbres, des chênes centenaires dont les branches se rejoignaient au-dessus d'eux.

— C'est votre regard qui fait votre charme unique, bien sûr, précisa-t-il en la regardant du coin de l'œil. Je n'ai jamais vu d'iris semblables, ni par la couleur, ni par la beauté.

Voilà qu'il lui versait une nouvelle absurdité. Mais elle l'avait cherché.

— Vous saviez qui j'étais, sans doute, répliqua-t-elle. Quelqu'un vous l'avait dit. Vous saviez ce qui m'est arrivé l'année dernière. Est-ce donc la curiosité qui vous a poussé vers moi ?

Cette fois, il tourna la tête pour l'envelopper d'un regard pénétrant.

— La curiosité de danser avec une mariée abandonnée au pied de l'autel ? J'espère que le parc de Newbury est grand. Kilbourne doit l'arpenter de long en large et se flageller de vous avoir préféré cette femme, se privant à jamais du bonheur d'être votre mari.

Elle s'en voulut de trouver autant de réconfort dans ses paroles, elle qui, depuis un an, se trouvait si peu attirante.

— Eh bien, vous vous trompez, monsieur. Son mariage avec la comtesse fut et est toujours un mariage d'amour.

Ils avançaient dans la fraîcheur du sous-bois. Lauren posa son ombrelle sur ses genoux sans la refermer.

— Et le vôtre ne l'aurait pas été ?

À nouveau, ce regard pénétrant...

Lauren releva le menton et fixa l'horizon. À quel moment la discussion avait-elle dérapé ?

— Voilà une question bien impertinente, monsieur.

Il laissa échapper un petit rire.

— Je vous présente mes plus plates excuses, madame. Mais le malheur de Kilbourne fait mon bonheur. Si je vous ai invitée à danser, c'est parce que, de l'autre bout du salon de lady Mannering, j'ai été frappé par votre beauté et il a fallu que je sache qui vous étiez. Si je vous ai envoyé des roses, c'est parce que, après avoir valsé avec vous, j'ai passé la moitié de la nuit à penser à vous. Et si je suis venu cet après-midi vous inviter pour la promenade, c'est parce que je savais que, si je ne vous revoyais pas, vous continueriez de hanter mes rêves tout l'été.

Stupéfaite, Lauren ouvrait de grands yeux au fur et à mesure qu'il parlait. Mais, quand il se tut, elle le fixait avec colère. Il la croyait donc crédule à ce point ?

— Monsieur, articula-t-elle avec toute la froideur et la dignité dont elle s'était armée toute sa vie, aucun gentleman digne de ce nom ne se moquerait ainsi d'une dame. Cependant, l'on m'a prévenue que vous n'aviez rien d'un homme galant et je constate de mes propres yeux que l'on m'a dit vrai. Je vous serais reconnaissante de bien vouloir me reconduire à Grosvenor Square sans délai.

Il eut le toupet de se tourner vers elle et de laisser échapper un petit rire.

— C'est vous qui m'avez posé la question, souvenez-vous, lui rappela-t-il en prenant les deux guides dans sa main droite et, de la gauche, celle de Lauren

59

qu'il porta à ses lèvres. N'aurais-je pas manqué à mon devoir en vous cachant la vérité ?

— Sans doute vous attendiez-vous à ce que je sois une proie facile pour votre galanterie éhontée, lord Ravensberg, puisque je suis une mariée abandonnée, contra-t-elle avec une dignité glaciale. Vous pensiez vous amuser avec moi. Vous avez échoué. Si je suis à Londres, c'est pour tenir compagnie à la duchesse de Portfrey qui attend un heureux événement. Pas pour parader sur le marché aux mariages. Je ne cherche pas de mari et n'en chercherai jamais. Et, même si c'était le cas, je ne me laisserais pas prendre au piège des hommes de votre espèce.

— Des hommes de mon espèce, répéta-t-il.

Soudain, elle se rendit compte qu'ils avaient repris la direction des grilles du parc.

— L'on a dû vous raconter des choses bien affreuses à mon sujet, miss Edgeworth. Et puis vous m'avez vu de vos propres yeux me battre dans le parc torse nu et embrasser une fille de ferme. Je vous ai également avoué avoir cassé le nez de mon frère et avoir été banni de la maison de mon enfance. Je comprends que mes chances de vous revoir soient des plus minces.

— Vous n'en avez aucune.

Ils sortirent de l'ombre et un soleil moqueur les accueillit.

— Vous me brisez le cœur.

Il se tourna de nouveau vers elle et plongea un regard éloquent dans le sien. Éloquent mais toujours rieur.

— Je doute même que vous en ayez un.

Après cela, ils n'échangèrent plus un mot. Lorsque le carrick s'arrêta devant chez le duc de Portfrey quelques minutes plus tard, le groom de lord Ravensberg se hâta de les rejoindre et de se placer à la tête des chevaux. Le siège était si haut que Lauren fut obligée d'attendre que le vicomte soit descendu et disposé à l'aider. Toujours sans aucune dignité, il la saisit par la taille et la posa à terre comme un sac de marchandise. Elle craignit un instant qu'il la fasse glisser le long de son corps, mais il s'en abstint. Néanmoins elle était à peine à quelques centimètres de lui quand ses pieds touchèrent le sol. Elle le regarda, le visage à nouveau crispé par l'indignation.

— Merci, monsieur. Au revoir.

Le sourire de lord Ravensberg illumina son visage d'une joie malicieuse.

— C'est moi qui vous remercie, assura-t-il en lui lâchant la taille et en s'inclinant avec élégance. Au revoir, miss Edgeworth, ajouta-t-il en français.

La porte d'entrée était déjà ouverte car Powers avait entendu arriver la voiture. Lauren monta les marches du perron avec une lenteur digne et entra. Elle ne se retourna pas quand la porte se referma derrière elle.

4

— Sutton ? s'enquit lord Farrington. Oui, je le connais assez bien. Nous étions ensemble à Oxford. Nous avons échangé quelques blagues. C'était avant qu'il hérite de son titre, devienne chef de famille, figure de son milieu et d'une pruderie insupportable.

— Alors tu vas l'inviter à se joindre à tes amis dans ta loge au théâtre la semaine prochaine, déclara Kit. Avec sa fiancée, bien entendu.

— Ah oui ? répliqua lord Farrington.

Ravensberg et lui galopaient sur Rotten Row. À cette heure matinale, le parc était désert.

— Puis-je me permettre de te demander pourquoi ?

— Parce que lady Wilma Fawcitt est la cousine de miss Edgeworth, lui rappela Kit. Sa cousine par alliance, pour être plus précis. Miss Edgeworth que tu vas également inviter.

— Ah. Je vois. J'imagine que je vais également t'inviter, Ravensberg. À moins que tu ne te sois déjà invité tout seul ? Mais, dis-moi, en quel honneur devrais-je t'aider à gagner un pari au risque de perdre cent guinées ?

— Parce que tu ne résisteras pas à la curiosité de voir comment avance mon entreprise de séduction, argumenta Kit en riant. Du reste, tu seras ravi d'apprendre que mes chances semblent diminuer chaque jour. Je me suis répandu en galanteries auprès d'elle le lendemain du bal Mannering, quand je l'ai emmenée au parc. Au lieu de rougir et de minauder, elle s'est transformée en glaçon et m'a accusé de me moquer d'elle. J'étais prévenu.

— Tu n'as pas réussi à la charmer ? s'étonna lord Farrington en riant. Perdrais-tu la main, Ravensberg ?

— Depuis une dizaine de jours, reprit-il, je hante les bals et les soirées, j'ai même assisté à un concert ou deux, mais je ne l'ai pas aperçue. Il est temps que je prenne mon destin en main. Il faut donc que nous la fassions venir au théâtre.

— Nous ? répéta lord Farrington en faisant demi-tour au bout de Rotten Row.

— Et je crois qu'il faudrait que tu invites aussi un ou deux autres couples. Il ne faut pas que nos intentions paraissent trop manifestes. Des couples éminemment respectables, il va sans dire.

— Bien sûr. Et il serait bon que j'omette de préciser que le tristement célèbre lord Ravensberg sera de la partie, je présume ?

— Non, non, protesta Kit. Je ne veux pas gagner par des moyens déloyaux. Quand tous apprendront que je serai là, ils useront de leur considérable influence pour la dissuader d'accepter. Sutton et sa fiancée, Anburey et madame, Attingsborough aussi. Portfrey et la duchesse probablement, même si je pense avoir trouvé en cette dernière une alliée. Elle a l'œil qui pétille. Quoi qu'il en soit, j'espère que ce petit manège aura l'effet escompté et qu'elle acceptera l'invitation – rien que pour tous les contrarier.

— Tss, tss. Tu ferais aussi bien de payer tes dettes tout de suite et de te résigner au choix que ton père a fait pour toi.

Lord Farrington secoua la tête et accéléra brusquement l'allure, semant un instant son ami.

Gagner ce pari était devenu un défi aussi séduisant que nécessaire, découvrit Kit avant de se lancer à la poursuite de son ami. Miss Edgeworth était convenable, guindée même, et apparemment dénuée d'humour. Mais elle était également d'une beauté obsédante et ne semblait pas insensible à ses attaques. Une chose était certaine : elle ne laissait pas son entourage diriger sa vie. Et, lors de leur promenade dans le parc, elle avait repoussé ses flatteries éhontées avec esprit. Comment une dame de son envergure se comportait-elle au lit ? se demanda-t-il soudain.

Il fallait qu'il la revoie. Pour son pari. Pour avoir une chance de retourner à Alvesley en posant ses propres conditions. Et pour répondre à cette question. Il fallait qu'il voie ce qu'il y avait de l'autre côté de cette façade froide et parfaite. Et il pouvait fort bien ne rien y avoir.

Les roses s'étaient flétries au bout de quelques jours. Un bouton restait pressé entre plusieurs gros volumes qu'un valet de pied avait montés de la bibliothèque dans le boudoir de Lauren. Il était trop parfait pour qu'on le laisse mourir et disparaître à jamais, s'était-elle dit.

Après le bal Mannering et la promenade dans le parc, elle avait refusé toutes les invitations à des réceptions mondaines. Elle avait fait quelques courses et surtout marché pour se maintenir en forme. Elle avait lu. Elle avait travaillé avec application à sa broderie et sa dentelle. Elle avait écrit presque tous les jours à Gwendoline et à sa tante Clara, la mère de Gwen. Elle avait même écrit une lettre à Lily et avait prié le duc de la joindre à l'une de ses missives quotidiennes – car Lily était sa fille. Si un certain ennui, une certaine impatience ternissaient ses journées, ma foi, c'était sans doute le lot d'une dame.

Ce soir, cependant, elle se trouvait dans la voiture du comte de Sutton, en compagnie de ce dernier et de Wilma. Ils se rendaient au théâtre, où lord Farrington les avait invités à assister à une représentation du *Roi Lear*, de Shakespeare. Le vicomte Ravensberg devait être du nombre de ses hôtes.

— Il faudra vous asseoir entre Sutton et moi quand nous serons arrivés, Lauren, lui répéta Wilma pour la énième fois alors que la voiture s'arrêtait dans la file de voitures qui menait à la porte du théâtre.

Wilma avait d'abord manifesté son intention de refuser avec la même véhémence que son fiancé. Mais, deux semaines auparavant, Lauren avait découvert une facette de sa propre personnalité qu'elle ne soupçonnait pas : un refus catégorique de voir les autres régir sa vie et ses activités. Toute sa vie, elle avait été un modèle de bienséance. Et voilà où cela l'avait menée. Elle avait donc informé Wilma qu'elle avait accepté l'invitation de lord Farrington qu'elle ne connaissait pas. Elle ne savait toujours pas ce qu'elle aurait fait si Wilma n'avait pas estimé qu'il était de leur devoir, à lord Sutton et à elle, de l'accompagner.

La voiture avança, puis un laquais ouvrit la portière et déplia les marches. Un homme s'approcha et tendit la main.

— Miss Edgeworth, fit le vicomte Ravensberg. Permettez-moi.

Il était follement beau et séduisant dans sa grande cape d'opéra noire et son haut-de-forme de soie. Lauren posa la main sur la sienne malgré les protestations murmurées par Wilma et lord Sutton.

— Merci, monsieur, dit-elle en posant pied à terre.

— Une cape violette, commenta-t-il. Et une robe assortie. Mais la teinte est un peu plus claire que celle de vos yeux, cette fois. Et le tissu moins brillant. Vous m'avez manqué. Je vous ai cherchée partout, en vain. J'ai donc été contraint de recourir à ce stratagème.

Il lui donna le bras pour traverser le foyer et se diriger vers l'escalier qui menait aux loges.

— Pourquoi ? s'enquit-elle.

Il répondit par une autre question.

— Et vous, pourquoi avez-vous accepté ?

— Peut-être parce que j'admire beaucoup l'œuvre de William Shakespeare.

Il rit.

— Lauren, appela Wilma derrière elle. N'oubliez pas de vous asseoir entre Sutton et moi. J'aurai besoin que vous m'expliquiez ce qui se passe sur la scène. Je suis si bête que je n'ai jamais réussi à comprendre cette langue archaïque.

— Et voilà, murmura lord Ravensberg. On vient de vous fournir l'excuse idéale pour échapper à mes serres lascives, miss Edgeworth. Si vous vous asseyez à côté de moi, comme vous y êtes invitée, je vous murmurerai des phrases coquines à l'oreille toute la soirée et profiterai de l'obscurité pour vous toucher là où je ne devrais pas.

Par ces paroles scandaleuses, il s'attendait à ce qu'elle s'indigne, comprit-elle. Comme l'autre jour au parc, quand il avait fait l'éloge de sa beauté. Eh bien elle ne rentrerait pas dans son jeu – même si elle ne voyait pas en quoi agacer une femme pouvait amuser un homme.

— Si j'avais voulu être certaine d'échapper à vos serres, monsieur, je serais restée chez moi.

— Paroles provocantes, murmura-t-il avant de s'arrêter devant une loge et d'en ouvrir la porte.

Quelques minutes plus tard, les présentations étaient faites : lord Farrington, miss Janet Merklinger et ses parents, M. et Mme Merklinger. Lauren s'assit dans un fauteuil de velours au premier rang, faisant fi des recommandations de Wilma.

Le vicomte Ravensberg prit place à côté d'elle.

Lauren sentit un frisson la parcourir et fut prise d'une impatience qui ressemblait fort à de l'excitation. Si jamais il se montrait effronté, impertinent ou s'il faisait quelque chose de scandaleux, elle ne manquerait pas de le remettre sèchement à sa place. Elle avait presque hâte de mesurer son esprit au sien.

La vie était d'ordinaire si terne et prévisible...

Elle était assise, comme il s'y attendait, très droite, son dos ne touchait pas le dossier. Cependant, sa cambrure ne manquait pas d'élégance. Le rideau se leva et Kit la dévora des yeux. Cette discipline inconsciente ; les courbes de son corps ; cette grâce dans l'attention, les mains sagement posées sur son éventail replié.

Avait-elle seulement conscience de son regard sur elle ? Avait-elle remarqué l'intérêt considérable qu'avait suscité leur entrée dans la loge de Farrington parmi les spectateurs ? Nombre de monocles et de lorgnons s'étaient instantanément braqués vers eux, puis les têtes s'étaient rapprochées, chacun y allant de son commentaire. Bien entendu, les langues étaient allées bon train quand il s'était promené dans Hyde Park avec elle le lendemain du bal Mannering – à en croire Rush, on avait surtout glosé sur le fait qu'ils aient emprunté un chemin ombragé quand tous se contentaient du circuit mondain. Depuis, deux semaines s'étaient écoulées sans rien pour alimenter les rumeurs.

Elle ne semblait pas consciente de l'intérêt qu'elle éveillait. Elle ne se détourna de la scène qu'à la fin du premier acte.

— J'avais oublié ce que c'était que d'assister à une vraie représentation, commenta-t-elle. On en oublie sa propre existence, n'est-ce pas ?

— Je n'ai pas regardé la pièce, avoua-t-il en baissant délibérément la voix.

Elle pinça les lèvres en une moue d'agacement à peine perceptible et ouvrit son éventail sur ses genoux. Manifestement, elle saisissait parfaitement ce qu'il voulait dire. Et il était tout aussi évident qu'elle n'appréciait pas sa façon de flirter. Lui non plus ne l'appréciait pas. Il était capable de bien plus de subtilité. Mais cela l'amusait de voir jusqu'où il pouvait aller avant qu'elle perde le contrôle de son humeur. Qu'arriverait-il s'il parvenait à la pousser dans ses retranchements ? Cachait-elle quelque chose d'intéressant derrière cette froide façade ?

Dans la loge, tous les autres s'étaient levés. Farrington emmenait miss Merklinger chercher un verre de citronnade. Ses parents, comme il convenait, les suivaient de près.

— Lauren, fit lady Wilma Fawcitt en touchant l'épaule de sa cousine, Sutton propose de nous accompagner à la loge de lord Bridges pour que nous puissions saluer notre chère Angela. Venez avec nous.

Elle sourit à Kit et ajouta :

— Mon Dieu, vous allez vous trouver abandonné, lord Ravensberg. Mais nous serons de retour pour le deuxième acte.

Lady Bridges était la sœur de Sutton, se rappela Kit. Il se leva. Pas miss Edgeworth. Elle s'éventait lentement, un bras sur la balustrade de velours.

— Je vais rester ici, Wilma, dit-elle. Vous voulez bien transmettre mon respectueux souvenir à lady Bridges ?

Voilà qui était fort intéressant !

Sutton et sa fiancée n'avaient plus guère le choix. Ils étaient tenus d'aller dans la loge de Bridges qui se trouvait de l'autre côté du théâtre. Miss Edgeworth observait l'orchestre en continuant de s'éventer. Kit se rassit.

— Vous avez été officier de reconnaissance dans la Péninsule, il me semble, lord Ravensberg, fit-elle sans le regarder. Un espion, en somme.

Avait-elle appris des choses sur lui ?

— Je préfère la première appellation, répondit-il. Le mot d'*espion* fait un peu roman de cape et d'épée et évoque les exploits terrifiants d'un homme d'une grande bravoure.

Cette fois, elle se tourna vers lui.

— J'aurais imaginé que c'était le genre de vie qui vous plaisait. N'était-ce pas comme cela ?

Il songea à ses longs parcours en solitaire, parfois à cheval, plus souvent à pied, en territoire hostile, en toute saison. Aux missions de reconnaissance françaises qu'il fallait éviter, aux groupes de partisans, tant en Espagne qu'au Portugal, avec lesquels il était si difficile d'entrer en contact, à la patience et au tact dont il fallait faire preuve pour traiter avec ces têtes brûlées, ces nationalistes fanatiques et cruels. Aux tortures, aux rapines, aux exécutions qui avaient lieu derrière les lignes de front. À l'épuisement des corps et des esprits, aux émotions qui affluaient. À son frère...

— C'était bien plus ennuyeux que cela, hélas, dit-il en riant.

— Pourtant, observa-t-elle, plusieurs de vos missions vous ont valu d'être distingué et récompensé. Vous avez sauvé votre pays à plusieurs reprises. Vous êtes un héros militaire.

— Sauvé mon pays ?

Il réfléchit un instant.

— J'en doute, finit-il par ajouter. Parfois, quand on est militaire, on se demande pour quoi l'on se bat.

— Mais pour le bien, certainement, affirma-t-elle. On se bat du côté du bien contre les forces du mal.

S'il en était ainsi, pourquoi les insomnies revenaient-elles sans cesse ? Et pourquoi faisait-il autant de cauchemars quand il parvenait enfin à s'endormir ?

— Croyez-vous donc que tous les Français – et toutes les Françaises – soient le mal incarné ? Que tous les Britanniques, tous les Russes, tous les Prussiens et tous les Espagnols soient bons ?

— Bien sûr que non. En revanche, Napoléon Bonaparte est un homme mauvais. Quiconque se bat à ses côtés devient mauvais par association.

— Pourtant, objecta-t-il, j'imagine que la France est pleine de mères qui ont perdu des fils au combat et considèrent les soldats anglais comme le mal incarné.

Elle ouvrit la bouche pour répondre mais la referma aussitôt.

— C'est la guerre qui est le mal, finit-elle par dire. Cependant, ce sont les hommes qui causent les guerres et qui se battent entre eux. Est-ce sur un champ de bataille que vous avez reçu cette cicatrice sous votre joue ?

Elle partait de la base de son oreille gauche et s'arrêtait juste avant son menton.

— Oui. À Talavera. Une petite blessure. Cinq centimètres plus bas et je jouais de la harpe pour l'éternité, assis sur un nuage.

Il lui sourit et passa délicatement son doigt sur le bras qui tenait l'éventail. Entre le bord de la manche bouffante et la limite du gant, elle avait la peau douce et chaude.

Le brouhaha des conversations emplissait le théâtre tandis que les spectateurs se déplaçaient d'une loge à l'autre pour échanger des impressions sur la représentation et partager les derniers commérages. Pourtant, il lui sembla soudain qu'ils étaient seuls au monde, tous les deux. Et il éprouva une vague de désir charnel pour cette femme qui ne faisait rien pour l'exciter. Elle était très belle, certes, mais n'usait pas de sa féminité pour charmer. Il ne l'avait même pas vue avoir un sourire sincère. Pourtant, son corps la désirait.

Elle écarta son bras.

— Je ne vous ai pas donné la permission de me toucher, monsieur. Du reste, je ne vous ai même donné aucun encouragement d'aucune sorte. Comment avez-vous fait pour élaborer ce… stratagème, ce soir ?

— J'étais las d'assister à tous les événements mondains de la saison, expliqua-t-il. J'étais en train de devenir d'une respectabilité alarmante. Quel ennui, pour la bonne société, de n'avoir aucune de mes frasques à se mettre sous la dent et ce depuis plus d'une semaine ! J'ai été contraint de passer à l'action.

— Si j'avais souri et si je vous avais flatté au bal de lady Mannering, si j'avais minaudé et gloussé pendant notre promenade à Hyde Park, vous auriez aussitôt cessé de vous intéresser à moi, lord Ravensberg.

— Mon Dieu, oui, convint-il.

Elle était bien perspicace.

— Je vous prierai de ne pas employer le nom du Seigneur, dit-elle d'un ton collet monté qui l'enchanta. Je vois que je m'y suis mal prise. J'aurais dû vous encourager.

— Il est toujours temps de changer de tactique, miss Edgeworth, assura-t-il en rapprochant un peu son fauteuil du sien.

— Vous vous moquez de moi, contra-t-elle. Vous riez de moi en permanence. Votre regard rit en permanence.

— Il sourit, corrigea-t-il. Vous êtes injuste. Mes yeux sourient de joie. À chaque fois qu'ils se posent sur vous, ils voient une beauté telle que plus rien ne compte.

— Je maintiens, répondit-elle en rosissant légèrement, qu'il n'y a pas de terrain d'entente possible entre nous, monsieur, et que rien ne permettrait de bâtir une relation sérieuse – si telle était votre intention. Nous sommes aussi différents que le jour et la nuit.

— Pourtant, le jour et la nuit se rencontrent brièvement à l'aurore et au crépuscule, fit-il valoir en baissant de nouveau la voix et en approchant le visage du sien. Et cette rencontre offre à celui qui y assiste les instants les plus enchanteurs. Un lever et un coucher de soleil brillent d'un éclat flamboyant qui éveille toutes les passions.

Il effleura du bout des doigts sa main gantée avec un sourire malicieux.

Elle se dégagea vivement puis, se souvenant sans doute qu'elle se trouvait dans un lieu public, leva gracieusement son éventail.

— J'ignore tout de la passion, affirma-t-elle. Vous perdez votre temps, monsieur. Vos mots n'ont aucun effet sur moi.

— Il fait vraiment très chaud dans ce théâtre, murmura-t-il en fixant son éventail.

Elle s'immobilisa brusquement, se tourna vers Ravensberg et plongea les yeux dans les siens. Il s'attendait à ce qu'elle recule en découvrant combien ils étaient près. Elle n'en fit rien. Il sentait monter sa colère. Il aurait tant aimé qu'elle éclate, même dans ce lieu public… Surtout dans ce lieu public. Voilà qui ferait parler d'eux ! Mais elle prit sur elle avant de parler.

— Vous seriez bien avisé de cesser de me poursuivre de vos assiduités après cette soirée, lui conseilla-t-elle. Je n'accepterai plus d'invitation qui vous inclut, monsieur. Je suis habituée à évoluer dans un milieu où les gentlemen se conduisent en gentlemen.

— Mais cela doit être d'un ennui insupportable…

— Peut-être, concéda-t-elle en s'éventant de nouveau. Mais j'aime avoir une vie ennuyeuse. On méconnaît les bienfaits de l'ennui. Du reste, peut-être suis-je moi-même une personne ennuyeuse.

— Dans ce cas, suggéra-t-il, vous devriez épouser un homme comme Bartlett-Howe ou Stennson. Vous ne voyez pas les gens s'endormir sur leur passage ?

Il crut un instant qu'elle allait rire. Puis il imagina qu'elle se préparait à lui assener cette réprimande qu'il avait tout fait pour provoquer – Dieu sait pourquoi ! Sauf que la porte de la loge s'ouvrit avant qu'elle ait pu rire ou exploser. Elle tourna vivement la tête vers l'orchestre.

Kit se leva pour s'incliner devant Mme Merklinger et sa fille, les aida à se rasseoir et leur demanda si le premier acte leur avait plu. Il sourit, fit un clin d'œil à un Farrington au visage impassible et reprit sa place à côté de miss Edgeworth. Sutton et lady Wilma revinrent à cet instant régaler tout le monde du récit détaillé de tous les sujets de conversation qu'ils avaient abordés avec lady Bridges et ses invités.

Ce n'est que grâce au lever de rideau qu'ils ne périrent pas tous d'ennui.

5

Il plut par intermittence pendant cinq jours d'affilée. Il était impossible d'aller plus loin que le fond du jardin du duc de Portfrey pendant les courts intervalles qui séparaient chaque averse. Lauren se serait parfaitement satisfaite de rester tranquillement à l'intérieur à tenir compagnie à Elizabeth et à s'occuper à des travaux d'aiguille ou de plume mais tout, autour d'elle, semblait conspirer pour contrarier cet espoir.

Le lendemain de la sortie au théâtre, la duchesse d'Anburey vint lui reprocher gentiment d'avoir accepté de rester seule avec le vicomte Ravensberg quand Wilma avait très convenablement essayé de l'entraîner dans la loge de lady Bridges. Lauren souligna que c'était elle qui avait choisi de rester dans la loge de lord Farrington et que son tête-à-tête avec lord Ravensberg s'était déroulé au vu et au su de tout le monde. Une dame devait faire très attention à sa réputation ; surtout Lauren, compte tenu de sa situation, avait conclu la duchesse d'un ton chargé de sous-entendus.

Celle-ci invita le duc et la duchesse de Portfrey, ainsi que Lauren, à dîner le lendemain soir. Cette réunion de famille aurait pu être agréable, songea Lauren par la suite, sans la présence d'un ami aussi méritant qu'ennuyeux du comte de Sutton, qui ne la quitta pas de la soirée. Elle trouvait extrêmement pénible, à vingt-six ans et après avoir été abandonnée le jour de son mariage, de voir ses proches se donner autant de mal pour lui trouver un mari.

Lord Ravensberg ne fut pas absent de la conversation. Au salon, lord Sutton fit le récit de la dernière extravagance du vicomte. Il s'était donné en spectacle pas plus tard que la veille en se baignant dans la Serpentine, à Hyde Park, en plein jour, vêtu en tout et pour tout de… non, mieux valait ne pas aborder ce sujet en présence des dames. Pire, il riait de bon cœur en sortant de l'eau, se donnant ainsi en spectacle – il n'avait même pas ses bottes ! Et il avait esquissé un salut ironique en réponse aux propos de lady Waddingthorpe et Mme Healy-Ryde. Les deux femmes s'étaient arrêtées, gênées d'être témoins d'une scène aussi choquante, mais portées par le devoir de lui signifier qu'il faisait honte à sa famille, à son nom et à l'uniforme qu'il avait porté jusqu'à récemment. C'était elles, bien entendu, qui avaient divulgué cette histoire en commençant par la raconter, moins d'une heure plus tard, dans le salon de lady Jersey.

Le jeune homme qui escortait Lauren lui assura avec solennité que certains messieurs n'étaient pas dignes de ce nom.

La semaine lui donna des nouvelles de ses proches. Une lettre de Gwendoline, sa cousine et sœur de cœur, où elle faisait allusion à un mot que sa mère, la comtesse douairière, avait reçu de tante Sadie.

« Il semble qu'elle t'entoure de toute une armée de prétendants, écrivait Gwen. Je les vois d'ici, méritants et guindés au possible. Ma pauvre Lauren ! Y en a-t-il un, parmi eux, qui retienne ton attention ? Oh, je sais que tu ne veux pas te marier, mais… tout de même ? »

Lauren imaginait sans peine le sourire malicieux de sa cousine quand elle avait écrit ces mots. Toutes deux avaient été élevées ensemble et étaient très complices. Mais, non. Il n'y avait personne. Faisait-il exprès de se faire remarquer ? Se baigner à demi nu dans la Serpentine, quelle idée !

La lettre de Gwen s'achevait par une phrase écrite d'une encre un peu plus foncée, comme si elle avait trempé encore et encore sa plume dans l'encrier en cherchant comment formuler sa pensée.

« Lily et Neville sont venus ce matin nous apporter la bonne nouvelle d'un heureux événement. »

C'était tout. Pas de détail. Pas de description de la joie qui devait illuminer le visage de Lily, de la fierté de Neville. Ni des larmes de bonheur que n'avait sans doute pas manqué de verser tante Clara à l'idée qu'elle tiendrait bientôt dans ses bras son premier petit-enfant. Ni de la pointe de chagrin qui avait dû percer le cœur de Gwen à la pensée du bébé qu'elle avait perdu suite à l'accident de cheval qui l'avait également laissée boiteuse.

Rien que les faits : Lily allait avoir un enfant. Lily et Elizabeth, toutes deux jeunes mariées, toutes deux enceintes, toutes deux comblées de bonheur. Alors que Lauren faisait le projet de s'installer seule et de commencer sa vie de vieille fille à la fin de l'été, en se convainquant que c'était ce qu'elle désirait le plus au monde.

Bien entendu, Lily avait écrit à son père pour lui faire part de la nouvelle. Lauren se trouvait dans le petit salon avec Elizabeth lorsque le duc était venu annoncer la future naissance à sa femme.

— Oh, c'est donc arrivé, Lyndon ? s'exclama Elizabeth en portant les deux mains à sa poitrine. Lily était pourtant certaine d'être stérile.

Puis elle se mordit la lèvre et se tourna vers Lauren, le regard troublé.

Celle-ci lui sourit avec toute la chaleur possible.

— Vous devez être très heureux, monsieur le duc, se réjouit-elle.

— Oh oui, Lauren, confirma-t-il avec un petit rire contrit. Même si je dois maintenant m'inquiéter et pour mon épouse et pour ma fille.

Lauren posa sa broderie et se leva pour laisser le couple seul.

Et puis, le sixième jour, une carte fut apportée à Lauren pendant le petit déjeuner. C'était Mme Merklinger qui l'invitait à dîner le lendemain soir, puis à les accompagner avec d'autres amis à Vauxhall Gardens, où M. Merklinger avait loué une loge privée. On allait danser et il y aurait un feu d'artifice.

Elle avait très peu parlé avec les Merklinger au théâtre et ne les connaissait pas par ailleurs. Le vicomte Ravensberg. Encore une de ses manœuvres, certainement.

Elle lui avait pourtant déclaré fermement qu'elle ne voulait plus avoir affaire à lui. Pendant six jours, il semblait se l'être tenu pour dit. Elle avait tenté de se sentir soulagée mais ces six derniers jours avaient été d'un ennui terrible. Et pourtant, sa vie entière était ponctuée de jours semblables. Elle devait refuser cette invitation. Il ne fallait pas qu'elle devienne la proie des flatteries douteuses du vicomte Ravensberg formulées dans le seul espoir de l'agacer. Rien de tout cela n'était sincère. Il fallait qu'elle refuse. Et pourtant...

Et pourtant, on disait que, le soir, les jardins de Vauxhall étaient enchanteurs.

Et elle était bien curieuse de savoir comment il comptait s'y prendre maintenant qu'elle lui avait signifié on ne peut plus clairement qu'elle n'était pas sensible à ses belles paroles.

Et tante Sadie, Wilma et lord Sutton désapprouveraient cette sortie, ce qui était une raison pour accepter. Lauren s'en voulut dans l'instant de penser contre les siens.

Bientôt, Elizabeth serait délivrée et Lauren devrait... devrait partir vers la vie qu'elle s'était choisie.

Et Lily attendait un enfant. Neville était marié, il allait être père.

— Que dois-je faire ? demanda-t-elle en tendant l'invitation à Elizabeth qui la lut avant de la lui rendre.

— Tu supposes que lord Ravensberg sera là ? devina sa tante.

— Oui.

Elizabeth la regarda avec bonté.

— Qu'as-tu envie de faire.

— C'est un débauché notoire, fit valoir Lauren. Pourquoi avoir encore alimenté les ragots en se baignant dans la Serpentine et en riant quand il s'est fait prendre et réprimander ?

— C'est aussi un jeune homme extrêmement séduisant, fit valoir Elizabeth. Séduisant à tes yeux. Que souhaites-tu ? Je ne peux pas répondre à ta place. Le vicomte Ravensberg repousse ou attire miss Edgeworth ? C'est la seule question à te poser.

— Il ne m'attire pas ! protesta-t-elle.

— Dans ce cas, il n'y a aucun mal à profiter de cette occasion de passer une soirée à Vauxhall Gardens. Sauf, bien entendu, s'il t'inspire une véritable répulsion.

— Non !

Elizabeth posa sa serviette pliée à côté de son assiette et se leva de table, la main sur son ventre.

— Lauren, continua-t-elle, et Lyndon et moi sommes désolés pour toi que la nouvelle de l'état de Lily soit venue si vite après ton arrivée ici, de sorte que tu dois te demander si tu parviendras jamais à échapper à tes douloureux souvenirs. Ne le nie pas, enchaîna-t-elle en prenant le bras de Lauren pour se rendre dans le petit salon. Je sais combien tu étais attachée à Neville. Mais, je t'en prie... – oh, mon Dieu, moi qui m'étais juré de ne pas commettre la même erreur que Sadie et de ne pas chercher à régler ta vie à ta place !

Elle soupira.

— Et me voilà incapable de résister, reprit-elle. Je t'en supplie, Lauren, n'imagine pas que ta vie est finie, que tu n'as plus aucune chance d'être heureuse. Toi seule peux savoir ce qui te rendra heureuse. Si tu es vraiment convaincue de vouloir te retirer, seule, je te soutiendrai contre toutes les Sadie du monde. Mais... Non, je ne peux pas en dire davantage. Tiens-tu vraiment à avoir mon avis concernant cette invitation ?

— Non, reconnut Lauren après un instant de réflexion. J'ai eu tort de vous le demander, ajouta-t-elle avec un sourire contrit. J'irai. J'ai toujours eu envie de voir Vauxhall. Et je n'éprouve ni attirance ni répulsion pour le vicomte Ravensberg. Il m'est assez égal qu'il soit ou non du nombre des invités.

Elizabeth lui tapota le bras.

Quelques minutes plus tard, seule dans sa chambre, Lauren fut frappée par un souvenir. Le souvenir d'une question à laquelle elle n'avait pas eu l'occasion de répondre sur le moment.

Dans ce cas, vous devriez épouser un homme comme Bartlett-Howe ou Stennson. Vous ne voyez pas les gens s'endormir sur leur passage ?

Que c'était grossier ! Et méchant ! Et délicieux !

Lauren saisit à la hâte un coussin sur un fauteuil et le plaqua sur sa bouche tandis qu'elle éclatait de rire. Puis elle le reposa et se mit en quête d'un mouchoir pour s'essuyer les yeux.

Non, se réprimanda-t-elle, il ne fallait pas l'encourager, fût-ce par ce rire secret.

L'obscurité tombait lorsqu'ils approchèrent de Vauxhall Gardens en bateau. Un pont permettait de traverser la Tamise en voiture à cheval, leur avait expliqué Merklinger au dîner, mais quel dommage de gâcher une si belle occasion de faire une traversée romantique en bateau ; la pluie avait enfin cessé et la nuit promettait d'être claire, avec une lune presque pleine.

Kit n'avait pu que lui donner raison. Il avait aidé miss Edgeworth à embarquer et s'était assis auprès d'elle. Il avait aussi été placé à côté d'elle à table, tout comme Farrington à côté de la ravissante miss Merklinger. La mère de cette dernière avait dû s'imaginer qu'ils formaient deux beaux couples – et Farrington ne manquait pas de se faire taquiner à ce sujet dans leur cercle d'amis.

— Et c'est ainsi, clama Kit, qu'ils voguèrent au-delà du monde, vers un pays de merveilles et d'enchantement. Et de badinages insouciants.

— Nous allons simplement traverser la Tamise en barque pour nous rendre à Vauxhall Gardens, monsieur, repartit-elle. Un voyage d'une dizaine de minutes, je suppose.

Au moins, elle lui adressait directement la parole. Tout le dîner, elle avait évité le tête-à-tête en faisant la conversation presque exclusivement avec M. Merklinger, assis à sa gauche.

— Ah, mais Vauxhall est un pays merveilleux et enchanté, affirma-t-il. Et propice au badinage et autres gambades romantiques. Y êtes-vous déjà allée ?

— Non. Mais vos propos deviennent déplacés, monsieur.

Savait-elle combien elle était adorable quand elle prenait cet air guindé et indigné ? Elle, toujours très droite, avait relevé le menton et réussi à se raidir encore davantage au mot « badinage ». Elle fixait d'un air dédaigneux un point sur l'eau. Elle portait la même cape lavande qu'au théâtre. Pour la traversée, elle en avait en partie remonté la grande capuche sur ses boucles. Tout à l'heure, il avait vu sa robe de soie et de dentelle ivoire et s'était demandé comment elle faisait pour paraître toujours la plus élégante malgré la relative simplicité de ses toilettes. La réponse lui était venue presque aussitôt : pour ajouter à la longue liste de ses qualités, elle avait beaucoup de goût.

Sa tâche de ce soir n'en devenait que plus intimidante. Il ne lui restait plus que dix jours pour gagner son pari. Oui, il fallait qu'il soit marié avec elle d'ici là s'il ne voulait pas se trouver délesté de deux cents guinées. *Marié* avec elle ? D'ici à dix jours ? Allons, impossible, mais pas pour Ravensberg !

Kit écouta les bavardages autour d'eux. Miss Merklinger et sa cousine, miss Abbott, commentaient tout ce qu'elles voyaient avec l'enthousiasme bouillonnant de la jeunesse. Mais voilà que miss Edgeworth, après avoir laissé le temps à sa réprimande de faire son effet, reprenait la parole, le visage à demi tourné vers lui.

— Pourquoi vous êtes-vous baigné presque nu dans la Serpentine ? voulut-elle savoir. Pourquoi vous êtes-vous ainsi donné en spectacle ? Aimez-vous donc à ce point faire scandale où que vous alliez ?

— Ah. On vous a raconté cela, je vois.

— Et, malgré cela, vous vous attendez à ce que j'accepte de voir mon nom associé au vôtre ? ajouta-t-elle.

— Vous ne souhaitez pas fréquenter quelqu'un qui se donne en spectacle dans les lieux publics ? Quelqu'un qui recherche la notoriété ? Vous m'en voyez navré. Mais, voyez-vous, l'enfant poussait des cris à fendre l'âme et sa nurse semblait à bout. Il m'a semblé qu'elle n'allait pas tarder à en venir à la conclusion que la seule solution était de le gifler.

— Quel enfant ?

Elle se tourna tout à fait vers lui, les sourcils froncés.

Il laissa échapper un petit rire. Même en colère, elle était belle.

— J'aurais dû me douter que ces vieilles harpies ne raconteraient qu'une partie de l'histoire. L'enfant avait un bateau tout neuf, voyez-vous, qui s'est fièrement élancé vers l'horizon et a fait une course d'au moins une minute sous les cris d'encouragement de l'enfant. Avant de sombrer ignominieusement sans laisser même une bulle à la surface. À ce moment-là, il était à plusieurs mètres du bord.

— Et vous avez plongé pour le récupérer, fit-elle avec un mélange d'incrédulité et de mépris.

— Pas tout de suite, précisa-t-il. J'ai attendu qu'il devienne évident que la nurse était incapable de résoudre cette crise. Car c'était bel et bien une crise, vous comprenez. Quel capitaine pourrait assister au naufrage de son navire sans piquer une crise monumentale ? L'instant arrivait où ce garçon, en proie à une colère parfaitement justifiée, allait se trouver corrigé par une nurse insensible. J'ai donc ôté autant de vêtements que me le permettait la décence – mais je crois savoir que les avis divergent sur le nombre de vêtements que l'on peut décemment ôter – et j'ai plongé. J'ai récupéré le bateau dans sa tombe de vase. Mon geste m'a semblé plutôt héroïque. Et au garçon aussi.

Elle le fixait, bouche bée.

— Vous comprenez, expliqua-t-il en inclinant la tête sur le côté, j'ai moi-même été un petit garçon, autrefois.

— Autrefois ? Vous voulez dire que vous avez grandi ?

Elle se mordit la lèvre. Était-ce pour réprimer un sourire ? En tout cas, il n'y avait pas à se méprendre sur l'amusement qui perçait dans sa voix.

— Lady Waddingthorpe et Mme Healy-Ryde se sont gonflées d'indignation comme deux ballons de baudruche, ajouta-t-il piteusement.

Un instant, à la faveur de la lune, il vit ses yeux briller d'une lueur amusée. Hélas, elle n'eut pas le temps de répondre. Avec force cris de joie, miss Merklinger et miss Abbott avertissaient les passagers que le bateau allait bientôt accoster. La lumière des lampions de Vauxhall Gardens se reflétait à la surface de l'eau.

— Oh ! s'exclama miss Edgeworth.

— Vous voyez ? souligna-t-il doucement. C'est un pays enchanté.

— Magique, reconnut-elle avec tant de ferveur qu'il supposa qu'elle en avait oublié un instant son éternelle et infernale dignité.

Il l'aida à débarquer et ils suivirent les autres dans ces jardins de délices capables de ravir l'être blasé qu'il était. Même de jour, il devait être agréable de se promener entre les longues colonnades, dans les bosquets, sur les larges avenues. Le soir, les lampions colorés, la lune et les étoiles transformaient le lieu en un pays merveilleux. La musique d'un orchestre au loin les enveloppait, atténuait les voix et les rires des dizaines de gens venus faire la fête.

Oui, c'était l'endroit rêvé pour se laisser aller au badinage.

Et pour une demande en mariage.

Ils prirent place dans la loge que Merklinger avait louée pour la soirée, près de l'orchestre et de l'espace où se tenaient les gens et où l'on danserait tout à l'heure. Ils mangèrent des fraises à la crème et burent du vin en profitant de la douceur de la soirée. Miss Abbott flirtait avec M. Weller. Mme Merklinger faisait la cour à Farrington pour sa fille avec une assiduité qui confinait à l'entêtement. Quant à Merklinger, il hélait presque tous les gens qui passaient devant la loge et entamait une conversation enthousiaste avec ceux qui s'arrêtaient. Kit se tourna vers miss Edgeworth.

— M'accorderez-vous une valse ?

— Oh, oui ! s'exclama miss Merklinger en battant des mains. Dansons la valse. Vous voulez bien, maman ?

Par chance, la jeune fille ne s'était pas méprise sur l'objet de son invitation. C'était sur Farrington qu'elle fixait son regard pétillant. Farrington qui se levait avec indulgence tandis que la mère de la jeune fille les couvait d'un regard bienveillant.

— Une valse, hésita-t-elle. Tu n'as pas encore l'agrément des dames de l'Almack pour danser la valse, ma chérie, et Amelia non plus. Mais à Vauxhall, j'admets que les règles sont observées un peu moins strictement qu'ailleurs. Allez-y et amusez-vous bien.

Ils valsèrent donc, Kit et Lauren ainsi que les deux autres couples sous les étoiles et les lampions. La brise du soir faisait voleter la dentelle de la robe de Lauren et les cheveux de Kit. Décidément, songea-t-il à nouveau, la cambrure du bas de son dos semblait faite pour accueillir sa main. Et la valse semblait avoir été inventée pour elle. Elle en exécutait les pas avec une grâce et une élégance divines. Et elle était plus belle qu'il n'était permis de l'espérer.

Le moment venu, elle ferait une comtesse idéale. Son père ne pourrait y trouver qu'une chose à redire : elle n'était pas Freyja. On ne pouvait imaginer deux femmes plus différentes. Il interrompit le cours de ses pensées : miss Edgeworth lui conviendrait à la perfection.

— Y a-t-il plus romantique que de valser à la belle étoile ? lui demanda-t-il à mi-voix.

Jusque-là, elle contemplait les arbres et les lanternes. Mais, quand il parla, elle plongea son regard dans le sien.

— Cela dépend du partenaire, sans doute, répondit-elle gravement.

— J'ose à peine vous demander, fit-il en riant doucement, s'il peut y avoir plus romantique que cette valse-ci.

— Je songe aisément à un certain nombre d'activités plus agréables, monsieur.

Elle avait du répondant...

— J'en imagine quelques-unes, repartit-il en fixant délibérément sa bouche du regard et en accentuant un peu la pression de sa main sur sa taille.

Mais qu'est-ce qui lui prenait, de l'énerver à dessein alors qu'il aurait dû lui faire la cour ?

— Pourquoi persistez-vous à flirter avec moi ? Ne vous ai-je pas signifié on ne peut plus clairement que je ne succomberais pas à vos flatteries ? Ma réticence vous amuse-t-elle donc tant ?

À la vérité, c'était ses façons guindées qui l'amusaient – étonnamment. Il aurait dû s'en agacer, sans doute, mais il la trouvait si touchante, retranchée derrière cette dignité grave.

Il la fit tournoyer sans répondre et l'attira plus près de lui en voyant un autre couple se rapprocher dangereusement. Mais elle ne se laissa pas faire. Elle remit entre eux la distance convenable et plongea dans le sien un regard chargé de reproches.

— Vous avez failli vous faire écraser par un rustre, expliqua-t-il. Celui-ci. Oups !

Le jeune homme grand et large qu'il désignait venait de percuter un autre couple. Kit eut un petit rire étranglé.

— Je vous emmènerai vous promener après la valse, annonça-t-il. Avant de prononcer le non catégorique pour lequel vous prenez cette longue inspiration, sachez que je ferai cela dans le respect des convenances en invitant les autres à se joindre à nous.

Elle referma la bouche et le considéra d'un air méfiant.

— Il serait dommage, insista-t-il, de venir à Vauxhall et de ne pas en profiter le plus possible, non ? Les chemins dans les bois sont d'un romantisme... On se croirait à la campagne.

— Je ne suis pas venue ici pour le romantisme.

— Il existe des alternatives, assura-t-il avec un sourire malicieux en la faisant tournoyer encore une fois. Mais pourquoi êtes-vous venue ?

Comme elle ne répondait pas, il poussa un soupir éloquent. La musique touchait à sa fin, devinait-il.

— Venez vous promener avec moi, la pria-t-il. Et avec les autres, en respect des convenances, bien sûr.

S'il n'était pas capable d'échapper à leur chaperonnage une fois qu'ils auraient quitté les environs du pavillon, alors, oui, cela signifierait qu'il avait perdu la main.

La musique s'arrêta. Autour d'eux, les danseurs regagnaient les loges.

— Vous hésitez parce que je me suis baigné dans la Serpentine vêtu uniquement de ma culotte ?

— Tout, pour vous, est matière à plaisanterie, lui reprocha-t-elle. N'êtes-vous donc jamais sérieux ?

— Si, parfois.

Oh, oui. Parfois.

— Venez vous promener avec moi, insista-t-il.

— Très bien. À condition que tous les autres acceptent de nous accompagner, monsieur. Mais je ne tolérerai pas le moindre badinage.

— Je vous promets de ne pas chercher à badiner avec vous, assura-t-il, la main sur le cœur.

Elle ne paraissait guère convaincue.

— Fort bien, fit-elle tout de même.

6

Lauren avait toujours apprécié ce qui était beau. Le parc de Newbury Abbey était beau, surtout par les belles journées d'été où le vent qui soufflait de la mer n'était pas trop violent. Ce qu'elle aimait le plus, c'était les grandes pelouses près du château et les jardins d'agrément. Autrement dit les parties du parc les plus domestiquées. Les plus civilisées. Elle n'avait jamais apprécié la vallée ni la plage qui se trouvaient dans l'enceinte. Elles étaient trop sauvages. Trop désordonnées. Elle en avait même peur, d'une façon qu'elle ne pouvait expliquer. Peut-être lui rappelaient-elles combien l'humanité contrôlait peu son destin, que la nature avait ses droits et pouvait décider de semer le chaos.

Elle était terrifiée par cette idée.

Mais Vauxhall était ravissant. Ici, la nature avait été domptée et délicieusement modelée. Des lanternes éclairaient les grandes allées des sous-bois. Des statues et des grottes complétaient le décor. Les promeneurs arpentaient les chemins, d'un pas élégant.

Pourtant, elle ne pouvait se défaire d'une impression de danger. Miss Merklinger et lord Farrington, miss Abbott et M. Weller marchaient devant eux, bavardaient et riaient entre eux. Lord Ravensberg ne faisait rien pour se joindre à leur conversation, bien que lord Farrington soit l'un de ses amis intimes. Et la distance entre eux ne cessait de se creuser, de façon tout juste perceptible.

De temps à autre, des chemins plus étroits s'enfonçaient en serpentant dans les bois. Il y faisait plus sombre et il y avait moins de monde que dans les allées principales.

Lauren pouvait lire dans les pensées de lord Ravensberg. Il avait l'intention de leur faire prendre l'un de ces chemins de traverse, rien que tous les deux. Elle frissonna. Elle pouvait presser le pas pour rattraper les autres. Elle pouvait se joindre à leur discussion. Ou elle pouvait, le moment venu, refuser fermement de quitter la grande allée. Il ne la forcerait pas. Lauren Edgeworth se sentait tiraillée. Elle avait toujours su ce qui se faisait. Or il n'était pas de bon ton de suivre cet homme sans le moindre sens des convenances sur un sentier désert.

Pourtant, elle était terriblement tentée de le faire. Comment était-ce le badinage ? Ce devait être différent du simple flirt, sans doute… On pouvait flirter en présence d'autres gens alors que le badinage se pratiquait entre un homme et une femme, seuls. Elle n'avait jamais éprouvé la moindre curiosité à ce sujet avant ce soir.

— Il commence à y avoir foule dans l'allée principale, observa le vicomte Ravensberg en s'approchant de son oreille. Préféreriez-vous marcher plus tranquillement sur l'un de ces chemins, miss Edgeworth ?

Son regard dansait joyeusement tandis qu'il désignait l'ombre des sous-bois, moqueur. Il savait qu'elle savait, bien sûr. Sentait-il également qu'elle était tentée d'accepter ?

Il lui sembla être arrivée à un carrefour de sa vie. Elle pouvait – elle devait – dire non et les choses en resteraient là. Mais elle pouvait aussi accepter. Dire oui, tout simplement, et risquer… quoi ? D'être découverte ? Dénoncée ? De faire scandale ? Ils n'auraient pas de chaperon. Avait-il l'intention de lui dérober un baiser ? L'idée était choquante. Seul Neville l'avait embrassée. Elle avait vingt-six ans et elle n'avait été embrassée – très chastement – que par son fiancé d'alors. Peut-être comptait-il faire plus que l'embrasser. Peut-être...

— Merci, s'entendit-elle répondre avant d'avoir pu se convaincre de refuser. Volontiers.

Aussitôt, il tourna à gauche sur un petit chemin. Les deux autres couples continuèrent d'avancer sans s'en rendre compte.

Le sentier était étroit. On pouvait y avancer à deux côte à côte à condition d'être très près l'un de l'autre. Lord Ravensberg la tint fermement contre son côté de sorte qu'elle n'eut d'autre choix que de nicher son épaule juste sous la sienne. C'était le chemin qui ne lui laissait pas le choix. Le chemin et les grands arbres de part et d'autre et dont les branches se rejoignaient au-dessus d'eux, faisant presque écran au clair de lune. La seule lumière provenait des lampions au loin.

Elle n'aurait pas dû accepter. L'impression d'intimité était plus grande qu'elle ne s'y attendait. Le bruit des voix et de la musique semblait se perdre dans l'obscurité. Le sentier était désert.

Pourquoi avait-elle accepté ? Par curiosité ? Par désir d'être embrassée ?

Si seulement il disait quelque chose... Elle songea à toutes sortes de choses qu'*elle* pourrait dire. Après tout, elle maîtrisait parfaitement l'art de la conversation.

— J'ai envie de vous embrasser, fit-il d'une voix si posée et naturelle qu'elle ne comprit pas tout de suite ce qu'il disait.

Son cœur, lui, se mit à cogner follement dans sa poitrine, lui coupant à demi le souffle.

Qu'est-ce que cela ferait, d'être embrassée par un homme qui n'était pas Neville ? D'être embrassée par

un débauché notoire ? Par le vicomte Ravensberg ?
Pourquoi n'avait-elle pas riposté aussitôt par un refus
ferme et glacial ?

— Pourquoi ? demanda-t-elle comme dans un
songe.

Il rit doucement.

— Parce que vous êtes une femme – une femme
très belle – et que je suis un homme. Parce que je vous
désire.

Lauren avait soudain les jambes en coton. Était-ce
donc cela, le badinage ?

Parce que je vous désire.

L'esprit confus, elle continuait à marcher comme
s'il lui avait parlé de la pluie et du beau temps. Il
n'avait pas seulement envie de l'embrasser. Il la désirait. Était-elle donc désirable ? Belle, vraiment ?
Était-ce seulement du badinage ? Ou était-elle en
train de tomber dans le piège d'un séducteur
expérimenté ?

Ils s'arrêtèrent de marcher comme par un accord
tacite. Ils étaient debout, face à face. Un lampion
assez éloigné faisait danser des ombres sur le visage
de lord Ravensberg. Il lui effleura lentement la joue
du dos de la main.

— Permettez-moi de vous embrasser, murmura-t-il.

Elle ferma les yeux et hocha la tête, comme si ne
plus voir et ne rien prononcer lui ôtait la responsabilité de ce qui allait suivre.

Elle sentit qu'il la prenait par la taille. Puis il l'attira
à lui. Leurs poitrines se touchèrent. Il la serra plus
étroitement. Elle ouvrit les yeux et vit son visage tout
près du sien, son regard rivé à ses lèvres. Ses lèvres
sur lesquelles il posa les siennes.

Son monde bascula. Elle sentit la chaleur humide
de sa bouche entrouverte et son souffle sur sa joue.
Elle se perdit dans l'étude émerveillée de ce contact
charnel. Soudain, elle prit conscience de deux choses.
La langue de lord Ravensberg suivait le contour de

ses lèvres, faisait naître en elle des sensations inconnues et terrifiantes dans sa gorge, dans sa poitrine, dans son entrejambe... L'une de ses mains plaquée sur sa taille – non, plus bas – la tenait étroitement contre lui, les cuisses contre les siennes et...

Elle le repoussa vivement et lutta contre le chaos d'émotions qui paralysait son esprit. Voilà pourquoi l'on interdisait aux jeunes filles de se retrouver seules avec un homme tant qu'ils n'étaient pas fiancés ! Pourtant, elle n'avait jamais rien ressenti de tout cela avec Neville. Mais Neville était... un gentleman.

— Merci, monsieur, dit-elle, soulagée de sentir le calme et la froideur de sa voix quand un tourbillon de sentiments l'agitait. Cela suffira.

— Miss Edgeworth.

Il l'observait attentivement, la tête légèrement inclinée sur le côté. Il n'essaya pas de la prendre à nouveau. Les mains dans le dos, il ne la touchait même pas. Cependant, si les arbres l'avaient permis, elle aurait encore reculé d'un pas pour s'éloigner de lui.

— Me feriez-vous le grand honneur d'accepter de m'épouser ?

Quoi ? Elle le regarda, médusée. Sa question était tellement inattendue qu'elle douta un instant d'avoir bien entendu. Cela, ce n'était pas du badinage. Il venait de la demander en mariage.

— Pourquoi ? laissa-t-elle échapper.

— Quand je vous ai vue chez lady Mannering, j'ai su que je vous épouserai – si vous vouliez bien de moi.

N'était-ce pas le rêve de toute jeune fille que d'être ainsi choisie parmi la multitude ? Cendrillon un instant, l'amour du prince charmant l'instant d'après. Il n'y avait pas de mythe plus romantique. Et malgré elle, Lauren n'y était pas insensible. Sauf qu'elle n'était plus une toute jeune fille. Et qu'elle savait qu'il existait un monde entre le mythe et la réalité. Elle le savait parce que la vie l'avait assez souvent confrontée à la réalité. Elle ne croyait pas au coup de foudre. Elle ne croyait pas à l'amour romantique.

— Depuis, poursuivit-il, l'estime que je vous porte n'a cessé de croître, chaque jour, chaque heure.

— Vraiment ?

Elle regrettait presque la jeunesse crédule qu'elle n'avait jamais connue. Ah, croire au romantisme des contes de fées… Oui, elle en avait presque envie.

— Pourquoi ?

Décidément, cette question revenait sans cesse.

— Parce que vous êtes belle, répondit-il. Parce que vous êtes élégante, gracieuse et digne. Parce que vous êtes parfaite, à vrai dire. Je suis tombé fou amoureux de vous.

La magie retomba aussitôt. Les hommes ne tombaient pas fous amoureux. Les jeunes filles, peut-être, mais les hommes, eux, s'attachaient avec le temps et pour d'autres raisons. Lord Ravensberg n'échappait pas à la règle. Il s'aimait trop lui-même, présumait-elle. Quant à Lauren, elle n'était pas le genre de femme à inspirer à un homme une telle déferlante de sentiments.

— Monsieur, demanda-t-elle en le fixant du regard et en regrettant qu'il n'y ait pas plus de lumière. À quel jeu jouez-vous ?

— À quel jeu ?

Il se pencha vers elle. Elle se détourna vivement et fit quelques pas sur le chemin. Puis elle s'arrêta, lui tournant le dos.

— Est-ce ma fortune ? voulut-elle savoir. Avez-vous besoin de vous marier pour l'argent ?

— J'ai tout l'argent qu'il me faut, répondit-il après une petite pause. Et je dois hériter de bien davantage.

— Alors, pourquoi ? insista-t-elle sans se retourner. Pourquoi avez-vous assisté au bal de lady Mannering ? Il paraît que vous n'étiez à aucun autre cette saison. Pourquoi n'avez-vous dansé qu'avec moi ? Vous êtes venu dans une intention précise, n'est-ce pas ? Vous comptiez m'inviter à danser – voire me demander en mariage – avant même de m'avoir vue, je me trompe ?

— Je vous avais vue au parc, quelques jours avant, fit-il valoir. Vous en souvenez-vous ? Vous êtes difficile à oublier.

La saison mondaine londonienne était la foire aux mariages. Le vicomte Ravensberg devait approcher la trentaine et il était appelé à hériter d'un titre de comte. Il était parfaitement concevable qu'il ait estimé qu'il était temps pour lui de prendre femme. Mais pourquoi elle ? Et sans l'avoir vue ? Elle ne croyait pas un instant qu'il ait conçu une si forte passion pour elle dans l'instant où leurs regards s'étaient croisés au parc. Surtout qu'il tenait une fille de ferme dans les bras. Elle se tourna vers lui. Sous cet angle, son visage était mieux éclairé. Son habituelle espièglerie semblait l'avoir quitté.

— Votre passion mensongère est insultante, monsieur. Pourquoi ne pas simplement me dire la vérité ?

Sa bonne humeur s'en était allée et ses traits paraissaient durs et burinés. Pour la première fois, elle parvenait à se le représenter en officier.

— Insultante, répéta-t-il doucement. Je vous ai insultée. Vous avez raison, Lauren.

Elle eut l'impression que son cœur se décrochait. Elle avait donc vu juste. Il n'éprouvait rien pour elle. Évidemment. De toute façon, c'était mieux ainsi. Elle ne voulait pas de son amour ni de celui d'aucun homme. Surtout pas du sien. Pourtant, un sentiment de tristesse l'envahit. Elle n'était pas belle. Ni désirable. Elle était seulement Lauren Edgeworth, jeune femme accomplie et cible idéale pour l'héritier d'un comte. Tournant la tête, elle se dirigea vers un banc sur lequel elle s'assit en arrangeant ses jupes autour d'elle de façon à ne pas avoir à le regarder. Il se rapprocha mais resta debout.

— L'honneur a toujours été une chose essentielle à mes yeux, commença-t-il d'un ton si sérieux qu'elle le reconnaissait à peine. Il fut un temps – lorsque j'étais à la tête d'un régiment – où il comptait plus pour moi que la vie elle-même. Et même que la vie de ceux que j'aimais. Cependant... Cependant, reprit-il après un petit silence, dans tous mes agissements envers vous, j'ai manqué à l'honneur. J'en suis profondément honteux et vous demande pardon. Me permettrez-vous tout de même de vous raccompagner jusqu'à Mme Merklinger ?

Elle leva les yeux vers lui. Manqué à l'honneur ? Parce qu'il avait feint un amour qu'il ne ressentait pas ? Et pourquoi cela la désolait-il autant ? Elle ne l'avait jamais cru, pourtant.

— Il me semble que vous me devez d'abord une explication, observa-t-elle tout en se demandant ce qu'elle voulait savoir.

Elle crut qu'il n'allait pas répondre. Des pas approchaient sur le chemin, et des chuchotements, et des rires. Qui se turent. Au loin, les premières notes d'une autre valse s'élevèrent.

Il prit une profonde inspiration avant de parler.

— Sachez seulement que j'ai parié contre trois autres hommes que je vous aurais séduite et épousée avant la fin du mois.

Pour rester maîtresse d'elle-même, Lauren tenta, en vain, de décrire d'un seul mot ce qu'elle ressentait. Choc ? Colère ? Ahurissement ? Douleur ? Humiliation ? Tout à la fois !

— Un pari ? fit-elle dans un souffle.

— Vous avez été choisie pour votre dignité, votre distinction et votre respectabilité inébranlables. Parce que vous êtes parfaite, en somme. Mes... amis ont estimé que vous étiez la demoiselle la moins susceptible d'accepter ma demande en mariage.

— Parce que vous êtes un débauché ? Tout cela n'était donc qu'un jeu ?

Elle se rendit compte qu'elle parlait d'un ton aussi morne que lui.

— Un jeu d'une bêtise remarquable, ajouta-t-elle. Et si vous aviez gagné ? Vous vous seriez trouvé lié à jamais à une femme guindée et respectable. Une dame parfaite. Une dame parfaitement ennuyeuse. Car c'est ce que je suis, lord Ravensberg.

La douleur intense qu'elle éprouvait soudain était ridicule. Elle n'avait jamais estimé cet homme et n'avait jamais cru à ses flatteries grotesques. Alors quelle importance qu'il ait fait un pari sur elle parce qu'elle était ennuyeuse, ennuyeuse à périr ? Car c'était ce qui se cachait derrière les mots « dignité », « distinction » et « respectabilité ». Et il avait raison. Elle était cette Lauren Edgeworth. Elle avait toujours été fière de sa bonne éducation. Et elle le restait. Donc, la douleur n'avait pas lieu d'être. Elle ne l'éprouvait pas vraiment. Tout ce qu'elle ressentait, c'était de la colère – et davantage contre elle que contre lui. Elle savait depuis le début qui il était, ce qu'il était. Elle avait délibérément choisi de ne pas écouter sa famille. Elle avait voulu affirmer son indépendance. Et, tout ce temps-là, elle s'était persuadée qu'elle était insensible au charme de lord Ravensberg.

— Non, corrigea-t-il, vous êtes injuste avec vous-même. Et ce n'était pas seulement un jeu. J'avais – j'ai réellement besoin d'une épouse. Quelqu'un comme vous. Mais je n'aurais pas dû vous faire la cour avec autant de... de... d'insensibilité. Avec si peu de considération pour votre personne. Je n'aurais pas dû permettre que vous – ni qu'aucune autre dame – fassiez l'objet d'un pari. Vous êtes peut-être l'épouse idéale pour moi mais je serais le pire des maris pour vous.

Une fois cette explication donnée, elle aurait dû se lever, regagner l'allée principale et retourner à la loge où attendaient M. et Mme Merklinger. Au nom de l'honneur, elle aurait dû s'en aller et refuser qu'il l'escorte. Mais elle ne bougea pas.

— Pourquoi vous faut-il une épouse avant la fin juin ? s'enquit-elle. C'est dans moins de deux semaines. Et pourquoi une… une parfaite *lady* ?

Elle ne parvint pas tout à fait à effacer l'amertume de sa voix.

— Il vaut mieux que je vous dise tout.

Il soupira et se rapprocha d'un pas, mais toujours sans s'asseoir. Au lieu de cela, il posa un pied sur le banc et posa un bras sur son genou relevé. Son visage n'était plus qu'à quelques centimètres du sien. Elle ne l'avait jamais vu aussi sérieux.

— J'ai été convoqué à Alvesley pour l'été, expliqua-t-il. C'est la propriété principale de la famille. La mort de mon frère, il y a deux ans, a fait de moi l'héritier de mon père qui m'a forcé à vendre mon régiment, me faisant observer que je n'avais plus le droit de tenter chaque jour la mort. Soudain, ma vie avait pris de la valeur à ses yeux alors même qu'il m'avait banni à tout jamais.

— Vous ne souhaitiez pas vendre votre régiment ? comprit-elle en notant la dureté inhabituelle de sa voix.

— En tant que fils cadet, j'ai été élevé pour faire une carrière militaire. Et c'est ce que je souhaitais. Cela m'a plu, et c'était une chose que je faisais bien.

Elle attendit.

— Il doit y avoir une grande partie de campagne pour les soixante-quinze ans de ma grand-mère cet été, poursuivit-il. Je suis bien sûr convié. Le fils prodigue a le droit de rentrer chez lui en fin de compte. Il faut qu'il devienne digne de son titre de futur comte. Et cela passe par le mariage qui, lui-même, assurera un héritier. Mon père a d'ailleurs l'intention de faire de mes fiançailles l'événement des festivités de cet été. Ce doit être le cadeau d'anniversaire de ma grand-mère.

Tout commençait à s'éclaircir. Sa respectabilité faisait d'elle une candidate. Elle avait été choisie après un froid calcul. Comme étaient choisies la plupart des jeunes filles de sa classe, du reste. S'il lui avait fait part de ses intentions dès le début, elle ne s'en serait pas offusquée. Car elles n'avaient rien de réellement offensant.

— Le comte de Redfield vous a ordonné de choisir une épouse respectable ? demanda-t-elle. Est-ce lui qui a suggéré mon nom ?

— Non. À vrai dire, il a quelqu'un d'autre à l'esprit.

— Ah ?

— La fiancée de feu mon frère.

— Ah.

Lauren serra les mains sur ses genoux. Ce devait être aussi déplaisant pour lord Ravensberg que pour la malheureuse jeune fille, qui se voyait transmise d'un frère à l'autre tel un héritage usagé.

— Mais qui avait été la mienne avant, ajouta-t-il après une petite pause. Sauf qu'il y a trois ans, quand elle a dû choisir, elle a préféré l'héritier au fils cadet, simple chef d'escadron. Quelle ironie, n'est-ce pas ? Dire qu'elle aurait pu avoir et moi et le titre... Aujourd'hui, elle n'est plus rien pour moi. J'ai donc décidé de choisir moi-même mon épouse et placer tout le monde devant le fait accompli. Je voulais quelqu'un contre qui mon père ne puisse rien trouver à redire. Votre nom m'a été suggéré – non pas comme celui d'une personne qui allait sûrement accepter, mais comme celui d'une dame si parfaite qu'elle allait certainement refuser. D'où le pari.

Lauren regarda ses mains. Comment savoir s'il disait la vérité ? On avait dû lui assurer qu'elle accepterait sa demande avec empressement. Car elle avait été abandonnée au pied de l'autel. Et elle n'était plus une jeune fille. N'accueillerait-elle donc pas avec gratitude le premier qui se présenterait ? Mais, dans ce cas, pourquoi trois messieurs avaient-ils parié contre sa réussite ?

Quelle importance, au fond ?

— Je vous demande pardon, dit-il. J'ai manqué à mon honneur et au vôtre. J'aurais dû être franc avec vous dès le premier jour. J'aurais dû demander votre main au duc de Portfrey et accepter sa réponse, quelle qu'elle ait été. Mais il est trop tard, désormais, pour vous faire la cour comme il se doit. Je vous supplie de croire que je suis votre serviteur le plus dévoué. Me permettez-vous de vous raccompagner à la loge ?

Il reposa le pied à terre et lui offrit son bras.

Elle continuait de regarder ses mains tandis qu'il attendait. Une fois de plus, elle se trouvait à la croisée des chemins. Pourtant, il n'y avait aucune décision à prendre. Il n'y avait plus rien à dire.

Parce que vous êtes une femme – une femme très belle – et que je suis un homme. Parce que je vous désire.

Tout cela n'était qu'un tissu de mensonges qui l'avait profondément blessée. Une ruse destinée à lui faire accepter sa demande en mariage pour qu'il gagne son pari.

La croisée des chemins...

— Non, attendez. Attendez un instant.

Kit la regarda écarter les doigts sur ses genoux. Elle resta encore un long moment sans parler. Il se sentait minable. Tout ce qu'il souhaitait à présent, c'était la ramener à Mme Merklinger, attendre le plus patiemment possible que la soirée s'achève. Demain matin, il irait trouver ses trois amis, paierait ses dettes et prendrait la route pour Alvesley.

Il mourait de honte d'avoir consenti à faire d'une dame – et d'une dame innocente – le sujet d'un pari sordide. Il avait réellement péché contre cet honneur auquel il tenait tant. Sur le moment, certes, cela lui avait paru assez amusant. Elle n'était qu'un nom. Et puis, il avait connu la personne...

Un groupe approchait sur l'étroit sentier. Ils n'hésitèrent pas à poursuivre quand ils virent qu'ils allaient déranger un tête-à-tête. Kit s'assit à côté de Lauren et les quatre fêtards passèrent dans un silence pesant, avant de se remettre à glousser.

— Irez-vous donc à Alvesley vous fiancer avec votre promise ? lui demanda miss Edgeworth quand les badauds se furent éloignés.

— J'espère parvenir à échapper à mon sort.

— Et elle, souhaite-t-elle vous épouser ?

— J'en doute fort. Elle m'a préféré Jérôme, il y a trois ans.

Cela dit, avec Freyja, on ne pouvait jamais savoir.

— Je vais vous proposer un marché, lord Ravensberg, annonça-t-elle d'un ton égal.

Il se tourna vers elle mais elle gardait les yeux rivés à ses doigts écartés.

— Je vais vous accompagner à Alvesley, dit-elle lentement, et vous me présenterez comme votre fiancée.

Il s'immobilisa.

— Votre fiancée temporaire, précisa-t-elle. J'irai avec vous, vous me présenterez à votre famille et je serai tout ce que vous espériez de moi. Je resterai le temps que vous repreniez votre place auprès de votre père et que vous échappiez à ces déplaisantes fiançailles, vous et la demoiselle qui vous avait préféré votre frère. Je vous permettrai d'être libre, si l'on peut dire, pendant la partie de campagne et la fête d'anniversaire. Mais je ne me marierai pas avec vous. À la fin de l'été, je quitterai Alvesley et je romprai les fiançailles. Je m'y prendrai de telle sorte que l'on ne puisse en rien vous blâmer. D'ici là, espérons que votre famille vous reconnaîtra le droit de choisir vous-même votre épouse, quand il vous conviendra de le faire.

Il était impossible qu'il ait mal compris. Elle s'exprimait on ne peut plus clairement. Mais qu'est-ce que c'était que cette histoire ?

— Vous rompriez les fiançailles, répéta-t-il en fronçant les sourcils. Vous rendez-vous compte du scandale que cela causerait ? Aux yeux de la société, c'est inadmissible.

— Je ne crois pas, fit-elle avec un petit sourire, les yeux toujours baissés. Certains me féliciteront au contraire d'avoir évité à temps de me marier avec un débauché. Quoi qu'il en soit, peu m'importe. Je vous ai dit que je ne cherchais pas de mari. Je dois à tout prix me libérer de la sollicitude dont m'entourent mes proches, certes bien intentionnés mais qui me traitent comme si j'étais à la fois une toute jeune fille et un objet extrêmement fragile. En réalité, je suis une femme qui a depuis longtemps dépassé l'âge de la majorité et qui jouit d'une confortable indépendance. Je compte m'établir seule, peut-être du côté du Bath. Après un été à Alvesley à vos côtés et une nouvelle rupture pour moi, il me sera plus facile de faire ce que j'aurais dû faire il y a plus d'un an. Personne ne cherchera à m'en empêcher. J'aurai prouvé que personne ne peut m'être attaché.

Diable ! Il contempla son profil et réalisa qu'il ne connaissait pas du tout cette femme. Pourtant, il avait été prêt à l'épouser d'ici à deux semaines.

— Vous étiez donc très éprise de Kilbourne ?

Elle baissa un peu la tête, croisa et décroisa ses doigts.

— J'ai été élevée avec lui à Newbury Abbey dès l'âge de trois ans, expliqua-t-elle. Par bien des côtés, j'avais l'impression que c'était mon frère autant que celui de Gwen. Mais j'ai toujours su que nous étions promis l'un à l'autre, que, plus tard, nous nous marierions. Ma vie a tourné autour de la certitude que j'allais être sa femme. Un jour, il a acheté un régiment et est parti, me disant bien de ne pas l'attendre et de me sentir libre d'épouser quelqu'un d'autre si je le souhaitais. Je lui suis restée fidèle. Je l'ai attendu. Dans la Péninsule, lui s'est marié en secret – avant de voir mourir son épouse dans une embuscade. Du moins en était-il convaincu. Puis il est rentré et allait m'épouser comme cela était convenu. Sauf que Lily n'était pas morte. Et qu'elle est revenue, et qu'elle a retrouvé Neville le jour de notre mariage.

Bien qu'elle ne montrât aucune émotion, Ravensberg ne fut pas dupe. Cette histoire avait fait sensation l'année dernière. Sauf que tous les commérages avaient tourné autour de la belle histoire d'amour entre Kilbourne et la comtesse. On avait bien sûr eu pitié de Lauren et on avait sans doute parlé d'elle tout bas. Mais combien de personnes – à commencer par lui, songea-t-il, profondément honteux – avaient imaginé combien elle avait souffert, combien elle souffrait encore, sans doute ? Elle s'était crue à quelques instants de réaliser le rêve de sa vie pour le voir voler en éclats. Existait-il destin plus cruel ?

— Vous l'aimiez ?

Fallait-il employer l'imparfait ?

— Aimer... fit-elle doucement. Mais qu'est-ce donc que l'amour ? Ce mot a tant de significations. Bien sûr que je l'aimais. Mais pas de la façon dont s'aiment Neville et Lily. Cet amour est un sentiment désordonné qu'il vaut mieux éviter. Je lui serais restée loyale et fidèle et... Bien sûr que je l'aimais. Je n'envisagerai pas une autre union, lord Ravensberg, conclut-elle dans un soupir.

Il la considéra, rendu muet par la pitié – et la culpabilité. Mais elle dut lire dans ses pensées car elle ajouta :

— Je ne veux pas de votre pitié. Je vous prie de ne pas me l'offrir ni même d'en éprouver. J'ai seulement besoin que l'on m'accorde le privilège qui, pour les hommes, est un droit naturel : celui de vivre ma vie comme je l'entends sans que l'on prétende savoir mieux que moi ce qui me rendra heureuse. Je veux vivre seule et indépendante. Si je ruine ma réputation cet été, j'obtiendrai ce pour quoi il me semble que je ne devrais pas avoir à lutter.

— Seigneur, fit-il en se passant une main dans les cheveux avant de se pencher en avant, la tête sur les genoux. Comment puis-je accepter cela ? Moi qui viens de parler d'honneur, comment puis-je accepter de duper et ma famille, et la vôtre ? Et de laisser reposer tout le poids de la rupture des fiançailles sur vos seules épaules ? Vous comprenez, n'est-ce pas, qu'en tant que gentleman, je ne puis les rompre moi-même.

— Eh bien voilà qui répond à votre question. Ces fiançailles auraient bien lieu, non ? Si je devais manquer à ma parole et refuser de les rompre alors que nous avions passé un accord, vous seriez contraint de m'épouser. En acceptant ma suggestion, vous n'êtes donc complice d'aucune duperie.

Il chercha une faille dans son argumentation mais n'en trouva aucune. Évidemment, s'il acceptait sa drôle de proposition, ils se fianceraient publiquement. Et peut-être – oui, peut-être – parviendrait-il à réparer le tort qu'il lui avait causé ces dernières semaines et à la persuader, en fin de compte, de l'épouser. Peut-être saurait-il la convaincre que ce qu'il lui offrait était un petit peu plus attirant qu'une vie recluse. Les femmes, même lorsqu'elles avaient les moyens de mener une existence indépendante, étaient très peu libres.

Il n'*aimait* pas Lauren Edgeworth. Il ne la connaissait même pas, admit-il, contrit. Cependant, depuis une heure environ, il avait pris douloureusement conscience d'une chose. C'était une personne bien réelle, avec des sentiments bien réels. Une personne qu'il tenait en haute estime. Et envers qui il avait une dette.

— Êtes-vous certaine qu'une grande partie de campagne soit à votre goût ? s'inquiéta-t-il en se redressant.

Enfin, elle se tourna vers lui.

— Il me semble que cela me conviendrait admirablement, répondit-elle. J'ai été élevée pour devenir comtesse, n'oubliez pas. J'aurais dû devenir la maîtresse de maison de Newbury Abbey. Me rendre à Alvesley comme fiancée de l'héritier du comte de Redfield est une chose que je suis capable d'envisager avec beaucoup d'assurance et d'aisance. Je ne vous décevrai pas.

Il la regarda dans les yeux en fronçant les sourcils.

— Mais pourquoi aller aussi loin pour convaincre votre famille de vous laisser décider de votre vie ? Pardonnez-moi, miss Edgeworth, mais vous n'êtes pas une personne qui se laisse facilement diriger. Il vous suffirait certainement de dire à votre entourage que vous avez pris votre décision et qu'il serait vain d'espérer vous faire changer d'avis.

Elle se détourna de nouveau pour regarder les grands arbres de l'autre côté du chemin et, au-dessus d'eux, le ciel que l'on devinait tout juste entre les branches entrelacées.

— Votre aveu de ce soir m'a confirmé tout le mal que je pensais ou que l'on m'avait dit de vous, répondit-elle. Ma première réaction a été de penser à fuir et ne jamais vous revoir. Mais…

Il attendit.

— Ma vie est calme et convenable. Récemment, je me suis rendu compte qu'elle était aussi ennuyeuse, avoua-t-elle. Cet ennui me convient. Je suis à l'aise et évolue librement dans ce quotidien monotone. Je passerai très volontiers le restant de mes jours ainsi. Pourtant, aujourd'hui, j'éprouve le désir de toucher du bout des doigts la vie intrépide que je n'aurai jamais. De… Hmm, je ne sais pas comment exprimer cela. Je pense que passer l'été en votre compagnie serait une sorte… d'aventure. J'ai conscience que mes propos peuvent vous paraître confus.

Il avait tout compris et bien davantage encore. C'était à l'évidence une femme qui n'avait jamais connu ni spontanéité, ni joie, ni bonheur.

— Ce que j'aurais à gagner à ce marché, lord Ravensberg, ce serait votre promesse de me faire passer un été que je n'oublierai pas de toute ma vie. Un été hors du commun... hors de mon quotidien. Voilà ce que je veux en échange de vous aider à échapper à un mariage que vous ne souhaitez pas.

Il crut qu'elle avait terminé, mais elle leva une main pour l'arrêter quand il voulut parler tout en continuant à fixer l'autre posée sur ses genoux.

— C'était un matin, reprit-elle, à Newbury, quelques jours après mon mariage – mon mariage qui n'a jamais eu lieu. Il était tôt et je marchais, seule, vers la plage – trois choses que je ne fais pour ainsi dire jamais. En descendant de la colline vers l'eau, j'ai entendu des voix et des rires. C'était Neville et Lily qui se baignaient ensemble dans la mare au pied de la cascade à côté du petit cottage que le grand-père de Neville avait fait construire pour son épouse. La porte était ouverte. Ils y avaient passé la nuit. Ils étaient... enfin, je crois qu'ils étaient nus. Et ils... je crois que le mot qui convient le mieux est *batifolaient*. À ce moment-là, j'ai compris que je ne faisais pas le poids. Il était au comble du bonheur, comprenez-vous. Et, moi, je n'aurais jamais pu faire cela. Je n'aurais jamais pu me conduire avec un aussi total... abandon. En tout cas, je ne le crois pas. C'était une scène passionnée à laquelle j'ai assisté quelques secondes à peine avant de m'enfuir à toutes jambes.

Elle reprit son souffle comme pour continuer mais secoua la tête et se tut.

— Me demandez-vous un été de passion autant que d'aventure ? voulut-il savoir.

— Bien sûr que non.

Un instant, il crut déceler la femme qui se cachait derrière cet air indigné.

— Tout ce que je veux savoir, c'est ce que cela fait d'arracher les entraves qui me lient. Même brièvement. Je ne suis pas faite pour les sentiments débridés. Ni pour un bonheur trop intense. Tout ce que je veux, c'est un bel été. Un été inoubliable. Pouvez-vous me donner cela ? Si oui, j'irai à Alvesley.

Ciel ! C'était une femme bien plus complexe qu'il n'aurait pu l'imaginer, songea-t-il. Une femme blessée. Une femme qui, pour une raison qu'il ne comprenait pas, n'avait jamais été tout à fait elle-même. Même si elle avait épousé Kilbourne, devinait-il, elle aurait vécu une demi-existence, cachée derrière un masque de bonne éducation. Que lui demandait-elle, au juste ? De la sortir de l'ombre dans laquelle elle avait demeuré toute sa vie ? De lui enseigner la spontanéité, le rire, la joie ? La passion ? Afin qu'elle puisse ensuite tout refouler pour aller mener son existence solitaire de vieille fille qui était tout ce qui restait de ses rêves ?

Souhaitait-il relever un tel défi, accepter une telle responsabilité ? Et s'il n'y parvenait pas ? Ou pire, s'il y parvenait ? Allons, les défis, c'était toute sa vie. S'il acceptait cette drôle de proposition, il mettrait tout en œuvre pour la conquérir et l'épouser. Elle aimait Kilbourne. Elle l'avait toujours aimé et elle l'aimerait toujours. Ce n'était pas l'amour que recherchait Kit. Mais saurait-il… la libérer du passé ?

— Je peux vous offrir un bel été, dit-il. Un été que vous n'oublierez pas.

Elle se tourna vers lui.

— Vous acceptez, alors ?

Il hocha la tête.

— Oui.

C'est à cet instant précis que les premiers feux d'artifice explosèrent bruyamment dans le ciel. Sous les branches, ils virent l'obscurité s'éblouir d'une myriade de couleurs.

7

Lauren était en route pour Alvesley Park. D'ailleurs, songea-t-elle, le long voyage vers le Hampshire s'achèverait bientôt. Le soleil déclinait.

Plus de deux semaines s'étaient écoulées depuis la soirée à Vauxhall où cette folie avait commencé. Il n'y avait pas d'autre façon de définir leur petite manigance. Sur le moment, elle s'était vue sur la route d'Alvesley, complice du vicomte Ravensberg. Mais avait-elle seulement réfléchi à sa proposition ?

Car c'était bien elle qui avait proposé une telle entreprise et elle avait compris tout ce que cela impliquait. Mentir au vu et au su de tous et particulièrement de ceux qu'elle aimait. Seule dans son lit la nuit qui avait suivi la fête, elle avait failli laisser le bon sens et le respect des convenances reprendre le dessus. Elle n'avait pas été loin d'écrire au vicomte Ravensberg pour annuler leurs projets.

Mais elle ne l'avait pas fait. Elle était descendue prendre le petit déjeuner et Elizabeth l'avait interrogée sur sa soirée à Vauxhall.

— J'ai passé une très bonne soirée, avait-elle répondu, hésitante. Elizabeth, il m'a demandé de l'épouser et j'ai dit oui.

Elizabeth s'était levée aussi vite que le lui permettait son état pour venir embrasser son amie, le sourire aux lèvres.

— En fin de compte, tu as décidé de suivre ton cœur, Lauren. Je suis très fière de toi et partage ton bonheur. Et ne prête pas attention à ce que pourrait dire tante Sadie, ajouta-t-elle en riant.

Lord Ravensberg était passé une heure plus tard demander sa main au duc de Portfrey, bien qu'il ne fût en rien le tuteur de Lauren. Elle-même ne s'était pas attendue à cette visite, mais Elizabeth avait approuvé l'initiative du vicomte.

Du même coup, il était devenu impossible de simplement filer à Alvesley. Comment *elle*, Lauren Edgeworth, avait-elle pu imaginer un seul instant que ce fût possible ? Forcément, tout était aussitôt devenu très formel et très correct.

Il avait fallu annoncer la nouvelle – à la famille de lord Ravensberg pour qu'elle se prépare à sa visite, à son grand-père dans le Yorkshire, à Newbury Abbey, à ses proches à Londres, à toute la bonne société.

Ces fiançailles – ces *fausses* fiançailles – avaient pris une réalité inquiétante. Elles n'avaient plus rien d'une aventure insouciante. Oncle Webster avait grommelé son mécontentement et traité le vicomte – en son absence – de chiot effronté. Tante Sadie avait demandé ses sels et Wilma, volubile, s'était déclarée sans voix. Joseph avait paru légèrement amusé et souhaitait « beaucoup de bonheur à Lauren ». Selon le duc de Portfrey, les frasques de lord Ravensberg étaient simplement celles d'un jeune homme qui jetait sa gourme. En revanche, avait-il ajouté, son dossier militaire donnait de lui une image impressionnante. Elizabeth et lui avaient donné un grand dîner de famille pour fêter l'événement. Le lendemain, lord Ravensberg partait pour Alvesley annoncer la nouvelle à ses parents ; le jour d'après, le faire-part officiel paraissait dans les journaux.

Il n'avait pas été possible qu'elle se rende seule à Alvesley avec une femme de chambre pour toute compagnie. Elle ne pouvait pas davantage faire le voyage sous l'escorte de lord Ravensberg puisqu'ils n'étaient pas encore mariés. Elizabeth avait encore un mois à tenir et n'était pas en état de voyager. Et Lauren n'avait aucune envie de demander à tante Sadie de l'accompagner.

C'était finalement sa tante Clara, la comtesse douairière de Kilbourne, qui s'en était chargée. Et Gwendoline, sa cousine, la veuve de lord Muir. Elles avaient fait le voyage du Dorsetshire à Londres pour l'embrasser et rire et pleurer de joie avec elle jusqu'à l'épuisement, puis pour se rendre avec elle à Alvesley où la comtesse de Redfield les avait invitées.

Tout cela était on ne peut plus protocolaire.

Lauren se sentit écrasée par l'énormité du mensonge qu'elle avait mis en branle. Même à Gwenn elle n'avait rien dit. Et lord Ravensberg ne lui avait pas écrit pour la prévenir de la façon dont son annonce avait été reçue à Alvesley. Elle n'avait reçu que l'invitation très cérémonieuse de sa mère.

— Ah, fit tante Clara en se réveillant d'un somme qui avait contraint les deux jeunes femmes au silence et laissé Lauren seule avec sa conscience, nous devrions arriver. J'avoue que je ne serais pas mécontente de sortir de cette voiture.

Le carrosse de voyage du duc de Portfrey, frappé de la couronne ducale, avec son cocher en livrée, ses postillons et son escorte de cavaliers, venait de traverser un petit village et ralentissait pour franchir une imposante grille en fer forgé qu'un portier avait ouverte avant de s'incliner sur leur passage.

— Oh, Lauren ! s'exclama Gwen en se penchant en avant pour serrer affectueusement le genou de sa cousine, c'est vraiment très impressionnant. Tu dois être folle d'excitation. Dire qu'il y a presque deux semaines que tu n'as pas vu lord Ravensberg !

— Il me tarde de faire la connaissance de ce jeune homme, ajouta tante Clara. Quoi qu'en disent Sadie et Wilma, je pense l'apprécier. J'ai toute confiance dans le jugement d'Elizabeth. Et puis il a votre estime, Lauren. Cela suffit à effacer les doutes que j'aurais pu avoir.

Lauren se força à sourire. Elle se haïssait d'agir ainsi, de tromper les deux êtres les plus chers à son cœur, de duper le comte de Redfield et sa famille. Mais il était trop tard, maintenant, pour revenir en arrière.

Pourquoi, mon Dieu, avoir fait preuve d'autant d'inconscience à Vauxhall ? Elle qui était toujours au fait de ce qu'il fallait dire ou faire. Et qui n'avait aucune sympathie pour lord Ravensberg. Peut-être une simple considération... En tout cas, elle n'approuvait pas ses manières. Son regard amusé et ses rires trop fréquents suggéraient une attitude bien trop désinvolte. À l'évidence, il adorait le scandale et cela ne faisait pas de lui un gentleman. À l'instant, songea-t-elle avec une soudaine inquiétude, elle était incapable de se représenter les traits de son visage.

La lumière du soleil envahit l'intérieur de la voiture et chassa les pensées de la jeune femme. Lauren regarda par la vitre. Ils étaient sortis des bois et approchaient d'une rivière qu'ils allaient traverser sur un pont palladien couvert d'un toit. Plus loin, à gauche, le cours d'eau se déversait dans un lac que laissaient entrevoir les arbres. De l'autre côté du pont, une immense pelouse parfaitement entretenue et ponctuée d'arbres centenaires descendait en pente douce vers une grande bâtisse de pierre grise d'une élégance classique. D'un côté, le lac, les écuries et la remise à voitures. De l'autre, une roseraie avec ses parterres de fleurs, comme l'indiqua tante Clara, penchée contre la fenêtre opposée.

— Oh, fit simplement Lauren, ébahie.

Gwen pressa à son tour le visage contre la vitre puis se remit à tapoter le genou de Lauren en riant, les yeux brillants d'excitation.

— Je suis tellement heureuse pour toi ! s'exclama-t-elle. Je savais que, tôt ou tard, tu rencontrerais l'homme de ta vie. Es-tu profondément amoureuse de lui ?

Mais Lauren l'entendit à peine. Le carrosse passait devant l'écurie et ses roues crissèrent sur les graviers de la grande terrasse. Un peu plus loin, entre deux gros piliers cannelés, un escalier de marbre menait à l'imposante double porte de la maison. Des gens en sortaient – deux, trois… non, quatre personnes. Et, au pied des marches, superbe et élégant dans une redingote de tissu bleu très fin sur une culotte grise rentrée dans des bottes à la hussarde, le visage éclairé par un sourire radieux…

— Oui, murmura Lauren.

En deux semaines, elle ne l'avait pas oublié.

Toute la journée, Kit avait été en proie à une agitation peu commune. Il était parti à cheval, seul, sans autre but que celui de tuer le temps. Puis, il avait fait les cent pas dans les pièces qui donnaient sur le devant de la maison pour détecter le moindre mouvement à l'extérieur. Elles devaient arriver en fin de journée et il n'était pas midi. Après le déjeuner, il avait même marché d'un pas vif jusqu'au pavillon près de la grille en fer forgé du domaine pour bavarder un peu avec le portier.

Il regrettait toute cette affaire maintenant qu'il était trop tard pour changer quoi que ce soit. Il aurait dû écrire à son père dès le printemps pour lui signifier son refus d'un mariage arrangé. Il aurait même dû refuser de rentrer à Alvesley avant de se sentir prêt. Il n'aurait même pas dû vendre son régiment l'année dernière. Dire qu'il pourrait être à son poste, en train de faire ce pour quoi il était le plus compétent ! Il aurait dû écrire à son père...

L'ennui, c'est qu'il était Ravensberg, héritier du comte de Redfield. Et qu'un héritier avait des responsabilités. Des responsabilités qu'il esquivait depuis près de deux ans – depuis qu'il avait mis fin à sa carrière militaire. Il était de son devoir de rentrer chez lui, de faire la paix avec son père et d'apprendre à honorer son titre. Et aussi de prendre femme et d'avoir des fils.

Et comment croyait-il se comporter en trompant tout le monde ? Comme l'on pouvait s'y attendre, son père était entré dans une colère noire quand, à peine arrivé, Kit avait annoncé la nouvelle de ses fiançailles. Et pour cause ! Un contrat de mariage avait déjà été rédigé et signé et par son père et par le duc de Bewcastle, le frère de Freyja. Sans penser à consulter les futurs mariés.

Car Kit doutait fort que l'on eût consulté Freyja.

Sa mère avait été consternée et s'était effondrée en larmes. L'étreinte chaleureuse avec laquelle elle l'avait accueilli à son arrivée ne s'était pas renouvelée depuis. Même sa grand-mère avait secoué la tête de reproche. Depuis son attaque d'apoplexie cinq ans plus tôt, elle était privée d'une partie de ses facultés et avait du mal à articuler. Elle le traitait toujours avec affection mais il était conscient de l'avoir déçue.

Quant à Sydnam... Les retrouvailles avaient été succinctes : son frère cadet et lui s'étaient serré la main, mal à l'aise, sans que leurs regards se croisent. Le soir même, ils s'étaient violemment disputés et, depuis, ils s'adressaient à peine la parole. Après que tout le monde était monté se coucher, Kit l'avait trouvé dans le bureau du régisseur, en train d'écrire laborieusement de la main gauche dans un livre de comptes.

— C'est donc là que tu disparais après le dîner, avait constaté Kit. Mais pourquoi dans ce bureau, Syd ?

— Parkin a pris sa retraite avant Noël l'année dernière, avait expliqué son frère en gardant le visage baissé sur la couverture de cuir usée. J'ai demandé à père si je pouvais le remplacer et devenir régisseur d'Alvesley.

— Régisseur ? avait répété Kit en fronçant les sourcils. Toi, Syd ?

— Cela me convient très bien, avait affirmé son frère.

Kit avait supposé que, privé de son bras et de son œil droits, incapable de faire ce pour quoi il était si doué, Syd vivait une vie d'oisiveté forcée. En trois ans, ils ne s'étaient pas écrit. Il imaginait que son frère n'en était pas capable et lui-même ne l'avait pas fait parce que... c'était ainsi.

— Comment vas-tu ? lui avait-il demandé.

— Bien, avait lâché Syd avec une brusquerie qui tenait du défi. Parfaitement bien, merci.

— C'est vrai ?

Sydnam avait ouvert le premier tiroir du bureau pour y ranger le grand livre.

— Parfaitement bien, avait-il répété.

Plus jeunes, ils étaient étonnamment proches malgré leurs six ans d'écart. Syd considérait son grand frère comme un héros et lui-même adorait son cadet qui possédait toutes les qualités de caractère qui lui faisaient défaut – le calme, la gentillesse, la patience, le dévouement, de solides projets.

— Pourquoi m'as-tu demandé de partir ? avait soudain jeté Kit. Pourquoi as-tu fait chœur avec les autres ?

Sydnam n'avait pas eu besoin de lui demander à quoi il faisait allusion. Après que leur père avait banni Kit trois ans plus tôt, Syd s'était levé de son lit, malade et chétif, et était descendu au salon en chemise de nuit tel un fantôme. Un peu en retrait, un valet de chambre et un laquais le suivaient, l'air inquiets, prêts à intervenir. Et là, au lieu de lui offrir sa sympathie comme Kit s'y attendait, il lui avait ordonné de s'en aller, de partir et de ne pas revenir. Il n'y avait pas eu un mot d'adieu ni de pardon...

— Tu étais en train de nous détruire tous, avait répondu Sydnam. Et toi plus encore. Il fallait que tu partes. Je craignais que tu finisses par défier père. Que tu t'en prennes à nouveau à Jérôme et que tu le tues. Je t'ai dit de partir parce que je voulais que tu partes.

Kit avait traversé la pièce jusqu'à la fenêtre dont les rideaux étaient tirés pour la nuit. Il n'avait pu voir que son reflet que lui renvoyait la vitre. Et Syd, toujours assis à son bureau.

— Tu m'en veux, alors.

— Oui.

Cette simple révélation lui avait fait mal. Il ne se pardonnerait jamais ce qui était arrivé. Toutefois, sans le pardon de Syd, il n'avait aucune chance de trouver un jour la paix. Tout ce qu'il pouvait faire, c'était forcer son esprit à oublier. Il y était parvenu tant qu'il avait son régiment. Mais depuis, il ne trouvait plus le repos, ni le jour ni la nuit.

— Oui, je t'en veux. Mais pas de la façon que tu crois.

Tout était dit.

— J'aurais voulu pouvoir endosser toute ta souffrance ! avait assuré Kit. Oh, si seulement ç'avait été moi ! Je donnerais ma vie pour que tu guérisses tout à fait !

— Je n'en doute pas un instant, avait répondu son frère, avec dureté et amertume. Je ne veux pas parler de cela. C'est ma vie, ma souffrance et mes infirmités. Je ne te demande rien. Absolument rien.

— Pas même mon amour ?

Il avait parlé d'une voix à peine audible, contre la vitre.

— Pas même cela, Kit.

— Bien.

Kit s'était retourné et avait souri, en proie à une tristesse infinie. La tête lui tournait. Il avait traversé le bureau jusqu'à la porte d'un pas délibérément vif. Il était sorti et avait refermé la porte avant de baisser la tête, les yeux fermés.

Non, décidément, son retour à Alvesley n'avait réjoui personne – et surtout pas lui. Il se sentait un étranger dans sa propre maison. Un étranger mal à l'aise et qui n'était pas le bienvenu. Il se sentait inutile, lui qui avait toujours brillé, réussi et imposé le respect à la tête de son régiment. Son père n'avait rien fait pour commencer à le préparer à ses devoirs d'héritier comme l'intégrer à ses activités ou à son travail quotidien. Attendait-il la fin de la partie de campagne et le retour d'un rythme normal ? Kit avait l'impression d'attendre que commence sa vie. Cette vie qui n'était qu'une piètre comédie. Un mensonge grotesque. Sauf, bien sûr, s'il parvenait à racheter son honneur et à convaincre miss Edgeworth de l'épouser.

Il dormait mal. Et lorsqu'il finissait par tomber d'épuisement, un vieux cauchemar surgissait. Syd...

Au milieu de l'après-midi, Kit se trouvait dans le salon en compagnie de ses parents et de sa grand-mère, installés à bavarder. Lui se tenait à la fenêtre, les yeux rivés à l'avenue, de l'autre côté du pont, là où la voiture apparaîtrait en premier ; il n'essayait même plus de faire semblant de s'occuper à autre chose et attendait, aussi impatient que tous, l'arrivée de ces invitées – importunes pour beaucoup.

À Lindsey Hall, le duc de Bewcastle et ses frères et sœurs, les Bedwyn, avaient très mal accueilli la nouvelle des fiançailles de Kit. Le matin de son arrivée, celui-ci avait parcouru les dix kilomètres qui séparaient leurs deux maisons pour parler au duc. Bewcastle avait dû présumer qu'il s'agissait d'une visite de courtoisie pour demander la main de Freyja en bonne et due forme. On avait donc fait entrer Kit dans la bibliothèque presque immédiatement.

Wulfric Bedwyn, le duc de Bewcastle, était le genre d'homme que l'on évitait autant que possible de contrarier. Grand, ténébreux, plutôt mince, les yeux gris perçants, un visage fin au nez aquilin et aux lèvres étroites, il faisait montre de toute l'arrogance inconsciente de sa lignée. Élevé depuis le berceau pour faire honneur à son titre, il s'était toujours tenu un peu à distance de ses frères et de leurs amis si bien qu'il connaissait à peine Kit, son cadet d'un an. C'était un homme froid et sans humour.

Lorsque Kit lui avait exposé le but de sa visite, il n'avait pas explosé de colère. Il s'était contenté de croiser les jambes et de boire une gorgée de son verre – du meilleur cognac français, bien entendu – et de répondre d'un ton très aimable :

— Vous allez vous expliquer, je n'en doute pas.

Kit s'était senti pris en défaut comme lorsque, enfant, il se faisait convoquer par le directeur de l'école parce qu'il avait fait une bêtise.

— Et vous, avait-il réussi à répondre tout aussi aimablement, ne manquerez pas de m'expliquer pourquoi vous avez négocié un contrat de mariage pour votre sœur avec mon père plutôt qu'avec moi, son éventuel futur mari.

Le duc l'avait scruté de son insondable regard. Pendant une éternité.

— Vous m'excuserez de ne pas vous féliciter pour vos fiançailles, Ravensberg. En revanche, je suis impressionné par votre esprit de vengeance. Vous avez fait des progrès, dans ce domaine. Vous êtes moins effronté, dirons-nous.

Il faisait allusion à ce qui était arrivé trois ans plus tôt, bien sûr, quand, après avoir brisé le nez de

Jérôme, Kit avait galopé à bride abattue jusqu'à Lindsey Hall et cogné à la porte pendant une demi-heure – il était tard dans la soirée – avant que Rannulf, le frère de Bewcastle et l'ami intime de Kit, lui ouvre et lui conseille de cesser de se ridiculiser. Lorsque Kit avait demandé à entendre la vérité sur les fiançailles entre Jérôme et Freyja de la bouche de cette dernière, Rannulf était sorti, avait ôté sa veste et ils en étaient venus aux poings. Alleyne, un autre frère Bedwyn et un valet de pied étaient intervenus un quart d'heure plus tard et les avaient séparés, contusionnés, ensanglantés, rugissants, prêts à en découdre à nouveau. Bewcastle, qui assistait à la scène du haut des marches, avait ensuite conseillé à Kit de repartir dans la Péninsule où il pourrait mettre sa rage à meilleur profit. Freyja se tenait à côté de lui, la tête fièrement rejetée en arrière, un sourire de mépris sur les lèvres.

Trois ans plus tard, prêt à répondre au duc, la porte de la bibliothèque s'était ouverte à la volée. Bewcastle avait haussé les sourcils d'un air hautain.

— Il ne me semble pas vous avoir invitée à me rejoindre ici, Freyja.

Elle était quand même entrée, ignorant son frère, s'était approchée de Kit. Il s'était levé pour la saluer.

— Eh bien vous en avez mis du temps pour quitter les plaisirs de Londres, avait-elle lâché en tapotant de sa cravache sur sa jupe. Je m'en vais monter à cheval avec Alleyne. Si vous souhaitez me rendre visite, lord Ravensberg, vous pouvez prendre rendez-vous avec Wulf ; je verrai si je suis libre ce jour-là.

Sur quoi elle avait tourné les talons sans attendre sa réponse.

En trois ans, elle n'avait pas changé. D'une taille légèrement inférieure à la moyenne mais généreusement dotée par la nature, elle se tenait avec une fierté pleine de grâce. Bien que ce ne fût pas à la mode, elle avait toujours aimé laisser sa chevelure lâche, onduler dans son dos. Comme les autres blonds de sa famille, elle avait des sourcils d'un brun saisissant et le teint mat. Ainsi que le nez de la famille. Enfant, elle était d'une laideur repoussante. Puis, jeune fille, elle s'était épanouie pour devenir d'une beauté saisissante. Ce qu'elle conservait depuis l'enfance, c'était son tempérament soupe au lait.

— Lady Freyja, avait murmuré Kit.

— Si vous étiez simplement sortie monter à cheval, Freyja, avait observé son frère d'un ton égal, vous auriez évité d'apprendre publiquement ce dont il est venu m'informer. Il s'est récemment fiancé à miss Lauren Edgeworth, de Newbury. Elle doit arriver à Alvesley d'ici une semaine ou deux.

Freyja n'était pas sa sœur, ni une Bedwyn, pour rien. Après un instant de silence, elle avait tourné la tête pour sourire à Kit. Ou du moins pour lui adresser un rictus qui ressemblait à un sourire.

— Oh, bravo, Kit, fit-elle doucement. Oui, bravo. Vous avez appris des subtilités que vous ignoriez autrefois.

Et elle avait quitté la bibliothèque sans un mot de plus.

Trois ans plus tôt, Kit s'était pris d'une passion aussi soudaine que dévorante pour celle qui avait toujours été sa camarade de jeux. Car elle avait tenu à participer à toutes les activités de garçons auxquelles ils passaient, enfants, le plus clair de leur temps. Et elle avait semblé partager tout à fait ses sentiments. Il avait parlé de l'épouser et de l'emmener avec lui dans la Péninsule où elle aurait suivi le régiment. Elle n'avait rien fait pour le décourager. Cet été-là, il s'était cru prêt à mourir pour elle. Et puis, sans crier gare, Jérôme avait annoncé ses fiançailles avec elle. Kit en avait été terriblement affecté. Mais c'était il y a trois ans. Le temps avait passé.

— Ah, lança-t-il, les yeux toujours fixés sur ce point de l'autre côté du pont. Les voilà.

Une voiture – un carrosse, rien de moins – tirée par quatre chevaux parfaitement assortis et escortée par des cavaliers, était apparue. Il était impossible que ce soit simplement une voisine venue rendre visite à sa mère ou à sa grand-mère.

Tout le monde se levait, vit-il en se tournant vers la porte, même sa grand-mère qui prenait appui sur sa canne. Tous obéissaient aux convenances et allaient descendre accueillir leurs invitées avec l'hospitalité que dictait le protocole. Si seulement c'était de vraies fiançailles ! se prit-il soudain à regretter. Au moins, il aurait pu convaincre les siens, et les convaincre durablement, qu'il avait fait quelque chose de bien et de responsable, qu'il avait agi dans l'intérêt de toute la famille en se fiançant avec l'honorable miss Lauren Edgeworth.

Il allait offrir son bras à sa grand-mère mais son père le devança. C'est donc à celui de sa mère que Kit descendit l'escalier, traversa le grand hall et sortit. Ils n'avaient pas échangé un mot. Il avait toujours été le plus difficile de ses trois fils. S'il y avait une bêtise à faire – et il y en avait toujours –, il se trouvait à chaque fois l'instigateur et le principal acteur. N'empêche qu'elle l'avait toujours aimé. Il lui était même arrivé de verser une larme quand son père en avait fini avec lui dans la bibliothèque. Mais, depuis son retour, malgré la chaleur de sa première étreinte, il n'était plus certain qu'elle l'aimât.

La voiture était presque à hauteur de l'écurie. Portfrey les avait envoyées dans son carrosse personnel, avec toute la pompe ducale. Voilà qui était diablement convenable et cérémonieux. Avait-il réellement imaginé, pendant cette heure où il avait perdu la tête à Vauxhall, qu'il pourrait tout simplement la faire monter le lendemain dans une voiture de louage et l'amener chez ses parents pour leur faire la surprise de leurs fiançailles ?

Il quitta sa mère pour descendre en courant les marches de la terrasse. Dieu, que cela faisait bizarre ! Il allait la revoir. Leur grande mascarade allait commencer. Était-elle nerveuse ?

Mais voilà que la voiture s'arrêtait, que l'un des postillons sautait à terre et dépliait les marches. Kit s'approcha en souriant et tendit la main. Il aperçut les deux autres dames dans l'habitacle mais ce fut miss Edgeworth qui posa sa main gantée dans la sienne.

Il avait presque oublié combien elle était belle et élégante. Sa robe et son chapeau de voyage gris tourterelle gansés de violet ne semblaient pas avoir souffert le moins du monde du trajet. Et elle non plus, aussi fraîche et ravissante qu'à l'accoutumée.

— Lauren, murmura-t-il en l'aidant à descendre avant de lui poser sur la commissure des lèvres un baiser.

— Kit.

À Vauxhall, ils s'étaient mis d'accord – ou, plutôt, c'était lui qui l'avait persuadée – pour s'appeler par leur prénom, mais ils ne l'avaient encore jamais fait. Il serra sa main dans la sienne et lui sourit. Soudain, il lui sembla que son découragement des deux dernières semaines n'était plus et il se sentit envahi par la confiance et la joie en songeant aux jours à venir. Il avait fait le bon choix, même si ce n'était que pour l'été. Et puis il y avait toujours la possibilité de la faire changer d'avis avant qu'elle reparte. Il adorait les défis.

— Tante Clara, dit Lauren tandis qu'il se retournait vers le carrosse pour aider à descendre la plus âgée des deux dames qui s'y trouvaient encore. Voici Kit, le vicomte Ravensberg. Ma tante, la comtesse douairière de Kilbourne.

C'était une dame belle et élégante, au regard fin et au maintien altier.

— Madame, dit-il en s'inclinant quand elle eut mis pied à terre.

— Et Gwendoline, lady Muir, ma cousine.

Il fit descendre une femme petite, très blonde et ravissante. Elle le jaugea de son regard franc et pétillant tandis qu'il s'inclinait.

Puis le moment vint de les présenter à sa famille, qui attendait toujours sur les marches. Tout se passa sans le moindre heurt, le plus poliment du monde. Si Lauren était nerveuse, elle n'en laissa rien paraître. Comme ses parents qui se montraient parfaitement satisfaits des fiançailles de leur fils. Lorsqu'on lui présenta Lauren, la grand-mère de Kit lui prit la main dans sa main valide et l'attira à elle pour l'embrasser.

— Jolie, fit-elle en hochant la tête, désireuse mais incapable d'en dire beaucoup plus. Aurais... dû... savoir... Kit... choisirait une... jolie.

Lauren ne parut nullement incommodée de devoir attendre qu'elle parvienne à terminer sa phrase. Elle souriait – oui, elle souriait vraiment – et accordait toute son attention à la vieille dame.

— Merci, madame.

Sydnam se tenait en haut des marches et passait inaperçu dans l'ombre d'un des piliers, de profil pour cacher le côté gauche de son visage. Kit prit le bras de Lauren.

— Il y a quelqu'un d'autre que j'aimerais vous présenter, lui dit-il en montant les marches avec elle.

Il s'attendait presque à voir Syd s'enfuir à l'intérieur, mais il n'en fit rien.

— Voici mon frère, Sydnam Butler ; Syd, je te présente Lauren Edgeworth, ma fiancée.

Si elle fut choquée par son apparence, personne n'aurait pu le remarquer. Il ne sentit même pas son coude se raidir contre sa main. De son profil gauche, Syd conservait la beauté extraordinaire qui avait été la sienne toute sa vie. Mais dès qu'il se tournait, on découvrait le tissu aplati de sa manche droite, soigneusement épinglée à sa veste, les marques violacées de ses vieilles brûlures qui immobilisaient le côté droit de son visage et de son cou et le bandeau qu'il portait sur l'orbite de son œil droit.

Quand Syd tendit sa main, Lauren n'hésita pas à la saisir dans sa main gauche à elle pour qu'ils puissent échanger une poignée de main.

— Mister Butler.

— Miss Edgeworth. Bienvenue à Alvesley, répondit Syd. J'espère que votre voyage n'a pas été trop ennuyeux ?

— Pas le moins du monde. Grâce à la compagnie de ma tante et de ma cousine, comprenez-vous, et la certitude que Kit m'attendait au bout.

Kit la considéra avec admiration. Elle était si convaincante que son cœur s'emballa.

Sa mère s'avança et, comme toujours, remplit parfaitement son devoir de maîtresse de maison. Elle allait conduire ces dames à leurs chambres respectives, annonça-t-elle, afin qu'elles aient le temps de se rafraîchir avant que le thé soit servi au salon. Elle prit le bras de Lauren pour l'entraîner à l'intérieur. Lady Kilbourne et lady Muir suivirent. Alors seulement, Kit vit que lady Muir boitait légèrement.

8

Gwendoline jouait du piano-forte tandis que le comte de Redfield se tenait derrière elle et lui tournait les pages de sa partition. Assises côte à côte sur une causeuse, la comtesse et tante Clara écoutaient la musique de Bach ou bavardaient, selon les moments. Depuis que l'on était revenu dans le salon après le dîner, Sydnam Butler restait dans l'encadrement d'une fenêtre, à l'autre bout de la pièce, le côté droit de son visage dissimulé dans l'ombre des lourds rideaux. Que lui était-il arrivé ? Quant au vicomte Ravensberg – Kit –, il circulait en souriant d'un air engageant, en glissant parfois une remarque dans une conversation, mais sans se mêler à aucun groupe. Et, surtout, en ne s'approchant jamais de son frère.

Il avait l'air agité, tel un animal sauvage en cage.

Lauren avait passé presque toute la soirée à côté de la comtesse douairière, la grand-mère de Kit, auprès du feu. Elle ne l'avait quittée qu'un petit moment, à la demande de ses hôtes, pour jouer du piano-forte. Elle avait parlé à la vieille dame de Newbury, des semaines qu'elle avait récemment passées à Londres et des quelques distractions auxquelles elle avait participé là-bas. Elle l'avait également écoutée. Ce n'était pas facile car le débit de la comtesse douairière était haché et ponctué de longues pauses douloureuses

125

quand elle avait du mal à former un mot. Il était tentant de l'interrompre, de dire pour elle les mots que l'on savait qu'elle s'apprêtait à prononcer. Et c'était ce qu'avaient tendance à faire le comte et la comtesse, avait-elle remarqué à l'heure du thé et à dîner. Gênés pour elle certainement. Peut-être pensaient-ils lui rendre service. Lauren n'était pas de cet avis.

Elle écoutait donc, accordant toute son attention à la vieille dame, et s'était composé un air vif et intéressé. Il n'empêche qu'elle avait tout le temps de réfléchir et d'observer. Elle avait été accueillie à Alvesley avec une courtoisie appliquée et avait deviné le manque de chaleur derrière ces convenances. Cette politesse lui suffisait. Elle n'avait rien attendu de plus. Kit avait fort bien joué son rôle. Il avait même eu l'air tellement ravi de la voir que Gwen n'y avait vu que du feu. Avant de descendre prendre le thé, elle était venue dans la chambre de Lauren et l'avait embrassée avec un sourire radieux.

— Lauren, avait-elle soupiré, il est superbe. Ce sourire ! Et lorsqu'il t'a embrassée aux yeux de tous, j'ai cru défaillir tant c'était romantique. Tes pieds avaient à peine touché le sol ! Tu m'avais bien dit qu'il pouvait se conduire avec quelque liberté, avait-elle ajouté en riant joyeusement.

Ce baiser avait bien failli faire perdre sa contenance à Lauren.

Il n'y avait eu pour ainsi dire aucun échange entre ses parents et lui depuis leur arrivée, avait-elle également noté. Tous trois avaient parlé avec elle, avec tante Clara, avec Gwen. Mais pas entre eux. Leurs fiançailles devaient être lourdes de conséquences pour la famille. À moins qu'il ne s'agisse de ce combat d'il y a trois ans, de l'héritier mort, de l'exil de Kit, de cette femme qu'ils devaient épouser... Le comte devait avoir de nombreuses raisons de trouver la situation actuelle pénible et douloureuse. Et Kit. Se voir rappeler auprès des siens dans le seul but de combler une place vide.

Quant à la relation avec son frère cadet, chacun se conduisait comme si l'autre n'existait pas. Pourtant, Kit avait pris soin de les présenter à son arrivée et il lui avait semblé, sur le moment, qu'il débordait d'affection pour son frère cadet grièvement blessé. Qu'était-il arrivé ?

Une chose était certaine, conclut-elle, la famille du comte de Redfield n'était ni unie ni heureuse. Soudain, la tâche qui l'attendait, la tâche qu'elle avait endossée avec tant de désinvolture à Vauxhall, lui semblait insurmontable. Comment aider le vicomte à se réconcilier avec sa famille ? Elle devait arriver à panser ces plaies profondes et anciennes tout en enfonçant sa propre lame dans le cœur de cette famille. Parce qu'ils seraient meurtris, certainement, quand elle romprait les fiançailles...

Elle fut tirée de ses pensées par la comtesse douairière qui avait saisi sa canne dans l'intention manifeste de se lever. Lauren résista à son premier mouvement qui fut de se dresser à son tour pour l'aider. La vieille dame ne lui avait pas demandé d'aide et une intrusion de sa part pourrait être mal prise. Au lieu de cela, elle lui sourit.

— Vous allez vous coucher, mère ? s'enquit le comte en venant vers elles. Permettez-moi d'appeler votre femme de chambre.

— Je... vais... marcher... d'abord.

— L'air du soir n'est pas bon pour vos poumons, mère, objecta la comtesse en haussant la voix. Attendez demain matin.

— Je... vais... marcher... maintenant, insista la vieille fermement. Avec... Kit et... miss... Ed... Edgeworth.

— Elle soutient que l'air frais et l'exercice lui font du bien, expliquait la comtesse à tante Clara. Pourtant, je suis persuadée que le repos serait meilleur pour elle. Elle tient absolument à marcher sur la terrasse qu'il pleuve ou qu'il vente. Mais, d'ordinaire, elle fait cela le matin.

Entre-temps, Kit était venu prendre le bras libre de sa grand-mère tandis que, de l'autre, elle s'appuyait sur sa canne. Il affichait son éternel sourire radieux.

— Si vous souhaitez vous promener maintenant, grand-mère, nous allons nous promener maintenant. Et si vous avez envie de danser la gigue, nous allons danser la gigue jusqu'à ce que vous m'ayez épuisé. Venez-vous, Lauren ?

— Bien sûr, répondit-elle en se levant.

Cinq minutes plus tard, tous vêtus d'une cape pour avoir chaud, ils marchaient à petits pas sur la terrasse. Kit donnait le bras à sa grand-mère et Lauren marchait de l'autre côté de la vieille dame, les mains dans le dos.

— Dites... moi... comment... vous... êtes... rencontrés.

Kit chercha le regard de Lauren par-dessus la tête de sa grand-mère ; ses yeux pétillaient.

— Ma grand-mère est une incurable romantique, déclara-t-il. Allez-y, Lauren. Racontez-lui.

Mais il racontait bien mieux les histoires qu'elle, songea Lauren. Dans une salle de bal comble, il avait posé les yeux sur elle et son cœur avait bondi dans sa poitrine... il avait su qu'elle était la femme de sa vie : il savait être des plus attendrissants. D'autant qu'il fallait que ce soit raconté de son point de vue à lui. Bien entendu, elle pouvait décrire... Elle sourit intérieurement.

— C'était à Hyde Park, un matin, commença-t-elle.

Elle vit la surprise dans les yeux de Kit mais poursuivit en regardant devant elle.

— Lord Ravensberg, Kit, se battait avec trois ouvriers sous les encouragements de la moitié des messieurs de la ville. Il était torse nu et jurait comme un charretier.

Lauren n'en revenait pas elle-même. Jamais elle n'évoquait de choses aussi choquantes. Et jamais encore elle n'avait été poussée par la malice à agir ou à parler.

La vieille dame la surprit en laissant échapper un éclat de rire.

— Ces hommes s'en étaient pris à une fille de ferme, continua-t-elle, et Kit avait volé à son secours. Il les a tous assommés et a embrassé la laitière au moment où je passais en compagnie de ma tante.

— À vrai dire, grand-mère, corrigea-t-il humblement bien qu'il semblât surtout s'amuser, c'est la laitière qui m'a embrassé. Il n'aurait pas été galant de ma part de me retrancher derrière la morale et de tourner la tête.

Sa grand-mère émit un autre petit rire.

— C'est alors que nos regards se sont croisés, conclut Lauren en baissant la voix. Et c'est arrivé, juste comme cela.

Elle ne se savait pas de tels talents d'actrice. Elle parvenait presque à se convaincre que le destin avait joué un rôle dans cette première rencontre aux allures de scandale.

— Les... femmes... aiment... les co... quins, observa la vieille dame en riant encore.

— Eh bien, l'on n'avait pas manqué de me mettre en garde contre lui, madame. Il a une réputation épouvantable, savez-vous. Mais, lorsque nous nous sommes revus au bal de lady Mannering, il s'est débrouillé pour m'être présenté et m'inviter à danser. Comment aurais-je pu résister ? C'était une valse !

Ils étaient arrivés au bout de la terrasse. Il faisait nuit mais la lune et les étoiles éclairaient les visages.

— Il y a une roseraie, devant nous, expliqua Kit. Je vous la ferai visiter, demain, Lauren.

— Je sens les roses même à cette heure-ci, dit Lauren en inspirant avec bonheur leur parfum doux et capiteux.

— Les jardins à la française sont un peu plus bas, puis on arrive aux arbres. Il y a aussi un chemin plus sauvage, avec quelques belles perspectives, acheva-t-il, taquin.

— J'ai hâte de découvrir tout cela, assura-t-elle quand ils firent demi-tour pour regagner la maison.

Lorsqu'ils furent rentrés, la comtesse douairière leva sa canne pour appeler le valet qui attendait dans le hall.

— Votre bras, le pria-t-elle en lâchant celui de son petit-fils. Kit... il faut... montrer... les... roses à miss... Edgeworth.

Il se baissa pour l'embrasser sur la joue. Il avait retrouvé son regard rieur, observa-t-elle.

— Vous aviez tout prévu, n'est-ce pas, grand-mère ? Après tout, il est vrai que vous vous promenez toujours le matin. Mais je ne voudrais pas vous décevoir. Je vais emmener Lauren dans la roseraie. Pour qu'elle puisse respirer le parfum des roses, bien entendu.

Lauren se sentit soudain le feu aux joues.

Kit riait en redescendant les marches de la terrasse, la jeune femme à son bras.

— Je vous ai prévenue qu'elle était très romantique. Elle a passé la soirée dans le salon à regarder son petit-fils et sa fiancée, qui venaient de se retrouver après deux semaines de séparation, contraints par la présence de leur famille et les bonnes manières de n'échanger que quelques mots à l'occasion et des regards ardents.

— Je ne vous ai pas lancé de regard ardent ! protesta-t-elle.

— Ah, mais moi si, repartit-il en prenant la direction de la roseraie. Alors, bien entendu, il a fallu que ma grand-mère trouve un moyen de me donner l'occasion de vous embrasser comme il faut avant que vous montiez vous coucher.

Elle se trouva profondément embarrassée.

— J'espère ne pas vous avoir donné l'impression... fit-elle d'un ton guindé.

— ... d'être profondément amoureuse de moi ? suggéra-t-il. Je crois que si – que vous l'avez donnée à ma grand-mère, en tout cas. Et vous n'avez fait que lui confirmer en lui racontant notre rencontre. J'avoue que je ne m'attendais pas à cela.

Ils étaient à mi-chemin, sur la terrasse.

— Monsieur, cette comédie n'est nécessaire qu'en public. Nous n'avons pas besoin d'aller jusqu'à la roseraie. Votre grand-mère est montée se coucher, je pense. Si nous rentrons tout de suite, elle n'en saura rien. Du reste, il n'est pas convenable que nous restions seuls tous les deux. Nous ne sommes pas vraiment fiancés.

— Oh, mais si, protesta-t-il en approchant son visage du sien. Tant que vous ne m'aurez pas signifié le contraire, nous sommes fiancés. Comment cela, nous devons seulement jouer la comédie en public ? Et pourquoi me donnez-vous à nouveau du *monsieur* ? Je vous ai promis de l'aventure, non ? Et de la passion ? Il faut bien que nous soyons seuls tous les deux si je veux tenir parole. Nous allons donc commencer ce soir, par la roseraie. Et l'on va vous embrasser.

— Kit ! Je ne vous ai pas demandé de passion. Et encore moins de baisers. Je n'imaginerais...

— Mais comment vivre une aventure sans passion ? C'est bien ce que vous voulez connaître – l'aventure ? lui rappela-t-il la bouche si près de son oreille qu'elle sentait la chaleur de son souffle.

— Mais ce serait tout à fait déplacé !

Elle était vraiment effarouchée. Elle n'aimait pas se rappeler leur baiser à Vauxhall. Elle s'efforçait d'ailleurs de le chasser de son esprit. Il avait quelque chose d'effrayant tant il était... charnel.

— J'y veillerai, promit-il en riant tout bas.

Il lui fit descendre les marches de la terrasse et passa avec elle sous l'arche treillissée qui marquait l'entrée de la roseraie. Le parfum des roses l'enveloppa.

— Kit !

Mais plus elle s'indignerait, plus elle se draperait dans sa dignité, plus il prendrait d'assurance. Elle avait compris cela ; il était terriblement taquin. Alors, elle changea de sujet dans l'espoir de lui faire oublier ses intentions.

— Votre père a-t-il été très en colère à votre retour ?

— Oh, oui ! Et Bewcastle également – le frère de la dame, donc. Figurez-vous que ces deux messieurs étaient allés jusqu'à signer un contrat de mariage. Je vous dois plus encore que vous ne l'imaginez, Lauren.

— La malheureuse s'est donc trouvée éconduite, murmura Lauren avec une grimace. Je ne sais que trop bien ce que cela fait. Souffre-t-elle ?

— Freyja ? Elle a eu sa chance il y a trois ans. Elle est agacée, sans aucun doute, mais elle ne souffre pas, je vous l'assure. Tous les Bedwyn sont mécontents, mais ils n'ont pas lieu de l'être. Mon père n'avait aucun droit d'organiser mon mariage sans attendre que je rentre donner mon consentement.

— Habitent-ils loin ? s'enquit-elle.

— À dix kilomètres.

Il la conduisit à un banc de bois sur lequel elle s'assit.

— Nos fiançailles ont donc causé des tensions entre voisins, dit-elle. C'est regrettable.

Il posa un pied sur le siège à côté d'elle et prit la même position qu'à Vauxhall, un bras sur son genou relevé.

— Mais inévitable, dans ces circonstances. Je ne voulais pas être contraint à ce mariage, Lauren.

— Pourtant, vous avez dû l'aimer, il y a trois ans…

Aurait-elle l'occasion de rencontrer lady Freyja Bedwyn ?

— Parfois, remarqua-t-il, il arrive que l'amour meure.

Cela, elle ne le croyait pas. Pas en ce qui la concernait. Mais à quoi bon le culpabiliser ? Il avait le droit de choisir son épouse et, sans leurs fiançailles temporaires, il aurait effectivement été pris au piège.

— Qu'est-il arrivé à votre frère cadet ? demanda-t-elle.

Il reposa brusquement le pied à terre et se pencha sur un bouton de rose comme pour l'étudier de plus près.

— La guerre, répondit-il après un long silence. Contre les conseils et les supplications de tous, y compris les miens, il a tenu à entrer dans mon régiment pour me suivre dans la Péninsule. Syd était fait pour tout sauf pour la vie militaire. Mais il est capable de se montrer d'un entêtement redoutable. J'ai promis à ma mère – bêtement, bien sûr – de veiller sur lui et de faire en sorte qu'il ne lui arrive rien. Moins d'un an plus tard, je l'ai ramené ici à demi mort, après que les chirurgiens et la fièvre en ont eu fini avec lui. On ne savait même pas s'il survivrait au voyage. Mais je tenais à ce qu'il soit à la maison si le pire devait advenir. Moi aussi, je sais être têtu.

Elle n'osait imaginer ce qu'il avait dû ressentir.

— Mais vous ne vous en voulez pas au moins ? Dans le feu de la bataille, comment auriez-vous pu le protéger ?

— Ce n'est pas arrivé sur un champ de bataille, répliqua-t-il sèchement.

Elle attendit la suite, mais rien ne vint.

— Est-ce que quelqu'un d'autre vous en a voulu ? Lui ?

— Tout le monde, à commencer par moi. Le jugement a été unanime.

Il se tourna brusquement vers elle et elle vit ses dents briller un instant dans la pénombre. Il lui prit la main pour la relever.

— Mais tout cela est de l'histoire ancienne, Lauren. Mieux vaut oublier. Syd a survécu, et moi aussi. Tout est bien qui finit bien, n'est-ce pas ? En attendant, nous voici en train de gâcher un beau clair de lune et un tête-à-tête romantique approuvé par ma grand-mère.

Mieux vaut oublier. Sauf qu'ils n'avaient oublié ni l'un ni l'autre. Ni accepté. Cela avait dû arriver l'été où il était tombé amoureux de lady Freyja et s'était battu avec son autre frère. Sa détresse avait dû être immense ; il avait été rejeté de tous, ses frères, son père. Pourtant, il était compréhensible que le comte l'ait chassé s'il était la cause des blessures de ses deux autres fils.

Aujourd'hui, de retour à Alvesley, les souffrances d'autrefois semblaient intactes. Elles avaient même été ravivées par cette histoire de contrat de mariage et leurs fiançailles. Dans quel guêpier s'était-elle fourrée... Pourrait-elle faire quoi que ce soit pour arranger la situation ?

Mais pour l'heure, elle n'était pas parvenue à le distraire de ses intentions. Il voulait l'embrasser. Elle se détourna et ôta sa main de la sienne. Ce n'était pas ce qu'elle voulait.

Il ne s'avoua pas vaincu pour autant, vint se placer derrière elle et lui passa les deux bras autour de la taille pour l'attirer contre lui. Elle sentit la chaleur de son corps contre le sien. Elle baissa sa garde un instant et profita de ce contact nouveau entre eux. Après tant d'années passées dans une grande solitude, il était bon de sentir cette intimité même illusoire.

Il voulait lui donner l'aventure qu'elle lui avait réclamée, après tout. Elle avait cédé à une impulsion sans avoir conscience de ce qu'elle demandait. Qu'entendait-elle par aventure ? Voulait-elle qu'il l'embrasse à nouveau ? Qu'il la garde dans ses bras ? Elle n'avait jamais ressenti de désir physique pour un homme. Neville ? Elle trouvait en lui une certaine affection et un réconfort. Elle ne savait pas ce qui rendait la vie si bouillonnante pour certains êtres – comme Lily. C'était ce qu'elle voulait découvrir.

Lauren ferma les yeux, submergée par ce ressentiment qu'elle ne connaissait que trop bien : qu'avait Lily de plus qu'elle ? Que savait-elle que Lauren ignorait ?

Elle se retourna dans les bras de Kit, mettant dans ce mouvement un peu de distance entre eux. Elle observa son visage plongé dans l'obscurité et vit qu'il la regardait attentivement. Elle ne serait jamais comme Lily. Elle n'avait pas été à l'aise à Vauxhall. Elle avait peur de se laisser submerger par ces sentiments inconnus, et plus encore de ne rien ressentir du tout s'il l'embrassait à nouveau. Peur aussi qu'il se détourne d'elle avec dégoût, qu'il regrette déjà son marché avec elle. Peur d'avoir cette fois la certitude absolue et définitive qu'elle n'était ni désirable, ni désirée.

— Non, non, fit-il doucement en se rapprochant un peu. (Il l'avait lâchée et se tenait face à elle, les mains dans le dos.) Ne vous cachez pas derrière ce bloc de glace. J'ai compris que ce n'était qu'une défense, vous savez. Je ne vais pas vous faire de mal. Je ne vais même pas vous embrasser, d'ailleurs. J'ai changé d'avis.

La déception et l'humiliation l'envahirent. C'était absurde mais elle dut faire un effort surhumain pour ne rien laisser paraître. Il n'avait même pas envie de l'embrasser.

C'est alors qu'il s'avança et entreprit de déboutonner sa cape, frôlant son cou. Puis il jeta le vêtement sur le banc. Elle sentit l'air frais de la nuit sur ses bras nus. Les doigts de Kit, brûlants sur sa peau, descendaient du bord festonné de ses manches courtes au dos de ses mains qu'il prit dans les siennes un instant avant de les poser sur ses épaules viriles. Puis il la prit doucement par les hanches.

— Venez contre moi.

C'était d'autant plus troublant qu'il lui en laissait l'initiative. Il n'y avait ni suggestion ni contrainte dans la pression de ses mains. Il n'allait pas la forcer, elle le savait. Elle n'aurait pas cette excuse. Elle sentit une palpitation forte, presque douloureuse dans le bas-ventre et se laissa aller contre lui en se retenant avec ses mains, jusqu'à ce que sa poitrine touche la veste de Kit et s'y appuie. Elle ferma les yeux et laissa aller le front sur son épaule. Elle sentait la solidité et la chaleur de son corps d'homme, son parfum musqué.

Les mains sur les hanches de Lauren, il ne bougeait pas.

Elle rapprocha ses cuisses, son ventre, ses hanches qu'il tenait très légèrement. Elle pouvait s'échapper à tout instant.

Il ne fit pas davantage. Elle non plus. Mais elle sentit son corps se lover contre le sien, sa féminité comblée par cette étreinte. Son esprit, lui, était en proie à un tourbillon d'émotions. Derrière ses paupières closes, elle le revoyait tel qu'il lui était apparu dans le parc le premier jour, dénudé jusqu'à la taille, le torse, les épaules et les bras magnifiquement musclés, les hanches minces, souple, moulé dans sa culotte et ses bottes. Plein de vie, de virilité affirmée. C'était ce même homme, ce même corps contre lequel elle se laissait aller maintenant, avec un peu plus d'aisance à chaque seconde qui passait. Elle entendait battre son cœur. Son corps à elle s'embrasait.

Ils ne bougèrent pas ni l'un ni l'autre pendant un long moment. Mais elle avait compris une chose quand elle recula et reprit sa cape sur le banc. Bien qu'elle n'ait pas l'expérience de ces choses, elle savait désormais qu'il la désirait. Autre chose aussi. Chaque partie d'elle-même s'était comme réveillée d'une longue léthargie – ses joues brûlantes, sa poitrine gonflée, son ventre palpitant, ses cuisses légèrement tremblantes. Tout en elle vibrait de féminité. Ainsi donc, malgré la discipline de toute une vie, elle n'était pas seulement une dame. Elle était aussi une femme.

Il ne la toucha pas et ne dit rien. Elle lui en fut infiniment reconnaissante. Au bout de quelques instants, elle se retourna vers lui, sa cape à la main. Il n'avait pas bougé.

— Bien, fit-elle pour tenter de revenir à une relation normale, vous avez tenu votre partie du marché pour aujourd'hui. Il faut moi aussi que je tienne la mienne. Il ne serait pas convenable que nous nous absentions plus longtemps.

Il la regarda sans rien dire un long moment et elle regretta de ne pas voir son visage plus nettement. Puis il lui prit sa cape des mains, la lui passa sur les épaules et la lui boutonna sous le menton avant de lui offrir son bras.

— Oui, fit-il d'un ton vif et joyeux. Devoir accompli pour aujourd'hui. Demain, je m'y appliquerai à nouveau. Nous allons monter à cheval. De bonne heure. Au lever du soleil.

De nouveau, elle réprima une petite pointe de déception. N'aurait-il pu dire quelque chose d'un peu plus personnel, d'un peu plus chaleureux ? Avait-elle donc imaginé… Mais peu importait.

— Il est très rare que je monte à cheval, déclara-t-elle. Et plus encore que je me lève tôt.

— Eh bien, demain, vous ferez les deux. De gré ou de force, je vais vous faire passer un bel été.

— C'est absurde.

— Demain, à la première heure, insista-t-il tandis qu'ils retournaient vers la maison. Présentez-vous de vous-même – et seule – ou je viendrai moi-même vous chercher dans votre chambre.

— Vous n'oseriez pas ! s'indigna-t-elle.

Il lui coula un regard de côté.

— Voilà un mot qu'il est bien dangereux d'employer devant moi, rappela-t-il. Sauf si vous avez envie que je vous prenne au mot. Car soyez bien certaine que, si, j'oserais.

— Vous n'êtes pas un gentleman, l'accusa-t-elle.

— Pourquoi dites-vous cela comme si vous veniez tout juste de le découvrir ?

9

Kit était déjà là quand Lauren entra dans l'écurie. Il était à peine plus de 6 heures du matin. Avant de sortir, il avait envoyé son valet de chambre prévenir sa femme de chambre de la réveiller, mais elle devait être déjà levée pour l'avoir rejoint si vite. C'était l'élégance personnifiée, dans sa tenue d'amazone vert forêt complétée par un chapeau assorti orné d'une plume lavande qui s'incurvait délicieusement derrière son oreille.

— Bonjour, la salua-t-il en souriant. Je vous ai fait seller la jument la plus calme de l'écurie. Et je resterai à côté de vous. Vous n'avez rien à craindre.

— Je n'ai pas peur de monter à cheval, précisa-t-elle. Simplement, c'est un exercice qui ne me plaît guère. Je ne suis pas contente, vous savez. Vous étiez censé me faire passer un été agréable. Agréable *pour moi*. Pas me forcer à faire des choses qui me déplaisent souverainement, comme me lever à une heure pareille ou monter à cheval.

— Non, non, répliqua-t-il en riant. Ce que je vous ai promis, c'est un été mémorable. Et je tiens toujours mes promesses. Mais, pour vous rassurer, sachez que nous ne monterons pas très longtemps. J'ai quelque chose de bien plus agréable à vous faire faire. Nous allons nous baigner.

— Quoi ?

Elle le considéra d'un air de dédain au lieu de reculer, horrifiée, comme il s'y attendait. Il était très difficile de froisser visiblement Lauren Edgeworth. Ainsi hier soir, elle avait été d'un calme parfait quand elle s'était écartée de lui en déclarant qu'il avait fait son devoir pour la journée. Pourtant, fou de désir, il avait dû se trahir, pressé qu'il était contre elle – à moins qu'elle ne soit plus innocente qu'il n'était concevable à son âge.

— Je ne nage pas, monsieur.

— Kit.

— Kit. Je ne nage pas, *Kit*. Ce n'est pas négociable.

— Deux brasses et une bulle ? la taquina-t-il en lui faisant la courte échelle pour l'aider à se mettre en selle. Vous coulez comme une pierre ?

— Je n'en ai aucune idée, répondit-elle en arrangeant sa jupe et en s'asseyant aussi gracieusement que si elle était née à cheval. Je n'ai jamais essayé.

Jamais essayé ? Ciel ! Mais quelle enfance avait-elle eue ? À moins qu'elle ait carrément sauté l'enfance et qu'elle soit née dame.

— Alors vous allez commencer ce matin, annonça-t-il en sautant sur son cheval et en la précédant pour sortir de la cour. Je serai votre professeur.

— Non, répliqua-t-elle en le suivant. Il n'en est pas question.

S'il n'y avait pas eu Vauxhall, il aurait peut-être fini par se laisser rebuter par sa froideur, sa dignité, sa trop parfaite éducation, son manque de spontanéité et d'humour. Son absence de joie. Mais il y avait eu Vauxhall. Et il savait que, quelque part, sous ces masques de bienséance, il y avait une femme qui rêvait désespérément de sortir à la lumière mais ne trouvait pas le chemin.

Tenir la promesse qu'il lui avait faite était la seule façon pour lui de se racheter un peu. Ce n'était quasiment rien mais cela lui permettrait de s'absoudre lui-même et, qui sait, de trouver lui aussi la lumière. Il pouvait apprendre à Lauren à jouir de la vie, même si c'était une chose que lui-même ne pourrait jamais faire – ce que d'aucuns auraient sans doute peine à croire. Car il portait des masques très différents de ceux de Lauren. Mais il était possible d'enseigner ce que l'on ne savait pas faire. Oui, ce devrait être possible.

Il s'engagea dans l'avenue et passa le pont avant de tourner à droite sur un chemin qui longeait la rivière puis la rive du lac. Les arbres étaient plus nombreux de ce côté-ci que du côté de la maison. Parfois, le sentier s'enfonçait un peu plus dans les bois de sorte que l'on ne voyait plus l'eau pendant une minute ou deux. À un moment donné, il s'arrêta pour s'assurer que Lauren n'avait pas de peine à le suivre.

— À quoi pensez-vous ? lui demanda-t-il.

Elle le regarda d'un air de reproche.

— Je pense, dit-elle, que tous les gens civilisés sont dans leur lit à cette heure-ci. Et je me souviens que vous m'aviez promis de me montrer le jardin à la française, aujourd'hui. Pas la forêt sauvage. Si c'est ainsi que vous vous proposez de m'amuser, j'ai passé un bien mauvais marché.

Ah, il commençait à l'énerver. La très convenable miss Lauren Edgeworth avait permis à une note de contrariété de percer dans sa voix. Kit sourit.

Il se dirigeait vers un temple qui avait été édifié au bord de l'eau il y a des années, pendant la mode des folies. Il était l'élément pittoresque quand on regardait le décor de la rive opposée. Par temps calme, la perfection du marbre se reflétait dans l'eau du lac. Cependant, il avait aussi une fonction pratique. Il permettait aux courageux qui venaient faire le tour du lac à pied de se reposer un moment. Enfants, ses frères et lui l'avaient utilisé comme cabine de bain. Ils avaient toujours eu le droit de se baigner dans le lac à condition d'être sous la surveillance d'un adulte.

L'ennui, c'était qu'il était rare qu'un adulte fût libre et disposé à les accompagner. Et les rares fois où cela arrivait, c'était pour leur crier de ne pas plonger des branches dans l'eau, de ne pas aller là où ils n'avaient pas pied, de ne pas nager sous l'eau, de ne pas se faire couler, de ne pas s'asperger... Ils venaient donc se baigner là, seuls, à l'abri des regards de la maison, car ils avaient peu de chances de se faire prendre.

Arrivé à la folie, il mit pied à terre et attacha son cheval à une branche. Puis il aida Lauren à faire de même avant de prendre le baluchon qu'il avait fixé à sa selle. Il fit le tour de l'édifice et monta les quelques marches pour ouvrir la double porte derrière les quatre piliers.

Un banc de bois courait le long des murs intérieurs. Le sol était dallé et les murs nus à l'exception d'une frise travaillée qui représentait des jeunes gens en train de poursuivre des nymphes dans d'improbables bosquets de fleurs et de fruits. Combien de fois ses frères et lui étaient-ils montés sur le banc en riant bêtement pour reluquer les nymphes dont les vêtements légers ne cachaient rien de leurs charmes. Il comprenait pourquoi ces garçons les poursuivaient sans relâche.

— Asseyez-vous, proposa-t-il à Lauren qui s'installa face à la vue sur le lac, les pieds joints, les mains posées l'une sur l'autre sur ses genoux.

Kit posa son baluchon et s'assit sur un des bancs de côté. Elle avait l'air sévère et crispée.

— Newbury Abbey est au bord de la mer, n'est-ce pas ?

— Oui, confirma-t-elle. La plage fait partie du parc.

— Mais vous ne vous y êtes jamais baignée ?

Elle secoua la tête.

— Je n'ai jamais aimé la plage. Le sable entre dans les souliers et les vêtements, le sel et le vent dessèchent la peau. Quant à la mer elle-même, elle est... sauvage.

142

— Sauvage ? répéta-t-il en la regardant avec curiosité. Vous n'aimez pas la nature sauvage ?

Ainsi, tout le monde n'aimait pas la mer ? Un instant il craignit que derrière sa carapace de femme guindée ne se cache... qu'une femme guindée.

— Pas la mer.

Elle regarda le lac qui reflétait les premiers rayons du soleil tel un miroir.

— Elle est trop grande, trop imprévisible, incontrôlable et... cruelle. On ne revient jamais de la mer.

Qui n'était pas revenu ? Un de ses proches s'était-il noyé ? C'est alors qu'une idée lui vint.

— Votre mère et votre beau-père sont-ils allés en voyage de noces à l'étranger ?

Elle le regarda, un peu surprise, comme s'il avait brutalement changé de sujet.

— Ils sont d'abord allés en France, en profitant d'un moment de paix, puis ils ont peu à peu gagné le sud et l'est. La dernière fois que j'ai eu de leurs nouvelles, ils se trouvaient en Inde.

La mer ne lui avait donc pas rendu sa mère.

— Il paraît que mon oncle et ma tante m'ont emmenée leur dire au revoir et que j'ai agité mon mouchoir jusqu'à ce que le navire ait disparu à l'horizon. Cela a dû prendre très longtemps, mais je n'en ai aucun souvenir. Je n'avais que trois ans.

Aucun souvenir ? Ou un souvenir enfoui si loin dans sa mémoire qu'il ne pouvait passer la barrière de l'inconscient ?

La mer ne lui avait jamais rendu sa mère.

Sauf que le lac n'était pas la mer et qu'il ne l'avait pas amenée ici pour la rendre mélancolique. Il se leva et alla sur le seuil regarder dehors.

— Et vos cousins, vos camarades d'enfance, ne se baignaient pas non plus ? Pas même dans la mare dont vous m'avez parlé ?

— Oh, si. Neville et Gwen s'y baignaient tous les deux. C'était interdit, bien sûr, mais quand ils rentraient à la maison les cheveux mouillés alors qu'il faisait très chaud et qu'il y avait du soleil, ma tante Clara faisait semblant de ne rien voir. Quant à mon oncle il faisait la moue en demandant s'il pleuvait.

— Mais vous, vous n'avez jamais désobéi ?

— Pour moi, ce n'était pas la même chose.

Il la regarda par-dessus son épaule.

— Comment cela ?

— Je n'étais pas leur enfant. Ni même leur parente. J'étais une étrangère que les circonstances avaient déposée chez eux.

Il se sentit furieux pour elle.

— Ils vous traitaient donc comme une étrangère ?

— Non, corrigea-t-elle très fermement. Ils m'entouraient d'amour. Ils me traitaient exactement comme leurs propres enfants. J'étais la sœur de Neville au même titre que Gwen. Et elle et moi avons été très proches dès mon arrivée. Vous avez dû vous rendre compte hier que tante Clara et elle me témoignent beaucoup d'affection. Du reste, elles sont venues ici avec moi. Mais… Mais je leur dois tant, vous comprenez. Comment aurais-je pu désobéir à mon oncle et ma tante ? Comment aurais-je pu ne pas faire chaque jour de ma vie tout ce qui était en mon pouvoir pour leur témoigner ma reconnaissance et me montrer digne de leur affection ?

Et petit à petit la carapace s'était formée pour ne jamais se fissurer. C'était donc pour cela qu'elle s'était astreinte à devenir si parfaite. Pour être acceptée et aimée. C'était pour cela que, jusqu'à il y a un peu plus d'un an, elle avait voué sa vie à Kilbourne qui, semblait-il, lui avait pourtant dit de ne pas l'attendre quand il était parti dans la Péninsule. Parce que ses parents adoptifs avaient prévu de les unir ? Parce que, en épousant Kilbourne, elle avait imaginé qu'elle serait enfin totalement acceptée. Et en sécurité ?

Sauf qu'elle avait vu cette sécurité détruite de la façon la plus cruelle.

En fait, malgré son maintien et sa dignité, n'était-elle pas la personne la plus démunie qu'il connaissait ?

— Avez-vous beaucoup de relations avec la famille de votre père ? voulut-il savoir.

— Non, aucune. Ma mère était partie et, quand une année se fut écoulée, mon oncle a écrit à ma famille pour lui demander si elle souhaitait me prendre auprès d'elle jusqu'à son retour. Le vicomte Whitleaf, mon oncle, qui avait accédé au titre après la mort de mon père, a refusé. Mais je ne l'ai appris qu'après lui avoir moi-même écrit, à dix-huit ans. Il m'a répondu pour me dire qu'il n'avait pas pour habitude d'encourager les parasites ni les parents indigents.

Kit continuait de la regarder par-dessus son épaule mais elle fixait ses mains sur ses genoux. Exactement comme à Vauxhall, se souvint-il. Tout devenait clair ! Il regrettait de ne pas avoir su cela il y a deux semaines.

— Mon grand-père paternel m'aurait accueillie, je pense, si on le lui avait demandé, ajouta-t-elle en relevant les yeux vers lui et en avançant le menton comme pour le défier de la contredire. Mais il a dû se dire, et à juste titre, que j'étais mieux avec des enfants de mon âge.

Galton non plus, n'avait donc pas proposé de la recueillir ?

Soudain, Kit lui sourit.

— Nous sommes en train de perdre la meilleure partie de la matinée. C'est à cette heure-ci que l'eau est la plus calme et la plus claire.

— Allez en profiter, répondit-elle d'un ton un peu acerbe. Je vais rester ici à vous regarder. Mais je vous prie de ne pas enlever votre chemise. Ce ne serait pas convenable.

Il éclata de rire.

— Pour respecter les convenances, il faudrait que je garde ma veste et mes bottes pour me baigner, et vous votre habit et votre chapeau à plume ? Mais nous gâterions de très beaux vêtements et aurions l'air de deux rats mouillés en ressortant.

— Je ne vais pas me baigner, répliqua-t-elle. Vous pouvez vous ôter cette idée de l'esprit, monsieur. Et vous auriez pu avoir la décence de faire cela dehors afin que je ne sois pas obligée de vous regarder.

Il avait ôté sa veste pour la jeter sur le banc et tirait sur une de ses bottes.

— De quoi avez-vous si peur ? De vous mouiller les orteils ? Ou de me les montrer nus ?

Elle avait un peu rougi.

— Je n'ai peur de rien.

— Tant mieux.

Il jeta sa botte sous le banc et s'attaqua à la seconde.

— Vous avez cinq minutes pour vous mettre en chemise. Ensuite, je vous jette à l'eau, prête ou non.

— Quoi ?

— Quatre minutes et cinquante secondes.

— En ch... chemise ?

Elle était écarlate.

— J'imagine que vous en portez une. Autrement, je sens qu'il y aura un léger problème. Je risque de ne pas pouvoir me retenir de rougir.

Elle se leva, glaciale, au moment où sa deuxième botte cédait. Il se mit en devoir de déboutonner son gilet.

— Je rentre à la maison, annonça-t-elle. Je commence à me rendre compte que j'aurais dû écouter mon entourage, à Londres. Écartez-vous de la porte, je vous prie, monsieur.

Il sourit et jeta son gilet sur sa redingote avant de sortir sa chemise de sa culotte de cheval.

— Quatre minutes.

Elle fulminait. Tout son visage, enfin, exprimait son ressenti.

— Vous n'oseriez pas !

— Ah. Encore ce mot mal choisi.

146

Il retira sa chemise non sans se demander si elle allait s'évanouir. Mais elle était d'une autre trempe.

— Vous n'êtes pas un gentleman, monsieur.

Il inclina la tête sur le côté tout en se demandant s'il allait se baigner en culotte, ou, comme il serait bien plus intelligent, en caleçon.

— Un peu plus d'originalité vous siérait davantage, assura-t-il. Trois minutes quinze secondes.

Il opta à contrecœur pour sa culotte. Il en avait tout de même apporté une de rechange. Il leva une jambe pour se défaire de son bas.

— S'il vous plaît, dit-elle calmement, laissez-moi partir.

La jetterait-il à l'eau tout habillée ? Sans doute pas, reconnut-il intérieurement. Très probablement pas.

— Vous vouliez de l'aventure, Lauren. Vous vouliez un été différent de ceux que vous aviez connus. Vous vouliez savoir ce que c'était que de vivre comme vivent les autres gens – ceux qui n'ont pas à gagner le respect et l'amour de ceux qui les ont élevés. Vous vouliez découvrir l'exubérance, le bonheur, vous libérer de toute contrainte. Mais vous ne pouvez pas gagner sur les deux tableaux. Vous ne pouvez pas espérer que ces choses vous tomberont toutes cuites dans le bec si vous ne cherchez pas à les saisir. Je ne peux tenir parole que si vous me laissez faire.

— Je ne sais pas nager, avoua-t-elle.

— Je vous apprendrai. L'eau n'est pas très profonde de ce côté-ci. On n'en a même pas aux épaules.

— Je ne peux pas ôter ma... je ne *peux* pas.

Cela, c'était un problème, concéda-t-il, compte tenu de la femme qu'elle était.

— Je vais sauter à l'eau et nager quelques minutes, proposa-t-il. Je ne regarderai même pas dans cette direction. Je ne saurai pas si vous décidez de rentrer discrètement à la maison. Quand vous serez prête, enveloppez-vous dans une serviette – elles sont grandes – et venez jusqu'au bord. Je vous aiderai à descendre dans l'eau. Ou vous pouvez sauter si vous préférez que je ne vous voie pas du tout.

— Kit, insista-t-elle, je ne savais pas que ce serait comme cela. Ce n'est pas ce que je voulais.

— Ni cela, ni les baisers, ni la passion, ni monter à cheval. Alors que vouliez-vous, au juste ? Rentrez à la maison si vous le souhaitez, je ne vous en empêcherai pas.

Il tourna les talons, marcha jusqu'à la berge et plongea. Il refit surface un peu plus loin, un instant suffoqué par la fraîcheur de l'eau. Il s'ébroua avant de remettre la tête sous l'eau et de commencer à nager en direction de la rive opposée.

— Kit ?

Plusieurs minutes s'étaient écoulées. Il ne s'était pas retourné vers le temple, mais il était certain qu'elle était rentrée, sans doute à pied. Pourtant, il n'avait pas tourné la tête qu'elle l'appela à nouveau.

— Kit.

Elle était agenouillée au bord de l'eau. Seule sa tête dépassait de la grande couverture dans laquelle il avait emballé les serviettes. Il fit quelques brasses pour se rapprocher d'elle.

— L'eau est glacée, se plaignit-elle. Je ne peux pas faire cela. Je vous en supplie, ne m'y obligez pas.

Ce qu'elle ne pouvait pas faire, devinait-il, c'était laisser tomber cette couverture et se montrer en chemise. Malgré la fraîcheur de l'eau, il sentit monter la température de son corps quand il comprit que, en effet, elle devait avoir ôté presque tous ses vêtements. Il revint vers elle à la nage et lui tendit les mains.

— Le moment de vérité, dit-il. Quelle est la force de votre désir d'aventure ? Avez-vous le courage d'essayer quelque chose de nouveau, de différent de ce que vous connaissez ? Quelque chose d'audacieux. Allez, Lauren. C'est maintenant ou jamais.

Elle resserra plus étroitement la couverture autour d'elle.

— Prenez-moi les mains, insista-t-il, ou partez.

Partez, avait-il dit délibérément, et non rentrez à la maison. Il vit dans ses yeux qu'elle avait compris. Si elle le souhaitait, toute cette comédie pouvait s'arrêter ce matin, étouffée dans l'œuf. Elle pouvait rentrer à Newbury ou à Londres avec sa tante et sa cousine.

Elle s'accroupit et posa une main puis l'autre dans les siennes. La couverture, qui n'était plus tenue, glissa dans l'herbe. Elle rougit, il lui serra plus fort les mains et elle sauta. Sans doute avait-elle choisi de deux maux le moindre car ses jambes minces et fuselées s'étaient soudain trouvées exposées à partir des genoux, de même que ses bras, ses épaules et une partie de sa gorge. Elle faisait tellement jeune !

Et puis elle se mit à hoqueter avec force convulsions et à le griffer des deux mains, prise de panique. Il la saisit par la taille et la fit descendre dans l'eau jusqu'à ce qu'elle en ait jusqu'aux épaules. Il riait, surtout de l'inconvenance de ce qu'il était parvenu à la convaincre de faire. Il sentit ses jambes nues frôler les siennes. Il était pleinement conscient qu'il n'y avait presque rien entre ses mains et la peau nue délicieusement attirante de Lauren.

— Vous n'allez pas vous noyer, lui promit-il, ni mourir de froid. Vous n'allez pas tarder à vous habituer à l'eau. Je vous assure qu'elle n'est pas si froide que cela. Retenez votre souffle.

Il l'entraîna avec lui sous l'eau, jusqu'à ce qu'elle soit entièrement submergée. Il la sentit enfoncer les ongles dans ses bras et vit qu'elle fermait les yeux de toutes ses forces. Ses cheveux formaient un nuage sombre autour de son visage. Il remonta presque aussitôt avec elle à la surface.

C'est alors qu'elle le surprit. Elle rouvrit les yeux, regarda la berge, l'eau et Kit. Des gouttelettes brillaient, accrochées à ses cils.

— Je l'ai fait, dit-elle.

Puis elle le répéta avec dans la voix un immense triomphe.

— Je l'ai *fait* !

Il rejeta la tête en arrière en riant.

Il commença alors sa première leçon en lui apprenant à mettre la tête sous l'eau sans s'affoler et à souffler à la fois par le nez et par la bouche. C'était une élève particulièrement douée. Cela n'avait rien d'étonnant. Il devinait qu'elle devait s'appliquer de toutes ses forces à réussir ce qu'elle entreprenait.

Pour finir, il lui apprit à flotter sur le dos. Une fois qu'il l'eut convaincue qu'elle n'allait pas couler comme une pierre au fond du lac et disparaître à tout jamais, elle se détendit et suivit ses conseils. Mais elle n'acceptait d'essayer que tant qu'il la maintenait d'une main ferme sous ses épaules. La dernière fois qu'elle essaya, il la soutint jusqu'à être certain qu'elle était parfaitement détendue, puis il retira ses mains. Elle flotta seule, les bras étendus, les yeux fermés. Au bout de quelques instants il s'écarta un peu et nagea autour d'elle pour se placer devant ses pieds.

— Le ciel est superbe, ce matin. Il y a juste ce qu'il faut de nuages blancs pour en faire ressortir le bleu.

Elle ouvrit les yeux et regarda en l'air.

— Oui, confirma-t-elle avant de voir où il était.

Elle coula, remonta à la surface en crachotant et en s'essuyant les yeux des deux mains.

— J'aurais pu me noyer ! le réprimanda-t-elle.

Puis elle baissa les deux mains, fixa sur lui ses grands yeux violets stupéfaits et… sourit. D'un sourire qui éclaira tout son visage et la rendit d'une beauté éclatante.

— Je l'ai *fait*, Kit ! J'ai flotté toute seule !

Elle vint en barbotant jusqu'à lui et, sans vraiment savoir comment, il se retrouva avec les deux mains de Lauren autour du cou. Il la prit dans ses bras et la fit tournoyer dans l'eau et prit possession de sa bouche avant de descendre sous la surface.

150

Les sons étaient étouffés, le temps suspendu. Il ne sentit que la chaleur de son corps et celle de sa bouche pendant les quelques instants où ils restèrent sous l'eau et où le triomphe, l'exubérance, la fierté et la joie se mêlèrent au désir pur.

Puis ils refirent surface, se séparèrent et elle redevint elle-même. Lui aussi, encore une fois.

— Votre première aventure, madame, dit-il, un rire désinvolte dans la voix. Accomplie sans péril et suivie d'une juste récompense.

— D'une récompense scandaleuse, oui, corrigea-t-elle en le regardant avec méfiance. Mais que pouvais-je attendre d'autre du tristement célèbre vicomte Ravensberg ? Il doit se faire tard.

— Mon Dieu, oui ! Nos proches vont croire que vous prenez l'air du matin avec votre fiancé. Voilà qui serait terriblement choquant.

— Je suis venue à Alvesley pour vous aider. Pas pour causer davantage de scandale.

En riant, il se hissa sur la berge. Puis il alla jusqu'au temple d'où il revint une serviette nouée autour de la taille et l'autre à la main. Hors de l'eau, il faisait affreusement froid.

— Donnez-moi la main, lui proposa-t-il en se penchant pour l'aider à se hisser.

Elle aurait aussi bien pu être nue. Habillée, Lauren était très belle. La chemise trempée, elle, révélait sa minceur et ses courbes. Elle était femme, Circé, éminemment désirable. Un peu mal à l'aise, il songea aux nymphes de la frise à l'intérieur de la folie – et sa réaction quand il les voyait, enfant. Il lui tendit la serviette sèche et alla chercher ses vêtements à l'intérieur sans un regard en arrière. Puis il sortit se rhabiller entre les arbres pour lui laisser assez d'intimité à l'intérieur.

Dix minutes plus tard, ils avaient repris le chemin de la maison. Cette fois, c'était elle qui le précédait. Hormis ses cheveux humides et un peu plus bouclés que d'habitude, elle ressemblait en tout point à l'élégante reine des glaces à laquelle il s'était habitué. Sa serviette était roulée devant sa selle d'amazone. Sans doute avait-elle refusé de la lui rendre parce que sa chemise trempée était roulée à l'intérieur, songea-t-il. Il s'efforça de ne pas trop s'attarder sur les images qui lui venaient à l'esprit. Cela signifiait qu'elle était nue sous cette tenue d'amazone à la coupe impeccable.

Voilà qu'il se retrouvait en proie à des désirs lascifs pour une femme dont l'ambition avouée était de mener une existence indépendante et de rester vieille fille. Il n'était là que pour lui offrir l'été mémorable dont elle rêvait et le petit goût de passion qu'il lui manquait.

— Lady Muir s'est-elle blessée récemment ? voulut-il savoir.

— Elle est tombée de cheval, répondit Lauren. À l'époque de son mariage. Sa jambe a été brisée et il semble qu'elle ne se soit pas bien remise. Elle a également fait une fausse couche.

— Et elle a perdu son mari peu de temps après ? Mais elle n'est pas plus vieille que vous, si ?

— D'un an. Lord Muir a été tué dans un horrible accident. Il est tombé par-dessus une balustrade et s'est écrasé dans le hall. Elle était avec lui quand c'est arrivé. Comme vous l'imaginez, elle a mis très longtemps à s'en remettre – si tant est qu'elle soit tout à fait remise aujourd'hui, d'ailleurs. C'était un mariage d'amour, vous comprenez.

Kit ne fit pas de commentaire. Que dire d'une si jeune femme dont la vie avait déjà tout d'une tragédie ? Pourtant, hormis sa boiterie, rien ne permettait de se rendre compte qu'elle avait souffert. Elle souriait beaucoup et était charmante à tout point de vue.

Décidément, songea-t-il comme s'il venait de faire une découverte stupéfiante, il ne fallait pas se fier aux apparences.

Lauren Edgeworth se tenait très droite, avec toute la dignité d'une dame. Pourtant, il y a moins d'une demi-heure, elle lui souriait avec une exubérance radieuse et se jetait dans ses bras. Uniquement parce que, pour la première fois de sa vie, elle avait flotté sur le dos.

Il sourit en silence, amusé. Mais, dans le même temps, une boule se forma dans sa gorge. Pour empêcher les larmes de monter.

10

Lauren n'était pas en retard pour le petit déjeuner comme elle l'avait craint. Une fois qu'elle l'eut aidée à se changer, sa femme de chambre réussit même à cacher l'humidité de ses cheveux. Elle descendit avec Gwen et sa tante, venues l'une et l'autre la voir dans sa chambre pour lui dire combien elles étaient impressionnées par l'accueil qu'on leur réservait et combien elles appréciaient lord Ravensberg. Et, bien entendu, combien elles étaient heureuses pour elle.

Toute la famille se réunissait pour le petit déjeuner, à l'exception de la comtesse douairière qui restait tranquillement dans ses appartements presque toute la matinée avant de descendre faire sa promenade quotidienne, expliqua la comtesse. Ce fut le comte en personne qui fit asseoir les dames, Lauren à sa droite et tante Clara à sa gauche.

— Vous êtes sortie à cheval avec Ravensberg, ce matin, observa-t-il. Je vous ai vus quitter l'écurie.

— Oui, monsieur, confirma-t-elle en souriant. L'air du petit matin est frais et revigorant. Nous avons traversé le bois jusqu'au temple, sur la rive opposée du lac. La vue y est magnifique.

— C'est vrai.

— Vous êtes déjà sortie ce matin ? s'étonna tante Clara. Vous, Lauren ? À cheval ?

Et elle s'était baignée, songea Lauren. Elle mourrait de honte si le comte avait également été témoin de cette scène. Mais elle avait flotté. Seule. Et, ensuite, elle avait perdu la tête – ce qui n'arrivait jamais à une dame digne de ce nom. D'excitation, elle s'était jetée dans les bras de Kit. Et il l'avait embrassée. Ou était-ce elle qui l'avait embrassé ? Non. Cela, c'était impensable.

Gwen riait.

— Lauren n'a jamais été très matinale, révéla-t-elle. Et elle n'a jamais beaucoup aimé monter à cheval. Je crois que vous avez une excellente influence sur elle, lord Ravensberg.

— Je l'espère. Mais il se peut, madame, que ce soit simplement sous l'effet de la contrainte, répondit l'intéressé avec une lueur malicieuse dans les yeux. Je l'ai menacée de venir la tirer du lit moi-même si elle ne me rejoignait pas à l'écurie de son plein gré.

Lauren se sentit piquer un fard.

— Kit ! le réprimanda sa mère.

Tante Clara se mit à rire.

— Apparemment vous n'auriez pu trouver meilleur argument, concéda Gwen joyeusement.

— L'exercice vous a donné bonne mine, miss Edgeworth, remarqua le comte. Sydnam, serez-vous prêt, après le petit déjeuner, pour venir avec moi inspecter les nouvelles toitures des maisons des ouvriers agricoles ?

— Certainement, monsieur, répondit son fils.

Kit n'avait pas été invité à se joindre à eux, remarqua Lauren. Et il ne le proposa pas non plus. Certes, M. Butler était le régisseur de son père mais, tout de même…

La comtesse, pour sa part, devait rendre visite à des voisins dans la matinée pour porter les invitations à l'anniversaire de sa belle-mère.

— Kit s'occupera de vous ce matin, annonça-t-elle à ses invitées.

— Mais ne pourrais-je pas vous aider, madame ? fit valoir Lauren.

— C'est très gentil, répondit la comtesse avec un regard approbateur. Si, merci, miss Edgeworth. Il est vrai qu'il serait de bon ton que je présente la fiancée de Kit à nos voisins. Lady Kilbourne, lady Muir, voulez-vous nous accompagner ?

Ainsi fut-il décidé que ces dames iraient toutes les quatre en visite.

Ce fut Sydnam Butler qui souleva le problème.

— Irez-vous porter une invitation à Lindsey Hall, mère ? s'enquit-il.

— C'est assez loin, fit-elle valoir. Je crois que j'enverrai plutôt un domestique déposer un carton.

— Alors que vous aurez déposé tous les autres vous-même ? objecta Kit. Cela ne risque-t-il pas d'être pris comme un affront, mère ?

— De toute façon, j'imagine qu'ils ne viendront pas. Ce qui ne nous dispense pas de les inviter, bien entendu. Mais il me semble que nous devrions...

— J'irai à cheval, déclara-t-il. Je serai votre messager. Cela me donnera quelque chose à faire ce matin.

Il y eut un petit silence gêné.

— J'aimerais vous accompagner, Kit, intervint Lauren. Ne pouvez-vous pas attendre mon retour ? Il serait curieux que j'aie été présentée partout, sauf à Lindsey Hall.

Le comte se racla la gorge. Mais quand tout le monde se tourna vers lui, il sembla n'avoir rien à dire.

— Je suis consciente des tensions actuelles entre Alvesley et Lindsey Hall, assura Lauren au comte et à la comtesse. Nous savons toutes trois ce qui s'est passé, continua-t-elle en se tournant vers tante Clara et Gwen. Je crois sincèrement que Kit et moi devrions faire notre possible pour éviter une gêne durable. Il faut que nous y allions ensemble cet après-midi. Ce sera au duc de Bewcastle et à sa famille de décider comment ils nous recevront et s'ils assisteront ou non à la fête d'anniversaire.

— Oh, ma chère enfant, fit la comtesse dans un soupir. Vous n'êtes vraiment pas obligée. Le duc et les siens peuvent être très… Enfin, ils n'aiment pas qu'on les contrarie. C'est à nous seuls de résoudre ce problème.

— Mais je vais faire partie de votre famille, madame, lui rappela Lauren.

— C'est certainement la meilleure chose à faire et j'applaudis votre courage, miss Edgeworth, déclara le comte en la considérant avec respect. Ravensberg vous attendra.

Kit se trouvait à l'autre bout de la table. Son regard soutint celui de Lauren sans un sourire.

La matinée fut bien remplie mais n'offrit rien qui dépassât les compétences de la jeune femme. Ils rendirent visite à six familles – trois au village et trois dans la campagne. En partie à cause de son marché avec Kit et en partie parce que c'était dans sa nature, elle se montra agréable et charmante avec tous. Être la fiancée de lord Ravensberg faisait d'elle le centre de l'attention générale. Plus tard, elle fit quelques pas à côté de la comtesse et reçut sa plus belle récompense :

— Vous êtes une excellente surprise, lui avoua cette dernière.

Lauren l'interrogea du regard.

— Nous n'avons pas entendu dire beaucoup de bien de Kit depuis son retour en Angleterre il y a un an, expliqua-t-elle. Nous avons été quelque peu consternés quand il est rentré, il y a quinze jours, en nous apprenant qu'il allait se marier avec vous. J'avoue que nous nous attendions au pire. C'est donc un énorme soulagement de découvrir qu'il a choisi une fiancée tout à fait charmante.

— Merci, madame, dit Lauren en rougissant de plaisir. Mais n'êtes-vous pas trop déçue ? Pour lady Freyja Bedwyn, je veux dire ?

— Redfield et le duc de Bewcastle – et son père avant lui – ont toujours rêvé d'une alliance entre nos deux familles dans la mesure où nos terres sont adjacentes, expliqua la comtesse. Notre fils aîné est mort avant d'avoir pu épouser lady Freyja. Redfield a cru qu'un mariage avec elle conviendrait à Kit. Nous l'avons cru tous les deux. Nous avons été extrêmement surpris à l'annonce de vos fiançailles. Mais je vous ai rencontrée, et ne suis pas déçue. Je crois que vous êtes la femme qu'il faut à mon fils. Peut-être parviendrez-vous à le persuader de se poser enfin. Et d'être à nouveau heureux, ajouta-t-elle dans un soupir.

Elles n'eurent pas le temps de parler davantage toutes les deux. Bientôt, elles eurent repris place dans le barouche aux côtés de Gwen et de tante Clara. Cette dernière s'extasia sur le jardin de Mme Heath, dernière visite de la matinée.

Lauren en fut quitte pour digérer en silence sa culpabilité. Qu'éprouveraient les parents de Kit quand elle romprait leurs fiançailles à la fin de l'été ? Ils existaient réellement. Ce n'était ni des personnages imaginaires ni les tyrans qu'elle avait imaginés quand Kit lui avait raconté son histoire à Vauxhall, mais des parents qui voulaient ce qu'il y avait de mieux pour leur fils. Et qui ne souhaitaient que son bonheur.

Comment avait-elle pu accepter un tel mensonge ? Non, comment avait-elle pu le *suggérer* ? Elle en avait terriblement voulu à Kit de ce qu'il lui avait fait. Mais, aujourd'hui, elle ne valait pas mieux que lui.

Elle faillit se laisser submerger par le besoin de se confier à quelqu'un. Elle croisa le regard de Gwen assise en face d'elle dans la voiture. Elle lui souriait. Elle avait l'air heureuse. Heureuse pour *elle*. Elle avait de même énormément souffert pour Lauren lors des événements de l'année dernière. Elle se sentait déloyale, Lauren le savait, d'aimer Lily et de se réjouir du bonheur de son frère. Et voilà qu'elle croyait que Lauren avait à son tour trouvé son bonheur.

Mais un marché était un marché, décida Lauren. Elle ne révélerait la vérité à personne tant que tout ne serait pas terminé.

Moins de deux heures plus tard, Lauren était assise à côté de Kit dans son carrick. C'était un parfait après-midi d'été, mais, Lauren, qui protégeait son teint sous une ombrelle, n'était pas d'humeur à en profiter. Elle était mal à l'aise. Elle se rappelait le petit matin avec une gêne considérable et elle était plus nerveuse de la visite qu'ils s'apprêtaient à faire qu'elle ne voulait bien l'admettre.

Kit, qui menait l'attelage à un train qui lui paraissait excessif, ne semblait guère enclin à faire la conversation. Mais elle n'allait pas lui en faire le reproche. Elle aurait aimé parler du temps et d'autres sujets insouciants. Mais s'était-elle vraiment baignée dans le lac ce matin ? En chemise ? Alors que lui était torse nu ? Se pouvait-il que ce n'ait été qu'un rêve ? Mais non. Elle ne faisait jamais de rêve aussi bizarre. Elle fit tournoyer son ombrelle.

— J'ai observé, commenta-t-il sans tourner la tête, que cet air parfaitement posé cachait le tumulte de vos émotions.

— Quoi donc ? demanda-t-elle en le regardant sans comprendre.

— Vous faites tourner votre ombrelle entre vos doigts et vous vous éventez le visage avec l'air que cela produit. Pour cacher vos émotions.

— Quelle bêtise, protesta-t-elle en immobilisant son ombrelle.

— Êtes-vous nerveuse ?

— Non, pas du tout.

— Eh bien vous devriez l'être.

Un vieux chariot chargé de foin jusqu'à déborder avançait vers eux cahin-caha. Kit l'évita et les roues du carrick frottèrent la haie. Il sourit au fermier qui le salua respectueusement en même temps qu'un grand sourire plissait son visage ridé. Les chevaux n'avaient pas ralenti. Lauren desserra peu à peu l'étreinte de ses doigts crispés sur le manche de son ombrelle. De nouveau, ils avaient la route étroite pour eux.

— Les Bedwyn sont six, poursuivit Kit comme si de rien n'était. Soit vous n'en verrez aucun, soit vous les verrez presque tous. Mais ils ne seront pas très bien disposés à votre égard ni au mien. Par ordre d'âge, il y a d'abord Bewcastle, qui a succédé à son père quand il n'avait que dix-sept ans, puis Aidan, Rannulf, Freyja, Alleyne et Morgan. Il paraît que leur mère était passionnée par l'histoire et la littérature de l'ancien breton, d'où leurs drôles de prénoms. Celui de Bewcastle est Wulfric, mais, hormis sa famille, personne ne l'appelle ainsi. Nous étions tous amis et camarades de jeux dans notre enfance, sauf Bewcastle, qui était trop hautain, et Morgan, qui était trop jeune. Aidan sert actuellement dans la Péninsule. Les autres sont tous à Lindsey Hall cet été, je crois. Ils sont assez chahuteurs, Lauren, les filles comme les garçons. J'espère que, en acceptant d'y aller avec vous, je ne me prépare pas à vous jeter dans la fosse aux lions.

Tout cela était terriblement inquiétant. Mais on lui avait enseigné que la politesse et l'amabilité étaient la solution à tout conflit, que le maintien était une chose essentielle et que l'on devait garder ses doutes et ses incertitudes pour soi.

— Je n'ai pas peur, assura-t-elle. Je suis venue à Alvesley pour vous aider à vous installer ici à vos conditions. Cela faisait partie de notre marché. Il est nécessaire d'essayer de rétablir l'entente entre vos deux familles.

Ils avaient quitté la petite route de campagne qu'ils suivaient depuis plusieurs kilomètres pour s'engager dans une avenue large et droite bordée d'ormes qui menait à une imposante demeure en pierre, mélange de tant de styles architecturaux qu'il aurait été difficile de dire lequel dominait. Lindsey Hall, supposa Lauren. La bâtisse était magnifique. Elle ignora son estomac noué.

— Je me rends compte que vous respectez votre partie du marché extrêmement scrupuleusement, Lauren. Il va falloir que je m'applique à la mienne avec plus de diligence. Après cet après-midi, je vais vous devoir une aventure grisante – et beaucoup de passion.

— Je ne vais pas retourner me baigner aujourd'hui, s'empressa-t-elle de le prévenir. Et je ne vous embrasserai plus... plus jamais.

Il rit.

— À vrai dire, je pensais plutôt vous faire grimper aux arbres.

L'inquiétude l'envahit, mais ils n'avaient plus le temps de parler de cela. Aux abords de la maison, l'avenue se divisait en deux et formait un cercle autour d'un grand parterre d'herbe et de fleurs où trônait une fontaine de marbre. L'eau jaillissait à dix mètres en l'air, donnant l'impression d'une pluie de diamants et d'arcs-en-ciel dans le soleil estival. Kit aida Lauren à descendre devant la porte et confia les chevaux et le carrick à un palefrenier qui avait jailli de l'écurie à leur arrivée.

— La maison est un joyeux mélange de styles et d'époques, expliqua Kit en actionnant le gros heurtoir, grâce aux générations de ducs et de comtes qui l'ont agrandie et modernisée sans rien détruire.

— Veuillez vous donner la peine d'entrer, dit le vieux majordome en s'effaçant.

— Comme vous le voyez, le hall est d'époque médiévale, continua Kit.

Il avait raison, constata Lauren en découvrant les poutres de chêne au plafond et les murs nus sur lesquels étaient accrochés des armes, des cottes de mailles et des étendards fanés très anciens. Une énorme cheminée leur faisait face et une grande table de chêne occupait presque toute la place au centre de la pièce.

— Je vais voir si monsieur le duc est là, prévint le vieux majordome.

Si le duc était là, il ne manquerait pas de les faire attendre, de toute façon. Du reste, il pourrait également refuser de les recevoir même s'il était là. Mais Lauren s'interdit toute appréhension. Ils rendaient la visite de courtoisie qui s'imposait : c'était tout ce qui comptait. Kit ne disait rien. Il se tenait devant la porte derrière laquelle avait disparu le domestique, les mains dans le dos, la mine assez sombre.

Une galerie des musiciens s'étalait sur un écran de chêne savamment sculpté qui partait de sous la balustrade du balcon intérieur de l'étage du dessus. Lauren s'approchait pour étudier de plus près le travail de sculpture quand une voix retentit juste au-dessus d'elle.

— Tiens donc, fit une voix masculine grave, le ton à la fois aimable et méprisant. Le lieutenant-colonel lord Ravensberg en personne.

Kit leva vivement la tête. Lauren resta où elle était, sous le surplomb du balcon.

— Ralf ? dit-il en faisant un petit signe de tête.

Était-ce donc lord Rannulf Bedwyn ? Il parla de nouveau.

— Une visite de courtoisie, Kit ? Tu n'es pas très bien inspiré, mon vieux. Tu ferais mieux de retourner auprès de ta lugubre fiancée. Allez, vous êtes faits l'un pour l'autre. L'alliance des plaqués, je crois.

Très mal à l'aise, Lauren ne savait plus si elle devait se montrer.

— Pardonne-moi, rétorqua Kit avec la même amabilité que l'homme invisible, mais l'on ne m'a pas informé que tu étais le maître de Lindsey Hall ni que tu étais habilité à donner des ordres ici, Ralf. C'est

Bewcastle que je viens voir. Je voudrais lui présenter ma fiancée puisqu'il semble que nous soyons appelés à devenir voisins.

Lord Rannulf rit tout bas.

— La future épouse est donc tapie sous mes pieds ? J'ai passé presque toute ma vie à Lindsey Hall et je ne sais combien de fois je me suis trouvé dans ce genre de situation gênante. Depuis le temps, je devrais avoir appris à regarder sous la galerie avant de parler. Toutes mes excuses, madame. Ma querelle est avec Kit, pas avec vous.

Lauren s'écarta de l'écran et leva la tête. Un homme était appuyé à la balustrade. C'était une espèce de géant aux épais cheveux blonds en bataille et aux traits forts et marqués. Il lui faisait penser aux guerriers vikings des livres d'histoire.

— J'accepte vos excuses, monsieur. Il est toujours désagréable, n'est-ce pas, de se faire surprendre à dire du mal d'une personne par cette personne même. Surtout lorsque l'on songe que l'on ne connaît pas cette personne, qu'on ne l'a même jamais vue. Mais une leçon de discrétion et de gentillesse n'a jamais fait de mal à personne.

Il la regarda avec un sourire approbateur.

— Présente-moi, Kit, ordonna-t-il. Je crois que je viens de me faire passer un savon par une dame qui va se rappeler dans un instant qu'il n'est pas convenable d'adresser une remarque à un gentleman qui ne lui a pas été présenté dans les règles.

— Lauren, je vous présente lord Rannulf Bedwyn, qui ignore tout des bonnes manières. Ralf, voici l'honorable miss Edgeworth, à qui tu dois des excuses.

Le géant continuait de lui sourire.

— Quelle beauté, par Dieu ! Je reconnais que vous n'avez rien de lugubre ; ce qualificatif n'était pas justifié, madame. Je ne l'aurais pas employé si je vous avais vue. Je vous présente mes plus plates excuses.

Mais il semble que le maître de Lindsey Hall soit prêt à vous recevoir. À moins qu'il ne vous fasse savoir qu'il est absent. Quelle est sa réponse, Fleming ?

Le majordome était réapparu et ignora la question.

— Si monsieur veut bien me suivre, indiqua-t-il à Kit en s'inclinant respectueusement avant de le précéder dans le couloir qui partait à l'opposé de la galerie.

Lauren entendit le rire de lord Rannulf tandis qu'elle donnait le bras à Kit. Il y avait quelque chose de dangereux chez lui. Plus que chahuteur comme l'avait décrit Kit. Qu'en serait-il de ses frères et sœurs ?

La scène qui les attendait dans le salon contredit la description de Kit également. Tous les occupants étaient groupés à une extrémité de la grande pièce. Ils ne dirent pas un mot, ne firent pas un geste le temps que Kit et Lauren avancent jusqu'à eux. C'était une manœuvre délibérée, devina Lauren. La taille et la splendeur de la pièce suffisaient sans doute à impressionner les visiteurs. Le tableau présenté par la famille devait achever de les intimider. C'était mal connaître Lauren. Elle regardait autour d'elle au lieu de garder les yeux rivés au tapis persan sous ses pieds comme l'on s'attendait probablement à ce qu'elle le fasse.

Le duc de Bewcastle – c'était sûrement lui, l'homme qui se tenait devant la cheminée – était grand, impressionnant, ténébreux et extrêmement hautain. Il n'y avait pas l'ombre d'un sourire dans son regard voilé, rien d'accueillant dans son attitude. Une jeune fille mince aussi brune que le duc, et aussi raide et peu souriante que lui, se tenait entre lui et une dame plus âgée toute de noir vêtue. De l'autre côté du duc, une main sur le dossier du canapé, il y avait un jeune homme brun qui ressemblait beaucoup au duc même s'il était d'une beauté exceptionnelle. Son visage affichait une expression de froide moquerie. La même que celle de la jeune femme assise sur le canapé. Lauren sut d'emblée qu'elle avait lady Freyja Bedwyn en face d'elle. Elle s'était représenté une créature pâle, timide et soumise, impuissante face à la volonté de son frère.

Lady Freyja Bedwyn était en tenue de cheval, bottes comprises, au milieu de l'après-midi, dans un salon. Elle n'était ni jolie, ni délicate, ni douce, ni féminine dans son attitude. Elle portait ses cheveux blonds en une longue masse bouclée et libre qui se répandait sur ses épaules et jusqu'au milieu de son dos. Elle était assise les jambes croisées, dans une position qui ne seyait pas du tout à une dame, et balançait son pied en toisant Lauren.

Il ne leur fallut en réalité que quelques secondes pour traverser le salon, mais elle vécut cela comme une éternité. Quand ils arrivèrent à leur hauteur, le duc inclina la tête.

— Ravensberg, dit-il d'une voix douce mais glaciale.

— Bewcastle, répondit Kit avec sa bonne humeur habituelle.

Il se pouvait même qu'il s'amuse de l'accueil que ses voisins et anciens amis avaient orchestré pour le mettre mal à l'aise, songea Lauren.

— J'ai le plaisir de vous présenter ma fiancée, l'honorable miss Lauren Edgeworth, de Newbury Abbey. Lauren, voici le duc de Bewcastle.

Lauren se sentit dévisagée par les yeux gris, étroits et perçants, d'un loup.

— Miss Edgeworth, dit-il avec la même politesse froide tandis qu'elle faisait la révérence. Permettez-moi de vous présenter lady Freyja Bedwyn, lady Morgan et sa gouvernante miss Cowper, et lord Alleyne.

Oui, elle avait bien identifié lady Freyja, songea-t-elle en leur faisant la révérence tour à tour. Lord Alleyne s'inclina devant elle en la scrutant comme l'avait fait sa sœur.

— Nous sommes venus faire une course pour ma mère, annonça Kit gaiement. Elle vous prie de bien vouloir assister à la réception en l'honneur de l'anniversaire de ma grand-mère. Mais nous serons heureux d'avoir votre visite d'ici-là, bien entendu. Nous attendons une pleine maisonnée d'invités à partir de demain. Déjà, la comtesse douairière de Kilbourne et sa fille, lady Muir, sont des nôtres.

— Lady Redfield est bien aimable, répondit le duc. Miss Edgeworth, asseyez-vous, je vous en prie. Miss Cowper, faites apporter le thé.

La gouvernante se leva, fit la révérence sans lever les yeux et sortit rapidement.

Lauren prit le siège qu'on lui indiquait.

— Kilbourne, fit lady Freyja en se tapotant le menton de l'index d'un air pensif. Ce nom me dit quelque chose. Ah, oui. La comtesse actuelle n'est-elle pas arrivée à Newbury dans des circonstances assez spectaculaires pour éviter au comte de contracter un mariage bigame ?

— Oui, juste à temps, je crois, Free, confirma lord Alleyne avec une hauteur alanguie. La messe de mariage avait commencé. La mariée rougissait déjà.

— Ah, oui. Je m'en souviens, fit lady Freyja avant de prendre un air interdit. Mais, la mariée abandonnée… ce n'était pas *vous*, miss Edgeworth ?

Ses yeux brillaient de malice.

— On vous a bien renseignée, confirma Lauren.

— Oh, je suis impardonnable de vous avoir involontairement rappelé une telle humiliation, fit lady Freyja nonchalamment en continuant de balancer son pied botté. Pardonnez-moi.

C'était précisément le genre de moquerie que Lauren avait craint en se rendant à Londres. En réalité, c'était la première fois qu'elle s'y trouvait confrontée.

— Il n'y a rien à pardonner, assura-t-elle. Il nous arrive à tous de parler trop vite.

Elle sourit et se tourna vers le duc.

— J'ai eu le temps d'admirer l'écran de chêne dans le hall, monsieur le duc. Les sculptures sont remarquablement préservées. Est-il d'époque ?

Pendant un quart d'heure, jusqu'à ce qu'ils puissent décemment prendre congé, Lauren mena habilement la conversation en s'en tenant à des sujets impersonnels auxquels tous pouvaient se mêler, refusant de se laisser intimider par la réticence manifeste de tous les Bedwyn à laisser l'atmosphère se réchauffer un tant soit peu.

— Montez-vous à cheval, miss Edgeworth ? s'enquit lady Freyja au milieu d'un échange sur les avantages qu'il y avait à passer au moins une partie de l'année à Londres.

— Bien sûr, répondit Lauren.

— Et vous chassez à courre ?

— Non, je ne l'ai jamais fait.

— Cependant, vous diriez que vous êtes une cavalière accomplie ?

— Tout dépend de ce que l'on entend par accomplie. Bien entendu, je sais...

— Galopez-vous à travers la campagne ? Sautez-vous les haies plutôt que de chercher une barrière ouverte ? Risquez-vous votre peau pour le seul plaisir de sentir l'animal entre vos cuisses ?

Avoir reçu l'éducation d'une dame était parfois une bénédiction. Ces derniers mots si vulgaires étaient manifestement destinés à choquer, et c'était réussi. Comment lady Freyja pouvait-elle s'exprimer ainsi en présence de messieurs ? Montait-elle vraiment à califourchon ? Cependant, rien ne trahit la gêne de Lauren. Elle ne cilla même pas.

— Non, répondit-elle en souriant. En ce sens-là, je crains de ne pas être une cavalière accomplie.

— Savez-vous nager ?

— Non.

Ce n'était pas le moment de se vanter d'être capable de flotter.

168

— Jouez-vous au cricket ?

Un sport de messieurs ?

— Non.

— Chassez-vous à tir ?

Grands dieux !

— Oh, non.

— Pêchez-vous ?

— Je n'ai jamais essayé.

— Et le billard ?

— Non.

— Mais que faites-vous donc, miss Edgeworth ? demanda lady Freyja avec un mépris évident.

Elle avait réussi à faire paraître Lauren aussi ennuyeuse et incapable que possible.

Personne ne vint à son secours, pas même Kit, qui se contenta de la considérer avec curiosité. Les autres s'intéressaient à son ennuyeuse personne avec politesse, sauf miss Cowper, qui avait l'air inquiet de celle qui savait ce que c'était que de se trouver en butte au mépris de lady Freyja.

— Je possède un certain nombre des talents que l'on peut attendre d'une dame de la bonne société, répondit Lauren en regardant lady Freyja dans les yeux, même si je ne prétends au génie dans aucun. Je me distingue dans un certain nombre de travaux d'aiguille, je sais tenir les comptes d'une maison, je parle français et italien en plus de l'anglais, je dessine, je joue du piano-forte, je chante, j'écris des lettres que ma famille et mes relations ont la bonté de juger lisibles, intéressantes et ponctuelles. Je lis des livres pour m'instruire et enrichir ma conversation. Et… hmm… j'ai appris l'art difficile de rester courtoise en toute circonstance. Je considère en particulier qu'il est de mon devoir, lorsque je reçois des hôtes chez moi, de les mettre à l'aise et d'orienter la conversation vers des sujets qui ne risquent ni de les gêner ni de révéler leur ignorance.

Lauren vit lord Alleyne pincer les lèvres, les yeux brillants comme s'il se retenait de rire. Elle se leva pour prendre congé, aussitôt imitée par les messieurs.

— Nous espérons vous voir tous très bientôt à Alvesley, dit Kit.

— Au revoir, monsieur le duc. Merci de votre hospitalité.

Il inclina la tête sans quitter Lauren des yeux.

— Tout le plaisir était pour moi, miss Edgeworth, assura-t-il.

Kit offrit son bras à sa fiancée et ils traversèrent à nouveau le salon dans le même silence qu'ils étaient entrés. Avec dans leur dos, les yeux de tous les Bedwyn.

— Quelle demoiselle insipide ! s'exclama lady Freyja avec un mépris non dissimulé à peine la porte du salon refermée derrière leurs hôtes. Kit ne peut pas envisager sérieusement de l'épouser !

Lord Alleyne laissa échapper un petit rire.

— Il me semble pourtant que c'est elle qui a remporté la première manche des hostilités, Free. Et de façon assez éclatante. Elle a réussi à te clouer le bec.

— N'importe quoi ! répliqua-t-elle avec humeur. D'ici à un mois, elle l'ennuiera à mourir. Travaux d'aiguille, dessin, comptes de la maison, français, italien, chant – aaah ! Je bâille. Que peut avoir une femme qui a l'air d'avoir avalé un parapluie, qui s'assied si droite que son dos ne touche pas son siège, qui boit son thé à toutes petites gorgées comme si elle ne savait pas ce que c'était qu'une bonne soif et qui parle de… de paravents médiévaux ? Oui, que peut avoir une créature aussi ennuyeuse à offrir à Kit ?

— Un conseil, Freyja, fit le duc de cette voix douce et aimable qui tétanisait quiconque l'entendait, il est toujours sage, lorsqu'on veut en découdre, de veiller à sa défense pour ne pas s'exposer à un coup inutile.

— Je n'ai pas… commença-t-elle.

170

Mais lady Freyja n'était pas insensible aux hausse-ments de sourcils ni au regard d'acier du duc.

— Et il n'est pas digne d'un Bedwyn, conclut-il avant de sortir, de laisser voir ses sentiments.

Freyja fulminait, mais elle ne commettrait pas l'erreur de lancer un geste de défi dans le dos de son frère. Elle attendit qu'il soit parti pour passer sa colère sur quelqu'un de plus vulnérable.

— Efface tout de suite ce sourire idiot de ton visage, ordonna-t-elle à son frère cadet, ou je me verrai contrainte de le faire à ta place.

Lord Alleyne adopta aussitôt un air impassible qui fit redoubler sa fureur.

— Et toi, ajouta-t-elle en désignant sa sœur, tu devrais être dans ta salle d'étude. Je ne sais pas ce qui a pris à Wulf de te permettre de descendre recevoir des visiteurs à qui il n'aurait même pas dû ouvrir la porte.

Miss Cowper se leva aussitôt, inquiète.

— Je crois, Freyja, répliqua tranquillement lady Morgan sans bouger, qu'il espérait tirer une certaine satisfaction de la déconfiture de miss Edgeworth face à une armée de Bedwyn silencieux. Il ne doit pas être content que Ralf se soit dérobé à sa convocation. Mais je suis du même avis qu'Alleyne et Wulf : c'est une adversaire valeureuse. Elle ne s'est pas écroulée du tout. Et Kit n'a pas arrêté de rire, je l'ai vu dans ses yeux.

— Tu dois l'appeler lord Ravensberg.

— Un jour, quand j'avais cinq ans et qu'il me portait sur ses épaules parce que je n'arrivais pas à vous sui-vre, il m'a dit de l'appeler Kit. Alors mêle-toi de ce qui te regarde, Freyja, répliqua lady Morgan.

Sur quoi elle se leva et fit une sortie triomphale, miss Cowper trottinant dans son sillage, tandis que lord Alleyne se remettait à rire.

— Quel caractère ! commenta-t-il. Il se pourrait bien qu'elle nous éclipse tous, un jour.

11

— Lady Freyja a été blessée, observa Lauren.

— Non, répondit Kit en lui prenant la main, son bras sous le sien. Je ne crois pas. C'est sa fierté qui a souffert.

Ils marchaient en zigzaguant dans les allées gravillonnées du jardin à la française. Le bas de la robe de mousseline de Lauren frôlait parfois des grappes de fleurs qui s'échappaient des plates-bandes. Ils se dirigeaient vers le chemin sauvage qui s'enfonçait dans les bois, d'où Kit était ressorti à peine cinq minutes plus tôt avec lady Kilbourne et lady Muir.

Sa grand-mère était allée jusqu'à la roseraie avec eux quatre et avait tenté de les convaincre de la laisser là à profiter de l'air parfumé pendant qu'ils continuaient leur promenade. Mais Lauren avait tenu à rester avec elle pour lui tenir compagnie.

Il y avait chez Lauren Edgeworth une gentillesse discrète qui pouvait échapper à ceux qui ne faisaient pas attention. Mais Kit faisait très attention.

— C'est tout ? s'inquiéta-t-elle. Vous en êtes sûr ?

Ils avaient très peu parlé sur le chemin du retour de Lindsey Hall, comme si, par un accord tacite, ils avaient décidé de garder pour eux leurs impressions tant qu'ils ne les auraient pas tout à fait digérées. Mais voilà qu'ils se retrouvaient en tête à tête grâce à l'intervention de sa grand-mère qui avait insisté pour qu'ils se promènent un peu seuls pendant qu'elle remontait à la maison avec lady Kilbourne et lady Muir.

— Notre passade d'il y a trois ans a été très courte, Lauren, surtout comparée à une vie d'amitié et de camaraderie. Puis elle s'est fiancée avec Jérôme et je me suis ridiculisé en me battant et avec lui et avec Ralf, et je suis reparti dans la Péninsule, où était ma place. Il serait absurde d'imaginer qu'elle se soit languie de moi depuis tout ce temps. Ce n'est tout simplement pas le genre de Freyja.

— Est-ce le vôtre ?

Ils avaient dépassé les parterres de fleurs pour traverser l'étroite bande de pelouse et passer un petit pont bossu. Un ruisseau descendait en gargouillant son lit de cailloux pour aller se jeter dans la rivière.

— Vous voulez savoir si je nourris pour elle une passion secrète ? Non, pas du tout. Elle s'est éteinte aussi vite qu'elle s'était allumée. Du reste, Lauren, croyez-vous que, si j'éprouvais pour elle des sentiments plus forts, c'est à vous que je l'avouerais ? Ce serait de très mauvais goût.

— Pourquoi ? Nos fiançailles ne sont que temporaires, après tout. Inutile de me cacher la vérité. L'aimez-vous ?

Le claquement de la semelle des bottes sur le pont contrastait avec le pas léger de Lauren. Avait-il aimé Freyja, au fond ? Il avait appelé cela de l'amour, sur le moment. Plutôt le désir ardent, désespéré de se perdre dans le corps d'une femme pour oublier tout le reste. Plus d'une fois, elle lui avait permis de s'approcher, mais c'était pour mieux se dérober, en riant, au tout dernier moment. Sur le moment, il ne l'avait pas jugée aguicheuse. Maintenant, il se demandait si elle avait jamais pris ses intentions au sérieux.

— Il est impossible de définir précisément des sentiments qui ont été déformés par nos expériences ultérieures. Je bouillais d'envie de l'épouser et de l'emmener avec moi dans la Péninsule. Mais, cet été-là, j'étais un jeune homme désespéré de bien des manières. Et il me semble que c'était il y a une éternité. Comment pourrais-je l'aimer, maintenant ? Elle a été d'une grossièreté impardonnable avec vous.

Il bifurqua vers le nord, sur un chemin qui allait leur faire monter une colline et passer le long de la maison, puis derrière. Tout à l'heure, il avait emmené sa tante et sa cousine dans la direction opposée, une promenade plus courte et plus facile qui aboutissait à la rivière.

— Je n'ai pas été offensée, assura Lauren. J'ai compris pourquoi elle avait agi comme cela ; j'ai vécu la même chose. Cependant, je n'ai jamais pu me laisser aller à être aussi mal élevée avec Lily.

Mais elle en avait eu envie ? se demanda-t-il. Parce que Kilbourne l'avait fait souffrir ?

— Avez-vous été blessée que je ne vole pas à votre secours, tout à l'heure ? voulut-il savoir. Je vous ai un peu jetée dans la fosse aux lions, non ? Mais si vous n'arrivez pas à tenir tête aux Bedwyn dès la première rencontre, ils vous tailleront en pièces chaque fois que vous les reverrez. Vous vous en êtes magnifiquement tirée, d'ailleurs. Au cas où vous ne l'auriez pas remarqué, sachez que vous avez gagné le respect de Ralf, avant même que nous soyons montés, ainsi que de Bewcastle, Alleyne et Morgan, quand nous avons été admis au salon.

— Elle monte à cheval, elle nage, elle chasse à courre et à tir – et elle sait faire toutes ces choses sur lesquelles elle m'a interrogée, n'est-ce pas ? Elle sait profiter de la vie, s'amuser. Elle ne manque ni de vitalité, ni de passion. Elle est comme vous, Kit. Il me semble que vous devriez mettre à profit mon séjour ici pour bien réfléchir à votre avenir. Peut-être ne seriez-vous pas très bien avisé de refuser de vous marier avec elle uniquement parce que vous lui en voulez de ce qui s'est passé il y a trois ans.

Ils avançaient sur une petite allée entre de gros rhododendrons. Les grands arbres de part et d'autre formaient une voûte ombragée au-dessus d'eux. Elle fixait un point devant elle, remarqua Kit quand il tourna la tête pour dévorer son profil du regard. Parfois, il oubliait que tout ceci n'était qu'illusion.

— Oui, vous avez raison, il faut que je mette votre séjour à profit – mais, peut-être, pour vous convaincre de devenir *vraiment* ma fiancée.

— Non, répondit-elle en secouant la tête. Nous ne nous accordons pas. Vous vous en rendez bien compte, n'est-ce pas ? Non, Kit. Quand ce sera fini, je serai libre. Merveilleusement libre, enfin.

Il pourrait la charmer, avoir vraiment envie de se marier avec elle, tomber amoureux d'elle, elle risquerait fort de préférer une existence solitaire de vieille fille à un mariage avec lui. La liberté, comme elle disait. Même si cela était un peu humiliant pour lui, il comprenait. Les femmes disposaient de bien peu de liberté. Et lui-même n'était pas un cadeau.

— Peut-être vous êtes-vous mépris sur le compte de votre père. Vous avez cru qu'il se montrait favorable à une union entre vous et lady Freyja pour des raisons dynastiques, une sorte de démonstration de force et de pouvoir qui se souciait peu de votre bonheur. Mais peut-être son plan était-il au contraire destiné à vous offrir un gage de réconciliation. Peut-être a-t-il cru que vous en seriez très heureux.

— Qu'est-ce qui vous fait croire cela ? demanda-t-il en fronçant les sourcils.

— Votre mère me l'a dit ce matin. Kit, il arrive que nous voyions les choses sous un mauvais angle. Parce que vous vous êtes querellé avec le comte de Redfield il y a trois ans et parce qu'il vous a banni, vous ne pouvez pas concevoir que, peut-être, il vous aime et ne souhaite que votre bonheur.

Un gage de réconciliation ? Ou l'idée autocratique qu'un fils, même âgé de près de trente ans, devait se soumettre à la volonté de son père et n'avait pas le droit d'avoir des sentiments ou des préférences à lui ? C'était effectivement deux perspectives opposées.

Devant eux, le chemin principal continuait à monter en courbe vers le côté nord de la maison. Mais il y en avait un autre, plus étroit, plus raide, plus pierreux qui bifurquait brusquement vers la droite. Il menait au sommet de la colline boisée et à la tour en ruine, une autre folie. Kit s'engagea sur ce chemin, lâcha le bras de Lauren pour lui prendre la main afin de mieux l'aider dans l'ascension. Elle rassembla ses jupes de sa main libre et continua à avancer, toujours aussi digne.

— Kit, s'enquit-elle, s'est-il écoulé toute une année entre le moment où vous êtes reparti dans la Péninsule et la mort de votre frère ?

— Quasiment, oui. Il a pris froid. Il y a eu dix jours de pluies torrentielles. La rivière a débordé et les maisons des ouvriers agricoles furent prises au piège. Les occupants se sont trouvés bloqués et près de se noyer. Ce n'était pas nos employés mais Jérôme s'est tout de même porté à leur secours. Comme il n'y avait pas suffisamment de bateaux, il a beaucoup nagé et sauvé de nombreuses vies. Personne n'est mort – sauf lui, deux semaines plus tard.

— C'était donc un héros.

— Absolument.

Oui, un satané héros qui n'avait même pas levé les poings pour se défendre quand Kit avait laissé exploser sa fureur. Et qui n'avait même pas cherché à se venger après qu'il a eu le nez cassé. Une saleté de héros qui n'avait même pas attendu le retour de Kit pour mourir. Un héros magnifique qui avait laissé son frère à sa conscience et sans son pardon.

— Où est-il enterré ? voulut-elle savoir.

— Dans le caveau familial, au cimetière du village, je pense, dit-il avec brusquerie.

Non, répondit-il intérieurement à la question qu'elle ne posait pas, il ne savait pas précisément où. Et, non, il ne comptait pas aller sur sa tombe. Jamais. Jérôme avait été idiot de risquer sa vie comme cela et de la perdre. De toute cette année que Kit avait passée dans la Péninsule, il ne lui avait pas écrit. Pas une seule lettre. Et Kit ne lui avait pas écrit non plus. Le premier courrier qu'il avait reçu d'Alvesley, après son bannissement, c'était cette lettre bordée de noir écrite de la main de son père.

Après l'avoir lue, il avait marché. Il était sorti du camp, dans la campagne, et il avait hurlé vers le ciel, la tête renversée en arrière, en agitant les poings vers un Dieu cruel et invisible. Revenu depuis deux heures à peine d'une mission épuisante, il s'était porté volontaire pour une autre. Il n'avait pas pris le temps de dormir ni de manger. Ni même de se raser. L'action lui donnait l'illusion de parvenir à contrôler cette vie si malveillante. Et, peut-être, même s'il n'y croyait guère, d'oublier.

— Oh, fit Lauren le souffle court en s'arrêtant sur une pierre plate au milieu du chemin, c'est raide.

Elle se retourna pour regarder d'où ils venaient. Ils étaient cernés par les arbres mais le chemin principal restait visible, en contrebas, et l'on distinguait même les couleurs vives des plates-bandes un peu plus loin.

— Reprenez votre souffle un petit moment, lui proposa-t-il.

Ah, s'ils étaient à Londres... S'il pouvait rentrer chez lui, dans ses appartements de célibataire, aller à ses clubs, passer ses journées et ses soirées avec ses amis. Taquiner Lauren. Il avait eu tort de rentrer, de croire que tout serait possible et différent s'il ramenait une épouse – ou même une fiancée provisoire. L'envie terrible le reprit de s'isoler de tout ce qui l'avait éloigné de sa famille et du garçon qu'il avait été il y a trois ans.

Jérôme était mort et rien ne pourrait le ramener. Quant à Syd...

— Pourquoi votre frère et lady Freyja n'étaient-ils pas mariés après une année entière de fiançailles ? voulut savoir Lauren.

Il avait d'abord cru qu'ils étaient mariés, que Freyja était la veuve de Jérôme. Ce n'est qu'à son retour en Angleterre, après qu'il avait vendu son régiment, qu'il avait appris la vérité. Il en avait été étonné – et profondément choqué.

— Je n'en ai aucune idée, répondit-il. On ne donne pas beaucoup de nouvelles de la famille à un fils banni, vous savez.

Ils reprirent leur ascension. Lauren haletait. Elle avait les joues rouges. Le sol devait être dur sous ses fines mules. Mais elle ne se plaignait pas. C'était l'image même du calme et de la dignité, songea-t-il, soudain pris d'une vague d'affection pour elle. Il rit tout haut au souvenir des merveilleuses réprimandes qu'elle avait servies à Ralf puis à Freyja. Dieu sait pourtant qu'il avait eu peur qu'elle se fasse tailler en pièces par les redoutables Bedwyn.

La force ne se traduisait pas toujours par de l'audace et de l'action physique, découvrait-il.

— Qu'y a-t-il de drôle ? demanda-t-elle.

— Il n'y a rien de drôle. Je suis joyeux, c'est tout. On est en juillet et il fait beau et chaud. Notre pays est en paix à l'intérieur de ses frontières. Nous sommes jeunes, en bonne santé et entourés par les beautés de la nature.

Son humeur était passée de la dépression à l'exubérance et il la tira par la main.

— Venez ! l'encouragea-t-il. J'ai envie de vous montrer quelque chose.

— Cette tour ? fit-elle à bout de souffle en levant les yeux. Elle doit avoir un escalier de pierre en colimaçon qui va jusqu'en haut ? Et vous allez insister pour que je le monte. Franchement, je n'y tiens pas. Il est toujours relativement facile de monter. La descente, en revanche, est souvent plus difficile.

— Non, promit-il, pas la tour. Ce n'est pas du haut de la tour qu'on a la plus belle vue.

Elle s'arrêta et regarda, encore essoufflée.

— Ah, non, dit-elle fermement. Non, Kit. De ma vie je ne suis montée à un arbre. Cela me paraissait déjà dangereux quand Gwen et Neville le faisaient, et je n'ai pas changé d'avis depuis. De toute façon, ce serait puéril. Nous sommes déjà bien assez haut pour profiter d'une belle vue, merci beaucoup. D'ici, je vois déjà assez nettement le toit de la maison. Et il n'est pas… il n'est absolument pas question que je monte à cet arbre.

Il fallut dix minutes pour atteindre la branche qu'il avait à l'esprit. C'était pourtant une des branches les plus basses d'un vieux chêne dans lequel il était souvent monté, enfant. Elle était facile à atteindre car les prises ne manquaient pas. Mais il devait amadouer Lauren pour chaque mouvement. Il se plaça derrière elle, un bras autour de sa taille, mais elle refusa qu'il la porte littéralement jusqu'à la branche.

— Je vais monter moi-même, merci, dit-elle sèchement quand, la voyant paralysée par l'indécision, il voulut la soulever. Ce n'est pas du tout ce que je voulais dire, à Vauxhall, Kit. Tout cela n'a absolument rien d'agréable.

— Mais de mémorable, si, reconnaissez-le, lui glissa-t-il à l'oreille avec un petit rire. Vous baigner en chemise et monter à un arbre le même jour ! Vous risquez de devenir un vrai garçon manqué.

La branche était plus grosse que le tronc de beaucoup d'arbres.

— Vous ne pourriez pas en tomber même si vous essayiez, affirma-t-il même si ce n'était pas tout à fait vrai.

Il s'assit, dos au tronc, et l'attira entre ses jambes écartées, l'entourant de ses bras protecteurs.

— Je ne compte pas essayer, assura-t-elle, adossée à la poitrine de Kit. Comment allons-nous faire pour redescendre ?

Il sentait battre son cœur contre sa main. Elle avait trop chaud et était essoufflée – à cause de l'ascension et à cause de la peur, devina-t-il. Il remarqua qu'elle prenait soin de ne surtout pas regarder en bas. Elle appuyait fort la tête contre son épaule – ils avaient laissé sa capeline au pied de l'arbre.

— Faites-moi confiance, chuchota-t-il.

— Que je fasse confiance à l'homme connu pour ses exploits plus imprudents et plus fous les uns que les autres ? Que je fasse confiance à un officier souvent cité comme un espion des plus audacieux ?

— Mais je suis rentré entier de toutes mes missions, fit-il valoir.

Son cœur battait déjà moins vite. Elle commençait à se détendre. Elle était à demi étendue sur la branche, les jambes repliées, les pieds posés à plat. La mousseline de sa robe soulignait la longueur et la minceur de ses jambes. Elle avait les chevilles et les pieds fins. C'était fou comme la perception que l'on pouvait avoir des êtres changeait à mesure qu'on les connaissait mieux. Aujourd'hui, Lauren Edgeworth lui semblait bien plus jeune que la première fois qu'il l'avait vue. Il la trouvait aussi d'une beauté moins classique, plus féminine.

— Si vous vous forciez à ouvrir les yeux, vous verriez que le jeu en valait la chandelle.

— Non, c'est impossible, assura-t-elle.

Et elle ouvrit les yeux.

Il faut bien dire que la vue était imprenable. Devant elle s'étalaient la cime des arbres, le ruisseau, les parterres de fleurs dont on pouvait admirer la précision géométrique, la maison. Elle porta son regard au loin. Les pelouses parfaitement entretenues et parsemées d'arbres autour de la maison, la rivière, le lac, les bois, la flèche de l'église du village, les collines de l'autre côté et, encore plus loin, les terres agricoles.

Ajoutés à cela le chant des oiseaux et la brise légère. Sans compter les jeux d'ombre et de lumière sur eux, les fragrances un peu lourdes de la chaleur et de la végétation et… un léger parfum de savon.

— Le jeu ne pouvait pas en valoir la chandelle, répéta-t-elle sévèrement, mais je reconnais que la perspective est intéressante.

Eh bien. C'était un peu tiède comme éloge. Soudain, il la sentit trembler entre ses bras, et puis rire doucement. Lauren Edgeworth riait !

— Je suis dans un arbre ! Gwen et tante Clara ne le croiraient pas si je le leur racontais. Personne, qui me connaisse, ne me croirait. Lauren Edgeworth, dans un arbre ! Et sans son chapeau !

Elle sembla trouver cette idée désopilante. Pour commencer, elle rit presque en silence. Mais, bientôt, elle n'y tint plus. Elle éclata d'un rire joyeux qui n'en finissait plus. Et Kit se joignit à elle.

— Est-ce que cela vous plaît, au moins ? lui demanda-t-il dès qu'il en fut capable.

— Cela, je ne l'admettrai jamais, voyons, repartit-elle en s'esclaffant de plus belle.

Ils finirent par se calmer. Quand elle parla de nouveau, il y avait plus de mélancolie que d'humour dans sa voix.

— Je me souviendrai de cette journée. De toute cette journée. Pour le restant de mes jours. Merci, Kit.

Il appuya la joue contre sa tête. Le soleil avait réchauffé sa chevelure. Les plaisirs qu'il lui avait offerts aujourd'hui – si elle les avait reçus comme tels – étaient pourtant des choses toutes simples. Et elle disait qu'elle se les rappellerait toute sa vie ? Curieusement, il lui semblait que lui aussi.

Il plia les genoux, posa les pieds de part et d'autre d'elle sur la branche et se détendit. À quand remontait la dernière fois où il avait fait cela ? Rester assis à se chauffer au soleil, heureux de vivre cet instant à deux ? Au fond, cela ne lui était peut-être jamais arrivé. Pas ces dernières années, en tout cas, lui qui cherchait à s'occuper pour s'étourdir, pour éviter de se retrouver seul avec ses pensées. Il se couchait seulement quand il était épuisé. Mais alors qu'il sombrait instantanément dans le sommeil, les rêves revenaient le hanter.

Là, perché dans l'arbre, il se défit de toutes les défenses dont il s'entourait soigneusement et ferma les yeux.

N'étant pas lui-même très grand, il avait toujours préféré les femmes petites – mais voluptueuses. Et passionnées. Il avait eu quelques aventures au fil des ans, la plupart tumultueuses, très satisfaisantes et vite achevées. Son été avec Freyja avait à peu près suivi le schéma habituel, même s'il avait refusé de se l'avouer. La seule différence était qu'il n'avait pas satisfait son désir charnel de sorte que la passion ne s'était pas éteinte aussi rapidement. Et tout avait été fini avant qu'il ait eu le temps de s'y préparer. Sur le moment, il avait cru à un amour éternel, que cette Freyja allait devenir la seule et l'unique. Mais n'avait-il pas songé la même chose de ses nombreuses maîtresses qui l'avaient précédée ?

Lauren Edgeworth était grande, pour une femme. Et mince. Elle était d'une nature froide. Elle n'aurait pas dû l'attirer, malgré son indéniable beauté.

Pourtant, il la désirait. Il tourna légèrement la tête et enfouit le nez dans ses cheveux pour respirer son parfum. Oui, il la désirait, avec un contrôle dont il n'avait pas l'habitude. Sans ce besoin dévorant de la prendre pour satisfaire sa faim. À ce désir charnel se mêlaient l'admiration et l'affection, trois choses qui, chez lui, n'avaient jamais coïncidé. Il avançait en terrain inconnu.

D'un frottement de sa joue, il écarta ses cheveux pour lui baiser la tempe, la joue. Puis le lobe de l'oreille qu'il mordilla très doucement.

Elle restait assise, immobile, les yeux à nouveau fermés. Non, en réalité, elle n'était pas tout à fait immobile. Elle avait légèrement incliné la tête vers son bras pour lui offrir davantage son visage. Il l'embrassa dans le cou.

Une vague de désir et de tendresse l'envahit.

Il appuya la joue contre sa tête et laissa aller ses mains sur sa taille et son ventre. Douceur et souplesse. Il remonta un peu, jusqu'à sa poitrine qu'il couvrit légèrement. Il s'interrompit pour qu'elle puisse protester, le repousser, rompre le charme somnolent du désir qui montait. Somnolence et désir, voilà deux termes qui s'accordaient peu en général ! Elle agrippa les bottes de Kit, juste au-dessus de ses chevilles.

Elle avait des seins petits, fermes et délicieux. Ils tenaient dans le creux de ses paumes comme s'ils étaient faits sur mesure. Bien qu'elle semblât parfaitement détendue, leurs pointes avaient durci, découvrit-il en les caressant légèrement du bout des pouces. À nouveau, il baissa la tête pour l'embrasser dans le cou. Puis il ouvrit la bouche pour lécher et titiller sa peau si douce et chaude.

Pour la première fois, elle émit un son. Comme un petit gémissement de gorge. Si elle n'était pas d'une nature passionnée, songea-t-il, elle était tout à fait capable de désir. L'aimer serait certainement une expérience délicieusement tendre. Il faudrait l'éveiller lentement, patiemment, avec douceur et égards. Il faudrait la chérir et réprimer son propre désir pour faire grandir le sien. Il faudrait lui faire l'amour comme il ne l'avait jamais fait. Il trouva quelque chose d'étrangement excitant à cette idée.

Ses doigts redescendirent un peu et glissèrent à la jonction de ses cuisses. Elle inspira, en silence, avec une lenteur délibérée, et appuya plus fermement la tête sur son épaule. La légère mousseline de sa robe dessina le contour de ses jambes et il la caressa d'une main légère.

Heureusement qu'ils étaient là, dans cet arbre, songea-t-il. Ils n'étaient pas vraiment fiancés. Ils n'allaient pas se marier. Même si l'honneur voulait qu'il s'efforce de la faire changer d'avis au cours des semaines à venir, il ne souhaitait surtout pas la contraindre. Il n'était pas question qu'il la force et la prive ainsi du choix de son avenir. Cet arbre, l'altitude, c'était l'assurance qu'un geste de trop et ils se brisaient les os, qu'il y avait une limite à ne pas dépasser. Il promena sa main sur l'intérieur de ses cuisses mais ne fit pas un geste pour relever sa jupe.

Il voulait la faire sienne. Il imaginait combien il serait bon de se lover en elle. Et, pourtant, son envie manquait singulièrement d'impétuosité. Pour ne pas brusquer son innocence ? Ou rendre hommage à la douceur et au calme de sa discipline ? C'était son cœur et non son corps qui lui dictait ses agissements.

— Kit. Non, vraiment, vous n'avez pas besoin de faire cela.

— Pas besoin ? répéta-t-il en refermant les bras autour de sa taille à contrecœur. Que savez-vous de mes besoins ?

— Assez pour être à peu près certaine que je ne suis pas celle qui saura en satisfaire un seul. Vous avez été merveilleux, avec moi, aujourd'hui. Épouvantable, mais merveilleux. Je me souviendrai que je me suis baignée, que j'ai monté à un arbre. Je m'en souviendrai avec plaisir. Mais je ne vous ai pas demandé de m'éveiller à la passion. Pas ce genre de passion, en tout cas. Ce n'est pas convenable. Ne sommes-nous pas pour ainsi dire des inconnus ? Et nous ne nous reverrons plus. Si nos proches savaient que nous ne sommes pas réellement fiancés, ils ne nous permettraient pas d'être seuls comme cela. Et il est facile de comprendre pourquoi. Je n'ai jamais... Kit, je n'ai jamais fait ces choses. Et il ne faut plus que je les fasse. S'il vous plaît.

— Il ne faut plus que vous soyez une femme ? lui murmura-t-il à l'oreille. Vous devez n'être qu'une dame ?

Elle ne répondit pas tout de suite.

— Oui, fit-elle enfin. Je choisis de n'être qu'une dame.

— Mais ne pouvez-vous être les deux ?

— Seulement si j'étais mariée. Avec un homme que j'aimerais et qui m'aimerait lui aussi.

— Vous croyez que Kilbourne vous aimait ?

Il la sentit déglutir.

— Oui, affirma-t-elle, il m'aimait. Il m'a toujours aimée. Nous nous sommes toujours aimés. Pas comme il aime Lily ni comme elle l'aime, mais... Kit, je ne veux pas en parler. Je ne pourrai jamais vous aimer, c'est tout. Et vous non plus, vous ne pourrez certainement jamais m'aimer. Sans amour, ce que nous avons fait est mal. Et même peut-être un peu sordide, bien que je n'en aie pas eu l'impression. Ramenez-moi à la maison, s'il vous plaît. Mais comment allons-nous faire pour descendre ?

— Oui, maintenant que vous en parlez, comment allons-nous faire ?

Elle se retourna vivement et fixa sur lui de grands yeux consternés. Il lui sourit en remuant les sourcils.

— J'ai p... p... eur, gémit-il.

— Oh, Kit !

Elle se remit à rire, comme tout à l'heure, le visage illuminé par la joie, tout en lui donnant une tape sur l'épaule.

— N'ayez crainte, je vais vous sauver. Je vais ouvrir la bouche et appeler au secours.

Elle rit encore. Non, elle gloussa. Comme une petite fille. Comme l'enfant qu'elle n'avait peut-être jamais été. Puis elle inspira à fond, comme une soprano se préparant pour le contre-ut, et il lui plaqua une main sur la bouche.

— S'il faut choisir entre me briser les deux jambes ou voir une armée de jardiniers venir à ma rescousse, je crois que j'aime encore mieux sacrifier mes jambes. Allons-y, donc. Accrochez-vous bien et faites-moi confiance. Mon deuxième prénom, c'est Galaad.

Elle rit de plus belle.

12

— Nous n'avons pas eu un moment toutes les deux, remarqua Gwendoline en donnant le bras à Lauren. Mais il faut sans doute que je m'habitue à te perdre. Heureusement, c'est pour la bonne cause. J'aime beaucoup lord Ravensberg.

— C'est vrai, Gwen ?

Elles se promenaient sur le chemin sauvage, profitant d'une matinée plus tranquille avant l'arrivée, dans la journée des premiers invités. Kit était parti avec son père voir s'il était temps de faire les foins dans une prairie un peu éloignée. Lauren en était contente. Elle espérait seulement qu'ils en profiteraient pour parler. Elle avait manœuvré pour les rapprocher, la veille au soir. Le comte lui tournait les pages pendant qu'elle jouait du piano-forte. À la fin du morceau, elle avait souri avec insistance à Kit qui bavardait avec Gwen et sa grand-mère et l'avait presque forcé à venir auprès d'elle. Elle savait qu'il serait réticent – et que son père se sentirait lui aussi un peu pris au piège. Car ils s'évitaient autant que possible, le père et le fils, même si Lauren n'avait été témoin d'aucune hostilité manifeste d'un côté ni de l'autre.

Elle avait refermé sa partition, s'était retournée sur la banquette et avait souri à Kit et à son père, posant à ce dernier des questions sur la ferme du domaine pour briser la glace entre les deux hommes. Heureusement, elle n'avait pas eu besoin d'aller jusqu'à suggérer carrément que lord Redfield montre à Kit comment les choses se passaient. C'était le comte qui l'avait proposé et Kit avait accepté. Décidément, s'était-elle félicitée *in petto*, elle excellait dans l'art de la conversation qu'elle savait orienter dans le sens qu'elle voulait. C'était l'une de ses plus grandes qualités.

Peut-être ne se rendaient-ils même pas compte qu'elle les avait manipulés. Après tout, c'était l'une des raisons pour lesquelles elle était venue ici. Pour réconcilier Kit avec sa famille.

— Vous êtes tellement faits l'un pour l'autre que votre rencontre doit être considérée comme un heureux coup du sort, déclara Gwendoline. Son insouciance rieuse contrebalance ton côté calme et raisonnable pour former un tout des plus plaisants. Je suis très heureuse.

— Merci.

Lauren ne savait pas si Gwen pourrait monter le chemin qu'elle avait pris la veille avec Kit, mais elle s'y engagea tout de même et elles entamèrent lentement l'ascension. Gwendoline riait gaiement.

— Oh, ma Lauren toujours si sérieuse... Comme si tu ne bouillonnais pas de joie à l'intérieur. J'ai remarqué tes cheveux humides au petit déjeuner – ce matin comme hier. J'ai d'abord cru que tu t'étais levée tôt pour les laver, jusqu'à ce que lord Redfield dise qu'il t'avait vue monter à cheval avec lord Ravensberg. Alors, j'ai compris. Lauren, tu t'es baignée ! C'est formidable !

— Et cela ne se fait pas du tout, répliqua Lauren en s'arrêtant sur une grande pierre plate pour qu'elles puissent souffler un peu. Mais il tient à ce que je m'amuse. Moi, être heureuse de monter à cheval et de me baigner dans le lac au petit matin ? Peux-tu imaginer chose plus absurde, Gwen ?

— Oh, Lauren, je l'adore. Vraiment. Tu ferais bien de te dépêcher de l'épouser, sinon je vais te le voler.

— Gwen, confia Lauren en reprenant leur laborieuse ascension, je sais flotter ! Sur le dos. Et même sur le ventre, avec la tête sous l'eau. En revanche, je coule comme une pierre dès que j'essaie de remuer les bras et les jambes pour avancer. Il se moque de moi.

Ce n'était pas tout à fait vrai. Il avait ri avec elle. D'ailleurs, elle devait avoir plus ri ces deux derniers jours que dans toute sa vie. D'autant qu'il s'agissait de véritables fous rires qui s'emparaient d'elle, la pliaient en deux et lui faisaient couler des larmes sur les joues.

— Oh ! fit Gwen en levant la tête. Regarde cette tour. Tu crois que c'est une vraie ruine ?

— C'est une folie, répondit Lauren. Elle a été construite pour ressembler à une ruine. Elle est assez pittoresque.

Il fallait qu'elle revienne ici. Il fallait qu'elle libère son esprit du sort qui semblait lui avoir été jeté. L'après-midi de la veille n'avait pourtant rien eu de magique. Ils s'étaient simplement assis sur une branche d'arbre pour admirer la vue. Et elle l'avait simplement laissé la toucher d'une façon extraordinairement inconvenante. Elle ne comprenait pas comment elle avait pu le laisser faire. Se dire que c'était le plus beau jour de sa vie ; elle était pathétique ! Et une pauvre vierge de vingt-six ans !

Elle pourrait être mère, aujourd'hui, près de seize mois après son mariage. Il y a longtemps que le devoir conjugal serait devenu routine et évidence. Peut-être serait-elle même immunisée contre ces désirs idiots qu'elle ne connaissait pas et qui l'avaient tenue éveillée la moitié de la nuit. Elle n'était pas la seule à ne pas avoir dormi. Par la fenêtre, elle avait vu Kit remonter l'avenue à pied et passer le pont. Puis il avait disparu dans la nuit.

— Nous sommes venus ici, hier, révéla-t-elle à
Gwen. Nous avons grimpé assez haut pour voir par-
dessus la cime des arbres.

Gwendoline leva les yeux vers la tour.

— De là-haut, la vue doit être sublime, concéda-
t-elle. Mais j'aime mieux l'imaginer que l'admirer. Je
crois que je vais m'asseoir un petit moment dans
l'herbe.

— Je voulais dire dans l'arbre, précisa Lauren.
Nous avons grimpé à l'arbre.

Vue du sol, « leur » branche n'avait pas l'air très
haute. Mais elle l'était bien assez. Plus que la tour.
Elle avait soudain les jambes en coton.

Gwen tourna le regard et se remit à rire.

— Toi, tu es vraiment amoureuse, déclara-t-elle.
Neville et moi n'avons jamais réussi à te convaincre
de faire quoi que ce soit d'un peu risqué, quand nous
étions enfants. Oh, Lauren, quel soulagement de pouvoir prononcer son nom sans craindre d'apercevoir
dans tes yeux cette lueur affligée avant que tu
t'empresses de me la cacher... Et quelle joie de pouvoir parler de Lily. C'est un rayon de soleil, tu sais. Je
l'ai vue le lendemain du jour où ils nous ont annoncé,
à mère et à moi, qu'elle attendait un heureux événement. Ils étaient à la plage et Lily tournoyait dans le
sable, les bras en croix, sans son chapeau, ni ses
chaussures, ni ses bas, tandis que Neville était adossé
à la grosse pierre et la regardait en riant. Je ne les ai
pas dérangés.

Lauren prit une lente inspiration et posa la main
sur le gros tronc du vieux chêne. Non, ce n'était pas
douloureux. Non.

— Elle va faire une merveilleuse mère, dit-elle.

La magie était toujours à cet après-midi. Lauren
ferma les yeux. Il n'était pas aussi grand que Neville.
Elle avait toujours cru qu'elle aimait les hommes
grands et forts. Mais elle se sentait si bien contre
Kit... Il avait de très belles mains, pas trop grandes,

mais habiles, fortes, expressives. Elles avaient si bien... Il n'aurait pas dû... Elle n'aurait pas dû le laisser faire. Il avait tenu ses seins et, un moment, cela lui avait paru bon. Ensuite, il lui avait mis la main *là*. Mais au lieu d'en être horrifiée, elle avait ressenti du... plaisir. Et quelque chose de plus que du plaisir.

Sauf que ce n'était pas de la magie. Pas vraiment. Il y avait aussi l'euphorie, la fierté d'avoir osé et réussi, l'impression de sécurité malgré le danger. Elle lui confierait sa vie sans hésiter, comprit-elle soudain. Et puis il y avait eu le rire. Oh, oui. Le rire.

La joie à l'état pur.

— On s'assied un moment ? insista Gwendoline.

La veille, Lauren n'avait pas remarqué que, derrière le chemin par lequel ils étaient montés, la colline tombait à pic. La pente était tellement abrupte que seuls quelques buissons parvenaient à s'y accrocher. En bas, les terres agricoles se déroulaient sur des kilomètres, bordées de haies bien nettes. Les cultures alternaient avec les prairies dans lesquelles, parfois, broutaient des moutons. De temps en temps, de petites maisons ou des bâtiments agricoles troublaient ce motif régulier.

— Il y a beaucoup plus de vent qu'hier, remarqua Gwendoline. Et il fait nettement plus frais. J'espère que ces nuages ne nous réservent pas de pluie. Quel bel endroit, Lauren. Dire que c'est ta future maison... Dieu merci, ce n'est pas trop loin du Dorsetshire. Nous pourrons nous voir de temps en temps.

— Sauf si tu épouses quelqu'un qui t'emmène dans la plus lointaine des îles Hébrides, repartit Lauren. Ou sur la côte ouest de l'Irlande.

— Je ne crois pas, répondit Gwen. D'ailleurs, je sais que cela n'arrivera pas.

— Tu ne parviens pas à oublier lord Muir ? demanda tristement Lauren. Personne ne pourra jamais le remplacer dans ton cœur ?

— Je n'oublierai jamais Vernon, confirma Gwen avec une tranquille certitude. Je ne me remarierai jamais. Neville est heureux, tu vas l'être aussi, et mère a besoin de compagnie. Je serai donc satisfaite, Lauren. Je t'assure.

Lauren offrit son visage au vent sans se soucier des risques pour sa peau. Oui, Alvesley était un endroit merveilleux, rural, paisible, beau, vaste. Mais ce n'était pas sa future maison. Sa future maison se trouvait sans doute dans les environs de Bath, espérait-elle. Elle s'y ferait une place dans la petite société collet monté de la station balnéaire qui n'était plus autant à la mode qu'elle l'avait été. Aujourd'hui, elle était surtout fréquentée par des personnes âgées. Cela lui conviendrait. C'était sans risque.

— Voilà une chose qui paraît bien dangereuse, remarqua Gwen en faisant un signe de tête en direction de la pelouse en dessous d'elles.

Trois cavaliers qui, à cette distance, ressemblaient à de petites figurines, traversaient le paysage. Au lieu de suivre une route ou un chemin, ils coupaient à travers champs. Ils allaient vite. Il suffirait qu'un cheval trébuche sur une pierre ou un terrier de lapin, ou même qu'il rencontre un sol inégal comme cela arrivait si souvent dans les prés, pour qu'ils fassent une chute grave, voire fatale. Sous leurs yeux, les cavaliers foncèrent droit sur une haie qu'ils sautèrent. Gwen retint son souffle. Ils se reçurent sans dommage de l'autre côté et se remirent à galoper de plus belle.

— Il y a une femme parmi eux, observa Gwendoline.

Une femme dont les longs cheveux blonds volaient derrière elle.

— C'est lady Freyja Bedwyn, l'informa Lauren. Avec lord Rannulf et lord Alleyne, si je ne m'abuse. Ils doivent venir faire une visite à Alvesley.

— La dame que lord Redfield destinait à lord Ravensberg ? demanda Gwendoline en mettant sa main en visière pour mieux voir les cavaliers. Seigneur ! Lauren, elle ne porte même pas de chapeau et ses cheveux sont détachés. Va-t-elle se présenter devant la comtesse dans cette tenue ?

— Sans doute.

Elle montait en amazone, mais si bien que Lauren en fut admirative.

— Est-elle jolie ? voulut savoir Gwen.

— Jolie ? Non.

Au premier regard, Lauren l'avait même trouvée remarquablement laide.

— Elle a des traits marqués et le teint mat, avec un grand nez et des sourcils noirs qui font un drôle de contraste avec ses cheveux blonds. Mais elle est... belle.

Ce n'était pas vraiment le mot non plus. Il y avait chez elle un charisme que Lauren savait qu'elle n'aurait jamais.

— Ses frères aussi, si je ne me trompe pas. Tu crois vraiment qu'ils vont à Alvesley ? Si c'est le cas, l'insistance de lord Ravensberg à se rendre en personne à Lindsey Hall hier et la tienne à l'accompagner semblent avoir porté leurs fruits.

— Tant mieux, répondit Lauren. Il faut entretenir de bons rapports avec ses voisins.

Elle imagina lady Freyja et Kit montant à cheval ensemble, galopant d'une même foulée, franchissant les haies botte à botte, riant, sans peur du danger. Ils étaient faits l'un pour l'autre, c'était certain. Et sans doute s'aimaient-ils encore. Le comportement de lady Freyja, hier, était certainement causé par des espoirs douloureusement déçus.

Mais peut-être pas pour toujours, songea-t-elle en voyant disparaître les cavaliers derrière le flanc d'une colline en direction du pont palladien. Une fois l'été fini, ils seraient libres de ranimer leur amour sans interférence directe du comte de Redfield ni du duc de Bewcastle. À Noël, ils seraient sans doute mariés.

Kit serait heureux, réconcilié avec son père et de nouveau proche de son frère. Et il aurait retrouvé l'amour de sa vie.

Et elle, à Noël, elle serait établie à Bath.

L'épaisse bande de nuages qui dérivait dans le ciel avait fini par cacher le soleil. Lauren frissonna. Soudain, elle avait froid.

Le comte de Redfield avait décidé d'emmener son fils non seulement jusqu'à la prairie à faucher, comme prévu, mais pour une visite générale de la ferme du domaine. Presque toute la matinée, il lui avait parlé de façon aussi résolue qu'impersonnelle des récoltes, du drainage, des bestiaux, des gages des ouvriers et d'autres sujets du même ordre. Ils s'arrêtaient de temps à autre parler avec les hommes qui travaillaient dans les champs. Mais Kit avait la nette impression que son père était mal à l'aise avec lui, qu'il ne savait comment se conduire avec lui sur le plan personnel.

Et il le comprenait : il éprouvait la même chose.

Officier de cavalerie pendant dix ans, il était habitué à recevoir des ordres. Cependant, le plus souvent, c'était lui qui commandait et qui était responsable de la bonne exécution des ordres. C'était vrai, en particulier, pour ses nombreuses missions de reconnaissance ; il devait prendre souvent et rapidement des décisions difficiles. C'était d'ailleurs par cette aptitude qu'il s'était distingué. Il était certes audacieux et impitoyable, mais également doué d'un grand sens pratique et très fiable. C'était à lui que l'on confiait les tâches qui semblaient impossibles car il trouvait toujours un moyen de les mener à bien. Alors, il avait réellement l'impression d'être maître de sa vie.

Ce n'est qu'avec sa famille qu'il s'était toujours senti gauche et bon à rien. Oui, sa vie avec sa famille n'était qu'un long échec – à commencer par l'arrivée de Sydnam dans son régiment. Mais ce n'avait été qu'un début. Sans doute avait-il donné sa pleine mesure au cours de l'année qu'il venait de perdre à Londres à se conduire comme un imbécile sans cœur bien plus que comme le lieutenant-colonel lord Ravensberg que connaissaient ses frères d'armes. Comme s'il était déterminé à prouver à toute la bonne société que, en effet, il ne valait rien. Comme s'il voulait que cela se sache jusqu'à Alvesley, afin que son père et toute sa famille aient confirmation de la mauvaise opinion qu'ils avaient de lui.

Il n'avait jamais réfléchi à tout cela jusqu'à maintenant. Était-il donc à ce point immature ?

— Syd vous accompagne-t-il toujours dans ces inspections ? s'enquit-il tout à trac sur le chemin du retour.

À part ce matin...

— Le plus souvent, oui.

— Je n'en reviens pas qu'il arrive à monter à cheval, dit Kit, se forçant à aborder un sujet qu'il ne pourrait pas éviter éternellement.

Car Syd n'avait pas de bras droit.

— Il a toujours été d'un naturel obstiné, fit valoir le comte. Il est sorti de son lit de malade bien avant que les médecins lui conseillent le moindre mouvement. Il s'est forcé à marcher, même si la douleur lui faisait serrer les dents, jusqu'à être capable de ne plus boiter. Et il a mordu la poussière bien des fois – sans renoncer même quand il se faisait si mal que votre mère en pleurait – avant d'arriver à monter à cheval sans se laisser déséquilibrer et sans tomber. De même, il s'est entraîné des heures et des heures à écrire lisiblement de la main gauche. Et il a passé des journées entières avec Parkin à apprendre le métier de régisseur. De sorte que, quand Parkin a pris sa retraite l'année dernière, Sydnam m'a demandé s'il pouvait le remplacer.

— Mais Syd n'était pas fait pour ce métier ! protesta Kit.

— Il s'est construit une vie, souligna fermement son père. Il refuse que je lui verse un salaire, bien sûr, et il est allé voir Bewcastle pour lui demander de l'employer dans une des nombreuses propriétés des Bedwyn. Il semble qu'une place doive se libérer à l'automne. Un emploi rémunéré, bien que Sydnam dispose de revenus personnels et n'en ait pas besoin. Il est déterminé à être indépendant. Et il ne veut pas être une charge pour vous ici.

Sauf qu'il faudrait un régisseur à Alvesley. Pourquoi pas Sydnam, s'il remplissait déjà cette fonction ? Au moins, c'était une chose qu'il pourrait faire chez lui, entouré par sa famille. Sauf que Kit était revenu. Cela expliquait sans doute pourquoi Syd était si déterminé à partir.

— Pourquoi ne vous a-t-il pas accompagné ce matin ? demanda Kit même si la réponse lui semblait évidente – à cause de lui.

— Il fallait mettre les comptes à jour, répondit son père.

Ils passaient devant une rangée de petites maisons dont le toit de chaume venait d'être refait. Le comte indiqua que c'était les logements des ouvriers dans lesquels il y avait eu des fuites au printemps. Il salua une femme qui balayait le seuil de son foyer, échangea quelques mots avec elle. Trois petits enfants jouaient dans l'herbe devant elle.

— Votre mère aimerait publier les bans pour vous ce dimanche, annonça soudain son père tandis qu'ils poursuivaient leur chemin. Il devrait être possible de convaincre notre famille et les proches de miss Edgeworth de rester un mois de plus afin d'assister au mariage, j'imagine. Après ce qui s'est passé à Newbury l'année dernière, je suppose qu'elle ne tient pas à se marier là-bas. Inutile d'attendre, n'est-ce pas ? Elle nous convient parfaitement. C'est une personne de grande qualité et très bien élevée. La situation embarrassante avec lady Freyja est regrettable, mais inutile de s'attarder là-dessus. Qu'en dites-vous ?

Kit l'avait écouté, d'autant plus sidéré que son père semblait lui demander son avis et non le mettre devant le fait accompli. Était-ce encore un gage de réconciliation comme l'avait suggéré Lauren hier ?

— Je préfère ne pas la bousculer, répondit-il. Je suppose qu'elle voudra se faire faire des vêtements pour l'occasion. Et elle souhaite peut-être inviter d'autres gens à son – à notre mariage. La duchesse de Portfrey, sa tante, par exemple, qui doit accoucher prochainement ; d'ici un mois, je crois. Nous pensions plutôt nous marier l'hiver prochain. Peut-être même au printemps.

— Je voudrais seulement éviter que votre mère et votre grand-mère soient à nouveau déçues, expliqua le comte.

À nouveau ? Faisait-il allusion à Jérôme et Freyja ? Très probablement. Mais personne n'avait prononcé le nom de Jérôme depuis le retour de Kit. Lui-même n'osait pas. Et son père non plus, à l'évidence. Ils traversèrent le village dans un silence pesant et répondirent avec une gaieté forcée au portier qui leur ouvrit la grille et les retint plusieurs minutes en parlant de choses et d'autres.

— L'averse arrive, prévint ce dernier, ce qui leur permit de prendre congé.

— Je préférerais ne pas imposer la publication des bans trop tôt à Lauren, monsieur, dit Kit tandis qu'ils s'avançaient entre les arbres. Elle a subi une déception pénible et humiliante, l'année dernière. J'aimerais que tout soit parfait pour elle cette fois-ci.

— Hmm. C'est tout à votre honneur, dit son père.

Et il le souhaitait vraiment, songea Kit. C'était absurde, mais il lui semblait qu'il donnerait volontiers sa vie pour offrir quelque chose de parfait à Lauren. Peut-être trouverait-il le pardon et la paix s'il parvenait à la rendre heureuse. En fait, songea-t-il amèrement, il savait quoi faire. Il suffisait qu'il la libère.

Quand ils sortirent du bois, les premières gouttes tombaient. Il n'allait pas tarder à pleuvoir pour de bon.

— Nous ferions mieux de nous presser, constata le comte en levant la tête. Matinée agréable, Ravensberg, ajouta-t-il avec une certaine raideur. C'est une jeune personne très bien.

Oui. Il n'avait échappé à aucun des deux que c'était à l'initiative de Lauren qu'ils s'étaient retrouvés tous les deux.

Kit sourit en lançant son cheval au galop pour passer le pont à la suite de son père.

Les invités commencèrent à arriver, sous la pluie, après le déjeuner. Lauren passa une grande partie de l'après-midi dans le hall avec Kit, le comte et la comtesse, la comtesse douairière et M. Butler, à les accueillir, à leur être présentée, à s'efforcer de graver dans sa mémoire leur nom et leurs liens exacts avec la famille.

Ce n'était pas facile. Et cela lui aurait paru impossible si ce n'était une chose à laquelle elle était exercée depuis longtemps, quand elle croyait devenir comtesse de Kilbourne et qu'elle se préparait à remplir les devoirs de son rang. Elle se souviendrait de lady Irène Butler, jamais mariée, sœur de feu le comte, parce qu'elle avait les cheveux blancs et qu'elle était frêle et sévèrement voûtée. Elle se rappellerait le vicomte Hampton, le frère de la douairière, à cause de son crâne chauve tout brillant et de son rire sonore, et son fils, M. Claude Willard, qui lui ressemblait énormément. Il y avait ensuite Daphné Willard, l'épouse de Claude, et leurs trois grands enfants – deux garçons et une fille – qui se tenaient très bien, sans doute dans l'espoir d'être comptés parmi les adultes, ces prochains jours. Venait ensuite la placide et souriante

Marjorie, lady Clifford, la sœur du comte de Redfield et son mari au teint rubicond et à la respiration sifflante, sir Melvin. Boris Clifford, qui portait des lunettes, était leur fils ; il était marié avec la fort gironde Nell. Ils avaient trois jeunes enfants qui furent emmenés à la nursery après une rapide inspection par la comtesse douairière, leur arrière-grand-mère.

Il y eut alors une pause dans les arrivées, qui permit à Lauren de mémoriser les noms, les visages et les liens de parenté. Puis M. Humphrey Pierce-James arriva, avec son épouse Edith, leur fille Catherine et le mari de cette dernière, M. Lawrence Vreemont. Ces derniers avaient aussi de petits enfants. D'après ce que comprit Lauren, M. Pierce-James était le neveu de la comtesse douairière, le fils de feu sa sœur. Les derniers à arriver furent M. Clarence Butler, le frère cadet du comte, avec son épouse, Honoria, leur fille, Béatrice, le mari de cette dernière, le baron Born, et tous leurs enfants – de Frederick, qui devait avoir l'âge de Kit, à Benjamin, qui avait huit ans. Seule l'une de leurs filles, Doris, était fiancée, venue donc avec sir Jeremy Brightman.

Lauren ne se promit pas de se rappeler tous les noms et tous les visages immédiatement : il y en avait trop. Mais il lui sembla qu'elle y parviendrait d'ici un jour ou deux. Elle sourit, soulagée, quand il sembla que les derniers invités étaient arrivés et montés dans leur chambre se rafraîchir avant le thé. Tout le monde avait été très aimable. Si certains étaient au courant du projet de mariage avec lady Freyja Bedwyn, on ne sembla pas lui en tenir rigueur.

Elle n'avait pas eu le temps de demander à Kit comment s'était déroulée sa matinée. Il l'avait passée tout entière avec son père à s'occuper des affaires du domaine – un signe qui lui semblait très prometteur. Ni l'un ni l'autre n'était donc là pour recevoir lady Freyja Bedwyn et ses frères, mais ces derniers étaient bien venus à Alvesley et avaient passé un quart d'heure avec la mère et la grand-mère de Kit et tante Clara. Ils avaient exprimé leur intention de revenir à cheval avant la fête d'anniversaire. Une brouille durable semblait avoir été évitée.

Il devait être temps de retourner au salon, songea Lauren. Mais, après avoir jeté un regard discret par la fenêtre, le majordome annonça qu'une autre voiture passait le pont et allait arriver.

— Cette fois-ci, peut-être...

La comtesse s'adressait au comte mais souriait à Lauren.

— Asseyez-vous, mère, reprit-elle à l'adresse de sa belle-mère. Vous devez être épuisée d'avoir été debout tout l'après-midi.

— Non... je ne... m'as... soirai pas, répondit la vieille dame. Miss... Edgeworth, vous... voulez bien... me... donner... votre bras ?

Mais Sydnam Butler s'était déjà approché et lui avait offert le sien. La voiture s'arrêta devant les marches. Le majordome sortit en personne avec un grand parapluie noir pour accompagner jusqu'à la maison le monsieur qui en descendait. Deux laquais tenaient la double porte ouverte. Lauren frémit quand le froid humide entra. Mais elle afficha de nouveau son sourire le plus aimable et se prépara à être présentée à un membre de plus de la famille de Kit.

C'est alors que le majordome écarta le parapluie et s'effaça pour laisser entrer le visiteur. Ce dernier regarda autour de lui comme s'il cherchait quelqu'un.

De surprise et de joie, Lauren oublia son éternelle dignité.

— Grand-père ! s'exclama-t-elle en se précipitant vers lui, les bras tendus.

— Lauren ! Mon enfant, vous voilà !

Il l'étreignit et elle sentit l'odeur de tabac et de cuir si familière. Une boule se forma dans sa gorge et elle eut beau ciller pour retenir ses larmes... en vain.

Il était venu.

Il était venu !

— Je ne savais pas, dit-elle en se dégageant et en contemplant son visage ridé. Je ne m'attendais pas...

Elle se tourna, les yeux brillants, vers le comte et Kit.

— Qui a fait cela ? Qui a eu cette idée ?

— Moi, répondit Kit en souriant. Quand père et mère m'ont demandé qui il fallait inviter de votre famille.

— Merci, dit-elle en leur souriant à tous. Oh, merci !

— Présentez-moi, Lauren, s'il vous plaît, la pria Kit en s'avançant, la rappelant aussitôt à son sens du devoir.

Elle se mit donc à présenter tout le monde, sans lâcher le bras du baron Galton, son grand-père, sa famille, le cœur débordant de bonheur. Ils l'avaient attendu pour fêter les fiançailles et lui avait fait tout le voyage du Yorkshire. Rien que pour elle ! Parce qu'il l'aimait, sûrement. Et c'était Kit qui avait eu l'idée de l'inviter et d'en faire la surprise à Lauren. Une merveilleuse surprise.

Un peu plus tard, elle et Kit encadraient le vieux monsieur dans le grand escalier pour le conduire à sa chambre. C'est alors qu'elle se souvint d'une chose qu'elle avait oubliée tout le temps où leurs deux familles faisaient connaissance. Cela ne lui ressemblait pas.

Ces fiançailles n'étaient qu'un leurre.

13

Toute la fin de la journée et le lendemain, Lauren eut le sentiment qu'elle aurait été parfaitement heureuse si elle ne se savait pas dans le mensonge. Elle faisait pourtant son possible pour chasser cette idée de son esprit. Elle s'était engagée à jouer ce rôle et il était trop tard pour se dérober. Elle aurait le temps de se sentir coupable quand tout serait fini.

Elle s'empressa donc de faire connaissance avec la famille de Kit. Ce ne fut pas difficile, car tous étaient joyeux et accueillants. Lady Clifford et Mme Butler, les tantes de Kit, ainsi que Mme Vreemont, ne tardèrent pas à s'approprier tante Clara. Quant au vicomte Hampton, qui avait connu le baron Galton autrefois, il fut enchanté de renouer les liens. Gwen fit la conquête des nombreux enfants du baron Born, et en particulier de Frederick et Roger qui se disputèrent bientôt ses sourires et son attention.

Tout le monde se prit d'affection pour Lauren, tout simplement, songea-t-elle, parce que tout le monde aimait Kit. Les événements passés n'avaient en rien terni ses relations avec ses oncles, ses tantes et ses cousins. Il ne lui déplaisait pas, reconnut-elle, d'être au centre de l'attention de tous. Lady Irène Butler ne cessait de lui tapoter la main et de lui répéter quelle belle enfant elle était. Les tantes et les plus vieilles cousines lui parlaient de Londres et de la mode. Les oncles la taquinaient pour la faire rougir. Les jeunes cousines voulaient savoir qui étaient sa couturière et sa modiste et qui choisissait les ravissantes étoffes, les élégants patrons et les couleurs parfaitement coordonnées de ses toilettes. Et comment s'y prenait sa femme de chambre pour réussir des coiffures aussi parfaites. Et par qui elle comptait faire faire ses vêtements pour le mariage. Les jeunes cousins lui faisaient des compliments, parfois jusqu'à l'extravagance. Ils traitaient Kit de veinard et celui-ci leur donnait raison en la regardant, les yeux pétillants. Les jeunes mères l'emmenèrent dans la nursery en supposant qu'elle aimait les petits enfants. En réalité, elle en avait plutôt peur car elle n'avait guère eu de contact avec eux de sa vie d'adulte. Néanmoins, elle apprit leur prénom à tous et fut touchée qu'ils veuillent lui poser des questions, lui montrer leurs petits trésors et qu'elle les prenne dans ses bras ou joue avec eux.

Elle eut soin de réserver une entière attention à la famille proche de Kit car c'était surtout à le réconcilier avec elle qu'elle souhaitait œuvrer. Le comte de Redfield semblait favorablement disposé à son égard. Et Kit et lui ne s'évitaient plus même si leur relation n'en était qu'à ses prémices. La comtesse acceptait bien volontiers l'aide qu'elle lui proposait. Car hormis l'organisation de l'anniversaire lui-même, il fallait songer tous les jours aux repas, aux activités, aux bouquets, et les invités étaient très nombreux. Bien entendu, la comtesse était tout à fait capable de s'en charger, mais elle semblait contente de pouvoir compter sur un autre avis pour certains détails, et, même, parfois sur certaines nouvelles suggestions. Et elle semblait tout à fait disposée à traiter son fils aîné avec affection.

Lauren s'était par ailleurs beaucoup attachée à la comtesse douairière. Il ne lui était jamais pénible de se promener avec elle ni de s'asseoir auprès d'elle et de l'écouter. À cause de l'attaque d'apoplexie dont elle avait souffert, la vieille dame avait la main gauche refermée et raide. Mais pas tout à fait paralysée. Le soir qui suivit l'arrivée de tous les hôtes, Lauren la prit entre ses siennes et la massa doucement pour ouvrir les doigts. Cela faisait du bien, déclara la grand-mère de Kit, et elles se sourirent. C'était vis-à-vis d'elle que Lauren se sentait le plus coupable, car elle sentait que son affection était réciproque.

Tout compte fait, le seul avec qui elle ne parvint pas à établir de lien était Sydnam Butler.

Elle ne vit pas beaucoup Kit. Ou, plutôt, elle le vit, car la pluie forçait tout le monde à rester dedans, mais elle ne passa guère de temps en sa compagnie, et moins encore seule à seul.

Sa leçon de nage avait été annulée, même s'il avait fait valoir que l'on pouvait se mouiller sous la pluie. Leur sortie matinale lui avait manqué et, surtout, la joie de batifoler dans l'eau. Comment s'en passerait-elle, le moment venu ? Elle préférait ne pas y songer pour l'instant.

Le deuxième soir, l'on joua aux charades dans le salon. Presque tout le monde participa, ce qui donna lieu à une soirée très animée et ponctuée de rires. Les plus jeunes ne voulaient pas voir la partie s'achever, si bien qu'ils se couchèrent assez tard. Après cela, Lauren resta une heure à bavarder avec Gwen, comme presque tous les soirs. Il était plus de minuit quand elle monta dans sa chambre. Mais elle ne se coucha pas tout de suite. Elle souffla les chandelles et resta à la fenêtre à se brosser les cheveux en contemplant la lune et les étoiles. Vers la fin de l'après-midi, la pluie avait cessé et les nuages s'étaient enfin dissipés.

Dormait-il ? Elle savait que, comme elle, il souffrait parfois d'insomnie. Elle l'avait vu dehors plusieurs fois après que toute la maisonnée était couchée. Son visage ne gardait pas trace de ses escapades, il restait toujours aussi joyeux et rieur. Mais elle savait que les apparences étaient parfois trompeuses. Il prenait soin de ne rien montrer de son âme agitée.

Qu'est-ce qui le troublait au point de le tenir éveillé ?

C'est alors qu'il apparut sur la terrasse, comme par magie. Il avait troqué ses habits de soirée pour une tenue de cheval. Il avança jusqu'à la pelouse et s'arrêta, les mains dans le dos, le regard perdu dans l'obscurité. Il avait l'air bien seul.

Mais après tout, peut-être appréciait-il ces moments de tranquillité et de solitude quand tout le monde s'était retiré dans sa chambre. À moins qu'il n'ait besoin d'une présence compatissante pour l'écouter ou se taire avec lui ?

Ou était-ce elle qui avait besoin de compagnie ?

Descendre le rejoindre serait fort inconvenant. Même s'ils étaient fiancés, certaines choses ne se faisaient pas avant le mariage. N'empêche qu'elle commençait à être lasse des convenances, de son mode de vie chéri qui préférait ce qui se faisait à ce que dictait le cœur. Peut-être le cœur pouvait-il être mauvais conseiller. Mais la bienséance aveugle également.

Tout en réfléchissant, elle s'était précipitée dans son petit vestiaire. S'il ne voulait pas de sa compagnie, il pourrait toujours la prier de le laisser seul. De toute façon, elle ne s'attarderait pas. Elle allait rester un peu à côté de lui et ils allaient parler. Ensuite, peut-être arriverait-il à dormir. Et elle aussi.

Descendre l'escalier et traverser le hall dans le noir n'était pas chose facile. Et s'il était sorti par une autre issue ? Et si elle trouvait la porte d'entrée verrouillée ? La grosse poignée céda aisément quand elle l'actionna et elle sortit sur la terrasse de marbre.

Il était parti.

C'était bien la peine, songea-t-elle en descendant lentement les marches et en tenant son châle bien croisé sur sa poitrine. Il avait disparu. Au même instant, elle le vit. Il traversait la pelouse en direction de l'avenue. Il marchait assez vite, tout de même. Elle hésita un instant puis s'élança à sa suite.

— Kit.

Il était déjà dans l'avenue, non loin du pont. Lauren courait presque sur le gazon. Elle sentait la rosée imprégner le bas de sa robe.

Il s'arrêta net et se retourna. Pourtant, elle n'avait pas parlé très fort.

— Lauren ?

Il avait l'air étonné. Était-il mécontent ? Avait-elle fait précisément ce qu'il ne fallait pas ? Elle ne fut pas longue à le rattraper mais s'arrêta à quelques mètres de lui.

— Je vous ai vu par la fenêtre, expliqua-t-elle. Ce n'est pas la première fois. Vous n'arrivez pas à dormir ?

— Vous non plus ?

Il était impossible de savoir, à sa voix, s'il était contrarié.

— J'ai eu envie de me promener avec vous. Il m'a semblé qu'il serait... réconfortant d'avoir de la compagnie.

— Avez-vous du mal à dormir, Lauren ?

— Quelquefois, admit-elle.

Cela ne lui arrivait pas, avant. Mais le désespoir que lui avait causé l'annulation de son mariage l'avait privée de sommeil. Pourtant, elle avait tant besoin de se reposer, d'oublier. Et puis c'était devenu une habitude. C'était la nuit qu'elle souffrait le plus de ces désirs ardents qu'elle ne savait pas nommer. Dans la journée, elle parvenait encore à s'occuper. Mais la nuit...

— Nous ferions mieux de rebrousser chemin, dit-il. Vous n'auriez pas envie de m'accompagner là où j'allais.

— Où cela ?

— Une cabane de garde-chasse dans les bois. J'ai dû passer trop d'années de ma vie d'adulte seul, à vivre dans des conditions rudimentaires. Une maison avec tout le confort, surtout quand elle est pleine de monde, finit par m'oppresser. J'ai l'impression de ne pas pouvoir respirer. Depuis mon retour, j'ai équipé la cabane du strict nécessaire et j'y vais quelquefois, la nuit. Cela m'apaise. Il arrive que j'y dorme.

— Ah, fit-elle, regrettant d'avoir agi aussi hâtivement. Vous préfériez donc être seul. Je suis désolée. Ce n'est pas la peine que vous retourniez à la maison avec moi, Kit. Vraiment. Bonne nuit. À demain matin. Irons... irons-nous nous baigner ?

Il ne répondit pas tout de suite. Elle était gênée, un peu humiliée, pour tout dire. Elle tourna les talons, prête à s'enfuir. Mais sa voix l'arrêta.

— J'aimerais que vous veniez avec moi.

— C'est vrai ? Ne dites pas cela pour être poli, Kit. Je ne veux pas m'imposer.

Mais il lui souriait, de cet air qu'elle connaissait si bien.

— C'est vrai.

Alors, elle marcha à côté de lui en tenant son châle. Il ne lui offrit pas son bras.

— Quels sont les problèmes qui vous empêchent de dormir ? s'enquit-il.

Elle secoua la tête.

— Je ne sais pas.

— Ce qui est arrivé l'année dernière ? avança-t-il.

— Je ne sais pas, répéta-t-elle en secouant encore la tête.

— Oh, les masques que nous portons... Qui, en voyant la belle, la digne miss Lauren Edgeworth au bal de lady Mannering, il y a deux mois, aurait pu soupçonner qu'elle cachait un cœur brisé ? Je suis navré de ne pas avoir eu la sensibilité de le deviner. Oui, je suis vraiment désolé, Lauren.

— C'est ma vie qui a été brisée, bien plus que mon cœur. En y songeant maintenant, je ne suis pas sûre...

— De quoi ?

Ils passaient le pont palladien. Elle entendait l'eau couler en dessous.

— Je ne suis pas sûre que ce soit aussi tragique que ce que j'ai voulu croire. Quand c'est arrivé, j'avais l'esprit d'une enfant. Ne me demandez pas de m'expliquer davantage, Kit, je ne suis pas sûre de savoir moi-même ce que je veux dire. La vie obéissait à certaines règles, à un modèle défini. Et j'obéissais. Mais la vraie vie n'est pas comme cela, n'est-ce pas ? À un moment ou un autre, j'aurais été obligée de me réveiller. La vie n'aurait pas pu continuer aussi sereine et aussi parfaite jusqu'au bout.

D'ailleurs, la sérénité et la perfection allaient-elles de pair, comme elle l'avait cru ?

Il la considéra avec curiosité sans dire un mot. Peu après avoir franchi le pont, ils entrèrent dans le bois. Alors, il lui prit le bras et quitta l'allée. Il faisait très sombre entre les arbres. Elle en aurait été effrayée si le pas de Kit avait été moins assuré. Heureusement, elle n'avait qu'à s'en remettre à lui – ce qui était étonnamment facile. Elle se sentirait toujours en sécurité, avec lui, même si une bête sauvage affamée se dressait en travers de leur chemin. Elle sourit intérieurement à cette idée.

Comment s'y prit-il pour trouver la cabane dans cette obscurité ? Mystère. Mais il y parvint sans difficulté. Il passa la main sur le linteau et trouva une clé qu'il fit tourner dans la serrure. Il laissa Lauren sur le seuil et entra. Un instant plus tard, la faible lueur d'une lanterne permit à la jeune femme d'y voir assez pour entrer et refermer la porte derrière elle. Un genou à terre, Kit allumait du feu dans le petit âtre.

L'intérieur de cette cabane était remarquablement douillet. Il y avait un lit bas garni de couvertures, un vieux fauteuil à bascule et une petite table en bois grossièrement taillé sous laquelle était poussée une seule chaise. Il y avait deux livres sur la table, et la lampe. C'était tout.

— Prenez le fauteuil, dit Kit en tirant le rocking-chair sur lequel il disposa une des couvertures du lit.

— Merci.

Elle s'assit et le fauteuil se balança doucement sous son poids.

Kit s'assit à son tour, au bord du lit, les bras appuyés sur ses genoux écartés entre lesquels il laissait pendre ses mains. Lauren lui sourit, se détendit à son tour dans le fauteuil et ferma les yeux. La nuit n'était pas très froide mais la chaleur du feu était tout de même bien agréable. Et son crépitement.

— Et vous, qu'est-ce qui vous empêche de dormir ? s'enquit-elle.

— L'insomnie peut être une défense, parfois inconsciente, contre les cauchemars.

— Les cauchemars.

— Vous n'avez pas envie de savoir cela, Lauren, assura-t-il.

Il poursuivit néanmoins.

— J'ai embrassé la carrière militaire parce que c'est ce que mon père avait toujours prévu pour son deuxième fils. Mais c'était également un choix personnel : j'ai toujours rêvé de devenir officier et de me distinguer sur les champs de bataille. Et je n'ai pas été déçu ; cette vie me convenait parfaitement. Il s'est trouvé que j'étais capable de faire – et de bien faire – ce que l'on attendait de moi. J'ai sauté sur l'occasion de devenir officier de reconnaissance quand elle s'est présentée et je n'ai jamais regretté mon choix. Quitter l'armée, l'année dernière, a été très dur. En un sens, j'ai eu l'impression de renoncer à une partie de moi. Pourtant...

Le fauteuil de Lauren grinçait un peu. Ce n'était pas un son désagréable ; c'était presque apaisant.

— Pourtant ? le relança-t-elle.

— Pourtant, il fallait parfois tuer. Il y a longtemps que je ne compte plus. Il y a toutes sortes de façons de justifier le fait de tuer à la guerre, bien sûr. D'abord parce qu'il s'agit souvent de tuer ou d'être tué. Il est assez réconfortant, même si ce n'est pas toujours possible, d'envisager l'ennemi comme une masse de monstres malfaisants qui ne méritent pas mieux que la mort. Il est certain que, quand on est soldat, il faut trouver un moyen de surmonter ses scrupules pour simplement faire son devoir. Mais le visage des morts vient hanter mes cauchemars. Non, pas des morts. Des mourants. Le visage des mourants. Des hommes ordinaires que leur mère, leur femme, leur fiancée attendent chez eux. Des hommes avec des rêves, des espoirs, des inquiétudes, des secrets. Des hommes comme moi. Dans mes pires cauchemars, l'homme qui est en train de mourir a le visage que je vois tous les jours dans la glace.

— Ce qui prouve que vous êtes humain. La guerre serait vraiment monstrueuse si elle détruisait l'horreur qu'il y a à tuer.

— Mais je dormirais mieux si j'étais un monstre sans cœur.

Elle n'avait jamais songé que l'esprit des hommes pouvait être définitivement abîmé par les atrocités de la guerre. Elle s'était toujours dit que les Anglais se battaient pour le bien et la justice et que rien ne leur pesait donc sur la conscience.

— S'il y a bien une chose dont je suis reconnaissant, c'est que ni vous, ni ma mère, ni ma grand-mère, ni ces enfants qui dorment dans la nursery ne se sont jamais trouvés sur le chemin d'une armée en guerre. Oui, de cela, je suis vraiment reconnaissant.

Elle rouvrit les yeux et tourna la tête pour lui sourire. Il était temps de changer de sujet. D'alléger l'atmosphère. De faire en sorte qu'il puisse rentrer à la maison et dormir paisiblement.

— Ces enfants sont délicieux, Kit, dit-elle. Je n'en ai pas vu beaucoup depuis ma propre enfance. J'ai été une enfant heureuse, vous savez. Et vous ?

— Oui.

Il lui rendit son sourire.

— Cela nous fait donc une chose en commun, remarqua-t-elle. Pourtant, c'est rare, je crois. Je ne pense pas souvent à mon enfance, mais je me souviens de beaucoup de moments heureux. J'ai eu la chance d'avoir la compagnie de Gwen et Neville. Et puis il y avait les cousins, que nous voyions assez souvent.

Ils commencèrent à échanger des souvenirs d'enfance comme elle le souhaitait. Des histoires pleines d'humour, d'aventures et de nostalgie – et de bêtises aussi, du côté de Kit. Au début, leurs récits alternaient sans pause. Puis Lauren finit par appuyer la tête au dossier de son fauteuil et par refermer les yeux. Les silences entre les histoires se firent de plus en plus longs. Ils n'étaient pas du tout pesants mais pleins de chaleur et d'une agréable camaraderie qui se passait de mots. Le feu, qu'il avait alimenté entretemps, s'éteignait à nouveau en crépitant doucement. Le rocking-chair grinçait plus lentement.

Oui, elle avait eu une enfance heureuse. Et rien ne se serait passé ainsi si sa mère et son beau-père étaient revenus de leur voyage de noces et l'avaient emmenée vivre ailleurs, seule avec eux, sans son frère et sa sœur adoptifs. N'empêche qu'elle avait passé presque toute son enfance à se languir de cette mère dont elle ne se rappelait même pas le visage. Que c'était étrange...

Elle soupira profondément.

Kit était assis très droit au bord du lit, luttant contre le sommeil. Le léger grincement du rocking-chair avait cessé.

Lauren avait dû s'endormir. Cela faisait plusieurs minutes qu'elle n'avait rien dit. Elle n'avait pas commenté sa dernière histoire.

Ces dernières années, il avait cessé de songer à son enfance. Car Jérôme et Syd en faisaient partie, ainsi que les Bedwyn. Mais, ce soir, il avait laissé les souvenirs affluer et les avait trouvés agréables, étonnamment exempts de douleur et d'amertume. Malgré tout ce qui s'était passé il y a trois ans, ces années-là avaient été heureuses. L'amitié et l'amour fraternel l'avaient fait grandir, avaient fait de lui l'homme qu'il était aujourd'hui.

Lauren inclinait la tête sur le côté en une pause charmante, très différente de sa dignité et de sa discipline habituelles. Il devrait la réveiller et la ramener à la maison. De son côté, il sentait qu'il allait dormir paisiblement jusqu'au petit matin. Du reste, s'il s'y autorisait, il pourrait s'assoupir ici même. Il n'avait pas vraiment le courage de marcher jusqu'à la maison.

Elle l'avait fait exprès, songea-t-il en la contemplant. Elle l'avait laissé parler de ses cauchemars mais pas s'y complaire. Elle avait changé de sujet. Elle s'y était si bien prise qu'il ne se rappelait même pas comment ils s'étaient retrouvés à parler de leur enfance. Quel était le lien avec la guerre et la mort ? Il ne s'en souvenait pas, mais il était persuadé qu'elle l'avait fait délibérément – et très habilement. Pour le réconforter. Pour que ses pensées soient plus douces et plus propices au sommeil.

Il bâilla.

S'il ne la réveillait pas bientôt, elle allait avoir mal au cou. Il se leva et voulut lui poser la main sur l'épaule pour la secouer doucement, mais il se ravisa. Il regarda le lit et tira les deux couvertures qui restaient. Ils étaient seuls, au milieu de la nuit, dans une pièce avec un lit. On faisait difficilement plus dangereux comme situation. Pourtant, curieusement, aucune idée de la sorte ne lui avait traversé l'esprit depuis qu'ils étaient entrés dans la cabane. Même maintenant, le désir qu'il savait éprouver pour elle n'essayait pas de prendre le dessus.

Il se retourna vers le fauteuil, se pencha et prit doucement Lauren dans ses bras. Elle se laissa faire, trop somnolente pour résister. Il la déposa sur le lit, le plus près possible du mur. Puis il la déchaussa, ôta ses bottes et s'étendit auprès d'elle avant de remonter les couvertures sur eux. Elle le regardait, bercée par le sommeil. Le lit n'était pas large. Il était impossible de ne pas se toucher.

— Rendormez-vous, lui enjoignit-il.

Peut-être dormait-elle avant même qu'il ne parle. Il sentit le parfum de savon de ses cheveux, ses courbes délicieuses contre son flanc droit et la chaleur de son corps. Certes il ne pouvait nier qu'il était excité mais, bizarrement, cette sensation agréable était facile à contrôler. Il ne voulait pas la désirer plus ardemment. Il ne voulait pas que ce moment de paix prenne une connotation charnelle.

Il était trop précieux.

Elle lui était trop précieuse pour cela.

Elle avait gagné l'affection de sa mère et de sa grand-mère. Il lui semblait d'ailleurs que cette dernière l'adorait. Elle avait également gagné l'estime et le respect de son père. Et tout cela sans se départir de son calme ni de sa dignité. Sa vie à lui, ici, était devenue beaucoup plus agréable et facile depuis son arrivée. Il avait repris de bien meilleures relations avec sa famille – sauf Syd, bien sûr.

De son côté, il avait enseigné à Lauren qu'un brin de folie pouvait égayer la vie. Il lui avait appris à se baigner dans le lac et à grimper aux arbres. Il l'avait amadouée pour qu'elle se détende, pour qu'elle sourie, pour qu'elle rie, même. Toutefois, ce n'étaient pas uniquement ces changements qui la rendaient précieuse à ses yeux. C'était l'aperçu qu'elle lui avait donné de celle qu'elle était réellement derrière cette froide façade. Celle qui ne demandait rien pour elle mais travaillait sans relâche au bien-être des autres.

Ce qui l'étonnait le plus, sans doute, c'était d'être ainsi attiré par une femme dont le charisme restait si discret.

Car il était bel et bien attiré par elle.

Il tourna la tête et enfouit son visage dans ses boucles brunes avant de lui déposer un baiser sur le front.

Quelques instants plus tard, il dormait, les dernières braises mouraient dans l'âtre.

Un court instant, en se réveillant, Lauren se demanda où elle était. Puis elle se souvint. La cabane dans les bois, le rocking-chair où elle avait été lentement gagnée par le sommeil. Elle avait eu de plus en plus de mal à se concentrer sur ce qu'il disait. Et puis…

Elle était allongée sur le lit, sentit-elle soudain sans ouvrir les yeux. L'oreiller, sous sa nuque, était chaud et moelleux. Elle était étendue sur le côté, le dos contre le mur. Une de ses jambes était glissée entre…

Elle n'était pas seule dans ce lit, comprit-elle en un éclair. Elle était dans les bras de Kit. Elle entendait battre son cœur. Elle sentait son eau de Cologne. Un instant, elle se raidit d'inquiétude. Elle remua les orteils de son pied libre. Oui, elle était déchaussée. Et non, il ne lui avait pas ôté ses vêtements, se rassura-t-elle, la main sur le tissu de sa robe. Mais elle était entre Kit et le mur. Elle ne pourrait pas sortir sans le réveiller.

Du reste, avait-elle vraiment envie de se lever ?

Mais qu'allaient-ils penser, à la maison ?

Qu'avait-elle fait, mon Dieu ?

Elle n'avait rien fait. Rien dont elle ait lieu d'avoir honte. Elle avait parlé avec Kit, ils s'étaient réconfortés mutuellement de sorte qu'ils avaient pu dormir paisiblement. C'était un souvenir de plus à garder dans son cœur. Car elle n'était pas près d'oublier cette nuit !

— Êtes-vous réveillée ? demanda-t-il tout bas.

Elle ouvrit les yeux, la tête nichée au creux de l'épaule de Kit. Elle eut un mouvement de recul. L'aube se levait à peine.

— Me suis-je endormie au milieu d'une de vos histoires ? s'inquiéta-t-elle.

— Oui, de la meilleure, répondit-il en secouant la tête d'un air désespéré.

— Kit, demanda-t-elle, anxieuse malgré elle. Avons-nous...

— Non, affirma-t-il. Pour une fois, je me suis conduit en parfait gentleman. Enfin, presque parfait. Pour l'être tout à fait, j'aurais dû vous réveiller et vous ramener à la maison, sans doute. Mais je n'avais plus le courage de marcher.

— Avez-vous pu dormir ?

— Comme une souche, répondit-il en souriant. Merci, Lauren. Merci de m'avoir écouté et d'avoir... été là.

Il avait donc besoin qu'on l'écoute, songea-t-elle. Il n'était pas l'homme insouciant qu'elle avait imaginé au premier abord.

— Comment allons-nous faire pour rentrer à la maison sans être vus ? demanda-t-elle en rougissant.

— Pourquoi éveiller les soupçons en essayant de rentrer sans être vus ? objecta-t-il. Nous allons remonter l'avenue fièrement et, si quelqu'un nous voit, il supposera que nous sommes allés admirer le lever du soleil.

Il ôta le bras de sous sa tête et s'assit au bord du lit, les coudes sur les genoux, les doigts enfoncés dans les cheveux. Ainsi ébouriffé, il était... irrésistible.

Lauren n'en revenait pas. Elle avait passé la nuit dans le même lit qu'un homme ! Et, le plus incroyable, c'était qu'elle n'éprouvait aucun sentiment d'horreur ou d'humiliation.

Mieux valait que cette comédie prenne fin au plus vite, songea-t-elle en cherchant à tâtons ses chaussures. Ses mœurs devenaient dangereusement légères.

Il lui sourit en lui ouvrant la porte de la cabane et elle sortit dans la fraîcheur du matin, au son du chant des oiseaux. C'était ce sourire, et ce rire, qu'elle se rappellerait longtemps après que les autres souvenirs se seraient dissipés. Et c'était ce souvenir qui la ferait sourire à son tour au cours des longues années à venir.

Il lui prit la main et ils se mirent à marcher.

— Au cas où quelqu'un nous verrait, expliqua-t-il. Qu'y a-t-il de plus touchant que deux fiancés se tenant par la main ?

— Kit ! protesta-t-elle d'un ton de reproche.

Mais elle ne fit rien pour se dégager.

14

Le soleil resta avec eux toute la journée et il leur fut possible de s'amuser dehors. Lauren ne sortit que l'après-midi – si l'on exceptait son retour avec Kit de la cabane du garde-chasse vers 6 heures du matin. Elle aida la comtesse à finir d'organiser la fête d'anniversaire et proposa de se charger d'une partie des activités de la journée. Elle passa également une heure dans la nursery, à l'invitation de Nell Clifford. Elle s'assit un moment pour bavarder, d'abord avec son grand-père puis avec la comtesse douairière et lady Irène.

Un groupe de jeunes gens avait prévu de faire une promenade à cheval dans l'après-midi. Ils insistèrent pour que Gwendoline et Lauren les accompagnent. Gwen refusa assez fermement mais les objections de Lauren furent vite vaincues.

— Oh, venez ! la supplia Marianne Butler. J'ai envie de voir votre tenue d'amazone. Je parie qu'elle est ravissante !

— Les dames ne parient pas, la reprit Crispin, ce qui lui valut une grimace de sa sœur.

Lauren fit semblant de ne rien remarquer mais eut la surprise de trouver cet échange amusant.

— Bien sûr que vous allez venir, déclara vivement Daphné Willard. S'il n'y a que les très jeunes, je n'aurai personne de raisonnable avec qui bavarder.

— Et Kit va se languir de vous si vous n'êtes pas là, fit valoir Frederick Butler. Il aura tellement la tête ailleurs qu'il risque de tomber de cheval.

— Il faudra que nous le ramenions sur une planche, renchérit Phillip Willard dans l'absurde.

— Mais oui, Lauren va venir, assura Kit en souriant. Je lui ai promis de lui faire passer le plus bel été de sa vie. Comment pourrai-je prétendre avoir réussi si je ne lui ai pas offert au moins un bon galop ?

Elle lui lança un regard de reproche mais, à voir sa mine joyeuse, elle comprit qu'il serait vain d'essayer de raisonner avec lui. Son cœur battit un peu plus vite au souvenir de la nuit passée avec lui, serrée contre la chaleur de son corps, bercée par sa respiration. Se pouvait-il qu'elle fasse quelque chose de plus scandaleux cet été ? Et de plus agréable ? ajouta une petite voix intérieure qui se faisait entendre de plus en plus souvent. Jamais elle ne pourrait oublier cette nuit.

— Oh, très bien, accepta-t-elle. Je vais monter à cheval. Mais il n'est pas question de grand galop, Kit. Quelle idée ! C'est moi que l'on ramènerait à la maison sur une planche.

Kit lui fit un clin d'œil et les cousins choisirent de s'amuser de sa repartie. La comtesse douairière et tante Clara, qui assistaient à l'échange, eurent un sourire bienveillant.

Claude Willard conduisait la promenade à un rythme très calme. Lauren marchait entre Marianne, qui se lamentait parce que sa silhouette ne lui permettait pas de porter une tenue aussi divinement élégante que celle de Lauren, et Pénélope Willard, qui voulait savoir, entre autres choses, si les messieurs étaient plus beaux à Londres qu'à la campagne. C'était pour Lauren une expérience nouvelle, et plutôt plaisante, que d'être admirée et mise sur un piédestal par des jeunes filles qui n'avaient pas encore fait leur entrée dans le monde.

Kit était un peu plus loin devant, au centre d'un groupe qui riait beaucoup. Il se retournait souvent vers elle pour lui sourire. Et pour s'assurer qu'elle était toujours bien en selle ? Cependant, force lui était de reconnaître que cette promenade était des plus agréables.

Jusqu'au moment où lady Freyja Bedwyn et lord Rannulf apparurent, également à cheval, et décidèrent de se joindre au groupe après avoir joyeusement salué une bonne partie des cavaliers qu'ils semblaient connaître.

Soudain, sans savoir comment, Lauren se retrouva entre eux.

— Il est donc vrai que vous savez monter à cheval, miss Edgeworth, remarqua lady Freyja qui maîtrisait parfaitement sa magnifique monture énervée, visiblement, de devoir adopter un rythme plus calme.

— Et vous avez une position très élégante, souligna lord Rannulf en promenant sur elle son regard moqueur.

— Je pensais vous trouver à Alvesley en train de travailler sur votre échantillon de broderie, lança lady Freyja.

— Ah oui ? Quelle drôle d'idée, répliqua froidement Lauren.

— Tu trahis ton ignorance, Free, la prévint son frère. Même moi, je sais que seules les toutes jeunes filles brodent sur un échantillon. Il y a certainement longtemps que miss Edgeworth est passée maîtresse dans l'art de la broderie, des frivolités, de la dentelle et de tous ces ouvrages fascinants auxquels les dames consacrent leur temps si utilement.

— Ah, vous savez faire toutes ces choses, miss Edgeworth ? demanda lady Freyja. Vous me faites honte. Moi qui les ai toujours trouvées tellement ennuyeuses...

— Par chance, le monde offre suffisamment d'activités pour satisfaire tous les goûts.

— Eh bien le mien n'est pas de me traîner sur la surface de la terre comme un escargot quand j'ai un si bon cheval entre les cuisses. Si nous allions plus lentement, nous risquerions de reculer. Faites la course avec moi, miss Edgeworth. Jusqu'en haut de cette colline-ci ? suggéra-t-elle en désignant du manche de son fouet une éminence qui devait se trouver à près de trois kilomètres.

— Je suis navrée de ne pouvoir vous obliger, répondit Lauren. Cette allure me convient à merveille.

— Je dois avouer, miss Edgeworth, intervint lord Rannulf en baissant la voix alors que son regard moqueur se faisait franchement rieur, qu'une lente chevauchée peut à l'occasion être aussi satisfaisante qu'un bon galop. À condition que la monture vaille la peine de se refréner, bien sûr.

Tout de même, il ne pouvait pas faire allusion... Mais Lauren n'eut pas le temps de s'interroger.

Lady Freyja avait élevé la voix pour attirer l'attention de tout le groupe.

— Miss Edgeworth ne veut pas faire la course avec moi, lança-t-elle à la cantonade. Qui va relever mon défi ? Kit ? Vous ne pouvez pas refuser. Cela dit, avec ce cheval, vous auriez du mal à arriver en haut de la colline avant une mule.

— Ah, un défi, murmura lord Rannulf.

Kit souriait.

— Vous allez devoir ravaler ces paroles d'ici quelques minutes, Freyja, assura-t-il avec un grand geste du bras. Je vous en prie, passez devant.

Quelques cousins poussèrent des cris enthousiastes tandis que lady Freyja donnait un coup d'éperon à son cheval et se penchait en avant sur sa selle d'amazone pour filer à toute allure vers la colline. En riant, Kit se lança à sa poursuite.

— Elle a toujours été garçon manqué, commenta Daphné Willard d'un ton enjoué.

— L'égale de Kit, ajouta lord Rannulf.

Lauren les regarda filer dans une course qui, elle le savait, avait été organisée tout spécialement pour elle. Mais peu importait. Ils étaient exactement comme elle les avait imaginés, l'autre jour, sur la colline, avec Gwen. Ils galopaient botte à botte, filant au vent. Ils s'accordaient si bien.

Et ils le seraient à nouveau quand cet été prendrait fin et qu'ils seraient tous les deux libres, déchargés de l'obligation familiale. Ils étaient aussi passionnés, aussi audacieux l'un que l'autre.

Cela lui était égal, se répéta Lauren. Elle n'avait aucun droit sur Kit. Et elle ne souhaitait pas en avoir. Tout ce qu'elle voulait, c'était se libérer. Sauf qu'elle ne cessait de penser à la nuit dernière – les histoires qu'ils avaient échangées, les rires qu'ils avaient partagés, le grincement rythmé du fauteuil à bascule, l'émerveillement paresseux qu'elle avait ressenti quand il l'avait prise dans ses bras pour l'étendre sur le lit, la douceur paisible du sommeil contre lui...

Kit et lady Freyja étaient assis dans l'herbe au pied de la colline quand le groupe les rejoignit. Leurs chevaux broutaient tranquillement en liberté non loin d'eux. Lauren croisa le regard de lady Freyja et y vit une lueur de défi et de triomphe teintée d'un peu de malice.

— Alors, qui a gagné ? voulut savoir Claude Willard.

— Kit, répondit lady Freyja. Il a voulu ralentir à la fin pour me laisser arriver la première mais je lui ai dit que je lui logerais une balle entre les deux yeux s'il faisait un geste d'une telle condescendance.

— Quel est le prix pour le gagnant, Kit ? s'enquit lord Rannulf.

— Hélas, répondit-il en se relevant et en remontant à cheval pour se rapprocher de Lauren, nous n'avions rien convenu à l'avance. Maintenant, si vous n'y voyez pas d'objection, ma fiancée et moi aimerions passer un petit moment tous les deux.

Lauren s'éloigna avec lui sans faire de commentaire tandis que Daphné Willard suggérait aux autres de monter en haut de la colline pour s'y reposer un peu.

— Ralf et Freyja vous ont-ils ennuyée ? s'inquiéta Kit.

— Pas au point que je ne sache quoi répondre.

Il la regarda, les yeux pétillants de joie.

— Non, répondit-il. J'ai remarqué que vous n'étiez pas facile à démonter. Cet après-midi vous a-t-il été agréable ?

— Bien sûr. J'apprécie beaucoup vos cousins, Kit. Ils sont d'excellente compagnie.

— Mais ce n'est pas le genre d'aventure mémorable que je vous ai promise, remarqua-t-il en souriant. Nous allons passer tranquillement la barrière de cette prairie, puis nous verrons.

— Kit ! protesta-t-elle. Je vous en prie, ne vous mettez pas d'idée en tête. Je suis parfaitement heureuse ainsi.

Pour toute réponse, il rit.

— Alors, fit-il en refermant la barrière derrière eux quelques minutes plus tard et en regardant au loin. Il y a une autre barrière à l'autre bout. Vous vous en souvenez peut-être, même si on ne la voit pas d'ici. Nous allons faire la course jusqu'à elle.

— Kit !

— Et, cette fois, nous allons convenir d'un prix à l'avance. Un baiser, si je gagne. Et si c'est vous qui gagnez ?

— À quoi bon choisir quelque chose ? C'est vous qui allez gagner, bien sûr, si je suis assez bête pour relever votre défi. Je n'ai jamais fait la course, Kit. Je n'ai même jamais galopé vite.

— Eh bien il est grand temps. Mais je vais être fair-play et vous laisser quelques longueurs d'avance. Je vais compter lentement jusqu'à dix.

— Kit !

— Un.

— Il n'en est pas question.

— Deux.

— Vous ne serez satisfait que lorsque je me serai rompu le cou, sans doute.

— Trois.

Elle s'élança.

Son cheval était sans doute capable de galoper deux fois plus vite qu'elle ne le lui demandait. Car elle était loin de lui lâcher la bride. N'empêche qu'elle avait l'impression que le sol défilait à toute allure sous ses sabots et que le vent allait lui arracher son chapeau bien qu'il soit fixé par des épingles. Elle n'avait jamais rien fait d'aussi dangereux, ni d'aussi grisant.

Il ne la doublait pas. Il lui fallut un certain temps pour se rendre compte qu'il était juste derrière son épaule gauche – prêt à la rattraper si elle tombait ? Elle se mit à rire.

Quand la barrière apparut – elle n'était pas si loin, mais seulement cachée par une élévation du terrain – elle riait à gorge déployée et entendait Kit en faire autant derrière elle.

— Je vais vous battre ! cria-t-elle alors qu'il ne restait que quelques mètres. Je vais vous…

Mais il la dépassa comme si elle était à l'arrêt.

Elle se pencha en avant jusqu'à presque avoir le nez dans la crinière de son cheval. Elle ne pouvait plus s'arrêter de rire.

— Si vous voulez bien relever la tête, finit-il par dire, je pourrai recevoir mon prix.

— Ce n'est pas juste ! protesta-t-elle en se redressant. Vous vous êtes joué de moi. C'est moi qui devrais vous loger une balle entre les deux yeux ! Oh, Kit, c'était tellement amusant !

— Il m'a toujours semblé qu'il n'y avait rien de plus ravissant que vos yeux, dit-il en se rapprochant d'elle jusqu'à ce qu'elle ait le genou contre sa cuisse. Mais ils peuvent être encore plus ravissants quand ils brillent comme en ce moment.

— Oh, que vous êtes bête…

N'empêche que cette flatterie, aussi ridicule soit-elle, lui réchauffa le cœur.

Mais sa bouche était déjà sur la sienne, chaude, ferme, les lèvres entrouvertes. Il reçut son prix avec une lenteur méticuleuse tandis que la merveilleuse soirée de la veille lui revenait en mémoire. Elle réalisa soudain à quel point elle était heureuse. Trop peut-être.

— Voilà ! fit-elle brusquement quand il eut fini. La dette est payée. Quel idiot vous faites !

Elle s'attendait à un sourire malicieux. Celui qu'il lui adressa n'était que douceur et tendresse.

— Idiot. Oui, vous avez raison, je suis idiot.

Oh, oui. Elle courait un grand danger.

La soirée en famille au salon fut des plus joyeuses. Deux tables de jeu avaient été installées pour les plus âgés. Les plus jeunes jouèrent du piano-forte tour à tour tandis que les autres restaient autour de l'instrument à écouter, chanter, plaisanter et rire. De petits groupes s'étaient formés où l'on buvait du thé et se donnait des nouvelles de la famille.

La grand-mère de Kit écoutait l'une de ces conversations, près du feu. Elle paraissait heureuse, même si elle aimait jouer aux cartes autrefois et qu'elle ne pouvait plus. Assise sur un tabouret à côté d'elle, Lauren massait sa main infirme, comme elle avait pris l'habitude de le faire tous les jours. C'était une belle enfant, lui dit la vieille dame. Ce n'était pas la première fois qu'elle prononçait ces mots.

— Je ne suis plus vraiment une enfant, madame, fit-elle valoir d'un ton égal. J'ai vingt-six ans.

— Mais vous avez raison, grand-mère, elle est très belle, intervint Kit qui se tenait debout devant le feu. Je suis entièrement d'accord avec vous sur ce point. Mais pas sur l'autre. Qu'aurais-je à faire d'une enfant ?

La comtesse douairière laissa échapper un petit rire. Elle s'était déjà beaucoup attachée à Lauren, il le savait.

Le baron Galton jouait aux cartes avec la mère de Kit, lady Kilbourne et oncle Melvin Clifford. Lady Muir bavardait avec Sydnam dans l'embrasure de la fenêtre, là où il se tenait tous les soirs.

Kit osa éprouver une certaine satisfaction. La famille de Lauren s'accordait à merveille avec la sienne. Il appréciait beaucoup les trois représentants présents à Alvesley et il semblait que ce fût réciproque. Aucun d'entre eux n'avait mis les pieds à Londres depuis un an, bien sûr, de sorte qu'ils n'étaient pas influencés par la réputation qu'il s'y était taillée. Kit sourit en se rappelant l'entretien que le baron Galton lui avait demandé le jour de son arrivée. Il l'avait soumis à un interrogatoire bien plus serré que ne l'avait fait le duc de Portfrey, lui demandant ses références militaires, ses aspirations présentes et ses perspectives d'avenir. Kit s'était même surpris à lui demander officiellement la main de Lauren, ce qui était idiot vu les circonstances. Et le baron Galton la lui avait accordée tout aussi officiellement.

Décidément, elle ferait pour lui une épouse idéale. Une comtesse idéale. Elle avait déjà sa place au sein de sa famille. Il trouverait son bien-être auprès d'elle, c'était certain. Quant à la passion… Bah, la passion ne lui avait jamais tellement réussi. Elle n'avait jamais duré qu'une semaine ou deux au mieux, et, au pire, elle l'avait rendu profondément malheureux. Avec Lauren, il pourrait prendre confiance, se détendre, vieillir paisiblement. Oui, avec elle, ce serait possible. Si seulement il pouvait l'en persuader dans les huit ou quinze jours à venir...

Mais il fut tiré de ses pensées par la voix de la jeune Marianne qui réclamait l'attention générale. Il fallait absolument qu'ils dansent, se réjouit-elle les mains croisées sur le cœur en jetant un regard suppliant à Kit. Les autres jeunes cousins groupés autour du piano-forte murmuraient leur assentiment en fixant Kit d'un air tout aussi implorant.

— Danser ? Mais quelle bonne idée ! s'exclama-t-il en souriant. Pourquoi n'y a-t-on pas pensé plus tôt ? Rien ne nous oblige à attendre le grand bal d'anniversaire, n'est-ce pas ? Faisons tout de suite rouler le tapis.

Un murmure enthousiaste s'éleva et sa grand-mère sourit en hochant la tête.

Pendant que Kit priait deux valets de pied de rouler le tapis persan, Marianne embrassa sa mère et la convainquit de jouer de la musique.

Huit des cousins se lancèrent en riant dans une gigue énergique sous les applaudissements des spectateurs. Puis sa tante Honoria annonça un quadrille écossais. Kit tendit la main à Lauren en faisant un clin d'œil à sa grand-mère.

— Venez danser avec moi, la pria-t-il. Nous allons montrer à ces jeunes pousses comment faire.

Ils étaient six couples, cette fois. Kit n'avait dansé que la valse avec Lauren et il ne tarda pas à découvrir qu'elle excellait tout autant dans l'art du quadrille. Elle lui souriait, les joues rosies, les yeux brillants, tandis qu'ils remontaient la file des danseurs, elle du côté des messieurs et lui du côté des dames, tournoyant une fois avec ceux devant lesquels ils passaient. Il mit un temps à réaliser que tous dans la pièce s'étaient tus pour les regarder. Eux, les jeunes fiancés. Kit et sa ravissante future épouse.

Il sentit l'approbation et l'affection de tous. Et, son regard plongé dans le sien, il éprouva quelque chose d'un peu plus fort qu'un simple bien-être. Son fou rire, ses joues roses, ses yeux brillants. Et la douceur avec laquelle elle avait accepté son baiser.

Il devait l'empêcher de rompre leurs fiançailles.

Ils fermaient le rang, près de la fenêtre, quand la musique se tut. Le jeune Crispin Butler, frais émoulu d'Oxford et qui se prétendait jeune homme du monde, réclamait déjà une valse à sa mère tandis que les danseurs changeaient de partenaire.

— Miss Edgeworth ? fit sir Jeremy Brightman, le fiancé de Doris, en l'entraînant sur la piste.

— Lady Muir ?

Kit s'inclina devant la cousine de Lauren qui était toujours assise dans l'embrasure de la fenêtre. Il se rappela trop tard qu'elle boitait et pria pour ne pas avoir commis une impardonnable maladresse. Mais elle lui sourit, se leva et lui donna la main.

C'est alors que sa cousine Catherine arriva, débordante d'énergie.

— Sydnam, dit-elle en prenant la main de son cousin dans les siennes, venez danser avec moi. Vous n'allez tout de même pas rester assis là toute la soirée.

Kit se figea. Catherine n'était pas réputée pour son tact ni sa subtilité. Cependant, même pour elle, c'était une énorme bévue.

— Je suis au regret de décliner, répondit Syd. Demandez donc à Lawrence. Il a besoin de faire de l'exercice.

— Je peux danser avec mon mari tous les soirs de l'année, insista-t-elle. C'est vous que je veux comme partenaire. Vous dansiez divinement, je m'en souviens. Venez...

— Catherine ! intervint Kit bien plus sèchement qu'il ne l'aurait voulu, s'adressant à elle comme à un soldat de son régiment. Vous ne pouvez donc pas accepter un refus poli ? Syd ne peut pas danser. Il...

— Oui. Merci.

Syd s'était levé, le visage très pâle et crispé, la voix tremblante d'une colère à peine contenue. Il s'inclina devant sa cousine en ignorant Kit.

— Merci, Catherine. À la réflexion, je crois que je vais pouvoir me débrouiller pour éviter de vous cogner contre les meubles et nos amis.

Cette tension palpable, cette brusque explosion de colère presque muette avaient attiré l'attention de tous. Kit sentit le silence pesant derrière lui, puis le brouhaha quand tout le monde fit semblant en même temps de n'avoir rien remarqué d'anormal.

Il ferma un instant les yeux. Soudain, la tête lui tournait. Il avait la nausée. Lui qui avait voulu aider Syd, le protéger ! Il avait fait tout le contraire et éveillé le courroux de son frère. Une fois de plus. La perspective de se retourner, de faire face à la pièce, de sourire à lady Muir et de danser avec elle comme si de rien n'était lui parut soudain d'une difficulté insurmontable.

— Excusez-moi, madame, dit-il en s'inclinant devant sa partenaire. Je vous en prie, excusez-moi.

Puis il sortit du salon à la hâte sans regarder personne.

15

Il monta l'escalier sans but précis. Sa chambre peut-être, dans laquelle il pourrait se terrer jusqu'à la fin de la soirée ? Il était en haut quand une voix l'arrêta.

— Kit ?

Il se retourna et regarda en bas. Elle avait un pied sur la première marche, une main sur la rampe. Il était sombre, il se sentait humilié, il avait du chagrin. C'était comme s'il venait de perdre ce qui lui était le plus cher. Son premier mouvement fut de lui demander de retourner dans le salon. Pour l'instant, il ne serait de bonne compagnie ni pour elle ni pour personne. Sauf qu'il n'avait pas envie d'être seul. Il ne le supporterait pas.

— Venez, dit-il.

Il la regarda monter jusqu'à la moitié de l'escalier puis se tourna pour prendre une chandelle dans une applique. Il savait où il allait l'emmener. Sans attendre qu'elle l'ait rejoint, il s'éloigna de l'aile des chambres à coucher pour se diriger vers l'ouest où sommeillait, sur toute la largeur de la maison, la galerie des portraits de famille.

Il prit la clé dans la cachette pas très secrète – une grande urne de marbre posée sur le sol –, ouvrit la porte et s'effaça pour laisser Lauren regarder à l'intérieur. Puis ils entrèrent et il referma à clé derrière eux.

Sa chandelle projetait des ombres inquiétantes sur le plancher et les murs. Elle était loin de suffire à éclairer toute la galerie. Et puis il faisait froid. Au cours de la soirée, le vent s'était levé. Il entendait la pluie battre sur les vitres. Lauren n'avait rien pour se couvrir les bras qu'un châle de cachemire. Il traversa la pièce sous le regard silencieux de ses ancêtres à peine visibles dans leur cadre doré. Lauren le suivit sans rien dire. Sur le mur de la longueur, une cheminée de marbre était flanquée de banquettes de velours au dossier bas.

Un feu avait été préparé dans l'âtre. Il s'agenouilla pour l'allumer avec la flamme de sa chandelle, qu'il posa ensuite sur la cheminée, puis guetta les premiers crépitements. Le premier souffle de chaleur lui lécha le visage

Il songea à la nuit précédente. Les circonstances avaient quelque chose de similaire mais l'atmosphère était tout autre. Ce soir, ils ne se réconforteraient pas en se racontant des souvenirs d'enfance. Ce soir, il allait regarder en face l'abysse de ses cauchemars. Ceux qu'il avait tus la veille. Ceux dont il n'avait parlé à personne pendant trois longues années.

Il sentit Lauren plus qu'il ne la vit quand elle s'assit sur une des banquettes. Elle n'essayait pas d'engager la conversation. Il n'en fut pas surpris. Elle était de ces êtres rares qui donnent plus qu'ils ne prennent, observait-il chaque jour. Et Dieu sait qu'il s'apprêtait à lui demander énormément. Il allait se servir d'elle, comme il avait commencé à le faire hier soir. Il allait la contraindre à entendre ce qu'il taisait depuis trop longtemps. Ce qui le rendait fou. Littéralement. Même si cela ne se faisait pas de raconter une telle histoire à une dame.

— C'est moi le premier qui ai suggéré que Syd entre dans l'armée, déclara-t-il de but en blanc. J'étais venu en mission en Angleterre et j'en avais profité pour rentrer à Alvesley pour une semaine de permission. Je l'ai accusé d'être trop mou. La vie militaire ferait de lui un homme, lui ai-je affirmé. Je plaisantais et il le savait. Nous nous aimions profondément. Sans m'en douter, j'avais fait germer une idée dans son esprit. Il se mit en devoir de convaincre notre père de lui acheter une commission d'officier. J'ai commencé par me joindre au chœur des protestations et lui dire que c'était idiot, qu'il avait bien mieux à faire que brandir une épée contre les Français. Mais lorsque je l'ai vu vraiment décidé, hélas, j'ai été séduit par cette idée. Et quand ma mère m'a supplié de lui faire entendre raison, je lui ai répondu que la décision appartenait à Syd et que je ne voulais pas m'en mêler. J'aurais pu facilement faire ce qu'elle me demandait. Il m'aurait écouté. Mais je ne l'ai pas fait.

Les flammes enrobaient les plus grosses bûches et la chaleur commençait à irradier.

— J'étais un bon officier de reconnaissance, poursuivit-il. Les missions étaient solitaires et dangereuses mais j'avais l'endurance physique et la force mentale nécessaires, sans compter mon goût prononcé pour les défis. Il fallait une volonté de fer et un cœur de silex. Il n'y avait pas de place pour la peur, l'indécision, la pitié ni aucun des sentiments plus subtils que peut s'autoriser un gentleman dans le civil. Trop de vies dépendaient de moi seul. Mais je m'acquittais de mon rôle avec bonne volonté et efficacité. Tout ce qui comptait, c'était l'honneur et le devoir. Je ne m'attendais pas à devoir choisir entre l'honneur et l'amour. Rien ne devrait pourtant les opposer, n'est-ce pas ? Mais que feriez-vous s'ils se trouvaient séparés ? Lequel choisiriez-vous ?

Il n'attendait pas de réponse mais il se tut quelques instants, les yeux perdus dans les flammes. Soulagé de se décharger d'un fardeau auprès d'un être humain, il aurait presque oublié que quelqu'un l'écoutait. Mais il était prêt à accepter le jugement qui s'ensuivrait. Et le châtiment, pourvu qu'il soit assez sévère et assez dur pour lui donner l'absolution, et pourvu qu'il ne soit pas éternel, comme l'était la culpabilité qu'il éprouvait depuis tout ce temps.

— Syd a persuadé le colonel Grant de lui permettre de m'accompagner en mission.

Il n'avait pas envie de continuer. Il ne pouvait pas continuer. Mais il ne pouvait pas non plus s'arrêter. Il appuya un bras au manteau de la cheminée, baissa la tête et ferma les yeux.

— Je ne sais pas comment il s'y est pris, mais il a réussi. J'ai eu beau tempêter et essayer de les faire changer d'avis tous les deux, rien n'y a fait. Le colonel Grant est resté inflexible, comme toujours, et Syd s'est préparé, tranquillement, gaiement. Deux choses n'allaient pas dans cette mission. Trois, si l'on compte le fait que mon frère m'accompagnait. D'abord, la nature de la tâche nous obligeait à voyager en civil, ce qui est très rare. Je ne l'avais fait que deux ou trois fois auparavant. Ensuite, je transportais des papiers. En temps normal, je n'avais rien d'écrit, rien de tangible. Cette fois, si. Si jamais ces documents étaient tombés entre des mains françaises… Cela ne devait pas arriver, point final. Mais, le deuxième jour, nous nous sommes fait piéger dans les montagnes portugaises par une mission de reconnaissance française. C'était la première fois que cela m'arrivait.

Il serra son poing contre lequel il appuya son front. Son cœur battait si fort qu'il l'entendait tambouriner à ses tempes.

— Il existait une petite chance de s'échapper. C'est Syd qui l'a vue le premier. Si l'un de nous deux faisait diversion, ce qui revenait à se faire capturer immanquablement, l'autre pourrait filer. C'était à moi, en tant qu'officier supérieur, de choisir lequel allait se faire prendre et lequel allait continuer à avancer avec les documents. Syd n'avait aucune expérience. Même s'il était parvenu à s'échapper, il avait très peu de chances de mener la mission à bien. Or il était impératif de réussir. Et l'honneur me dictait de faire tout ce qui était en mon pouvoir pour servir la cause alliée. L'honneur voulait que ce soit moi qui échappe au piège. Mais l'amour me soufflait de choisir pour moi le rôle le plus pénible. Qu'auriez-vous fait, Lauren ?

Pour la première fois, elle parla.

— Kit, dit-elle. Oh, Kit. Cher Kit...

— J'ai choisi l'honneur, reprit-il en appuyant son front sur sa main jusqu'à se faire mal – et à en être soulagé. Hélas. Je me suis enfui et j'ai laissé mon frère jouer le rôle de bouc émissaire.

Du haut du col, après qu'il avait échappé à l'encerclement, il avait regardé en bas et vu Syd se faire emmener, prisonnier. Il avait poursuivi son chemin et accompli sa mission avec succès. Il avait été distingué, encore une fois, et traité en héros. Quelle cruelle ironie du ciel...

— C'était la guerre, fit valoir Lauren.

— C'était pire que la guerre.

Ces images le poursuivaient même lorsqu'il était éveillé. Il devait maintenant les affronter pour se libérer. Quitte à faire fi des convenances et exposer une dame qu'il aurait dû protéger de la dure réalité.

— La guerre est un jeu, voyez-vous. Un jeu brutal et méchant. Si un officier britannique est capturé en uniforme, il sera traité avec honneur et courtoisie le temps que durera sa captivité. S'il est pris en civil, en revanche, il sera traité avec toute la férocité dont font preuve les Français et les partisans espagnols et portugais vis-à-vis de leurs prisonniers respectifs. Je le savais avant de prendre ma décision.

Il le savait. Il le *savait*. C'était ce qu'il avait à l'esprit quand il avait hésité, une fraction de seconde, avant de prendre sa décision. Il savait ce que subirait celui des deux qui se ferait prendre. Ils n'avaient eu le temps que de s'embrasser rapidement...

— Le même jour, je suis tombé sur un groupe de partisans, poursuivit-il. J'aurais pu les envoyer au secours de Syd. Ils auraient réussi facilement : ils étaient plus nombreux que les Français. Mais j'avais besoin d'eux. D'eux tous. Pour ma satanée mission. Deux semaines s'étaient écoulées quand, la mission accomplie, nous avons pu retrouver Syd et le délivrer. Je ne m'attendais pas à le trouver encore vivant. Mais il respirait encore. À peine.

Ah, ces images ! Sans parler des sons. Des odeurs. Il ferma les yeux de toutes ses forces. Il pouvait sentir l'odeur de la chair brûlée jusque dans ses cauchemars.

— Ils avaient commencé par son côté droit, raconta-t-il, de haut en bas, en essayant toutes sortes de raffinements dans les tortures – brûlure, écrasement, arrachage. Ils attaquaient le genou quand nous l'avons trouvé. Nos chirurgiens ont réussi à sauver sa jambe mais il a fallu lui amputer le bras à notre retour au camp de base. Après quel voyage !

Il inspira lentement avant de poursuivre.

— Il n'avait rien dit sous la torture. Ni mon nom, ni ma destination, ni le but de ma mission. Rien que son nom, son rang et son régiment, encore et encore, nuit et jour, même après que nous l'avions récupéré. Ils n'avaient brisé que son corps. S'il avait cédé, bien sûr, s'il leur avait dit ce qu'ils voulaient savoir, ils auraient mis fin à ses souffrances en le tuant rapidement.

Il l'entendit soupirer très doucement derrière lui, mais elle ne dit rien.

— J'ai sacrifié mon frère, dit-il. Pour l'honneur. Et c'est moi qui en ai retiré toute la gloire. J'avais appris, comprenez-vous, à avoir un cœur de pierre, à me montrer opportuniste et égoïste dans l'accomplissement de mon devoir. J'ai sacrifié mon frère, puis je l'ai ramené à la maison où j'ai semé le trouble dans la vie et dans les sentiments de toute ma famille. Je me suis très mal conduit cet été-là, Lauren. Et j'ai honte. Heureusement que vous avez tenu à ce que nos fiançailles ne soient que provisoires. Je n'ai rien d'un bon parti. Je me suis amputé pour devenir un héros, vous savez. Il ne reste rien de moi. Rien que l'honneur, conclut-il avec un rire amer.

— Il est vivant, dit-elle – sa Lauren si raisonnable et si neutre. Kit, il est *vivant*.

— Il respire, oui, répliqua-t-il durement. Il n'est pas vivant, Lauren. Et il ne le sera plus jamais. C'est le régisseur de mon père, enfin ! Et il a pour but de devenir celui d'une des propriétés de Bewcastle. Sans doute ne comprenez-vous pas ce que ce destin a d'épouvantable. Comment le pourriez-vous ? Sydnam était un artiste. Non, *c'est* un artiste. Il couchait sur la toile les plus beaux paysages que j'aie jamais vus. Je ne peux même pas vous les décrire, vous dépeindre... l'âme qu'il leur insufflait. C'était un garçon d'une grande douceur, un rêveur, un visionnaire et... Et le voilà emprisonné à vie dans un corps en ruine qui ne lui permet d'espérer rien de mieux que d'être le régisseur d'un voisin.

— Kit, il ne faut pas que vous vous infligiez cela, mon ami. C'était la guerre. Vous avez fait ce qu'il fallait. Vous avez pris la bonne décision. Vous avez accompli votre devoir. C'était ce que vous deviez faire.

— Comment est-ce possible ? gémit-il. Quand je le vois, infirme, cousu de partout, quand je vois mon adorable Syd qui reste enfermé en lui-même, refuse ma sympathie, me hait – comment puis-je croire que j'aie fait ce qu'il fallait ?

— Parce que c'est comme cela, dit-elle. Il y a des choses qui ne s'expliquent pas, Kit. On peut passer sa vie à faire tout ce qu'il faut et, à la fin, ne pas s'en trouver récompensé. Et l'on peut se trouver contraint de choisir entre deux propositions qui nous semblent égales. Vous avez pris la bonne décision.

Au fond de lui, il savait que, si c'était à refaire, il prendrait la même décision. Et il souffrirait des mêmes remords, de la même culpabilité par la suite.

— « Je ne pourrais pas, chère, aimer d'amour autant si je n'aimais pas l'honneur davantage. » Qui a écrit ces vers ? Le savez-vous ?

— Richard Lovelace, il me semble. L'un des Poètes cavaliers.

— Eh bien ne le croyez pas. C'est un mensonge. Rien ne doit passer avant l'amour.

— Si vous aviez fait un autre choix, observa-t-elle après un silence troublé uniquement par les hurlements du vent et le martèlement de la pluie, et si des centaines, peut-être des milliers d'hommes avaient dû en subir les conséquences, Kit, vous ne vous le seriez jamais pardonné.

— Je n'en aurais pas eu besoin, lâcha-t-il avec un petit rire. Je serais mort.

— Vous avez fait votre devoir, insista-t-elle avec douceur. Personne ne peut faire davantage, Kit.

Il gardait les yeux fermés et le front appuyé contre son poing. Mais il se laissa envelopper par les paroles de Lauren. Et apaiser. Et réconforter. Pour l'instant, en tout cas, elles n'étaient pas loin de lui faire l'effet d'une absolution.

Depuis quelques minutes, Lauren se sentait sur le point de défaillir. Elle avait toujours évité de se trouver confrontée à la violence car elle estimait que ces réalités sordides ne concernaient pas les dames. Cela n'avait jamais été bien difficile car la plupart des messieurs semblaient du même avis. Elle se rappelait une circonstance où Lily, qui venait d'arriver à Newbury, s'était mêlée à une conversation sur la guerre. Il faut dire qu'elle avait été élevée dans la suite du régiment, d'abord en Inde puis dans la Péninsule, car elle était la fille supposée d'un sergent d'infanterie. À l'époque, consumée par la haine, Lauren avait essayé d'apaiser sa conscience en enseignant à Lily ce que l'on attendrait d'elle en tant que comtesse de Kilbourne. Elle lui avait notamment signalé qu'une dame ne parlait pas de la guerre et n'écoutait pas les messieurs en parler.

Elle était tellement moralisatrice à l'époque, persuadée d'avoir raison. Parfaite et guindée jusqu'à l'insupportable.

Mais, maintenant, elle ne pouvait plus chasser de son esprit l'image des tortures que Kit avait évoquées, bien qu'il lui ait épargné les détails. Ni celle du chirurgien militaire en train de faire son devoir, la scie à la main. Elle sentait presque l'odeur du sang.

À un moment donné, elle avait failli essayer de changer de sujet, comme elle l'avait fait la veille au soir avec succès. Sauf que les circonstances, aussi semblables fussent-elles en apparence, étaient très différentes. Ce soir, le regrettable incident dans le salon avec M. Butler avait arraché tout ce dont il couvrait sa plaie la plus béante et la plus douloureuse. Ce soir, il aurait été cruel, impensable, impardonnable d'essayer de l'interrompre. Ce soir, il avait un besoin vital de soulager sa conscience.

Alors, elle était restée assise, bien droite, sur la grande banquette de velours, les pieds joints, les mains crispées sur les pointes de son châle, déterminée à rester consciente, luttant contre le bourdonnement dans ses oreilles et le froid qui s'emparait d'elle. Et elle avait résisté à l'envie d'écouter la pluie et le vent plutôt que ce qu'il lui disait. Au contraire, elle avait accordé toute son attention à chaque mot qu'il prononçait.

Elle n'avait pas eu de mouvement de recul et elle s'était interdit de s'évanouir. Elle savait ce que c'était que de garder pour soi ce que l'on éprouvait de plus douloureux, de ne partager sa peine avec personne, pas même ses plus proches amis. Oui, elle connaissait la souffrance, la solitude et même le désespoir. Peut-être était-ce pour cela qu'il avait choisi de lui parler à elle. Peut-être l'avait-il fait inconsciemment, parce qu'il sentait qu'elle aussi avait souffert.

En tout cas, il avait agi comme il le devait. Mais elle se rendait compte que ses mots ne pouvaient suffire à atténuer sa douleur. Elle savait qu'il ne se pardonnerait jamais. Elle resta donc assise calmement, à attendre, lui laissant tout le temps dont il avait besoin. Il avait bien fait de fermer la porte à clé derrière eux. Ainsi, personne ne risquait de faire irruption dans la galerie avant qu'il soit de nouveau prêt à affronter le monde.

Quand elle sentit, sans trop savoir comment, que c'était le bon moment, elle se leva et se rapprocha de lui. Elle l'enlaça par-derrière et posa la tête sur son épaule. Faute de mieux, elle voulait lui apporter le réconfort de sa présence physique. Elle le sentit inspirer, lentement, profondément. Puis expirer. Alors, il se retourna et l'étreignit, la broyant presque entre ses bras. Elle en eut le souffle coupé mais ne songea même pas à s'en inquiéter ni à se débattre. Il avait besoin d'elle.

Lorsqu'il prit sa bouche, ce fut avec une dureté pressante. Il lui écrasait les lèvres contre les dents à lui faire mal. Il plongea sa langue dans sa bouche et, d'une main ferme sur ses reins, il la plaqua contre lui, ne lui laissant aucun doute sur la nature de son désir.

Elle sentait la parfaite *lady* qu'elle était, Lauren Edgeworth, se tenir un peu à distance, analysant froidement la situation et lui signalant que ce qui arrivait était la conséquence inévitable de l'inconduite qui caractérisait ses relations avec lui depuis le début – depuis l'instant où elle s'était retournée, à Hyde Park, pour le regarder par-dessus son épaule. Oui, c'était ce qui devait arriver à force de passer du temps seule avec lui en faisant croire à sa famille et la sienne qu'ils étaient fiancés. C'était le genre de passion débridée et dangereuse que l'on pouvait s'attendre à voir succéder à des propos malséants sur la violence. Et elle l'avait incité à tout cela alors qu'ils se trouvaient seuls dans une pièce fermée à clé.

Il fallait que cette situation prenne fin. Tout de suite.

Mais l'autre partie d'elle qu'elle connaissait moins bien car elle n'était née qu'à Vauxhall – ou, peut-être un peu plus tôt, à Hyde Park – restait dans ses bras et prenait conscience qu'elle était femme, qu'il avait besoin d'elle, qu'elle avait à lui offrir de la chaleur, de la féminité, de l'humanité. Et qu'elle était libre de tout lui donner si elle le décidait. On en revenait à la question du choix. Jusqu'à maintenant, c'était toujours au code très strict des bonnes manières qu'elle s'était fiée pour savoir ce qui était bien. Jamais au code du cœur, qu'elle ignorait. L'honneur ou l'amour ? C'était à elle de trancher cette fois. L'amour pouvait – et devait – triompher.

Voilà, songea-t-elle, voilà ce qu'elle voulait dire, à Vauxhall. Faire naître cette femme qui était restée enfouie sous la *lady* qu'était Lauren Edgeworth.

Maintenant, la bouche de Kit était sur sa gorge, ses épaules, sa poitrine. Avec des gestes rendus brusques par l'urgence, il dégagea le haut de ses épaules et fit glisser sa robe sur ses bras pour dénuder ses seins. Elle ne le repoussa pas, malgré la lumière de la chandelle et du feu qui la faisait se sentir doublement exposée. Elle était femme et il avait besoin d'elle. Elle allait donc se donner à lui. Elle aussi en avait besoin, d'ailleurs. Elle avait besoin d'être femme. Elle frémit d'un mélange d'excitation et de crainte quand il referma la bouche sur son mamelon pour le sucer et le titiller du bout de la langue. Alors, elle fut submergée par une vague de désir. Avec une infinie douceur, elle glissa une main derrière la tête de Kit et appuya la joue contre ses cheveux blonds.

Il changea de position pour poser la tête sur son épaule.

— Arrêtez-moi, lui enjoignit-il d'une voix rauque. Pour l'amour du ciel, Lauren, arrêtez-moi.

— Non.

Elle lui prit la tête entre ses deux mains pour la lui relever et contempla son visage en lui caressant doucement les cheveux.

— Je fais ce choix, Kit. Je le fais librement. Ne vous arrêtez pas. Je vous en prie, ne vous arrêtez pas.

S'il s'arrêtait, elle ne le supporterait pas.

— Ce n'est pas uniquement pour vous, assura-t-elle. C'est aussi pour moi.

Tout en parlant, elle lui couvrait le visage de baisers, les joues, les yeux, la bouche.

Il la tenait tout contre lui et l'embrassa avec ardeur. Cependant, la brutalité de tout à l'heure avait cédé la place à une passion brûlante mêlée de quelque chose qui ressemblait fort à de la tendresse. Comme si, pour lui, elle n'était plus simplement une femme, mais Lauren. Elle sentait ses seins nus pressés contre sa veste.

Elle était à la fois le cadeau et celle qui l'offrait.

C'est sur une des banquettes de velours qu'il l'étendit au bout d'une minute ou deux. Elle était assez large, suffisamment pour tenir lieu de lit. Elle lui tendit les bras mais il lui relevait déjà sa jupe jusqu'à la taille, lui ôtait ses mules de soie et ses bas et ouvrait le devant de sa culotte. Il la couvait d'un regard chargé de désir. Le feu aux joues, les cheveux en bataille, il était d'une beauté incroyable.

Lauren Edgeworth la parfaite *lady* prit à nouveau un peu de champ pour informer l'autre moitié de sa personnalité qu'elle ne réfléchissait pas, qu'elle regretterait pour toujours ce qui allait arriver si elle n'y mettait pas tout de suite un terme. Sauf que, si, justement, elle avait réfléchi. Elle ne cédait pas à une passion déraisonnable. Il ne s'agissait même pas de

244

passion, d'ailleurs. C'était quelque chose de plus primitif que cela. Et c'était une chose qu'elle savait avec une certitude absolue qu'elle ne regretterait jamais.

Il s'agenouilla à côté de la banquette et couvrit le visage de Lauren de baisers très doux et très légers. En même temps, il la caressait, faisait les choses les plus délicieuses à ses seins dont il prenait la pointe dure et sensible entre le pouce et l'index. Et puis, de l'autre main, il se mit à la toucher *là*, palpa du bout des doigts sa chair nue et écarta les replis de son intimité. Il introduit un doigt en elle.

Elle ferma les yeux et prit une lente inspiration.

Elle savait ce qui se passait entre un homme et une femme. Tante Clara le lui avait expliqué en prévision de son mariage avec Neville. Elle avait parfois essayé de l'imaginer – mais, le plus souvent, elle s'était efforcée de *ne pas* l'imaginer. Ce devait être affreusement gênant et dégoûtant, avait-elle toujours songé. Elle se représentait une affaire purement charnelle, totalement dénuée de sentiments et même de sensations, qui se résumait à l'humiliante et inévitable pénétration de son corps.

Elle était loin de se douter qu'il y aurait cette tension, ce désir, cette impatience de s'unir à lui. Ce besoin autant émotionnel que physique de donner et de recevoir. Était-ce cela la passion ?

— Lauren, dit-il tout contre sa bouche. Il n'est pas trop tard pour m'arrêter.

— Ne vous arrêtez pas, dit-elle sans ouvrir les yeux. Kit...

Il avait ôté sa veste et son gilet. Sa chemise était chaude et douce contre sa poitrine nue. Sa culotte aussi, contre l'intérieur de ses cuisses, quand il glissa les jambes entre elles pour les écarter. Son poids sur elle la fit s'enfoncer dans les coussins de velours de la banquette. Se sentant sans défense, elle faillit se laisser gagner par l'inquiétude. Elle était ouverte, vulnérable. Et elle palpitait d'un désir aigu, à peine supportable.

C'est alors qu'elle le sentit, appuyé contre son intimité où il avait glissé le doigt quelques instants plus tôt. Mais il était bien plus gros, bien plus dur... Elle inspira longuement quand il la pénétra, lentement, l'étirant, l'emplissant d'une sensation nouvelle et terrifiante. Il n'était plus possible de revenir en arrière, maintenant, ni de l'arrêter. Il était trop tard et elle était heureuse qu'il soit trop tard. Elle se cramponna à ses épaules et s'appliqua à ne montrer ni sa crainte ni sa douleur. Car la douleur était réelle. Il n'y avait plus de place. Il allait lui faire mal. Mais on l'avait prévenue que cela ferait mal. Et puis quelque chose se déchira en elle. Elle crut que la souffrance allait être insupportable, mais cela disparaissait déjà, comme avait disparu la barrière de sa virginité. Il alla plus loin.

— Lauren, lui murmura-t-il à l'oreille. Ma douce Lauren... si douce... Je vous ai fait mal ?

— Non, répondit-elle d'une voix étrangement normale.

Il fallait qu'elle ne bouge pas et qu'elle se détende, lui avait conseillé tante Clara, jusqu'à ce que son mari ait fini. *Son mari*.

Fini ? Avait-il fini, maintenant ?

Il se retirait et elle éprouva une pointe de regret. C'était tout ? Elle ne connaîtrait cela qu'une fois dans sa vie et c'était déjà fini ? Si vite ? Et c'était tout ce qu'elle aurait à se rappeler pour le restant de ses jours ? Mais, au moment où elle s'attendait à ce qu'il sorte tout à fait, il s'enfonça de nouveau en elle. Elle eut encore un peu mal. Mais il y avait aussi cette sensation merveilleuse, soyeuse, cette certitude, maintenant, que cela allait durer un peu plus longtemps. Elle avait envie de le supplier de recommencer. Cependant, même dans ces moments, son éducation freinait ses instincts.

Il recommença. Encore. Et encore. Elle ne bougeait pas, se tenant à ses épaules comme à une bouée de sauvetage, se délectant silencieusement de tous ces plaisirs interdits.

Elle était heureuse. Quelle récompense la vertu lui avait-elle jamais apportée ? Rien que la satisfaction d'être vertueuse. Ce n'était pas une fin en soi.

Savait-il le bien que lui faisait ce va-et-vient si régulier ? Était-ce pour cela qu'il s'y livrait ? Pour lui faire plaisir ? Mais elle entendait son souffle de plus en plus haletant, elle sentait son corps de plus en plus chaud. Elle comprit qu'il faisait cela pour se faire plaisir. Parce qu'*elle* lui faisait plaisir.

Elle lui faisait plaisir ! Elle. Lauren Edgeworth. Elle sourit et concentra toutes ses pensées, toutes ses sensations un peu plus bas. Elle allait boire cette coupe de plaisir jusqu'à la dernière goutte, afin que le souvenir lui en dure une vie entière.

Il glissa les mains sous elle pour soulever ses fesses de la banquette et ses coups de reins se firent plus durs, plus rapides, plus profonds. Une vague de plaisir monta dans le ventre de Lauren vers ses seins. Mais, avant qu'elle ait pu déferler de nouveau, bien trop tôt, lui sembla-t-il, Kit se tendit au plus profond d'elle et elle sentit un jaillissement chaud.

Ah. Il avait fini.

Et pas elle.

Les femmes finissaient-elles jamais ? Commençaient-elles jamais ? N'y avait-il que la joie de chercher à saisir quelque chose qui se trouvait hors de sa portée ? Cette joie suffisait. Elle ne regrettait rien. Elle ne le regretterait jamais. Elle ne permettrait pas à sa conscience de la morigéner – ni tout à l'heure, ni demain, ni jamais. Elle était heureuse que ce soit arrivé. C'était l'une des plus belles expériences de sa vie. Non. C'était la plus belle.

Il devait s'être assoupi quelques minutes. Elle passa les doigts dans ses cheveux et tourna la tête vers le feu qui projetait des étincelles dans la cheminée. Elle écouta le crépitement régulier de la pluie sur les vitres.

— Mmm... fit-il au bout d'un moment en relevant la tête pour la regarder. Il ne faut pas que je dise que je suis désolé, n'est-ce pas, Lauren ? Je ne vous ai pas...

Elle lui posa un doigt sur les lèvres pour le faire taire.

— Vous savez très bien que non, assura-t-elle. Je ne pèserai pas sur votre conscience, Kit.

Il lui sourit, d'un sourire tendre et un peu ensommeillé.

— Alors je vais vous dire merci. Merci, Lauren, pour ce précieux cadeau. Cela vous a-t-il fait très mal ? Il paraît que c'est douloureux la première fois.

— Non. Pas trop.

Il se souleva et lui tourna le dos pour se rajuster. Puis il lui tendit son mouchoir sans se retourner.

— Tenez, dit-il. Servez-vous de cela.

Elle s'était demandé comment elle allait faire. Il y avait du sang, découvrit-elle. Pourtant, même maintenant, alors qu'elle s'essuyait en tremblant, elle ne parvenait pas à prendre tout à fait conscience de l'énormité de ce qu'elle venait de faire. Cela ne vint qu'une fois qu'elle eut remis de l'ordre dans sa toilette et qu'elle se fut assise au bord de la banquette, à nouveau parfaite et respectable, le mouchoir souillé roulé dans sa main.

— Eh bien, dit Kit en se retournant enfin avec un sourire joyeux, il va falloir que nous fixions une date pour le mariage, n'est-ce pas ?

16

La pluie avait cessé au cours de la nuit mais il fallut attendre le milieu de la matinée pour voir à nouveau le soleil briller et l'herbe sécher, et pour espérer un après-midi estival.

Kit proposa une partie de cricket sur la grande pelouse devant la maison. Ce devait être pour les enfants à l'origine, mais tous les jeunes gens et même certains gentlemen plus âgés accueillirent l'idée avec tant d'enthousiasme que le jeu prit rapidement de l'ampleur. Hormis la comtesse douairière, lady Irène et le baron Galton qui se retirèrent pour faire la sieste, tous ceux qui ne prenaient pas part à la partie acceptèrent de jouer le rôle essentiel de spectateurs.

Les hommes se dépêchèrent de préparer le terrain tandis que Kit répartissait les joueurs en deux équipes de force et d'expérience à peu près égales. Lauren, Gwendoline et Daphné avaient déployé des couvertures sur l'herbe pour les spectateurs, à bonne distance des guichets. Les petits enfants couraient partout. Heureusement que le beau temps leur permettait de prendre l'air. Le bruit et l'agitation étaient tels que personne ne vit arriver les trois cavaliers dans l'allée puis sur la terrasse. Daphné Willard finit par leur lancer un signe de la main.

Lord Rannulf Bedwyn avait déjà mis pied à terre et aidait lady Freyja à en faire autant. Lord Alleyne observait le désordre bon enfant.

— Ah, dit-il. Une partie de cricket. On dirait qu'elle n'a pas encore commencé. Bonjour, madame, dit-il à la comtesse en ôtant son chapeau et en inclinant la tête. Peut-on se joindre au jeu même si nous étions seulement venus vous saluer ?

La comtesse les présenta à Gwendoline qu'ils n'avaient pas encore rencontrée. Lord Rannulf s'inclina sur sa main qu'il ne lâcha pas tout de suite.

— Êtes-vous bien sûre de ne pas vouloir jouer ? demanda Kit à Lauren en souriant.

Elle pensa alors que rien de ce qui était arrivé la veille n'avait pu se produire. Il avait l'air tellement normal... Et elle aussi bizarrement.

— Sûre et certaine, répondit-elle d'un ton ferme. Je ne saurais même pas quoi faire, du reste.

— Vous savez bien attraper une balle, tout de même, insista-t-il. Et vous savez courir. Quant au maniement de la batte, je vous l'enseignerai.

— Kit, le prévint-elle, si c'est encore une de vos idées pour m'apprendre à m'amuser, vous pouvez l'oublier tout de suite. Je vais énormément m'amuser à rester assise ici. D'ailleurs, aucune des dames de plus de dix-huit ans n'a l'intention de se donner en spectacle en participant.

Elle n'avait pas fini sa phrase que lady Freyja Bedwyn s'avança sur la pelouse avec lord Alleyne et annonça son intention de jouer contre Kit.

— Je ne peux décidément rien faire pour vous convaincre ? demanda Kit à Lauren en riant avant de porter son attention sur la partie qui allait commencer.

Lauren inclina sa capeline pour mieux protéger son teint du soleil et s'autorisa un soupir de soulagement. Elle avait craint un instant qu'il n'insiste davantage. Il fallait qu'elle réfléchisse. Non, surtout pas ! Pas maintenant. Elle se sentit rougir au souvenir de la nuit dernière. Il ne fallait pas qu'elle y songe avant d'être seule. Et il ne fallait pas non plus qu'elle se rappelle qu'elle avait dit non. Seigneur ! elle avait dit non.

La partie était gaie et animée. Kit criait, riait, favorisait délibérément les petits même quand ils n'étaient pas dans son camp et réservait ses coups les plus meurtriers aux joueurs chevronnés.

— Grands dieux ! commenta lord Rannulf. Pour l'instant, Kit mène le jeu. Il doit être inspiré, comme les chevaliers d'autrefois, par le regard admiratif de sa dame. Porte-t-il votre faveur sur le cœur, miss Edgeworth ? Ah, voyons ce qu'il va faire face à Freyja.

Elle venait de remplacer Sebastian Willard à la batte. Lauren n'avait pas pu l'ignorer. Depuis le début de la partie, elle se tenait un peu plus loin au bord du terrain, avec son équipe, nu-tête, sa crinière plus dorée encore au soleil. Elle adressait de temps en temps un sourire aux spectateurs, mais il y avait toujours une lueur de défi dans son regard quand il croisait celui de Lauren.

Bien entendu, elle était parfaitement à l'aise sur un terrain de cricket. Elle posa sa batte devant un guichet et suivit de ses yeux plissés Kit qui allait se placer devant un autre pour le lancer. Il devait savoir que c'était une joueuse accomplie car il réalisa son meilleur lancer qu'elle contra par un magnifique coup gagnant qui fit pousser des cris de joie à son équipe. Lady Freyja releva d'une main sa jupe d'amazone et exécuta quelques pas de danse entre les piquets en riant de triomphe.

Kit riait lui aussi.

— Bon, lui lança-t-il, c'était un coup franc. Maintenant, nous allons passer aux choses sérieuses.

— Ce ne sera pas suffisant, répliqua-t-elle. Faites venir un meilleur lanceur.

Enflammée, animée, magnifique, elle tourna la tête vers les couvertures et jeta encore un regard moqueur à Lauren.

— Ah, je vois qu'on a jeté un gant, commenta lord Rannulf à mi-voix. Les anciennes habitudes reprennent.

Lady Freyja bloqua le lancer suivant et les piquets tinrent bon.

Le coup suivant aurait été parfaitement jouable si la balle ne s'était dirigée vers la petite Sarah Vreemont, quatre ans, qui la regarda arriver avec une consternation évidente et referma les mains juste au mauvais moment, alors que toute son équipe lui criait de l'attraper. La fillette fondit en larmes quand la balle tomba dans l'herbe à ses pieds.

Malgré ses vingt-deux ans de plus qu'elle, Lauren comprit parfaitement ce qu'elle ressentait.

— Hmm, fit Kit en trottant vers l'enfant. Coup manqué, Freyja. Ce n'est pas du tout de la faute de Sarah si elle ne l'a pas attrapée. Recommencez.

Quelqu'un relança la balle à lady Freyja qui la frappa plus doucement de sorte qu'elle forma un bel arc qui laissa le temps à Kit de soulever Sarah d'un bras et de prendre dans sa main libre ses deux menottes où elle reçut la balle.

— Le point pour nous. Dehors ! cria-t-il, accompagné par les cris de joie de ses coéquipiers.

Lady Freyja protesta bruyamment, soutenue par son équipe. Les poings sur les hanches, elle rejeta la tête en arrière en accusant Kit de sournoiserie et de machination tandis qu'il la traitait de mauvaise joueuse. Mais il sautait aux yeux de Lauren que leur dispute n'avait rien de sérieux, qu'elle était destinée à amuser la galerie et qu'eux-mêmes s'amusaient beaucoup. Ils allaient parfaitement bien ensemble, comme elle l'avait constaté depuis le début.

Ce constat l'attrista. Non parce qu'elle se sentait en compétition avec lady Freyja, malgré le regard moqueur qu'elle lui décocha de nouveau en quittant le terrain et en feignant de bouder, mais parce que, encore une fois, Lauren se rendait compte que, même si elle avait souhaité rivaliser avec elle, elle n'aurait pas été à la hauteur. Elle était jolie et bien élevée, certes, mais il lui manquait ce je-ne-sais-quoi qui pouvait gagner et conserver l'admiration d'un homme et attiser sa passion. Malgré ce qui s'était passé hier soir, au bout du compte, elle n'était jamais que Lauren Edgeworth.

Son triomphe passé, Sarah revint vers les couvertures. Elle cherchait sa mère qui était déjà rentrée parce qu'il faisait trop chaud. La petite fille avait encore des larmes sur les joues. Lauren sortit son mouchoir pour les essuyer.

— Ce que tu as bien attrapé la balle ! la complimenta-t-elle. Tu en as assez du cricket ?

L'enfant hocha la tête.

— Viens jouer avec moi, l'invita-t-elle.

Lauren hésita. Elle avait rendu quelques visites à la nursery ces derniers jours et avait découvert avec étonnement que les enfants semblaient bien l'aimer. Mais elle ne s'était pas retrouvée seule avec eux.

— À quoi veux-tu jouer ? lui demanda-t-elle.

— Pousse-moi sur la balançoire.

Sarah lui avait pris la main et la tirait de toutes ses forces.

— Il y a une balançoire ? demanda Lauren en se levant.

Il y en avait une, en effet, suspendue par des cordes à une grosse branche d'un vieux chêne près du jardin à la française. Lauren ne l'avait jamais remarquée. Sarah, qui lui avait donné la main pour traverser la pelouse, grimpa dessus. Et Lauren se mit à la pousser, un peu hésitante, d'abord, puis de plus en plus fort, à la demande de la petite fille qui criait de joie.

— Plus haut !

Lauren rit.

— Si tu vas trop haut, fit-elle valoir, tu vas partir dans le pays du haut de l'arbre et je me retrouverai avec une balançoire vide et plus de Sarah.

C'est alors qu'elle remarqua que leur traversée de la pelouse n'était pas passée inaperçue. D'autres petits enfants, qui en avaient assez du cricket, venaient demander un tour de balançoire. Lauren s'attela donc à la tâche de les pousser à tour de rôle en ayant soin de respecter l'équité, d'aider ceux qui attendaient leur tour à grimper sur les branches les plus basses de l'arbre puis à sauter à terre et à remonter pour recommencer en riant. Au moins, ils étaient à l'ombre, la chaleur était plus supportable.

— La balançoire part dans un pays magique en haut de l'arbre, annonça Sarah au bout d'un moment.

— Qui est-ce qui t'a dit ça ? demanda Henry Butler d'un ton méprisant.

— Mais c'est moi, répondit Lauren en le regardant d'un air ébahi. N'en as-tu jamais entendu parler ? Ne sais-tu pas qu'il y a un pays magique au-dessus des balançoires ?

— Racontez-nous !

— Oh, oui, racontez-nous ! répétèrent les cinq petits à l'unisson.

Lauren se remit à rire. Seigneur ! Dans quoi s'était-elle lancée ? Cela faisait des années et des années qu'elle avait arrêté de se distraire et de se bercer avec des histoires de petites filles qui n'étaient jamais abandonnées par leur mère, des histoires dans lesquelles la vie était une aventure passionnante, dans lesquelles on voguait au-delà de l'horizon pour revenir sain et sauf. Ces histoires, elle ne les avait jamais racontées à quiconque. Pourtant, il y avait eu un temps où elle avait rêvé de le faire, au chevet d'un enfant qui serait le sien – le sien et celui de Neville – et à qui elle raconterait des histoires pour l'endormir.

— Je vais m'asseoir là, à l'ombre, annonça-t-elle en joignant le geste à la parole. Venez vous grouper autour de moi si vous avez envie de m'écouter.

Ils s'installèrent en arc de cercle, la petite Anna Clifford, trois ans, blottie au creux du bras de Lauren.

— Il était une fois, il n'y a pas si longtemps…

Elle improvisa l'histoire de deux petits enfants, un garçon et une fille, qui, assis côte à côte sur une balançoire, étaient montés si haut qu'ils avaient écarté les branches, traversé l'air et poussé les rideaux du monde pour entrer dans le pays magique du haut de l'arbre, que l'on ne voyait pas du sol et qui était aussi différent que possible du pays d'en bas. L'herbe n'était pas la même, ni les maisons, ni les animaux. Des aventures extraordinaires et parfois terrifiantes les y attendaient.

— Et puis, conclut-elle sous le regard fasciné des petits, ils aperçurent une balançoire vide qui sortait de l'herbe rouge. Ils sautèrent dessus, s'accrochèrent aux cordes en se tenant la main et redescendirent au pied de l'arbre où leurs parents les attendaient avec inquiétude. Ils étaient sains et saufs. Et quelle histoire ils avaient à raconter !

Un soupir de satisfaction audible s'éleva du petit groupe.

— Est-ce qu'ils sont remontés ? voulut savoir Sarah.

— Oh, oui. Souvent. Et il leur est arrivé beaucoup de choses incroyables. Mais je vous les raconterai une autre fois.

En relevant la tête, Lauren découvrit Kit qui se tenait nu-tête au soleil, en bras de chemise. Il devait être là depuis un moment. Derrière lui, la pelouse était déserte. La partie de cricket s'était achevée avant qu'elle s'en rende compte. Il lui souriait avec dans les yeux une profonde affection.

Son cœur fit un bond dans sa poitrine. Elle avait le souffle court. Cette sensation commençait à lui être familière : du désir. Non, plus que cela. Une certitude. Elle connaissait ce corps souple et magnifique. Elle connaissait cet être complexe qui cachait tant de lui-même derrière son apparence gaie. Elle savait d'ailleurs que sa gaieté était aussi bien réelle.

— Tout le monde est parti se baigner dans le lac, annonça-t-il. Ça intéresse quelqu'un ?

Il sourit aux enfants qui avaient déjà sauté sur leurs pieds et partirent en courant avant même qu'il ait fini sa phrase.

— Pas moi, se hâta de répondre Lauren.

Il resta où il était en souriant.

— Vous ne cessez de me surprendre, dit-il. J'ignorais que vous saviez si bien vous y prendre avec les enfants.

— Oh, mais ce n'est pas le cas, assura-t-elle. Je n'en vois presque jamais.

— Permettez-moi de vous contredire. Cela fait près d'une heure que vous jouez ici avec cinq petits, ce qui n'est pas facile, par un après-midi aussi chaud. Je n'ai observé aucun signe de dispute alors qu'il n'y a qu'une balançoire et que les enfants se disputent toujours pour l'avoir.

— Une heure ? Autant de temps ? Comment savez-vous qu'ils ne se sont pas disputés ? Vous jouiez au cricket.

— Oh, je le sais, affirma-t-il d'une voix qui fit à nouveau bondir le cœur de Lauren.

Il se rapprocha et lui tendit la main pour l'aider à se relever.

— D'où vient cette histoire ? D'un livre ?

— Mais non ! protesta-t-elle en riant. Je l'ai inventée au fur et à mesure. Il n'est pas très difficile d'imaginer un monde magique dans lequel tout peut arriver.

— Je crois, dit-il, que vous vous êtes amusée. Et je n'y suis pour rien.

— Si, c'est grâce à vous. Si vous ne m'aviez pas amenée ici, Kit, je serais encore à Londres, en train d'éconduire les gentlemen méritants que le comte de Sutton et Wilma me présenteraient. Et je m'ennuierais à mourir.

— Ils sont idiots tous les deux, déclara-t-il. Ils sont vraiment faits l'un pour l'autre.

Elle rit de nouveau.

— Il y a assez de monde au lac pour surveiller les enfants. Éclipsons-nous une heure ou deux, Lauren.

— Est-ce que… tout le monde se baigne ? Les visiteurs aussi ?

— Je crois, confirma-t-il en souriant. Ce ne sont pas les convenances qui vont arrêter Freyja, vous pouvez en être sûre. Les autres jeunes filles vont certainement l'imiter, au grand dam de leur mère. Mais il fait chaud et tout le monde s'est beaucoup dépensé en jouant au cricket.

— Vous êtes sûr que vous n'aimeriez pas mieux être avec… tout le monde ? lui demanda-t-elle.

Il inclina la tête sur le côté et épousseta la jupe de Lauren pour faire tomber les quelques brins d'herbe accrochés.

— Je crois que nous devrions aller ensemble dans un endroit tranquille. C'est ce que tout le monde compte que nous fassions, vous savez. Non, ajouta-t-il en levant une main comme elle levait la tête vers lui. N'arrêtez pas de sourire. Nous sommes fiancés. Malgré la fermeté de votre refus d'hier soir, nous allons nous marier, je crois. Mais il faut que nous reparlions de cela. Allez, vous venez avec moi ?

Le désir l'étreignit de nouveau, en bas du ventre. Mais la prudence la rappela à l'ordre au même moment. Elle était allée trop loin hier soir. Elle ne regrettait pas pour la raison la plus évidente : son

esprit était des plus tranquilles. C'était autre chose...
Hier soir, sa féminité avait été révélée ; Lauren avait
cédé à des désirs qu'elle avait sévèrement réprimés,
persuadée que seul Neville pourrait les satisfaire.

Le besoin d'être femme.

Elle pourrait facilement en venir à avoir besoin de
Kit. Elle pourrait facilement tomber amoureuse de
lui. C'était une possibilité aussi nouvelle qu'inquiétante. Jusqu'à hier soir, elle n'avait jamais douté
d'être la femme d'un seul homme. Elle était convaincue de ne pouvoir en aimer aucun autre que Neville.

Et elle était à deux doigts de tomber amoureuse de
Kit.

Non, il ne fallait pas qu'elle s'y autorise. Car elle
n'était pas du tout la femme qu'il lui fallait. Elle était
aussi différente de lady Freyja Bedwyn qu'il était possible de l'être. Et c'était lady Freyja qui serait sienne,
cela sautait aux yeux. C'était avec elle qu'il avait tant
ri, qu'il avait été si plein de vie cet après-midi. Alors il
ne fallait pas qu'elle tombe amoureuse. Elle ne pouvait pas s'exposer à un chagrin aussi fort que celui qui
avait failli la tuer l'année dernière.

D'autant qu'elle lui avait promis de le libérer de leur
engagement à la fin de l'été. Il fallait qu'elle tienne
parole même si ce qui était arrivé hier soir avait suffisamment changé les choses pour que l'honneur de Kit
lui commande d'insister. Elle ne voulait pas le piéger
pour qu'il l'épouse. Et elle ne le ferait pas.

Si elle était venue ici, c'était pour vivre des aventures, s'amuser un peu avant de s'établir dans la vie
qu'elle s'était choisie. Des aventures, elle en avait eu.
Et elle s'était amusée. Elle en voulait même davantage, jusqu'à ce qu'il soit temps de partir.

— Une heure, pas plus, alors, dit-elle en lui tendant la main avant de se demander ce qui lui prenait
de faire un geste aussi spontané.

Le lien se fit instantanément, autant sur le plan
émotionnel que physique. Marcher main dans la

main était bien plus intime que bras dessus bras dessous, découvrait-elle.

Et bien plus juvénile.

Et bien plus joyeux.

17

Il savait où il allait l'emmener. Pour s'y rendre, il fallait passer le long du lac, du côté de la maison, là où les enfants, les jeunes gens et quelques adultes s'éclaboussaient en riant dans l'eau tandis que, assis sur la berge, les autres les regardaient. Comme il s'y attendait, lady Freyja se baignait, nageant vigoureusement, plus loin que tout le monde. Nonchalamment adossé à un arbre, Ralf parlait à lady Muir. Tous deux tournèrent la tête et les saluèrent d'un signe de la main.

Kit fut étonné de réaliser qu'il n'avait aucune envie de sauter à l'eau pour s'amuser avec les autres ou faire la course avec Freyja. Après ses deux visites à Lindsey Hall et après la course à cheval, il s'était demandé si la revoir n'allait pas raviver la passion qu'il avait eue pour elle. Il se l'était encore demandé cet après-midi, quand elle était arrivée avec Ralf et Alleyne et avait jeté toute son énergie dans la partie de cricket. Oui, il se l'était demandé alors qu'il savait que, maintenant, il se devait d'épouser Lauren.

Cependant, une chose étrange lui était arrivée au cours de la partie. La rivalité avec Freyja et les duels verbaux l'avaient considérablement amusé. Il avait eu l'impression de remonter le temps. Il avait retrouvé leur exubérante camaraderie d'autrefois sans la folie qui s'était emparée de lui pendant ces quelques semaines épouvantables, il y a trois ans. Il avait eu plaisir à jouer au cricket mais, tout le temps de la partie, il avait pensé à Lauren. Il l'avait regardée, d'abord assise sur une couverture, ravissante dans sa robe de mousseline légère et son chapeau de paille, puis quand elle avait traversé la pelouse avec Sarah et quand elle avait joué avec elle, attirant du coup les autres enfants.

Il avait été stupéfait par la tendresse qu'elle lui inspirait. Car il n'était pas habitué à éprouver ce sentiment pour les femmes. C'était même une émotion qu'il comprenait mal. Mais elle ne lui était pas désagréable, loin de là. Était-ce cela que les femmes appelaient une idylle ? Cette chaleur, cette douceur, cette attirance ? Vivait-il donc une idylle avec Lauren Edgeworth ? Ce serait une première pour lui. Mais il y avait davantage, bien sûr. Depuis hier soir.

— Êtes-vous bien certain de ne pas avoir envie de vous baigner avec les autres ? insista-t-elle en passant. Cela ne me dérange pas du tout. Ne vous croyez pas tenu par l'honneur de rester avec moi. Je ne suis pas de très bonne compagnie, pour un homme comme vous, je le sais.

Pour une femme aussi belle et aussi bien élevée, elle avait une bien piètre image d'elle-même.

— Permettez-moi d'en être seul juge, répliqua-t-il en nouant ses doigts aux siens. Lauren, reprit-il, le baron Galton a-t-il entrepris des recherches pour savoir ce qu'il était advenu de votre mère ? Ou feu le comte de Kilbourne pour retrouver son frère ?

Elle secoua la tête.

— Comment cela aurait-il été possible ? Le monde est si vaste…

Sauf qu'un couple d'aristocrates britanniques ne serait pas passé inaperçu, où qu'il fût allé.

— Donc vous n'avez jamais pu avoir de certitude à ce sujet.

— Ce n'est pas grave. Je n'y pense jamais.

Il n'en croyait pas un mot. D'ailleurs, elle marchait les yeux baissés, le visage caché par le large bord de sa capeline.

— J'ai des relations, vous savez. Je connais des hommes dont le métier est de mettre en lumière ce qui est caché, de découvrir ce qui semble impossible à élucider. Certains me doivent même des services. Je pourrais facilement lancer une enquête. Le souhaitez-vous ?

Elle se tourna vivement vers lui, ses yeux violets agrandis par l'étonnement.

— Vous feriez cela ? Pour moi ? Même si la vérité – si tant est qu'il y en ait une à découvrir – risquait de n'apparaître que longtemps après que nous serons séparés ?

Car, hier soir, elle avait refusé toujours aussi fermement de se marier avec lui, bien qu'elle se fût offerte à lui. C'était déraisonnable. Il se pouvait qu'elle soit enceinte.

— Vous avez fait énormément pour moi, dit-il. Permettez-moi de faire quelque chose pour vous en retour.

— C'est vrai ?

Elle s'était arrêtée. Elle avait les larmes aux yeux.

— Je regrette seulement de tromper autant de gens, Kit. J'aime énormément votre famille. Votre mère. Votre grand-mère. Tout le monde.

— Il ne tient qu'à vous de ne tromper personne, fit-il valoir avec douceur. Nous pourrions annoncer la date du mariage lors de l'anniversaire de ma grand-mère. La date de notre *vrai* mariage.

Elle secoua la tête.

— Lui êtes-vous donc attachée d'une façon aussi irrévocable ? voulut-il savoir.

Il commençait à être très agacé par le comte de Kilbourne, même s'il ne l'avait jamais rencontré.

Elle secoua de nouveau la tête.

— C'est le marché que nous avons passé, rappela-t-elle. Il était destiné à vous tirer d'un mauvais pas et à me permettre de gagner ma liberté. Ne gâchez pas tout, Kit. Tout ce que j'attends de cet été, c'est un petit peu d'aventure.

Il était humiliant d'entendre qu'elle n'allait pas l'épouser tout simplement parce qu'elle n'en avait pas envie. Mais elle n'avait jamais prétendu le contraire. C'était lui qui était idiot de se laisser séduire par l'idylle d'un été.

Il lui sourit et se remit à marcher.

— Vous ne pouvez pas me reprocher d'avoir une conscience, fit-il valoir. Mais nous allons donc nous consacrer à l'aventure. Vous voyez cette langue de terre qui avance dans le lac, devant nous ? En réalité, c'est une île. Une île artificielle, bien sûr. Comme le lac. C'est là que nous allons. Il y a une barque.

— Merci.

Il ne savait pas de quoi elle le remerciait. Mais il était content de marcher avec elle dans ce silence complice, jusqu'à l'île où ils allaient passer un moment de détente tous les deux. La barque était toujours à sa place, découvrit-il en arrivant au petit abri, et en très bon état. Et il y avait toujours une pile de serviettes au même endroit. Elles étaient toutes propres. Il en prit deux et rama pour traverser la petite étendue d'eau, Lauren assise en face de lui sur le petit banc se tenant d'une main au bord du bateau. Il l'aida à débarquer sur l'île et tira l'embarcation hors de l'eau.

Du côté opposé à la maison, la berge était large. C'était presque une petite prairie qui descendait en pente douce jusqu'au lac, semée de pâquerettes et de boutons-d'or. Ils firent quelques pas, puis Lauren s'assit parmi les fleurs sauvages, les genoux remontés entre ses bras, et regarda autour d'elle.

— Et dire que je n'ai jamais beaucoup aimé être dehors, murmura-t-elle avec un soupir de contentement.

— Mais vous avez changé d'avis ?

— Oui.

Elle plissa les yeux pour contempler l'eau scintillante.

Kit ne s'assit pas. Il faisait chaud. Il avait joué au cricket. Ils avaient marché et il venait de ramer. Il ôta sa chemise, ses bottes et sa culotte. Il n'hésita qu'un instant avant d'enlever également son caleçon. Lauren le regardait paresseusement. Il y a seulement quelques jours, elle se serait hérissée tant elle aurait été gênée, choquée.

— Vous êtes très beau, eut-il la surprise de l'entendre dire.

— Malgré mes cicatrices ? repartit-il avec un petit rire.

— Oui.

Il plongea et fit quelques brasses sous l'eau délicieusement fraîche sur sa peau brûlante. Puis il refit surface et s'ébroua. Il avait devant lui le plus ravissant des tableaux, elle assise parmi les fleurs. Mais voilà qu'elle dénouait les rubans de son chapeau... Elle le laissa tomber dans l'herbe derrière elle et secoua ses boucles brunes.

Il avait nagé jusqu'à un endroit où il n'avait pas pied. Il fit du surplace en remuant les bras pour la regarder ôter ses souliers et ses bas. Puis se lever, déboutonner sa robe et l'enlever. Sa chemise moulait ses courbes délicates. Il la contemplait avec admiration, étonné qu'il ne reste rien de la pudique jeune femme qui s'était enveloppée dans une couverture pour venir jusqu'au bord de l'eau les deux matins où ils s'étaient baignés.

Bouche bée, il la vit croiser les bras et passer sa chemise par-dessus sa tête avant de la laisser tomber sur la pile de ses autres vêtements. Nue, elle était la perfection incarnée : une jeunesse ferme, des petits seins hauts, des jambes longues et fines, la légère toison brune entre ses cuisses. Elle descendit jusqu'à l'eau en évitant de regarder Kit mais sans rien faire pour se cacher. À la vue de sa peau d'albâtre, il sentit sa bouche s'assécher. Il s'humecta les lèvres avant de plonger à nouveau et de refaire surface à côté d'elle.

Il ne la toucha pas. Elle ne le toucha pas non plus. Ils se sourirent, puis elle ferma les yeux et s'étendit sur le dos. Elle flottait sans peine et se mit à battre des pieds pour avancer. Il l'accompagna d'un crawl au ralenti.

Savait-elle combien elle avait changé depuis quelques jours qu'elle était à Alvesley ? Se rendait-elle compte que son masque de vierge des glaces était tombé ? Lauren Edgeworth se baignait nue, en plein jour, avec un homme nu lui aussi ! Ceux qui la connaissaient ne le croiraient pas. Était-il possible qu'elle ne veuille cela que pour un été avant de redevenir librement celle qu'elle était autrefois ?

— Si j'essaie de poser les pieds par terre, demanda-t-elle en tournant la tête vers lui au bout de quelques minutes, vais-je y arriver ?

Il jaugea la distance qui les séparait de la berge.

— Sans doute pas, répondit-il. Mais n'ayez pas peur. Vous n'allez pas couler, sauf si vous le voulez. Et, même si cela arrivait, je vous retiendrais.

— Je n'ai pas peur, assura-t-elle. Kit, apprenez-moi à nager comme cela. J'aimerais essayer à nouveau.

Il la fit se tourner sur le ventre, frôlant à peine sa peau fraîche et douce. C'était comme si elle évoluait dans ce pays magique qu'elle avait inventé pour les enfants. Cet après-midi, elle mit la tête sous l'eau sans s'affoler et réussit à ne pas avaler d'eau. Et elle parvint à remuer les pieds près de la surface pour se propulser en avant. Elle apprit en un clin d'œil les mouvements de bras du crawl. Dix minutes plus tard, elle nageait. Dans deux mètres cinquante d'eau.

— À cette vitesse, dit-il en nageant à côté d'elle, vous devriez arriver à rejoindre la berge principale en vingt-quatre heures. Vingt-deux si vous ne vous arrêtez pas pour vous reposer à mi-chemin.

— Moquez-vous, fit-elle, haletante.

Elle devait avoir autre chose à dire, mais elle avait besoin de tout son souffle et de toute sa concentration pour nager.

Au bout d'un moment, il la fit se retourner sur le dos et ils flottèrent côte à côte, main dans la main. Il ne se rappelait pas avoir été aussi détendu, s'être senti aussi bien depuis... Oh, peut-être ne s'était-il jamais senti ainsi.

Il ferma les yeux, se délectant de la chaleur du soleil sur son visage, de son éclat qu'il percevait à travers ses paupières closes.

— Il y a des moments qui devraient durer toujours, dit-il.

— Mmm... convint-elle.

Mais le temps passait trop vite, et l'heure de leur escapade également. Même si leur statut de fiancés leur permettait une certaine liberté, il y avait des limites. Il allait bientôt falloir retourner à la maison et se mêler à l'animation de la partie de campagne.

L'air était doux quand ils sortirent de l'eau et remontèrent la berge. La chaleur du soleil allait les sécher en un rien de temps. Il déploya les serviettes dans l'herbe et s'étendit sur l'une. Sans doute Lauren allait-elle s'envelopper dans l'autre et, peut-être, s'asseoir un peu à l'écart de lui. Puis se rhabiller en vitesse et vouloir reprendre la barque sans tarder.

Au lieu de quoi elle s'allongea nue sur la seconde serviette, se couvrit les yeux d'un bras et releva une jambe pour poser son pied à plat sur le sol en une pose engageante, sûrement inconsciente. Il tourna la tête et se haussa sur un coude pour mieux la regarder. Toutes les femmes avec lesquelles il avait eu des liaisons plus ou moins longues avaient un corps voluptueux. Cela faisait partie des critères selon lesquels il les choisissait. Les courbes généreuses et les seins lourds éveillaient son désir.

Lauren Edgeworth, elle, était mince et longiligne. Lorsqu'elle était allongée sur le dos, ses seins paraissaient plus petits encore, le galbe parfait, la pointe rose. Elle avait le ventre plat. Les jambes fines et fermes. Il sentit une agréable tension dans son bas-ventre et songea avec un sourire narquois que, si elle ôtait son bras de ses yeux, elle ne tarderait pas à voir le danger qui la guettait.

C'était sans aucun doute l'une des femmes les plus ravissantes qu'il eût jamais vues. Mais il le savait déjà depuis le bal de lady Mannering. Et même avant. À Hyde Park, même s'il n'y voyait que d'un œil, sa beauté ne lui avait pas échappé.

Mais elle était plus que belle. Elle était… sensuelle. Elle n'avait pas le côté luxurieux des courtisanes, bien sûr, mais il y avait chez elle quelque chose qui invitait au plaisir charnel. Pourtant, ni sa personne ni son caractère n'avaient rien d'ouvertement érotique. Alors qu'était-ce, au juste ?

Était-il le témoin privilégié de la naissance de sa féminité, d'une sensualité radieuse ? En était-il même l'instrument ? Avait-il cet honneur ? Une chose était sûre : elle n'avait jamais rien fait qui approchât de ce qu'ils avaient fait ensemble. S'il avait eu le moindre doute à ce sujet, ce qui n'était pas le cas, il en aurait eu la preuve hier soir. Elle était vierge.

Il promena le regard sur son corps mince et sensuel. Il la désirait comme jamais il n'avait désiré une femme. Elle ne voulait pas l'épouser. Il ne fallait pas qu'il… Il l'avait déjà mise en danger une fois hier soir. Il ne fallait pas qu'il la piège, qu'il la prive d'une liberté à laquelle, manifestement, elle tenait énormément. Il ne fallait pas qu'il soit aussi égoïste. Il devait se maîtriser.

Elle ôta le bras de ses yeux et tourna la tête vers lui pour lui sourire.

— Kit, fit-elle avec un air doux et rêveur dans ses beaux yeux. C'est cela, ce que je voulais dire à Vaux-hall. Exactement cela, même si je ne le savais pas moi-même. Cela... le soleil sur mon visage. Je ne l'y avais jamais exposé auparavant car j'avais peur pour mon teint. Et le bruit de l'eau, des oiseaux et des insectes par milliers. Parfois, j'oublie que tant de *vie* nous entoure. Parfois, il me semble qu'il n'y a sur terre que les humains – et peut-être les chevaux, les vaches et les moutons. Oh ! Et l'odeur de l'eau et de l'herbe, le parfum des fleurs... Même ces petites fleurs sauvages sont ravissantes. Et... et moi, je fais partie de tout cela. Vous comprenez, j'ai toujours été spectatrice de la vie. Je n'ai jamais participé. Jamais. Sauf aujourd'hui. J'existe enfin et cela me rend folle-ment heureuse. C'est l'aventure dont je rêvais, c'est l'aventure que je vis et je vous en serai éternellement reconnaissante.

Il déglutit. C'était idiot : il se sentait au bord des larmes. Il s'efforça de réprimer son excitation en espérant qu'elle ne l'avait pas remarquée. Elle lui avait dit la vérité dans toute sa simplicité. Il s'en ren-dait compte en la regardant dans les yeux. Oui, elle ne faisait plus qu'une avec le soleil et l'eau, l'herbe et les fleurs, les oiseaux et les insectes. Telle une nymphe des bois ou des rivières. Telle une fée.

Il sut, sans l'ombre d'un doute, que c'était l'un des moments précieux de la vie et qu'il le chérirait jusqu'à la fin de ses jours. Que c'était un trésor à conserver dans sa mémoire pour les jours de peine. Qu'il ne fal-lait rien faire qui pût le gâcher.

— Kit...

Elle souleva une main et lui caressa la joue du bout de ses doigts frais.

— Faites-moi ce que vous m'avez fait hier soir. J'aimerais que vous recommenciez. Rien qu'une fois, parmi les fleurs, sous le soleil d'été. Ce serait merveilleux ici, n'est-ce pas ? Si vous en avez envie, bien sûr. Peut-être que ce n'est pas le cas.

Il se pencha sur elle et posa les lèvres sur les siennes. Elle avait un goût d'eau fraîche et de soleil. Un goût d'innocence et de féminité naissante. Le goût du pays magique du haut de l'arbre. Il devrait lui rappeler la réalité : il était fréquent que la femme soit fécondé pendant l'acte charnel et la femme enceinte devait épouser le futur père même si elle aimait ailleurs ou même si elle préférait la liberté.

Mais ce pays magique l'attirait trop, lui aussi. D'ailleurs, il y était déjà, dans l'herbe fleurie, dans le parfum du trèfle, dans la chaleur du soleil d'été, dans le bourdonnement des abeilles. C'était de cela qu'elle parlait. C'était à cela qu'elle aspirait – cet instant magique qu'il fallait saisir ou regarder s'envoler à jamais. Il releva un peu la tête. Lauren lui offrit un sourire rêveur qu'il lui rendit.

La nuit dernière, elle lui avait tout donné. Il avait déversé sa peine, sa douleur encore intacte. Elle avait tout accepté, avec silence et compassion. Puis il avait eu recours à elle pour trouver du réconfort. Elle s'était offerte à lui sans réserve. Alors cet après-midi serait pour elle.

Il l'aima lentement, avec ses mains et sa bouche, concentrant toute l'expérience acquise auprès d'autres femmes sur elle. Elle n'était pas une femme passionnée, débridée. Pas encore. Elle avait besoin de tendresse et de douceur. Il lui donna les deux en explorant son corps de mille façons, le caressant légèrement, le couvrant de baisers, le léchant, le suçant, le mordillant. Ils découvrirent ensemble les recoins où elle était le plus sensible, là où son plaisir décuplait, et Kit leur accorda toute son attention. Elle faisait courir ses mains sur ses épaules, son dos, sa poitrine avec une inexpérience qui l'excita davantage. Son érection se fit douloureuse.

Il l'aima avec une tendresse presque désespérée. Il l'embrassa sur la bouche, doucement, profondément, tout en explorant de sa main la chaleur humide de son intimité dont il écarta les replis. Ses doigts la pénétrèrent jusqu'à sentir ses muscles se refermer sur elle. Du pouce, il chercha son bouton de rose et le caressa jusqu'à ce qu'elle gémisse de surprise. Elle frémit dans un spasme de plaisir.

— Avez-vous envie que je vienne en vous ? lui demanda-t-il tout bas.

— Oui, répondit-elle en lui nouant les bras autour du cou. Oh, oui. Faites-le-moi. Comme hier soir.

— Pas tout à fait comme hier soir.

L'herbe haute et les fleurs avaient certes l'apparence d'un tapis très doux, mais elles feraient un matelas trop dur pour une femme dans l'acte d'amour.

— Venez, lui enjoignit-il en l'aidant à se redresser et en lui écartant les jambes pour l'inciter à l'enfourcher. Faites-moi confiance.

— Oui.

Elle fit ce qu'il lui disait et appuya ses mains sur son torse. Puis elle le regarda et lui sourit, les yeux pleins de désir.

Il releva les genoux et posa les deux pieds à plat avant de placer délicatement Lauren tout contre lui. Il la maintint par les hanches pour la guider et la faire descendre lentement sur lui. Il la vit fermer les yeux, froncer les sourcils puis se détendre. Ses muscles se contractèrent autour de lui et il resta quelques instants au plus profond d'elle pour lui laisser le temps de s'habituer. Elle était chaude, humide, exquise. Il respira pour se calmer. Il n'avait pas l'habitude de devoir se maîtriser. D'ordinaire, après quelques longues minutes de préliminaires efficaces, il s'abandonnait rapidement à une jouissance frénétique.

Sauf hier soir. Sauf maintenant. Ce n'était plus le sexe tel qu'il le connaissait. C'était... Qu'était-ce, au juste ? Un partage tendre et intime, une union de... de quoi ?

Il la souleva un peu et se mit à aller et venir lentement en elle. Elle ne bougeait pas mais laissait onduler ses hanches en rythme. Elle lui procurait des sensations délicieuses et douloureuses à la fois. Il aurait voulu faire durer ce plaisir indéfiniment. Et, dans le même temps, y céder et exploser en elle.

Surtout, il voulait lui donner à elle tout le plaisir qui lui avait été refusé en vingt-six ans d'existence. Il voulait que ces moments soient pour elle seule. Il avait envie de la voir pleinement, totalement heureuse.

Alors il plaça sa main entre eux et la caressa longuement, profondément. Il voyait à ses yeux fermés, à sa bouche entrouverte, à son air d'intense concentration qu'elle aimait ce qu'il lui faisait. Peut-être serait-ce tout ce qu'elle éprouverait mais il devait en avoir le cœur net.

Elle fronça de nouveau les sourcils et se mordit la lèvre. Elle perdit le rythme et se contracta brusquement autour de lui en poussant un cri étranglé.

— Détendez-vous, maintenant, lui conseilla-t-il. Détendez vos muscles et laissez-vous aller.

Il resserra la pression de ses mains sur ses hanches et redoubla de vigueur dans ses mouvements.

— Laissez venir jusqu'au bout, l'encouragea-t-il. Faites-moi confiance.

Mais elle n'avait pas besoin de ses conseils. Elle n'avait pas besoin qu'il lui apprenne la jouissance. Elle laissa échapper un long gémissement et s'effondra sur lui. Il referma sur elle ses bras protecteurs. Elle palpitait, elle tremblait toujours.

— Lâchez prise, lui murmura-t-il à l'oreille.

Il ne s'était jamais beaucoup préoccupé du plaisir des femmes, absorbé qu'il était par le sien.

Elle finit par s'immobiliser, brûlante et moite sur lui. Maintenant, enfin, il était libre d'aller au bout de son propre plaisir. Il la reprit par les hanches et planta ses talons dans l'herbe. Mais il s'interrompit, les dents serrées.

Et il la fit rouler sur le côté pour la déposer tendrement sur une serviette.

— Mmm...

Avec un ronronnement de satisfaction, elle se blottit contre lui et ne tarda pas à s'endormir.

Kit resta étendu à respirer profondément, régulièrement, en serrant et desserrant le poing. Il souffrit le martyre plusieurs minutes avant que son érection ne commence à se calmer. Puis, il laissa échapper un petit rire. Innocente, elle ne devait même pas imaginer qu'elle était la seule à avoir atteint la jouissance.

Comme, sans doute, il avait été le seul hier soir.

Et il se pouvait fort bien qu'il l'ait fécondée. Seul le temps le dirait. Mais, si jamais ce n'était pas le cas, il n'aurait pas pris de risque aujourd'hui. Elle aurait encore le choix à la fin de la partie de campagne. Elle serait encore libre de le quitter.

Il plaça un bras devant ses yeux, et, de l'autre main, prit celle de Lauren. Il ne fallait pas que cela se reproduise. Ils n'étaient pas vraiment fiancés – par sa volonté à elle. Et Lauren Edgeworth n'était pas le genre de femme avec qui l'on avait une liaison illicite.

Hier soir, elle s'était offerte à lui parce qu'il en avait besoin.

Cet après-midi, il lui avait rendu la pareille.

C'était tout. Ce lien physique inattendu, né de leur besoin à tous deux, n'avait plus lieu d'être.

Oui, c'était fini. Et l'après-midi parfumé perdit de sa saveur.

Il prit une profonde inspiration et expira en un soupir presque audible.

18

Le lendemain matin offrit l'occasion à Lauren de s'entretenir en privé avec Sydnam Butler, ce qu'elle n'avait pas encore fait. Il ne se montrait pas souvent pendant la journée et, le soir, il se plaçait dans l'embrasure de la fenêtre du salon dans une posture qui n'incitait pas à lui tenir compagnie. Elle n'avait pas très envie de lui parler, d'ailleurs. Mais elle était venue pour aider Kit à se réconcilier avec sa famille. Or, avait-elle découvert l'avant-veille au soir, la plus profonde de ses blessures était celle qui concernait son jeune frère.

Un certain nombre des messieurs et des grands gar-çons, dont le grand-père de Lauren, était parti à la pêche avec Kit. Les dames, dont tante Clara et Gwen, s'étaient rendues au village pour visiter l'église romane. Lauren était restée pour faire le tour des serres et des plates-bandes de fleurs à couper avec la comtesse pour prévoir les décorations en vue de l'anniversaire. Puis elle accompagna la comtesse douairière dans sa promenade quotidienne jusqu'à la roseraie.

Au retour, elle vit M. Butler qui revenait à cheval, seul. Il semblait s'en tirer à merveille bien qu'il n'eût qu'un bras. Quoi qu'il en soit, elle avait beau être navrée pour lui de ses infirmités, elle ne se sentait pas particulièrement bien disposée à son endroit. Il avait été injuste avec Kit.

La douairière prit le bras de son valet de pied favori pour monter dans sa chambre. Lauren s'excusa et ressortit. Elle ne savait même pas précisément ce qu'elle voulait faire, songea-t-elle en s'arrêtant en haut des marches, les yeux fixés sur l'écurie. Le frère de Kit en sortit bientôt et revint vers la maison. Il boitait légèrement, nota-t-elle. Peut-être une raideur due au cheval – qui, d'ailleurs, sembla se dissiper au bout de quelques pas. Il hésita une seconde en la voyant, puis vint vers elle.

— Bonjour, miss Edgeworth, lança-t-il en touchant le bord de son chapeau avec sa cravache.

— Mister Butler.

Elle éprouva de l'antipathie – et, aussitôt, de la culpabilité. Mais pourquoi se sentir coupable simplement parce qu'il était mutilé ? Il rejetait Kit dans un enfer permanent sans raison. Pourtant, son frère l'aimait toujours.

Il lui sourit, de son sourire de travers, en arrivant au pied des marches.

— Mister Butler, l'arrêta-t-elle au moment où il allait passer à côté d'elle, voulez-vous faire quelques pas avec moi ?

Il la considéra avec un étonnement manifeste. Il inspira – pour refuser, sans doute, devina-t-elle. Mais il referma la bouche, s'inclina et fit demi-tour pour traverser avec elle la terrasse et avancer sur la grande pelouse où avait eu lieu le match de cricket la veille.

— Il ne fait pas tout à fait aussi beau qu'hier, observa-t-il.

— Non. C'est vrai qu'il y a quelques nuages, aujourd'hui.

Elle faillit perdre courage. Mais, peu importe leur marché, elle s'inquiétait pour Kit. Et elle s'était attachée à lui. Bien trop, d'ailleurs. Elle joignit les mains derrière son dos et respira.

— Mister Butler, pourquoi ne voulez-vous pas lui pardonner ?

Il n'essaya même pas de feindre l'incompréhension.

— Ah, fit-il doucement. C'est donc ce qu'il vous a dit ? Pauvre Kit.

— Se méprendrait-il ? demanda-t-elle en fronçant les sourcils.

Il ne répondit pas tout de suite. Ils avançaient en diagonale vers les arbres. Puis il soupira.

— Ce problème est bien trop compliqué, finit-il par dire. Vous n'avez pas besoin de vous en soucier, miss Edgeworth. Ni de craindre que je reste ici indéfiniment troubler votre bonheur avec Kit. Je pars d'ici un mois, je crois. J'ai accepté un emploi chez le duc de Bewcastle.

— Un emploi de régisseur ? Kit s'en désole, vous savez. Il m'a dit que vous n'étiez pas fait pour cette vie-là ; que vous étiez... que vous êtes encore... un artiste. Il vous aime. En avez-vous conscience ?

Il s'arrêta et fixa l'herbe devant eux avant de tourner la tête vers Lauren. Elle vit, bouleversée, combien il avait dû être beau et combien il était défiguré. Mais son antipathie pour lui n'avait pas diminué.

— Et vous croyez que je ne l'aime pas ? répliqua-t-il.

— Je crois que vous n'en êtes pas capable. Sinon, vous lui auriez offert un peu de réconfort. Croyez-vous qu'il n'ait pas souffert simplement parce qu'il ne porte pas vos blessures ?

Alors, la colère le gagna. La fureur, même, à en juger par la raideur de ses épaules, la dureté de son œil et la crispation de sa mâchoire. Mais il attendit d'avoir repris le contrôle de lui-même avant de parler.

— Oui, je sais qu'il a souffert, dit-il sèchement en rebroussant chemin. Cette promenade n'était pas une bonne idée, miss Edgeworth. Sauf si nous convenons de parler de la pluie et du beau temps. Je vous apprécie. Je vous apprécie même beaucoup, bien que je remarque que ce n'est pas réciproque. Vous êtes la bonté et la patience incarnées avec ma grand-mère. Vous êtes aimable avec tout le monde. Vous éprouvez une affection visible pour mon frère. Je vous souhaite beaucoup de bonheur – à tous les deux. Rentrons à la maison, voulez-vous ?

Mais elle en comprit plus que ne disaient ses mots. Elle avait senti une âme triste et solitaire, trop renfermée pour être heureuse. À qui Sydnam Butler pouvait-il confier ses chagrins les plus profonds, comme Kit l'avait fait avec elle l'autre soir ? Y avait-il quelqu'un ? Il semblait tellement seul...

— S'il y a une chose que je sais faire, dit-elle en ignorant son mouvement vers la maison, c'est écouter. Écouter vraiment, je veux dire, et non entendre ce que je m'attends à entendre ou ce que j'ai envie d'entendre. Racontez-moi ce qui s'est passé. Racontez-moi votre version de ce qui s'est passé.

Kit lui avait exposé les faits. Elle ne croyait pas qu'il lui ait menti ou qu'il ait cherché en aucune façon à la fourvoyer. Parfois, cependant, les faits ne suffisaient pas à renseigner sur tout. Il se pouvait que des omissions ou des zones d'ombres changent la perspective. Si l'on demandait à trois personnes de raconter un événement tumultueux, il y avait des chances que l'on en obtienne trois versions similaires mais différentes en tout point de vue.

Il la regarda dans les yeux quelques instants avant de revenir vers elle et de poursuivre la promenade.

— Oui, j'étais l'artiste de la famille. Le rêveur. Le petit dernier un peu frêle pour son âge jusqu'à ce que, à quinze ans, je fasse une grosse poussée de croissance. Je me demande si Kit s'est jamais rendu compte que j'étais devenu plus grand que lui. Jérôme était le frère solide et responsable, celui qui allait hériter et devenir comte. Il était sûr de lui, actif, fort. Kit était celui qui faisait des bêtises, le casse-cou, celui qui s'attirait toujours des ennuis, qui se faisait convoquer le plus souvent dans la bibliothèque de notre père. C'était aussi le plus charismatique, le plus brillant, le plus rieur. Le héros de mon enfance. Je l'adorais.

Lauren ne dit rien. Le soleil apparaissait derrière un gros nuage et les réchauffait agréablement.

— Quant à moi, j'étais le petit chéri. Syd, le gentil rêveur. Celui que l'on protégeait contre tous les dangers, tous les ennemis éventuels, toutes les punitions.

Il rit soudain et Lauren se rendit compte qu'il avait oublié sa présence.

— Une fois, j'ai pris la barque et je l'ai mal rattachée à mon retour de sorte qu'elle a dérivé jusqu'au milieu du lac. Il était, bien entendu, interdit de la prendre sans surveillance. Eh bien Kit a affirmé que c'était lui qui l'avait fait et c'est lui qui a été corrigé. Ensuite, quand j'ai appris l'affaire et que j'ai tenu à rétablir la vérité – j'étais assez fier de mon derrière brûlant –, Kit a de nouveau été battu pour avoir menti. Ils faisaient ce genre de chose sans arrêt, tous les deux, Jérôme et Kit. Ils n'arrêtaient pas de me protéger. Mais j'étais rêveur, vous comprenez. Pas faible.

— Vous trouvez qu'ils vous protégeaient trop ?

— Oui.

Ils étaient arrivés au ruisseau qui gargouillait sur son lit de pierres avant de se jeter dans la rivière. Ils se mirent à le longer.

— Ils faisaient cela parce qu'ils m'aimaient, bien sûr. Mais l'amour peut être un fléau, miss Edgeworth, le savez-vous ?

C'était une question rhétorique à laquelle elle n'essaya même pas de répondre.

— Je rêvais de devenir comme Kit. Le plus long, dans la vie, c'est d'apprendre à se connaître soi-même. Il est bien possible que personne n'y parvienne jamais tout à fait. Inconsciemment, j'ai voulu être aussi audacieux que lui en prenant cette barque et en avouant ma faute. Si j'ai tenu à devenir officier, c'est sans doute pour le même genre de raison. C'était idiot. Je n'étais pas fait pour cette vie-là, bien sûr. Mais j'avais quelque chose à prouver. À Kit et au reste de ma famille. Et surtout à moi-même.

— Et cela s'est mal terminé, glissa Lauren. J'en suis vraiment navrée. Mais ce n'était pas de la faute de Kit, si ? Ce n'est pas lui qui a insisté pour que vous achetiez une commission. Et il a fait tout son possible pour éviter que vous participiez à cette funeste mission de reconnaissance. Quant à sa promesse de vous protéger, elle n'était pas réaliste.

— Mais bien sûr, que ce n'est pas de sa faute, gronda M. Butler d'un air farouche.

Lauren étudia avec curiosité son profil gauche. Décidément, cet homme était beau.

— Mais, alors, pourquoi refusez-vous de lui pardonner ? Il n'y a rien à lui pardonner, en réalité ; il a pris la bonne décision, n'est-ce pas ?

De nouveau, il eut l'air en colère. Ils continuèrent d'avancer. Lauren écoutait le bruit du ruisseau et fixait le chemin tortueux que l'on apercevait entre les arbres.

— Je devais obéissance aux officiers de rang supérieur, finit-il par dire. À l'époque, j'étais lieutenant et Kit commandant, donc deux grades au-dessus de moi. C'était mon supérieur. Et, dans le cas de cette mission, il avait toute autorité. S'il m'avait ordonné de rester pour me faire prendre, je lui aurais obéi sans hésiter. Mais il ne me l'a pas ordonné. C'est moi qui me suis porté volontaire. Vous l'a-t-il dit ?

— Non, reconnut-elle après un petit silence. Il m'a dit que c'était vous qui aviez trouvé le moyen de faire échapper l'un de vous deux.

— Il ne m'a jamais rien ordonné. J'étais volontaire. Il a gardé un silence atroce qui nous a fait perdre de précieuses minutes – je savais qu'il n'existait pas d'alternative. Mais il n'arrivait pas à me donner cet ordre. Je me suis porté volontaire une deuxième fois.

J'ai insisté. J'ai fini par l'embrasser et par lui ordonner – à lui, mon commandant – de s'en aller. J'ai décidé de rester. Même s'il ne me l'a pas ordonné. Parce qu'il faut faire passer son devoir avant son frère, vous comprenez. Je n'ai pas voulu lui infliger le poids d'avoir à prendre cette décision. Je me suis porté volontaire.

— Mais alors… pourquoi ?

— Kit a dû vous raconter que j'avais été torturé. Je vous ferai grâce des détails, miss Edgeworth. J'espère qu'il en a fait de même. Je vous dirai simplement ceci. Pendant des jours et des jours, la mort m'est apparue comme le plus beau, le plus désirable des cadeaux. Il m'aurait suffi, pour l'obtenir, de donner un tout petit renseignement. Je ne l'ai pas fait parce que j'étais un officier et qu'il était de mon devoir de me taire. J'ai résisté parce que j'en étais capable. Je me suis étonné moi-même parce que même l'enfer ne pouvait être pire que ce que j'ai subi. Pardonnez-moi. J'ai fini par savoir – oui, au-delà d'un certain seuil, j'ai acquis la certitude absolue – que j'aurais la force de tenir jusqu'à la mort sans céder. Je l'ai su, et, intérieurement, j'ai exulté. J'étais si fier de moi !

Il rit doucement.

— Et puis Kit et une bande de partisans sont venus me sauver.

Soudain, Lauren comprit. Ce n'était pas la peine qu'il finisse son histoire. Elle avait compris. Mais lui avait besoin d'aller jusqu'au bout maintenant qu'il avait commencé. Ils étaient arrivés au confluent du ruisseau et de la rivière et s'étaient arrêtés. Lauren attendit en regardant les bois de l'autre côté.

— Et je suis redevenu ce pauvre Syd. J'ai subi l'amputation et d'autres interventions douloureuses. Puis le délire de la fièvre et la pénibilité du voyage de retour. Et, tout ce temps, j'étais le pauvre Syd. À l'arrivée, Kit s'est accusé de tout. J'étais le pauvre

Syd que l'on n'aurait pas dû laisser partir. Le pauvre Syd que son frère n'avait pas su protéger. Cet été-là, Kit est passé très près de la folie. Parce qu'il avait sacrifié son petit frère, parce qu'il ne pouvait pas prendre sur lui les blessures et les souffrances du pauvre Syd. Pardonnez mon amertume. Je n'ai jamais pu le leur faire comprendre. Et j'ai fini par renoncer.

— Ils n'ont pas voulu se réjouir avec vous ? demanda Lauren simplement.

Il la regarda vivement.

— Vous, vous comprenez ?

Elle hocha la tête, les yeux pleins de larmes – ce qui lui arrivait de plus en plus souvent, ces derniers temps.

— Oui, je comprends, assura-t-elle en lui posant une main timide sur le bras avant de l'embrasser sur la joue gauche, puis, après une courte hésitation, sur l'autre, atrophiée et violacée. Vous avez une part aussi importante que celle de Kit dans la réussite de la mission. Non. Une part plus importante parce que votre rôle était bien plus dangereux, douloureux et solitaire que le sien. Il n'y a rien de triste, ni de pauvre, ni de pitoyable chez vous, Sydnam Butler. Vous êtes un héros et je vous honore.

Son sourire de guingois était un peu penaud.

— Oui, confirma-t-elle gravement, l'amour peut être un fléau quand il insiste pour envelopper son objet dans du coton, quand il n'a pas confiance dans la force de l'être aimé. Je suis persuadée que vous avez réussi à devenir le régisseur le plus compétent du monde.

Ils rirent ensemble et reprirent le chemin de la maison.

— Il va falloir que vous parliez à Kit, vous savez, lui dit-elle tandis qu'ils approchaient de la terrasse. Même s'il faut pour cela que vous le ligotiez et que vous le bâillonniez.

— Je ne crois pas, non, répondit-il en riant.

— S'il vous plaît… insista-t-elle avec douceur.

Le baron Galton était venu en cabriolet avec sir Melvin Clifford jusqu'au bord de la rivière où les hommes et les garçons s'étaient installés pour pêcher. Mais il préféra remonter à la maison à pied avec Kit et laisser sa place dans la voiture au comte.

— C'est un coin idéal pour la pêche, commenta-t-il.

— Nous avons toujours eu la chance de bien nous y amuser, convint Kit. Il n'y a pas mieux que la pêche pour une matinée de détente.

Les autres marchaient devant, parlaient tous en même temps, semblait-il, avec les prises du jour dans leurs paniers. Kit avait ralenti pour adopter le même rythme que son compagnon.

— Monsieur, dit-il quand ils furent assez distancés pour ne pas être entendus, je compte faire entreprendre des recherches. Comme vous le savez, j'ai été officier de reconnaissance pendant plusieurs années. Je dispose de contacts utiles et au ministère de la Guerre et au ministère des Affaires étrangères. Je connais également beaucoup d'officiers encore en activité. Je préfère vous informer de mes intentions. J'espère découvrir précisément où, quand et comment Mme Wyatt, la mère de Lauren, votre fille, est morte.

— Pourquoi ? s'emporta le baron Galton. À quoi diable cela vous servira-t-il de le savoir ?

Kit fut quelque peu désarçonné par sa brusquerie.

— N'avez-vous pas eu cette curiosité, vous-même, monsieur ?

— Jamais ! assura le vieux monsieur. Il a dû leur arriver une mésaventure au cours de laquelle ils ont trouvé la mort, et la nouvelle ne nous est jamais parvenue. C'est tout. Des gens – des fils, des filles, des parents – meurent tous les jours, Ravensberg. On ne peut rien faire pour les ramener une fois qu'ils sont partis. Il ne sert à rien de gâcher du temps, de l'argent et de l'énergie pour simplement découvrir ce que nous savons déjà. Mieux vaut les laisser en paix et poursuivre le cours de notre propre vie.

C'était une attitude raisonnable, peut-être. Mais il ne semblait pas naturel pour un père de se soucier si peu du destin de sa fille.

— À l'époque, demanda Kit, vous n'avez fait faire aucune enquête ?

— À quelle époque ? répliqua le baron. Ils n'écrivaient pas souvent. Comment aurions-nous pu savoir qu'ils avaient disparu avant que plusieurs années se soient écoulées ? Une enquête aurait été infructueuse.

— Et le comte de Kilbourne n'a rien fait non plus pour retrouver son frère ? Ou savoir ce qui lui était arrivé ?

— Écoutez, Ravensberg.

Le baron Galton s'arrêta et regarda Kit sévèrement, les sourcils froncés.

— Je ne doute pas que vous soyez un jeune homme intelligent, que vous ayez envie d'impressionner votre fiancée en découvrant ce que personne n'a découvert en dix ou quinze ans. Mais suivez mon conseil et abstenez-vous-en. Ne remuez pas ces vieilles histoires.

Kit le fixa un instant. Et, soudain, il comprit.

— En réalité, monsieur, vous savez. N'est-ce pas ?

Le vieux monsieur pinça les lèvres, l'air sombre.

— Ne vous occupez pas de cela, insista-t-il.

Kit se pencha légèrement vers lui, les mains dans le dos.

— Oui, vous savez. Mais pas Lauren. Pourquoi ? Que s'est-il passé ?

— C'était une enfant, voilà pourquoi, répliqua le baron avec irritation. Elle était très bien chez Kilbourne. Elle était heureuse, à l'abri. Elle avait des camarades de son âge et de belles perspectives. Elle n'avait que trois ans quand sa mère est partie. Autant dire que c'était presque un bébé. Elle l'a vite oubliée, comme font les enfants. Kilbourne et la comtesse sont devenus ses parents. Elle n'aurait pu rêver mieux. Vous pouvez constater que la comtesse de Kilbourne l'aime comme sa propre fille.

— Vous croyez que sa mère n'a pas pensé à Lauren ? demanda Kit en fronçant toujours les sourcils. Que Lauren ne s'est pas sentie abandonnée ? Qu'elle n'a pas souffert quand les lettres et les cadeaux, même rares, ont cessé d'arriver ?

— Bien sûr que non ! affirma le baron Galton en se remettant à marcher. Elle n'a jamais posé une question. Elle n'a jamais parlé de sa mère. Elle n'a jamais cessé d'être aussi sereine, aussi heureuse qu'elle l'avait toujours été. Vous pouvez vous demander comment je peux en être aussi certain alors que je ne lui rendais visite que rarement. J'aime ma petite-fille, Ravensberg. Je l'aime énormément. Elle est tout ce que j'ai, ma seule famille. J'aurais tellement voulu la prendre chez moi si cela n'avait été aussi égoïste… Elle était bien plus heureuse là où elle était. J'écrivais toutes les semaines à Kilbourne et, jusqu'à sa mort, il m'a toujours répondu au même rythme. Lauren était une petite fille modèle, puis une jeune fille modèle. Elle n'a sans doute jamais désobéi, ou très rarement. Elle ne négligeait jamais ses leçons ni ses autres devoirs. Elle ne réclamait jamais rien. Elle était plus facile, même, que les enfants de Kilbourne. Il était inutile de la troubler en lui donnant des nouvelles d'une mère qu'elle avait oubliée depuis longtemps.

— Kilbourne aussi, savait la vérité, alors ?

— Bien entendu, répondit le baron Galton. Oubliez votre enquête, Ravensberg. Et ne faites pas de peine à ma petite-fille en réveillant un passé enfoui depuis longtemps.

— Qu'est-il arrivé ? insista Kit.

Le vieux monsieur soupira.

— Sans doute avez-vous le droit de savoir, admit-il. J'aurais estimé qu'il était de mon devoir de vous informer avant que vous ne vous fianciez avec

Lauren, si vous m'en aviez laissé l'occasion. Ma fille était aussi différente de ma petite-fille qu'il est possible de l'être, Ravensberg. Elle nous a toujours donné beaucoup de mal, à sa mère et à moi. Je crois qu'elle n'a épousé Whitleaf que pour nous fuir, même si cette alliance me convenait parfaitement. Et elle lui a donné bien du fil à retordre. Le scandale a éclaté, bien sûr, quand elle a épousé Wyatt dix mois à peine après la mort de Whitleaf. Mais, par miracle, c'est précisément ce mariage qui a donné à Lauren un foyer stable où elle n'a pas tardé à être aimée pour elle-même. Je n'ai jamais entendu ni Kilbourne ni la comtesse se plaindre de ses origines. Et ils étaient tout aussi favorables que moi à un mariage entre leur fils et ma petite-fille.

Ils marchèrent un petit moment en silence. Kit s'abstint de tout commentaire qui aurait pu distraire le vieil homme de ses pensées.

— Leur voyage de noces s'est prolongé indéfiniment, finit par reprendre lord Galton. Elle – Miriam – réclamait sans cesse que Lauren les rejoigne. Mais j'ai toujours refusé de la leur envoyer et Kilbourne m'a soutenu dans cette décision. Il courait toutes sortes de rumeurs sur leur débauche – rumeurs que rapportaient les voyageurs. En fin de compte, Ravensberg, tandis qu'ils se trouvaient en Inde, elle a quitté Wyatt pour s'installer avec un potentat indien fabuleusement riche. De son côté, il a repris ses voyages avec une Française aux mœurs discutables. Il est mort cinq ans plus tard – il y a dix ans – quelque part en Amérique du Sud. Kilbourne n'a pas pris le deuil publiquement, notamment pour épargner Lauren. Il ne voulait pas la faire souffrir en lui donnant des explications. Elle avait seize ans à l'époque – un âge impressionnable.

— Grands dieux ! Et Mme Wyatt ?

— La dernière fois que j'ai eu de ses nouvelles, elle se trouvait toujours en Inde avec un officiel de la

Compagnie des Indes orientales, dit le baron Galton d'un ton cassant. Elle écrit une ou deux fois par an, généralement à Lauren. Pour moi, elle est morte, Ravensberg. Et, si j'ai mon mot à dire, elle le restera également pour ma petite-fille.

— Vous – ou Kilbourne – lui avez caché les lettres de sa mère ? Il ne vous semble pas qu'elle devrait connaître la vérité ? Savoir que sa mère est encore en vie ?

— Non, je ne le crois pas.

Ils approchaient de la maison. C'était une longue marche pour un homme de son âge qui ne devait pas avoir l'habitude de faire beaucoup d'exercice. Il respirait fort.

— Peut-être estimez-vous qu'elle n'est pas un si bon parti, Ravensberg. Mais c'est vous qui avez décidé de précipiter les fiançailles. Et vous allez la traiter avec bonté ou c'est à moi que vous devrez en répondre tant que je serai encore de ce monde.

— Ne vous inquiétez pas de cela, monsieur. J'aime votre petite-fille.

Il avait menti sans réfléchir et il ne pouvait pas revenir en arrière. D'ailleurs, était-ce un si grand mensonge que cela ? Il s'était énormément attaché à Lauren. Il avait passé la moitié de la nuit précédente éveillé, à penser à elle, à regretter qu'elle ne soit pas blottie contre lui, souple et chaude, comme dans la cabane puis sur l'île. Il sentait que, après son départ, il allait y avoir un grand vide dans sa vie. Son besoin de la convaincre de l'épouser se faisait de plus en plus fort – même si elle n'attendait pas un enfant de lui.

Mais comment pourrait-il l'y contraindre quand le plus beau cadeau qu'il pût lui offrir était la liberté ?

— Dans ce cas, vous la protégerez de la sordide vérité, dit le baron Galton, tout comme je l'ai fait. Et tout comme l'ont fait les Kilbourne. Si vous l'aimez, vous ne soufflerez jamais mot à personne de ce qui est arrivé à sa mère. Elle sera bien plus heureuse si elle reste dans l'ignorance.

— Oui, bien sûr, monsieur. Je ferai mon possible pour la protéger.

Sauf qu'elle n'était pas heureuse, songea-t-il. Tous ceux qui l'aimaient depuis toujours se trompaient sur ce point. Elle avait cultivé l'obéissance, la distinction et la placidité pour cacher sa peine d'être une enfant dont sa propre mère ne voulait pas. Elle s'était astreinte à devenir une parfaite *lady* pour gagner l'amour de sa famille adoptive, afin qu'elle ne l'abandonne pas à son tour. Elle pensait que son grand-père n'avait pas voulu la prendre en charge. Et elle croyait – à juste titre, semblait-il – que la famille de son père l'avait ouvertement rejetée.

Non, elle n'était pas heureuse. Elle portait un masque depuis si longtemps que même ses proches prenaient ce masque pour la réalité. Peut-être était-il le seul être au monde à avoir vu la femme profondément belle, sensuelle, rieuse, vive et enthousiaste qu'était la véritable Lauren Edgeworth.

Il n'empêche que c'était une histoire sordide. Dans ces circonstances, peut-être le baron Galton et les Kilbourne avaient-ils bien fait de lui cacher la vérité. Qu'éprouverait-elle en apprenant que sa mère, une femme de mœurs légères, était en vie ?

Qu'elle n'avait jamais cessé d'écrire à sa fille ?

Qu'elle avait demandé qu'on lui rende son enfant ?

— Non.

Kit s'arrêta. Non loin de la maison.

— Non, monsieur. Je ne peux vous donner raison. Lauren a souffert de ne pas savoir la vérité. Elle souffrirait certes de l'apprendre. Peut-être serait-ce lui faire une gentillesse que de continuer de l'épargner mais je ne le crois pas. Je crois qu'elle a le droit de savoir.

— Vous le lui diriez, alors, s'indigna le baron Galton avec une colère manifeste, bien que je vous aie parlé en grande confidence ?

Kit soutint son regard.

— Oui, je crois que je le ferai, monsieur, si vous ne me laissez pas le choix. Je lui dirai la vérité après que je l'aurai épousée. Mais je vous supplie de le faire, vous. C'est de votre bouche qu'elle devrait l'apprendre. Elle a besoin de la vérité. Faites-lui confiance et libérez-la.

— Que je la libère ? répéta le vieux monsieur en fronçant les sourcils.

Il inspira comme pour ajouter quelque chose et se ravisa.

— S'il vous plaît, monsieur ? insista Kit avec douceur.

19

Lauren s'attendait à avoir fort à faire la veille de l'anniversaire de la comtesse douairière puisqu'elle s'était proposée pour aider aux préparatifs de dernière minute. Plus tard, quand elle y repensa, elle s'étonna qu'une journée ne contienne que vingt-quatre heures et puisse être aussi riche en émotions.

Tout commença après le petit déjeuner, alors que la comtesse et elle s'étaient installées dans le boudoir de cette dernière pour rédiger la liste des choses à faire le lendemain. Le comte et la comtesse accueilleraient officiellement tous les visiteurs l'après-midi, dehors si le temps le permettait, et jugeraient les concours qui avaient été annoncés au village et dans les environs un mois plus tôt. Kit et Lauren devaient organiser et superviser les courses des enfants. La comtesse allait...

Mais on frappa à la porte et, sur invitation de la comtesse, tante Clara apparut, l'air contrit, Gwen derrière elle.

— Je suis confuse de vous déranger, lady Redfield, s'excusa tante Clara en levant la main droite pour révéler une lettre dépliée. Mais je ne pouvais pas attendre pour annoncer la nouvelle à Lauren.

Celle-ci se leva. Elle avait remarqué l'excitation contenue de Gwen et la couronne ducale sur l'en-tête de la page. La couronne du duc de Portfrey.

— Elizabeth a donné le jour à un fils, annonça tante Clara avant qu'elles ne tombent dans les bras les unes des autres en pleurant de joie et en poussant des exclamations. La mère et l'enfant se portent bien.

— La duchesse de Portfrey ? s'enquit la comtesse en se levant à son tour pour embrasser Lauren. Voilà une merveilleuse nouvelle et l'excuse rêvée pour interrompre un moment notre travail. Asseyez-vous, mesdames. Je vais faire monter un pot de chocolat. Je suis certaine que Lauren meurt d'envie d'entendre chaque mot de cette lettre. Et moi aussi.

Le duc écrivait que son fils était arrivé plus tôt que prévu, avec dix doigts, dix orteils, des poumons puissants et un appétit d'ogre. Elizabeth se remettait bien de la délivrance qui avait été longue et difficile. Dès que la mère et l'enfant pourraient voyager sans risque, il comptait les emmener à Newbury Abbey où le tout jeune marquis de Watford pourrait faire la connaissance de Lily, sa demi-sœur, et où Elizabeth pourrait être entourée des soins et de l'affection de sa famille pendant presque un mois.

— Oh, Lauren ! fit Gwen en serrant plus fort les mains de sa cousine. Mère et moi allons devoir rentrer plus tôt que prévu préparer leur arrivée. Il est vrai que nous n'aurons rien à faire, du reste. Lily et Nev sont parfaitement à même de s'occuper de tout. N'oublions pas que le duc est le père de Lily. Et Elizabeth la tante de Neville ; la mienne également.

Elle sourit, les yeux encore humides.

— Naturellement, vous aurez envie d'être là pour l'arrivée des Portfrey, devina la comtesse. C'est parfaitement compréhensible. J'espère seulement que vous resterez parmi nous pour la fête d'anniversaire, demain ?

— Nous ne la manquerions sous aucun prétexte, assura tante Clara. Mais peut-être pourrions-nous partir le lendemain. Lauren, il faut que vous restiez et…

— Oui, elle va rester, bien sûr, affirma la comtesse en tapotant le bras de la jeune fille. Je commence à me demander comment j'ai pu survivre jusqu'à maintenant sans son aide et son soutien. J'aurai beaucoup de mal à m'en séparer, lady Kilbourne, même si je sais qu'il faudra que je la laisse rentrer à Newbury pour préparer son mariage.

— Oui, confirma tante Clara.

Sur quoi ces dames se mirent à parler mariage tandis que Gwen faisait un clin d'œil à Lauren en lui souriant affectueusement. Lauren se sentait honteuse et terriblement triste. Si seulement elle avait pris le temps de réfléchir lors de ce funeste tête-à-tête à Vauxhall !

Plus tard dans la matinée, alors qu'elle revenait de la roseraie avec la comtesse douairière et lady Irène, elle trouva Kit et son grand-père qui l'attendaient manifestement sur la terrasse, l'air aussi sombre l'un que l'autre. Elle aussi était contrariée. La décision de tante Clara de rentrer le surlendemain avec Gwen lui avait fait prendre conscience que plus rien ne la retenait à Alvesley. Sydnam Butler allait parler à Kit ; sa tâche à elle était terminée. Son cœur se serra tandis qu'elle avançait vers lui, songeant qu'elle allait devoir bientôt partir et ne plus jamais le revoir. Elle se sentit gagnée par la nausée mais réussit à sourire.

— Venez marcher un peu avec nous, Lauren, la pria son aïeul après avoir échangé quelques amabilités avec les deux vieilles dames.

— Volontiers, grand-père, répondit-elle en lui donnant le bras et en fixant Kit d'un air interrogateur.

Mais son visage ne trahissait rien.

Ils prirent la direction de l'écurie.

— Tante Clara a reçu une lettre du duc de Portfrey, annonça-t-elle.

— Oui, c'est ce que nous avons appris, répondit le vieil homme.

Kit marchait en silence de l'autre côté de Lauren, les mains dans le dos.

— Je m'inquiétais pour Elizabeth, avoua-t-elle. C'est un âge avancé pour avoir un enfant.

Et si elle-même attendait un bébé ? se demanda-t-elle pour la énième fois. Que se passerait-il ? Il faudrait qu'elle épouse Kit. Il serait obligé de l'épouser.

Ils continuèrent de marcher en silence jusqu'à la pelouse de l'autre côté de l'écurie, où ils prirent la direction du lac.

— Qu'y a-t-il ? finit-elle par demander.

Son grand-père se racla la gorge.

— Vous avez toujours été heureuse à Newbury Abbey, Lauren ? s'enquit-il. On vous a toujours bien traitée ? Vous n'avez jamais eu l'impression que le comte et la comtesse vous en voulaient de quoi que ce soit ? Qu'ils vous aimaient moins que leurs propres enfants ?

Elle le regarda, étonnée.

— Grand-père ? Vous savez bien que j'y ai toujours été heureuse. Vous savez qu'ils n'ont tous eu que des bontés pour moi. Ce qui est arrivé l'année dernière est malheureux, mais Neville m'avait dit de ne pas l'attendre quand il est parti à la guerre. Et, à son retour, il croyait réellement que Lily était morte. Il ne m'aurait jamais fait souffrir délibérément. Pourquoi me...

Mais il lui tapotait la main et se raclait à nouveau la gorge.

— Vous est-il arrivé de penser à votre mère ? voulut-il savoir. D'être triste qu'elle ne soit pas auprès de vous ? Avez-vous souffert qu'elle ne soit pas revenue ? Eu l'impression qu'elle vous avait abandonnée ?

— Grand-père ?

— Dites-moi.

Elle songea à nier. Le déni était chez elle une seconde nature. Mais qu'est-ce qui le poussait à lui poser ces questions ? Et que faisait Kit avec eux, présence silencieuse à côté d'elle ? Elle en avait assez de nier. Plus qu'assez. Et pas seulement de nier.

— Oui, dit-elle. Oui, à toutes vos questions.

Il inspira et expira dans un lent soupir.

— Et vous est-il arrivé de songer que je ne voulais pas vous avoir auprès de moi ?

Ah. Parfois, la vérité semblait impossible à dire. Trop douloureuse.

— Vous étiez seul, grand-père, et vous n'étiez plus un jeune homme. Vivre avec un enfant en permanence aurait été pour vous un lourd fardeau. Je ne vous en ai pas voulu. Jamais. J'ai toujours su que vous m'aimiez.

— Parfois, je mourais d'envie de vous prendre avec moi, avoua-t-il. Quand je venais vous voir, je rêvais de repartir avec vous – je rêvais que vous me le demandiez pour que cela ne semble pas égoïste. Mais vous étiez bien plus heureuse là-bas, chez des gens plus jeunes, avec d'autres enfants.

— Grand-père...

— Parfois, fit-il, les enfants sont sages, obéissants et gais et l'on en déduit qu'ils sont parfaitement heureux. Et, parfois, l'on se trompe. Je me suis trompé, n'est-ce pas ?

— Oh, non ! protesta-t-elle. J'étais heureuse, grand-père !

— Il faut que je vous parle de votre mère.

Ils étaient arrivés à la berge du lac, là où tout le monde s'était baigné après la partie de cricket. L'endroit était calme, maintenant. Désert. Mais que voulait-il dire ? *Il faut que je vous parle de votre mère.*

Ils étaient debout côte à côte, au bord de l'eau. Elle ne lui donnait plus le bras. Kit s'était éloigné pour s'adosser à un arbre mais il pouvait les entendre.

Soudain, Lauren eut froid. Elle éprouvait une crainte inexplicable.

— À quel sujet ?

Alors, il raconta.

Une brise légère ridait la surface du lac. Des nuages couraient dans le ciel. C'était fou comme la couleur de l'eau pouvait varier. Autant que celle du ciel.

Quelqu'un avait dû emmener les enfants faire une promenade. Leurs voix, leurs cris, leurs rires résonnaient au loin.

Toujours adossé à son arbre, Kit n'avait bougé que pour croiser les bras.

Son grand-père se racla la gorge. Ce fut Lauren qui rompit le silence qui s'était installé à la fin de son récit.

— Elle est encore vivante ?

Oui. Et elle le savait à présent. Mais il ne put s'empêcher de préciser :

— En tout cas, elle l'était encore tout récemment.

— Et vous avez continué de recevoir ses lettres depuis la dernière fois que j'ai eu de ses nouvelles, quand j'avais onze ans ?

— Il valait mieux que vous la croyiez morte, Lauren. Kilbourne et moi étions d'accord sur ce point.

— Elle voulait que je vienne voyager avec eux ?

— Vous étiez bien mieux là où vous étiez.

Elle était vivante. Elle aurait voulu avoir Lauren auprès d'elle. Elle était vivante. Elle avait continué à écrire. Elle était en Inde où elle avait vécu avec au moins deux hommes qui n'étaient pas son mari. Elle était vivante.

Elle était vivante !

— Les lettres ? demanda-t-elle avec une soudaine frénésie. Les lettres, grand-père, les avez-vous détruites ?

— Non.

— Elles existent encore ? Toutes les lettres qu'elle m'a écrites ? Pendant quinze ans ?

— Oui. Les trente-deux, répondit-il d'un ton égal et lourd. Je les ai toutes. Encore cachetées.

Elle porta la main à sa bouche et ferma les yeux de toutes ses forces. Au moment où elle se sentait défaillir, deux mains fortes la retinrent par-derrière.

— Je crois qu'il vaut mieux que vous retourniez à la maison, monsieur, intervint Kit. Allez vous reposer : je vais m'occuper d'elle.

— Vous voyez ? jeta son grand-père d'un air bouleversé et accusateur. Il ne fallait pas faire cela, Ravensberg. Que le diable vous emporte. Ce n'était pas une bonne idée.

Elle fit un effort pour s'arracher au gouffre dans lequel elle se sentait tomber.

— Si, grand-père, il fallait. Vous avez bien fait, souffla-t-elle, les paupières closes.

Elle le sentit plus qu'elle ne l'entendit s'éloigner. Puis Kit lui passa un bras ferme autour de la taille et l'attira contre lui, l'aidant à marcher le long du lac. Elle inclina la tête de côté pour la poser sur son épaule.

— Elle est vivante.

— Oui.

— Et elle voulait de moi. Elle m'aimait.

— Oui.

— Et elle n'a jamais cessé de m'aimer.

— Non.

Quand elle trébucha, il l'enlaça encore plus étroitement pour la retenir. Ils s'étaient arrêtés sur une ravissante portion de la berge dont les pieds des arbres étaient garnis d'anémones. Un peu plus loin, on apercevait le petit temple.

— Kit, dit-elle. Kit.

— Oui, mon amour.

Elle sanglota. Longuement, sans pouvoir s'arrêter, comme submergée par un torrent de larmes. Elle pleurait sur la petite fille seule et triste qu'elle avait été, sur la jeune fille qui se sentait plus seule encore bien qu'elle fût entourée d'amour. Sur la terrible cruauté de l'amour – l'amour de ceux qui l'avaient aimée. Sur sa mère qui n'était pas morte, qui l'avait aimée suffisamment pour lui écrire trente-deux lettres en quinze ans, toutes restées sans réponse. Sur sa mère qui ne pourrait jamais rentrer parce qu'elle s'était conduite d'une façon que la société anglaise jugeait impardonnable.

Kit la souleva dans ses bras, s'assit dans l'herbe avec elle et lui ôta son chapeau. Il la tint sur ses genoux et la berça en lui murmurant à l'oreille des mots sans suite.

Elle finit par se calmer. Le soleil qui perçait derrière un nuage brillait sur le marbre blanc de la folie dont le reflet tremblait à la surface de l'eau.

— Aurait-il fallu ne pas vous le dire ? demanda Kit avec douceur.

— Non.

Elle se moucha, remit son mouchoir dans la poche et appuya de nouveau la tête sur l'épaule de Kit.

— Les gens que l'on aime sont souvent plus forts qu'on ne l'imagine, assura-t-elle. Il est sans doute dans la nature de l'amour de vouloir prendre sur soi la peine au lieu de voir souffrir les siens. Mais la douleur vaut mieux que le néant. Kit, toute ma vie, j'ai été si pleine de vide. Quel drôle de paradoxe, n'est-ce pas ?

Il lui baisa la tempe.

— C'est vous, n'est-ce pas ? C'est vous qui avez persuadé mon grand-père de faire cela.

— Je le lui ai conseillé, admit-il.

— Merci, fit-elle en se blottissant contre lui. Oh, Kit, merci !

Il lui baisa de nouveau la tempe. Puis, quand elle tourna le visage vers lui, la bouche.

— Je dois être laide à faire peur, remarqua-t-elle.

Il se recula un peu pour l'examiner.

— Seigneur, oui ! confirma-t-il. Il va falloir que je rassemble tout mon courage pour ne pas rentrer à la maison en courant et en hurlant.

— Idiot !

Il allait avoir des rides aux coins des yeux bien avant d'être vieux, songea-t-elle en contemplant son air rieur.

Mais ce n'était que le début de sa journée mouvementée.

La journée du lendemain allait être consacrée aux invités et aux festivités organisées. Ce dernier jour serait donc réservé à la famille. C'est ce qui fut décidé à l'unanimité pendant le déjeuner et Sydnam proposa un pique-nique sur la plus haute colline au bout d'un chemin sinueux. L'enthousiasme fut général.

On passa aussitôt à l'action. Les mères montèrent à la nursery pour préparer les jeunes enfants et la plupart des adultes rejoignirent leur chambre pour se changer. Sydnam se rendit à l'écurie faire atteler le cabriolet pour sa grand-mère qu'il avait convaincue d'être de la partie. Lauren et Marjorie Clifford descendirent à la cuisine pour persuader, à force de cajoleries, la cuisinière de préparer un pique-nique pour le thé et deux valets de pied de porter le panier en haut de la colline.

Le point culminant offrait une vue panoramique sur la campagne environnante. Pour cette raison, le paysagiste avait décidé de ne pas planter d'arbre ni d'édifier de folie au sommet pour ne pas cacher la vue. Au lieu de cela, il avait ménagé une grotte d'ermite dans son flanc, assez haut. Il n'y avait jamais eu d'ermite bien sûr, mais les enfants adoraient cet endroit et ils furent les premiers à monter.

Les adultes suivirent plus lentement. Toute la famille était venue, sans exception. Frederick et Roger Butler joignirent leurs mains au pied de la pente pour monter leur grand-mère – malgré ses protestations – après qu'on l'eut aidée à descendre de voiture. Boris Clifford lui avait installé une chaise au sommet et Nell y avait ajouté un coussin pour son dos. Lawrence Vreemont et Kit portèrent lady Irène tandis que Claude et Daphné Willard s'occupaient de sa chaise. Les deux belles-sœurs trônaient maintenant en haut de la colline, remarqua Clarence Butler. Lauren leur ouvrit leur ombrelle et Gwendoline aida Marianne à disposer des couvertures dans l'herbe pour les adultes qui souhaitaient se reposer un peu après cette ascension.

Kit s'assit et se prépara simplement à passer un bon moment. Lauren avait les joues roses et les yeux brillants, observa-t-il. Elle était particulièrement jolie. Après leur retour du lac, tout à l'heure, elle était montée chez son grand-père et était restée avec lui jusqu'au déjeuner. Elle était redescendue au bras du vieil homme. Depuis, elle semblait heureuse.

Ses paroles lui revinrent en mémoire. Il ne put se retenir de se remémorer certaines phrases qu'elle avait prononcées. *Kit, toute ma vie, j'ai été si pleine de vide.*

Il était tellement soulagé de savoir qu'il avait eu raison d'insister auprès du baron Galton… Pour une fois, il avait bien agi…

Mais il n'eut guère le temps de réfléchir – ni même de reprendre son souffle. Les enfants, qui étaient pourtant parfaitement capables de se distraire tout seuls, ne purent résister à la tentation de les taquiner tous. Ils se lassèrent de pourchasser bandits et monstres de la caverne à pied et réclamèrent des chevaux. Bien entendu oncles, cousins et pères allaient faire de splendides destriers.

Kit galopa sur la colline une bonne heure, chevauché par différents bambins. Les dames furent également mises à contribution pour faire une ronde. Quand tout le monde se laissa tomber par terre, Lauren riait. La petite Anna se jeta sur elle, suivie par

David et Sarah. Elle les serra dans ses bras tandis que leurs mères les réprimandaient et leur enjoignaient de ne pas lui faire mal.

Leur attention fut bientôt distraite par les acrobaties du jeune Benjamin qui avait découvert que l'on pouvait rouler en bas de la pente. Il avait mis sa théorie à exécution avec des cris de joie. Bientôt, les chevaux humains furent abandonnés au profit de ce nouveau jeu. Tous les enfants, petits et grands, pouvaient participer.

Sarah se mit à tirer Lauren par la main. Un peu à l'écart, Kit suivait la scène d'un regard amusé. Lauren se mit à rire en secouant la tête mais David la prit par l'autre main et ils s'approchèrent de la pente.

— Allez-y ! lança Frederick en interrompant sa conversation avec lady Muir.

Sebastian porta deux doigts à sa bouche pour siffler. Phillip lança un cri de joie. Tout le monde se tourna pour regarder.

Lauren riait toujours.

— Je vous défie de le faire ! dit Roger.

Alors, elle ôta son chapeau, s'assit dans l'herbe, puis s'allongea et roula jusqu'en bas dans un tourbillon de mousseline, de bras nus, de chevilles fines et de boucles brunes. Et dans un éclat de rire.

Kit la suivit des yeux, enchanté. Mais ce fut lady Muir qui s'approcha de lui, posa la main sur sa manche et dit tout haut ce qu'il pensait tout bas.

— C'est vraiment Lauren ? Je n'en crois pas mes yeux, lord Ravensberg. Je bénis le jour où elle vous a rencontré.

Lauren s'était redressée, à genoux, et ôtait l'herbe de sa robe en regardant en haut. Elle riait toujours.

— Ce serait beaucoup plus facile si nous n'avions pas de bras pour nous gêner, lança Lauren à la cantonade.

Il y avait eu l'instant de leur rencontre, ce premier instant où leurs regards s'étaient croisés, à Hyde

Park. Et puis celui où la vérité avait enfin éclaté. Au bal ? À Vauxhall ? Quand elle était arrivée à Alvesley ? Quand elle avait accepté tous ses défis ? Bien sûr qu'elle lui était devenue très chère. Évidemment. Il était éperdument amoureux d'elle.

Il l'aimait.

Sydnam la regardait aussi.

— Ah ! repartit-il joyeusement. Si c'est plus facile sans les bras, je ne devrais pas être trop mauvais.

Et, sous les cris exubérants des enfants, il roula jusqu'en bas de la colline pour s'arrêter près de Lauren.

Kit se raidit quand tout le monde autour de lui sifflait et applaudissait. Syd se releva et tendit la main à Lauren. Puis leva la tête vers Kit et croisa son regard. Son petit frère riait !

Lauren et Sydnam remontèrent main dans la main tandis que les enfants jouaient et que la plupart des adultes s'étaient détournés pour voir leur thé arriver. Ils s'arrêtèrent devant Kit, main dans la main. La gêne s'installa.

— Il faut que je te dise, fit Sydnam d'une voix si basse que seuls Lauren et Kit pouvaient l'entendre, quand je t'ai assuré, le soir de ton retour, que je ne voulais rien de toi et que tu m'as demandé si cela incluait ton amour. J'ai dit oui. Et j'ai menti.

Kit déglutit avec difficulté, soudain terrifié à l'idée de pleurer, là, devant tout le monde.

— Je vois, réussit-il à répondre non sans une certaine raideur. J'en suis ravi.

C'était la première fois que Syd lui adressait la parole de son plein gré depuis cette nuit il y a trois ans, où il lui avait sommé de partir et de ne pas revenir. Mais pourquoi tenait-il la main de Lauren ? Leurs doigts se séparèrent à cet instant ; Sydnam sourit et voulut se détourner.

— Syd, le rappela vivement Kit. Je... euh...

D'ordinaire toujours tellement impeccable, Lauren était méconnaissable – sans chapeau, les cheveux en désordre et pleins d'herbe, les joues rosies, les yeux brillants. Elle glissa un bras sous celui de Syd, un sous le sien et s'éloigna des couvertures et des enfants qui continuaient à rouler bruyamment.

— J'ai réfléchi à une chose que Lauren m'a dite ce matin et que je n'arrive pas à me sortir de la tête, même si elle ne parlait ni de toi ni de moi, Syd, commença Kit. Elle a dit que les gens que nous aimions étaient plus forts que nous ne l'imaginions. C'est vrai, n'est-ce pas ? Tu es plus fort. Et Dieu sait que je t'aime.

— Oui, avoua Syd.

— Et je t'ai humilié l'autre soir, en venant à ton secours quand Catherine a voulu que tu valses avec elle.

— Oui.

— J'imagine que cela arrive sans arrêt – avec père, et mère, et tous tes anciens amis, et les voisins...

— Oui, admit Syd. Mais surtout avec toi, Kit.

Ils ne descendirent pas la pente. Ils restèrent à regarder la campagne qui s'étalait sous leurs yeux, la prairie dans laquelle Kit et Lauren avaient fait la course l'autre jour.

— Tu es un artiste, Syd.

La douleur lui étreignait de nouveau la gorge ; la terrible, l'impuissante pitié pour ce frère qu'il adorait depuis l'enfance.

— Et te voilà condamné à être régisseur, ajouta-t-il.

— Oui, reconnut Syd. Il n'a pas été facile de m'adapter. Et peut-être ne m'y ferai-je jamais tout à fait. Peut-être qu'être un excellent régisseur ne compensera jamais totalement le fait que je ne puisse plus jamais peindre. Mais c'est mon problème, Kit. C'est à moi de m'habituer à ma nouvelle vie. Je ne m'en suis d'ailleurs pas trop mal tiré jusqu'à maintenant. J'aimerais qu'on me reconnaisse un peu de mérite. Je n'ai pas besoin de ta compassion. Seulement de ton amour.

Lauren leur donnait toujours le bras, formant un lien physique entre eux, une sorte de pont. Cette femme était merveilleuse. Elle glissa la main dans la sienne et noua les doigts aux siens.

— Je ne peux pas me pardonner ce qui est arrivé, dit Kit. Je n'y arrive pas, Syd. Tu n'aurais jamais dû venir dans la Péninsule. Et encore moins m'accompagner dans cette mission. C'est ma négligence qui nous a fait tomber dans ce piège. Et, ensuite, je t'ai laissé subir... cela, pendant que je m'échappais. Ne me dis pas que c'est ta vie et que cela ne me regarde pas. Cela me concerne. Je t'ai condamné à vivre infirme et je m'en suis tiré indemne.

— Je trouverais ta réponse insultante si je ne comprenais ta douleur, mon frère. Kit, c'est moi qui ai choisi de devenir officier. Officier de reconnaissance. Nous n'aurions pu prévoir. Et je me suis porté volontaire pour servir de leurre.

Était-ce vrai ? Oui, bien sûr. Mais cela changeait-il quoi que ce soit ? Syd avait-il eu le choix ? S'il ne s'était pas porté volontaire, Kit aurait dû lui donner l'ordre de se sacrifier. Mais son cadet lui avait épargné cette décision.

— Je ne dirai pas que j'ai apprécié ce qui a suivi, poursuivit Sydnam. À vrai dire, ce fut un véritable enfer. Mais j'étais fier de moi, Kit. J'avais enfin prouvé que j'étais ton égal et celui de Jérôme. Peut-être même vous avais-je surpassés, tous les deux. Je m'attendais à ce que, toi aussi, tu sois fier de moi. Et que tu le cries à tous à notre retour. Je pensais que tu chanterais les louanges de mon courage et de mon endurance. Je reconnais que c'était très vaniteux de ma part.

— Au lieu de cela, je t'ai rabaissé, reconnut Kit calmement. En m'accusant de tout et en attirant l'attention de tous sur ma folie grandissante. Je t'ai fait passer pour une victime.

— Oui, confirma Sydnam.

— Alors que j'ai toujours, toujours été fier de toi. Tu n'avais rien à prouver, Syd. Tu étais mon frère.

Ils continuèrent à admirer le paysage, le vent dans le dos, le bruit des rires et des voix derrière eux.

Kit laissa échapper un petit ricanement.

— En fait, c'est bien de moi que vous parliez, Lauren. Qu'avez-vous dit d'autre, ce matin ? « Il est sans doute dans la nature de l'amour de vouloir prendre sur soi la peine au lieu de voir souffrir les siens. » En un sens, Syd, mon rôle a été aussi dur que le tien. Et pardonne-moi si je t'insulte en te disant cela.

— Oui, je sais, convint son frère. Je me suis toujours félicité de ne pas avoir été celui qui devait s'échapper. Je n'aurais jamais supporté de te voir dans cet état. Il est plus facile de souffrir soi-même que de voir souffrir ceux que l'on aime.

— Vous, je ne sais pas, dit Lauren au bout d'un petit moment, mais, moi, je meurs de faim.

Kit tourna la tête pour lui sourire et croisa le regard de son frère par-dessus la tête de la jeune femme. Avait-il l'air aussi penaud que lui ? Sans doute.

— Viens, Syd, lui enjoignit-il. Voyons comment tu te débrouilles pour manger du poulet d'une main – et de la gauche, en plus.

— J'aurai un net avantage s'il est gras, repartit Syd. Je n'aurai qu'une main à laver après.

Kit serra celle de Lauren dans la sienne en bénissant une fois de plus le moment où il avait relevé la tête à Hyde Park pour plonger dans les yeux d'une Lauren Edgeworth aussi choquée que guindée.

Et qui voulait toujours rompre leurs fiançailles.

20

Encore en chemise de nuit, Lauren se tenait à la fenêtre de sa chambre à regarder se lever un jour qui promettait d'être magnifique. Il n'y avait pas un nuage dans le ciel. Pas même une petite brise sur les branches immobiles. On pouvait oublier toutes les alternatives prévues en cas de pluie. La comtesse allait être soulagée. Tout serait parfait pour l'anniversaire de la douairière.

Demain, tante Clara et Gwen retournaient à Newbury. Et son grand-père avait également décidé de rentrer chez lui, dans le Yorkshire. Il allait envoyer à Lauren toutes les lettres de sa mère par courrier spécial. À Newbury plutôt qu'ici, conformément à ce qu'elle lui avait demandé.

Elle était venue à Alvesley pour aider Kit à échapper à des fiançailles dont il ne voulait pas. C'était fait. Elle devait également l'aider à se réconcilier avec sa famille qui l'avait rejeté, chassé il y a trois ans. Et, cela aussi, c'était fait. Elle y était parvenue à temps pour cet anniversaire, si bien que Kit allait pouvoir profiter pleinement de la fête avec sa famille, et réciproquement. Il ne lui restait rien à faire.

Elle était également venue pour l'aventure, découvrir la vie que menaient les autres, ceux qui ne s'étaient pas disciplinés au point de perdre toute spontanéité et toute joie de vivre. Et, des aventures, elle en avait vécu en abondance. Elle s'était baignée dans le lac – elle s'était même baignée nue, une fois –, avait grimpé aux arbres, fait la course à cheval, joué avec des enfants, s'était roulée dans l'herbe avec eux. De toutes petites aventures, en somme.

Elle était sortie seule, une nuit, et avait dormi dans une cabane avec Kit. Dans le même petit lit que lui. Et puis elle lui avait offert sa virginité sur l'une des banquettes de velours de la galerie des portraits. Et elle avait de nouveau fait l'amour avec lui parmi les fleurs sauvages. Une aventure beaucoup plus grande.

Des rires et des voix la firent se pencher à la fenêtre pour regarder en bas. Phillip et Penelope Willard ainsi que Crispin et Marianne Butler sortaient faire une promenade matinale. La journée commençait.

La dernière journée.

Plus de nouvelles expériences ; elle en avait déjà trop fait. Inutile de retarder l'inévitable. Demain, elle partirait avec tante Clara et Gwen, même si elle comptait n'en rien dire à personne avant la fin de la journée. Si elle ne partait pas très bientôt, elle risquerait de rester toujours.

Non, elle ne se raccrocherait pas à ce doux rêve, à un Kit au sens de l'honneur et à l'attachement certains. Toute sa vie, elle s'était cramponnée à son unique espoir de se faire une place quelque part en sécurité – son mariage avec Neville. Lorsque son ancre avait été brusquement arrachée, elle s'était mise à dériver sur un vaste océan d'un vide terrifiant.

Cette fois, son cœur ne se briserait pas. Elle souffrirait, elle le savait. Elle souffrirait même longtemps. Toute sa vie, peut-être. Mais il ne se briserait pas. Elle avait la force de continuer seule. Elle en était capable désormais et c'était ce qu'elle allait faire.

Ici, à Alvesley, elle avait appris une chose inestimable. Et c'était à Kit qu'elle le devait. Le monde, avait-elle découvert, son monde ne deviendrait pas chaos si elle, Lauren Edgeworth, riait.

On frappa doucement à la porte derrière elle et sa femme de chambre entra avec sa tasse de chocolat.

La matinée aussi devait être réservée à la famille. Le calme avant la tempête. Tout le monde se rendit au village pour une messe de célébration dans l'église. Ensuite, il était prévu que la comtesse douairière rentre à la maison dans la première voiture afin de se reposer tranquillement dans ses appartements privés jusqu'au début des festivités.

Sauf que son retour fut retardé de près d'une demi-heure. Tout le village semblait s'être donné rendez-vous à la grille du cimetière qui jouxtait l'église pour acclamer la douairière, lui présenter ses respects et faire pleuvoir sur elle une pluie de pétales de fleurs. Elle reverrait tout le monde dans l'après-midi mais elle tint à s'arrêter bavarder avec quelques-uns – ce qui n'était pas facile, pour elle – et donner des pièces aux enfants.

Enfin, elle s'en retourna au domaine, lady Irène à ses côtés. Une longue file de voitures, de barouches, de carricks avançait lentement pour prendre les autres membres de la famille.

Kit prit le bras de Lauren.

— Acceptez-vous de rentrer à pied avec moi ?

— Bien sûr, répondit-elle le sourire aux lèvres.

Son chapeau et les rubans qui gansaient sa robe de mousseline légère étaient assortis à ses yeux. Elle était ravissante.

— Je voudrais passer voir quelqu'un, annonça Kit.

La veille au soir, après que tout le monde était monté se coucher, il était resté au salon parler avec son père. Syd aussi était resté, dans l'embrasure de la fenêtre, auditeur silencieux de leur conversation. Kit avait commencé par s'excuser de son attitude passée.

— C'est oublié, avait dit son père. La page est tournée.

Mais Kit n'était pas de cet avis. Alors il s'était lancé. Mal à l'aise, d'abord, puis de plus en plus détendu à mesure que les mots sortaient.

— Il est vrai que je vous ai chassé, l'interrompit son père à un moment donné, mais cela n'avait rien de définitif. Je ne vous ai pas banni. Vous l'avez interprété ainsi, Kit. Mais je n'ai pas cherché à vous détromper. J'étais têtu comme une mule. Savez-vous que vous tenez de moi sur ce plan ? Comme vous n'écriviez pas, votre mère a voulu que ce soit moi qui le fasse. Mais j'ai refusé. Jérôme a insisté mais j'ai refusé. Et il ne l'a pas fait non plus, bien sûr. Ni votre mère. Quels imbéciles nous faisons tous ! Vous y compris. Les querelles de familles sont les pires. Il est très difficile d'y mettre un terme.

— Jérôme voulait que vous m'écriviez ?

Il existait un accord entre Jérôme et Freyja depuis plusieurs années, semblait-il. Un destin commun qu'aucun des partis n'était prêt à précipiter. Mais, alors, Kit était rentré, à demi délirant, dans une colère noire contre le monde entier et notamment contre lui-même. Sa famille l'avait regardé, impuissante, se jeter dans une poursuite passionnée de Freyja qui, selon les siens, n'avait rien à voir avec de l'amour. Jérôme, qui s'en inquiétait particulièrement, s'était rendu à Lindsey Hall pour s'entretenir avec Bewcastle – et avec Freyja elle-même. Avaient suivi l'annonce des fiançailles et les fameuses bagarres.

— Il ne vous en a jamais voulu, savez-vous, Kit ? précisa le comte. Au contraire, il s'est reproché d'avoir fait le contraire de ce qu'il fallait. Il aurait dû parler avec vous, essayer de vous expliquer, n'a-t-il cessé de répéter par la suite. De frère à frère. Sauf qu'il n'y avait guère moyen de parler avec vous, cet été-là. Après votre départ, il n'a cessé de reporter la date des noces. Il voulait que vous soyez là et faire la paix avec vous avant d'épouser Freyja. Et que vous vous rendiez compte qu'elle n'était pas faite pour vous. Il voulait que je vous écrive ; il était trop entêté pour le faire lui-même.

— Et puis, soudain, il a été trop tard...

— Oui.

— Il n'a jamais cessé de t'aimer, Kit, était intervenu Syd. Aucun de nous n'a jamais cessé de t'aimer. Il faut que tu cesses de te punir. Cela dure depuis trop longtemps. Pour nous tous.

Il y avait des années que Kit n'était pas retourné sur la concession de sa famille, derrière l'église. Son grand-père était l'idole de son enfance. Il s'était rendu sur sa tombe régulièrement au cours des années qui avaient suivi sa mort. À ses dix-huit ans, il était entré dans l'armée et avait cessé de venir.

— C'est ici qu'est notre famille, apprit-il à Lauren en franchissant la petite grille entre les deux haies basses, taillées avec soin, qui séparaient la concession du reste du cimetière. Il y a onze ans que je ne suis pas venu.

Il n'eut aucun mal à trouver la tombe de son grand-père. Il y avait des roses fraîches dans le vase de marbre sur la pierre ; sa grand-mère était venue la veille, après le pique-nique, avec ses deux fils et sa fille. Une autre tombe avait eu cet honneur ; celle qui n'était pas là il y a onze ans. De tout ce qui était écrit, Kit ne vit que deux mots.

Jérôme Butler.

Il tenait la main de Lauren, réalisa-t-il. Il la serrait fort. Sans doute à lui faire mal. Puis il la lâcha et lui passa un bras autour des épaules.

— Mon frère, dit-il inutilement.

— Oui.

— Je l'aimais.

— Oui.

Il avait eu peur de ce moment. Il avait craint d'être envahi par l'amertume et les regrets à la pensée de cette réconciliation qui n'avait pas eu lieu. Mais cela n'avait guère d'importance, découvrait-il maintenant. L'amour ne mourait pas d'une simple querelle. Ils avaient été proches, tous les trois, Jérôme, Kit et Syd. Ils avaient joué, ils s'étaient battus, ils avaient ri ensemble. Ils étaient frères. Pour toujours.

Il avait eu peur de sombrer dans un chagrin inconsolable devant la preuve irréfutable de la mort de Jérôme.

Mais il sourit.

— Il me taquinait, se souvint-il, quand je rentrais en permission et qu'il entendait que j'avais encore été distingué. Lorsque notre mère n'était pas dans les parages pour l'entendre, il disait que j'allais mourir en héros, couvert de gloire, et qu'il serait impossible de m'oublier, que ce serait insupportable. Je crois que cela l'aurait amusé de savoir que c'était lui qui était promis à ce destin héroïque. Et à une mort prématurée.

— Il existe des façons bien pires de mourir, Kit, fit valoir Lauren.

— Oui, c'est vrai.

Il avait vu la mort trop souvent pour croire qu'elle était réservée au grand âge.

— Adieu, Jérôme. Repose en paix.

Il dut cligner des yeux plusieurs fois. Puis il desserra son étreinte autour des épaules de Lauren. Elle était appuyée contre lui, un bras autour de sa taille.

Jérôme avait vécu sa vie. Syd vivait la sienne. C'était ses frères et il les aimerait tous les deux jusqu'à son dernier souffle. Lui avait fait sa part de bêtises et même de mauvaises actions – mais qui pouvait se vanter d'être irréprochable ? Il avait la liberté et le devoir même de continuer à vivre et d'essayer de s'améliorer.

Il se sentit étrangement heureux.

— Rentrons.

Lauren acquiesça.

Kit lui prit la main et la glissa sous son bras.

L'après-midi vit arriver les amis, les voisins, les habitants du village, les métayers et les employés du domaine, des gens de toute classe et de tous horizons, venus pour une garden-party sur les pelouses d'Alvesley. Des concours de toute sorte et pour tous les âges allaient avoir lieu.

Lauren avait un rôle à jouer, son dernier rôle, et elle le joua pleinement. Tandis que le comte et la comtesse jugeaient les travaux d'aiguille, de cuisine et d'ébénisterie, la comtesse douairière écoutait les participants au concours de poésie et refusa d'élire un vainqueur car tous les poèmes avaient été écrits en son honneur. Kit et Lauren attiraient l'attention en s'occupant des courses et autres concours physiques.

De la course à pied à la course en sac, en passant par la course à trois jambes pour les petits enfants, les activités provoquèrent rires et acclamations. Kit participa même aux épreuves avec la jeune Doris car les concurrents étaient en nombre impair. Il y avait aussi un concours de batte pour les jeunes garçons, un concours de coupe de bois pour les jeunes hommes et un concours de tir à l'arc qui fut remporté par le seul participant de sexe féminin, lady Morgan Bedwyn, venue à Alvesley à cheval avec lord Alleyne. Elle ne serait pas au bal ce soir, avoua-t-elle d'un ton hautain, parce que Bewcastle avait l'idée archaïque qu'à seize ans, elle était trop jeune. Elle menaça de loger une flèche entre les deux yeux de lord Alleyne qui eut l'impudence d'en rire.

Les activités finies, on servit le thé et Lauren circula entre les tables, une assiette à la main, en ayant soin d'avoir un mot aimable pour tous ceux qui étaient venus. Elle avait chaud et était épuisée. Où trouverait-elle la force de danser ce soir ?

Ce sentiment était partagé, semblait-il. Après le départ du dernier visiteur, le comte suggéra que chacun monte dans sa chambre se reposer. Il allait faire sonner une cloche pour annoncer le bal et le dîner.

— Venez-vous vous promener ? proposa Kit à Lauren en lui tendant la main.

Une promenade... C'était vraiment la dernière chose dont elle eût besoin. Mais c'était son dernier jour à Alvesley et l'après-midi touchait déjà à sa fin. Elle pourrait céder à la panique si elle s'autorisait à trop y songer.

Elle sourit.

Ils n'allèrent pas loin. D'abord, quand il prit la direction du lac, elle espéra qu'il allait la ramener sur l'île. Peut-être allaient-ils faire l'amour encore une fois. Mais, bien qu'une partie d'elle en ait envie, elle ne fut pas mécontente de voir qu'ils s'arrêtaient en face du temple, où ils s'étaient tenus un moment la veille.

— Quelle journée ! fit-elle en se laissant tomber à côté de lui dans l'herbe de la berge, à l'ombre des arbres. J'espère que tout cela ne sera pas trop épuisant pour votre grand-mère.

— Elle nage dans le bonheur, assura-t-il en s'étendant sur le dos et en fermant les yeux.

Lauren ôta sa capeline et s'étendit à côté de lui. Il lui prit la main. Être près de lui, le toucher... cela semblait si naturel, plaisant et réconfortant.

Il n'avait pas envie de parler apparemment. Elle non plus. Elle préférait se concentrer sur le plaisir d'être deux. Elle voulait mémoriser ces instants pour pouvoir se les rappeler plus tard. Mais c'était un souvenir qu'elle fuirait longtemps, devina-t-elle car il serait un rappel trop douloureux de cet été trop court où la vie avait jailli en elle et où l'amour était né de façon si inattendue. Elle finirait par se remémorer cette chaleur paresseuse, la fraîcheur de l'herbe, le parfum des fleurs, le vrombissement des insectes, la douceur de sa main.

Elle dormit.

Elle chassa une fourmi ou Dieu sait quoi qui se promenait sur son nez et essayait de la réveiller quand elle n'en avait aucune envie. Mais l'insecte insistait. Elle le chassa de nouveau avec mauvaise humeur. Alors, elle entendit un petit rire et sentit ses lèvres sur les siennes.

— C'était vous ! accusa-t-elle Kit d'une voix ensommeillée en découvrant le brin d'herbe qu'il avait dans la main. Vous êtes ignoble !

— Il faut vous préparer pour le bal, ma Belle au bois dormant.

— Le bal, répliqua-t-elle en refermant les yeux, c'est Cendrillon. Vous vous trompez de conte. La Belle au bois dormant n'allait pas au bal. Elle a eu le droit de dormir pendant cent ans.

— Je me demande si elle a fait un aussi mauvais accueil au prince qui l'a embrassée.

Elle ouvrit de nouveau les yeux et lui sourit.

— Ai-je vraiment dormi ?

— Vous avez ronflé comme un sonneur ; moi-même, je n'ai pas pu fermer l'œil.

— Idiot !

Elle soupira de contentement. L'espace d'un instant, elle avait oublié que c'était son dernier jour.

— Lauren, j'aimerais que nous annoncions la date de notre mariage ce soir.

Elle se réveilla tout à fait.

— Non, Kit.

— Pourquoi ? Nous sommes fiancés après tout et il m'a semblé que vous vous étiez attachée à moi. Et à ma famille. Sachez en tout cas que, moi, je me suis attaché à vous.

— Oui.

Elle souleva une main pour écarter une mèche des cheveux de Kit qui lui tombait sur le front. Et qui retomba aussitôt.

— Mais cela ne faisait pas partie de notre marché, Kit.

— Au diable notre marché !

— Ne soyez pas grossier, je vous prie.

— Je vous prie d'accepter mes plus plates excuses, madame, repartit-il en lui souriant. Il n'était pas non plus prévu dans notre marché que nous ayons des relations physiques. Il faut nous marier, vous savez. Il se peut fort que vous soyez enceinte.

— J'espère que non. Cela gâcherait tout. Je crois qu'il est arrivé une chose merveilleuse ici, Kit. Nous nous sommes libérés l'un l'autre. Véritablement. Pas uniquement de certaines contraintes sociales, mais de tout ce qui nous empêchait d'être heureux – depuis des années dans votre cas, depuis toujours pour moi. Il ne faut pas que nous nous enfermions tous deux dans une cage avant d'avoir essayé nos ailes toutes neuves.

Il la fixa, le regard vide.

— Est-ce ce que vous croyez réellement ? insista-t-il. Que nous devons chacun voler de nos propres ailes ? Que notre mariage serait un piège ?

Oui, c'était ce qu'elle croyait – avec sa raison. Son cœur, en revanche, lui dictait tout autre chose. Mais son cœur n'avait pas voix au chapitre. Et il serait très injuste de lui expliquer que l'attachement n'était pas une base suffisante pour se marier. D'autant que cela lui avait suffi, autrefois. Mais Kit n'était pas Neville. Ce n'était pas un homme avec lequel elle avait été élevée comme frère et sœur. Non, Kit était différent. Avec lui, l'attachement ne suffirait pas quand, pour elle, il y avait tellement plus.

— Oui, j'en suis sûre, affirma-t-elle en se forçant à le regarder dans les yeux. Rappelez-vous notre marché. Pour vous, les fiançailles devaient être véritables et votre galanterie devait vous pousser à essayer de m'empêcher de les rompre. Pour moi, tout ceci devait être une comédie. Et c'était à moi de rompre le moment venu.

— Pas encore, dit-il vivement.

Elle prit une longue inspiration pour lui dire qu'elle allait partir le lendemain mais les mots lui manquèrent.

— Pas encore, confirma-t-elle d'une voix douce en s'allongeant à nouveau dans l'herbe.

Sans tourner la tête, elle sut qu'il gardait lui aussi les yeux rivés au ciel. Il n'était plus question de dormir ni de se détendre. Malgré tout, il s'écoula un long moment avant qu'il se lève et lui tende la main pour l'aider à en faire autant.

21

Après le dîner, Lauren se tint avec Kit, le comte et la comtesse à l'entrée de la salle de bal pour accueillir les invités. À l'intérieur, la douairière était assise dans un fauteuil confortable, des dizaines de fleurs à ses pieds. Tout le monde venait à elle pour la saluer, l'embrasser, la couvrir de cadeaux.

Depuis son retour du lac, Lauren n'avait pas eu une minute à elle. Après s'être baignée, habillée et fait coiffer, elle avait aidé la comtesse à vérifier les décorations dont les domestiques s'étaient chargés en début d'après-midi. Le résultat était somptueux. La salle de bal avait des airs de jardin. Et la comtesse s'était déclarée enchantée des suggestions de Lauren qui, affirmait-elle, avait un don pour les couleurs.

Il n'y avait pas autant de monde que pour un événement londonien. Cependant, avant même que la musique commence, la salle s'était déjà remplie de façon très satisfaisante. Les toilettes étaient sans doute moins à la mode et les bijoux moins brillants, mais tout le monde n'en demeurait pas moins élégant et joyeux. Elle préférait ces réceptions à celles de la ville, songea Lauren tandis que Kit la conduisait sur la piste pour annoncer l'ouverture du bal. L'intimité et la chaleur régnaient.

Kit était très beau, dans des tons de gris, d'argenté et de blanc. Quant à elle, elle avait mis la robe violette du bal Mannering. Elle la portait la première fois qu'ils avaient dansé ensemble : il lui avait semblé qu'elle devait la porter la dernière fois. Les compliments pleuvaient : comme ils allaient bien ensemble ! Comme ils formaient un beau couple !

Elle allait profiter de la soirée, décida-t-elle tandis que d'autres couples les rejoignaient sur la piste. De chaque instant. À l'étage, sa femme de chambre était en train de faire ses malles.

— Vous êtes particulièrement ravissante, ce soir, commenta Kit en se penchant pour qu'elle soit seule à l'entendre. Et, si je ne me trompe pas... non, je ne me trompe pas. Votre robe est assortie à vos yeux.

— En êtes-vous sûr ? repartit-elle en lui souriant.

Il s'était passé tant de choses depuis la première fois où il lui avait dit ces mots ! Et si peu de temps. Il n'était alors pour elle qu'un inconnu à la mauvaise réputation. Alors, qu'aujourd'hui... aujourd'hui, c'était Kit. Et il était douloureusement cher à son cœur.

Aux premières notes de musique, elle se concentra sur les pas du quadrille. Jamais elle n'avait été plus heureuse qu'en cet instant, songea-t-elle. Elle avait déjà dit cela. La veille de son mariage, alors qu'elle tournoyait dans les bras de Neville, réalisa-t-elle, bouleversée.

Alors que le lendemain avait été le jour le plus sombre de toute sa vie.

Elle remarqua que le duc de Bewcastle venait d'entrer dans la salle de bal avec ses frères et lady Freyja.

La Belle au bois dormant, l'avait appelée Kit cet après-midi. Elle se sentait davantage dans la peau de Cendrillon, qui dansait au bal avec son prince en sachant que minuit finirait irrévocablement par sonner et tout changer en chiffons.

Sauf qu'elle n'avait pas de pantoufle de vair à laisser dans l'escalier.

Lauren dansait avec un Bewcastle élégant et plus austère que jamais, l'air presque satanique tout en noir et blanc. Kit ne l'avait jamais vu danser lors d'une assemblée ou d'un bal comme celui-ci. Sans doute le faisait-il pour lever les derniers soupçons concernant un éventuel ressentiment des Bedwyn vis-à-vis du comte de Redfield et de sa famille. Ralf invitait lady Muir tandis qu'Alleyne se penchait sur la grand-mère de Kit pour entendre ce qu'elle disait.

— Puis-je avoir l'honneur, Freyja ? demanda Kit en s'inclinant et en lui tendant la main.

Elle était particulièrement en beauté, ce soir, en satin doré couvert de dentelle blonde. Ses cheveux, domptés pour une fois, étaient relevés haut sur sa tête et retenus par des ornements dorés qui étincelaient à la lumière des chandelles.

Elle était petite, plus petite que Lauren, mais plus voluptueuse. Et elle avait l'audace, l'énergie, la vitalité qui lui avaient toujours plu. Pendant qu'ils dansaient sans parler, il essaya de recréer mentalement les émotions et la folie qui l'avaient possédé trois ans plus tôt, quand il avait été passionnément épris. Freyja avait toujours été son amie et, cet été-là, il avait bien besoin d'une amie. Un ami ne suffisait pas, avait-il découvert en essayant de confier ses malheurs à Ralf qui lui avait répliqué avec une certaine impatience de ne pas faire l'idiot. Il avait fait son devoir et sauvé la vie de Syd, non ? Et il l'avait ramené à Alvesley ? Alors qu'avait-il à se reprocher ? Freyja ne lui avait pas témoigné davantage de sympathie, mais c'était une femme. Tout son chagrin, toute sa colère, toute sa culpabilité s'étaient transformés en passion sensuelle et charnelle envers sa personne.

S'il devait se sentir coupable d'une chose, ce fameux été, c'était certainement de la façon dont il s'était servi de Freyja. Tout cela avait été inconscient, bien sûr. Mais ce n'en était pas moins arrivé. Elle était là et il lui devait des excuses.

— Il fait trop chaud, ici, dit-elle vers la fin du morceau presque à la manière d'un défi.

C'était tout Freyja.

— C'est vrai, reconnut-il. La journée a été lourde et la chaleur n'est pas encore tombée.

— Mais il doit y avoir un peu d'air.

— Voulez-vous que nous allions le vérifier ? lui proposa-t-il en souriant. Vous n'êtes pas sur le point de défaillir, au moins ?

Elle le considéra avec hauteur.

La salle de bal se trouvait dans la partie est de la maison, au rez-de-chaussée. La grande porte de ce côté-ci était restée ouverte et plusieurs invités étaient sortis, certains pour profiter de l'air frais, d'autres pour se promener entre les parterres de fleurs du jardin à la française. Mais il n'y avait personne dans la roseraie, vers laquelle se dirigea Freyja. Kit la suivait en espérant qu'elle ferait demi-tour avant d'y être arrivée.

— Il faut que nous parlions, déclara-t-elle.

Bien. Va pour la roseraie, alors. Elle s'assit sur le même banc où s'était trouvée Lauren le soir de son arrivée à Alvesley. Kit resta debout, les mains dans le dos.

— Qu'y a-t-il ?

Sans attendre la réponse, il se lança :

— Freyja, acceptez mes excuses – pour ce qui s'est passé il y a trois ans. Vous ne m'avez jamais dit que vous m'aimiez, n'est-ce pas ? Vous n'avez jamais dit que vous m'épouseriez et que vous repartiriez avec moi dans la Péninsule. Tout cela n'était que le fruit de mon imagination. Je n'avais pas le droit de venir tambouriner à la porte de Lindsey Hall pour chercher querelle à Ralf et déclencher cette terrible scène. S'il vous plaît, pardonnez-moi.

Elle le considéra froidement.

— Êtes-vous donc idiot, Kit ? Êtes-vous complètement idiot ?

— Vous aviez un accord avec Jérôme, dit-il. Vous ne m'auriez pas épousé.

— Non, évidemment, répliqua-t-elle avec impatience. Vous étiez le fils cadet. Je suis la fille du duc de Bewcastle.

— Bien.

Il y a trois étés, ces mots l'auraient détruit. Aujourd'hui, il était profondément soulagé de les entendre.

— Tout est arrangé alors ? Aimiez-vous Jérôme ?

— Oh, Kit, vous êtes idiot, fit-elle doucement. Idiot !

Il la connaissait depuis longtemps. Ils avaient été amis. Parfois, il était inutile de mettre des mots sur les choses.

— Freyja... commença-t-il.

— Pourquoi vous punissez-vous, cette fois ? lui demanda-t-elle. Encore pour Sydnam ? Pour Jérôme ? Parce que vous lui avez cassé le nez et que vous n'avez pas pu lui demander pardon avant sa mort ? Vous êtes devenu ennuyeux, Kit. Regardez-la ! Si vous aviez choisi de vous flageller avec une verge piquée de clous, le châtiment aurait été plus doux. Elle est tellement guindée, tellement ennuyeuse... Vous êtes tout pardonné, je vous assure. Maintenant, comment comptez-vous vous tirer de ce guêpier ?

Un instant, il ferma les yeux. Ah, il ne s'était pas attendu à cela. Il se rapprocha, craignant soudain qu'on les entende. Il posa le pied sur le banc et appuya le bras sur son genou relevé.

— Freyja, vous vous trompez. Vous vous trompez lourdement, je le crains.

Freyja avait une grande qualité : elle n'avait jamais été lente à comprendre. Et il n'était pas dans sa nature de se plaindre, de supplier, ou de pleurer. Elle le fixa avec une froideur hautaine et voulut sauter sur ses pieds.

— Non, la retint-il la main sur son épaule. Ne remontez pas à la maison sans moi. Les gens pourraient le remarquer et jaser. Donnez-moi le bras et rentrons ensemble. Peut-être pourrions-nous sourire ?

— Allez au diable, Kit, lâcha-t-elle en se levant plus lentement et en glissant son bras sous le sien. J'espère que vous brûlerez en enfer. Ou plutôt, je vous souhaite de vivre jusqu'à quatre-vingt-dix ans avec votre épouse. Je n'imagine pas de châtiment plus dur pour un homme de votre tempérament.

Elle lui adressa ce sourire félin dont elle usait tant.

Il ne répondit pas. C'était inutile. Mais, songea-t-il, s'il vivait jusqu'à quatre-vingt-dix ans, il devrait passer soixante ans sans Lauren. Sauf s'il parvenait à la faire changer d'avis. C'était possible, certainement. Une fois cette journée passée, il allait tout tenter pour se faire aimer d'elle.

Il ne faut pas que nous nous enfermions tous deux dans une cage…

Il allait lui montrer qu'il n'existait pas qu'une forme de liberté.

Kit avait disparu quand elle eut fini de danser avec le duc de Bewcastle. Gwen arrivait au bras de lord Rannulf. Lauren leur sourit. Elle allait suggérer à Gwen qu'elles s'éclipsent un petit moment pour boire quelque chose de frais. Mais lord Rannulf ne lui en laissa pas le temps. Il s'inclina devant Lauren et l'invita pour la danse suivante.

C'était l'un des très rares messieurs de sa connaissance qui pouvaient la faire se sentir toute petite, songea-t-elle après avoir accepté. On aurait dit un géant sorti tout droit d'un conte.

— Ce rose aux joues, c'est charmant, miss Edgeworth, remarqua-t-il avec dans les yeux cette lueur qu'elle ne savait jamais comment interpréter – de la moquerie ou simplement de l'amusement ? Je ne voudrais pas vous épuiser. Venez faire quelques pas dehors.

Elle n'avait aucune envie de se promener dans le jardin avec lui, même s'il y avait du monde dehors et que les convenances seraient respectées. Sauf qu'il ne lui laissait guère le choix, découvrit-elle. Il lui avait pris le bras et sortait d'un pas décidé. Pourquoi pas, songea-t-elle. Un peu d'air frais ne lui ferait pas de mal.

Il se révéla fort distrayant, dut-elle admettre. Il lui indiqua discrètement plusieurs voisins sur lesquels il lui raconta toutes sortes d'anecdotes. C'était un fin observateur de la nature humaine, semblait-il. Et ses commentaires n'avaient jamais rien de méchant. Il divertit fort bien Lauren tandis qu'ils se promenaient entre les parterres en direction de la roseraie.

— Ah, dit-il quand ils furent assez près, pas de veine. Quelqu'un nous a devancés. Deux personnes, pour être exact. Nous allons devoir retourner dans le jardin à la française.

Il la ramena vers les parterres.

Il devait savoir avant même de sortir, comprit-elle, avant même de l'inviter à danser, qui se trouvait dans la roseraie. Il avait voulu qu'elle sache. Qu'elle le constate par elle-même. Et lady Freyja aussi, sans doute.

Elle était assise sur un banc et lui, comme il le faisait souvent, avait posé un pied sur le siège, un bras appuyé sur sa jambe, et se penchait vers elle, tout près, l'autre main sur son épaule.

Lord Rannulf racontait une autre anecdote que Lauren n'écoutait pas. Il s'arrêta manifestement avant d'avoir fini.

— Je vous prie de m'excuser, dit-il. Pour rien au monde je ne vous aurais fait assister à cela.

— Vraiment ?

Les dames bien élevées ne traitaient pas les messieurs de menteurs.

— Ce n'est pas ce que vous croyez, assura-t-il. Ils sont amis depuis toujours, voyez-vous. Et ils le sont encore. Vous avez pu observer par vous-même tout ce qu'ils ont en commun, comme ils aiment se défier et rivaliser, combien ils s'animent quand ils se retrouvent. Mais il ne s'agit pas d'autre chose que d'amitié, je puis vous l'assurer.

— Lord Rannulf, vous étiez en train de me raconter une histoire. Finissez-la, je vous prie. Inutile de vous préoccuper de ce que je pense. Mes pensées ne regardent que moi et vous ne sauriez vous les représenter.

Malgré elle, elle avait laissé chanceler sa résolution. Elle n'en prit conscience qu'à cet instant où sa décision de partir le lendemain matin se trouva renforcée. Il n'était plus possible de rester. Pas même un jour de plus. Heureusement qu'elle avait assisté à cette scène, songea-t-elle. Lord Rannulf, lui, s'était tu.

Elle se doutait que cela finirait par arriver, bien sûr. Ils se retrouvaient. Cependant, maintenant qu'elle en avait été témoin, elle ne pouvait plus nourrir le moindre doute. Ni le moindre espoir.

Il ne fallait pas que cela la touche. Ce serait très injuste, autant vis-à-vis de Kit que d'elle-même. Elle avait vécu son bel été et il touchait à sa fin. Il était compréhensible qu'elle soit un peu triste de voir s'achever une si belle aventure. Mais elle ne tarderait pas à recouvrer sa bonne humeur une fois rentrée à Newbury. Elle allait avoir les lettres de sa mère à lire. Bientôt, Elizabeth arriverait avec son bébé. Et elle pourrait se réjouir avec Lily – oui, enfin, *enfin*, elle pourrait se permettre d'apprécier la comtesse ! Sans parler de son avenir qu'elle devait planifier. Elle allait pouvoir profiter de sa liberté toute nouvelle. Combien de femmes disposaient-elles de ce cadeau ?

— Je suis désolé, fit doucement lord Rannulf.

Pour la première fois, Lauren eut l'impression qu'il était sincère.

— Je suis réellement désolé, miss Edgeworth. Vous ne méritiez pas cela.

— Que ne méritais-je pas, lord Rannulf ? Cette ruse ? Mais la vie est pleine de ruses, de mensonges et de masques. L'on serait bien bête de ne pas être armé contre eux.

Surtout lorsque l'on était soi-même à l'origine de la plus grande duperie qui fût.

Il la raccompagna jusqu'à tante Clara qui bavardait avec la comtesse de Redfield dans la salle de bal et s'inclina sur sa main qu'il porta à ses lèvres. Puis, il s'éloigna sans un mot.

Lady Freyja était retournée dans la roseraie quand lord Rannulf la retrouva.

— Allez-vous-en, jeta-t-elle d'un ton désagréable en le voyant arriver.

Les Bedwyn faisaient rarement ce qu'on leur demandait. Il s'approcha et s'assit à côté d'elle.

— Alors ? s'enquit-il.

— Enfer et damnation, maugréa-t-elle d'un ton venimeux.

Il eut un claquement de langue amusé mais s'abstint de la réprimander. Les nombreuses gouvernantes de Freyja avaient toutes renoncé à persuader leur élève qu'une dame de sa naissance devait apprendre à se conduire comme telle. Et ses frères ne s'étaient jamais donné beaucoup de mal pour les soutenir.

— Je veux rentrer, déclara-t-elle. Je veux dévaliser la cave à vin de Wulf. Je veux me saouler. Avec toi. Tu pourras boire avec moi.

— C'est très généreux, Free – et très tentant après ce que tu viens de me faire faire. Je l'aime bien, figure-toi. Mais Wulf et Alleyne ne seraient pas ravis de se retrouver ici sans la voiture, souligna-t-il.

D'autre part, sortir de si bons vins pour se saouler alors qu'un alcool de qualité inférieure suffirait, ce n'est pas judicieux. Mais il n'y a pas de mauvais alcool dans la cave de Wulf.

— Maudit soit-il.

Son frère haussa les sourcils.

— Boire comme un trou ne guérira pas ta blessure, assura-t-il. Cela ne servira qu'à te donner un mal de crâne épouvantable et à te faire regretter de ne pas être morte.

— Lorsque j'aurai besoin de ton avis, contra-t-elle avec un manque d'originalité déplorable, je te ferai signe.

— Certes, fit-il en haussant les épaules. Tu as été mal inspirée, de tomber amoureuse il y a trois ans et de ne jamais t'en remettre, tu sais ?

Il vit venir le coup malgré l'obscurité. Mais il estima que cela lui ferait plus de bien que de boire jusqu'à rouler sous la première table venue. Le poing percuta son menton avec violence. Il bascula la tête en arrière mais ne chancela pas.

— Aïe, lâcha-t-il tranquillement au bout de quelques instants. Si tu tiens vraiment à boire, Free, volons deux chevaux dans l'écurie et filons. Autrement, nous pouvons rentrer et danser. Tu pourras montrer de quel bois tu es faite. Et tout le monde saura que tu te moques pas mal de Kit et de tous ces autres mortels qui ne t'arrivent pas à la cheville, lady Freyja Bedwyn.

— Mais je me moque pas mal de lui, gronda-t-elle en se levant. Si tu veux tout savoir, Ralf, je le déteste. Quant à cette hypocrite qu'il a ramenée avec lui – eh bien tout ce que j'ai à dire, c'est qu'il la mérite bien. Voilà. Alors, tu viens ou pas ?

— Je viens.

Il se leva, le sourire aux lèvres.

— Bravo, Free. Relève la tête. Le nez d'un frère Bedwyn peut rendre de grands services dans ce genre de circonstances, n'est-ce pas ?

Elle le regarda avec toute la suffisance qui la caractérisait.

À la campagne, les bals, même les plus sophistiqués, ne se prolongeaient pas jusqu'au petit matin comme ceux de Londres. Le souper fut servi à 23 heures et suivi de la seule et unique valse de la soirée. Ensuite, on continua à danser mais les invités commençaient peu à peu à s'en aller. La comtesse douairière de Redfield se retira dans ses appartements.

Kit et Lauren l'y accompagnèrent. Ils venaient de valser ensemble et Kit s'était souvenu de leur première rencontre. Sa beauté, sa froideur apparente, sa dignité, enfin cet objectif à atteindre : la choquer pour lui faire perdre sa suffisance.

Sa grand-mère était fatiguée. Elle ne faisait pas montre de son indépendance habituelle. Au lieu de se servir de sa canne, elle leur avait donné un bras à chacun pour qu'ils la soutiennent. Mais Kit savait qu'elle avait passé une merveilleuse journée.

— Bonne… nuit.

Elle lâcha le bras de Lauren quand Kit ouvrit la porte de son vestiaire et que sa femme de chambre se précipita pour l'aider.

— M… mon garçon, ajouta-t-elle.

— Bonne nuit, grand-mère, répondit-il en l'étreignant doucement et en l'embrassant sur la joue.

Elle se tourna vers Lauren qui, à son tour, se pencha vers elle.

— Bonne… nuit, belle… enfant.

— Bonsoir, madame. Joyeux anniversaire.

Lauren avait les larmes aux yeux quand elle reprit le bras de Kit.

— Nous venons de danser ensemble, remarqua-t-il en descendant. Si nous retournons dans la salle de bal, il faudra que nous changions de partenaire.

— En effet. C'est ce que veut la politesse.

— Mais serait-il très impoli de sortir dans le jardin ? s'enquit-il.

Elle secoua la tête.

— Tous les couples sont déjà formés pour cette danse, de toute façon.

Quelques personnes se trouvaient encore dehors. Surtout de jeunes cousins qui bavardaient et riaient en groupe. Ils passèrent près d'eux en les saluant gaiement puis se dirigèrent sans parler vers la pelouse et atteignirent bientôt le petit pont de bois qui enjambait le ruisseau. On entendait couler l'eau en dessous mais il faisait trop sombre sous les arbres pour voir quoi que ce soit. Derrière eux, le clair de lune baignait la pelouse, les fleurs et la maison d'une pâle lumière.

Kit soupira.

— Une longue journée touche à sa fin, commenta-t-il.

— Une belle journée, renchérit-elle. Tout s'est déroulé à la perfection, n'est-ce pas ? Pour votre grand-mère, pour tout le monde...

— Oui, convint-il.

Il entendait des rires du côté de la maison et quelques notes de musique leur parvenaient, très atténuées. Cela lui faisait du bien de se retrouver seul avec Lauren. C'était une douce compagne. Il n'avait découvert que tout récemment combien il était important de savoir se taire ensemble. Tout comme il était important de se sentir aussi bien à deux que seul. Non, mieux.

— Kit, dit-elle doucement. Nous avons bien fait, n'est-ce pas ?

Il comprit tout de suite sa question.

— Si vous étiez revenu ici seul, ajouta-t-elle, vous pourriez croire, maintenant, que vous avez été forcé à ces fiançailles. Vous pourriez être mécontent et votre famille le sentirait même si vous ne le formuleriez pas. Il y aurait de la gêne, des frictions, de l'hostilité là où, maintenant, il y a de la paix, de l'amour et de l'harmonie. Nous n'avons pas mal fait, n'est-ce pas ?

— Non, nous n'avons pas mal fait, assura-t-il en lui prenant la main sur le garde-fou.

— Quand ce sera fini, l'harmonie demeurera et vous serez libre de choisir votre avenir.

— Dès demain, répondit-il, je serai libre de vous courtiser avec passion. Comptez sur moi. Je vous préviens, je vais vous convaincre que le meilleur moyen d'achever ce que nous avons commencé est de nous marier. Une fin de conte de fées, en quelque sorte.

— Kit, annonça-t-elle après un petit silence, je vais partir avec tante Clara et Gwen, demain.

— Non !

Pris de panique, il serra plus fort sa main dans la sienne.

— C'est la meilleure solution, assura-t-elle. Vous en conviendrez certainement quand vous y aurez réfléchi. Elles sont venues ici avec moi pour me chaperonner. Elles sont pressées de rentrer maintenant parce que ma tante Elizabeth arrive avec son bébé. Il est tout à fait naturel que je sois du voyage. D'autant que votre mère et tante Clara ont décidé que le mariage se ferait à Newbury. Il sera donc compréhensible que j'y retourne pour les préparatifs. Il n'y aura aucune explication gênante à donner. Le temps que je vous écrive pour rompre nos fiançailles, vos invités seront repartis et vous pourrez annoncer calmement la nouvelle à vos parents. Et à votre grand-mère et à Sydnam.

Elle parlait d'une voix calme et raisonnable. Il n'y sentait aucune trace de peine ni de regret. Aucune émotion.

— Restez encore un peu, la supplia-t-il. Une semaine. Accordez-moi une semaine pour vous convaincre. Ne partez pas demain, Lauren. C'est trop tôt.

— J'ai accompli ici tout ce que j'étais venue faire, objecta-t-elle. Et j'ai vécu mon bel été. Il n'y a aucune raison de prolonger mon séjour et, même, au contraire, toutes les raisons d'y mettre fin. Il est temps, Kit. Vous ne tarderez pas à le voir vous-même.

— Restez, insista-t-il. Au moins jusqu'à ce que nous sachions si vous attendez un enfant.

— Si c'est le cas, promit-elle tout aussi calmement, je vous écrirai immédiatement. Autrement, je vous écrirai pour rompre nos fiançailles. J'attendrai de savoir ce qu'il en est, Kit. Mais je peux aussi bien le faire à Newbury. Du reste, je ne pense vraiment pas que ce soit le cas. Il n'y a eu que deux occasions, après tout.

Une seule. Il n'avait pris le risque de la féconder qu'une seule fois.

— J'espère que si, affirma-t-il en lui serrant la main plus fort encore. J'espère que vous êtes enceinte.

Était-ce vrai ? Était-il désespéré au point de souhaiter la contrainte ?

— Pourquoi ? voulut-elle savoir.

Parce que je vous aime, aurait-il voulu répondre. *Parce que je ne supporte pas l'idée de vivre sans vous.* Mais il ne pouvait pas lui accrocher un tel poids autour du cou. Ce serait affreusement injuste. Elle risquerait de se sentir obligée de rester avec lui, de l'épouser, de renoncer à la vie dont elle avait rêvé et qui était enfin à sa portée.

— Est-ce parce que vous m'avez... possédée ? Oui, n'est-ce pas. En tant que gentleman, vous vous sentez obligé de me persuader de vous épouser. Mais c'est inutile. Sauf si j'attends un enfant. Vous ne m'avez pas séduite. Ce que j'ai fait, je l'ai fait en mon âme et conscience. Cela faisait partie de l'aventure. Je ne le regretterai jamais. Je suis heureuse de... de savoir. Et que ce soit vous qui... Et que cela ait été si...

merveilleux. Mais vous ne me devez rien – en tout cas, certainement pas une vie entière de dévouement. Vous êtes libre, Kit. Et moi aussi. Libre !

À l'entendre, la liberté était l'état le plus désirable de la condition humaine. Il y a un mois, il en aurait certainement convenu.

Il sentit le goût de la défaite. Qu'opposer à un plaidoyer pour la liberté ?

— Il n'y a donc rien que je puisse dire pour vous faire changer d'avis ?

— Non.

Il passa sa main libre sur son visage en prenant une lente inspiration.

— Merci, dit-il. Merci de tout ce que vous avez fait pour moi, pour ma famille. Merci, Lauren. Merci de votre gentillesse, de votre patience, de votre générosité, de votre dignité sans faille.

— Merci à vous, répondit-elle en lui touchant le bras. Merci pour mon aventure, Kit. Merci de m'avoir fait nager, monter à cheval, grimper aux arbres. Et de m'avoir fait… rire. Et d'avoir convaincu mon grand-père de me dire la vérité sur ma mère. C'est un cadeau plus précieux que je ne saurais le dire. Merci.

Quand il sentit ses lèvres sur sa joue, il résista au besoin de la prendre dans ses bras, quitte à user de sa force physique et ne plus jamais la lâcher.

— Demain matin, alors ? répéta-t-il les yeux fermés. Il faudra que nous soyons joyeux, n'est-ce pas ? Un peu tristes de nous séparer, mais joyeux parce que la perspective de notre mariage se précise. Oui, joyeux. Je vous embrasserai, je crois. Sur la bouche. Cela semblera approprié.

— Oui, convint-elle. J'imagine que les autres seront réunis pour les adieux et nous verront nous dire au revoir.

— En revanche, pour l'instant, dit-il en portant sa main à ses lèvres, nous sommes seuls. Pour la dernière fois. Au revoir, donc, mon amie. Au revoir, Lauren.

— Oh, mon cher, cher Kit.

Pour la première fois, il lui sembla entendre sa voix trembler d'émotion.

— Au revoir, reprit-elle. Soyez heureux. Je me souviendrai toujours de vous avec... avec une profonde affection.

Il resta un moment sans rien dire, dos à la maison, les yeux fermés, la main de Lauren contre ses lèvres, à mémoriser la douceur de sa peau, son léger parfum de savon et l'aura de douceur qui émanait d'elle. Puis il la raccompagna à la maison.

22

Le mois d'août avait été chaud et l'été s'était prolongé avec de belles journées en septembre. Mais
l'automne arrivait, semblait-il. L'air était nettement
plus frais et de gros nuages s'amassaient dans le ciel.
Il allait pleuvoir.

Lauren se trouvait sur la plage de Newbury Abbey,
exposée aux intempéries. Elle était perchée au sommet du gros rocher qui semblait avoir été arraché à la
falaise et déposé là par un géant. Assise, recroquevil-
lée sur elle-même, chaudement enveloppée dans une
cape, elle était nu-tête. Elle avait coincé son chapeau
et ses gants dans une anfractuosité à la base du
rocher pour que le vent ne les emporte pas. Les bour-
rasques faisaient voler ses cheveux et lui soufflaient
des embruns au visage. La mer, qui se retirait, était
d'un gris ardoise et semblait écumer de rage.

Lauren était presque heureuse. Elle se permettait
ce *presque* parce qu'elle savait désormais qu'en se
dupant soi-même, on finissait par se détruire. Alors
elle ne voulait plus se mentir, ni se cacher derrière un
masque.

Voilà pourquoi elle était venue sur la plage qu'elle
n'aimait pas, autrefois, surtout avec ce temps incer-
tain. Et voilà pourquoi elle avait escaladé ce rocher
sur lequel elle n'était jamais montée avant ce jour.

C'était interdit quand elle était enfant. Bien entendu, Neville et Gwen ne s'en privaient pas. Plus tard, elle avait jugé inconvenant de grimper. Elle se rappelait combien elle avait été outrée de voir Lily perchée là-haut peu après son arrivée à Newbury.

Aujourd'hui, elle était libre. Voilà pourquoi elle avait ôté son chapeau. Le vent et l'air marin étaient mauvais pour les cheveux et la peau. Elle leur offrit son visage et secoua ses boucles emmêlées avec un sourire bravache.

Voilà pourquoi, enfin, la pluie qui s'annonçait ne la faisait pas remonter à la maison à toutes jambes. Si elle était mouillée, elle aurait froid, ce serait désagréable, et son chapeau et ses beaux souliers pourraient bien s'en trouver gâchés. Elle fixa les nuages et les défia de se déverser sur elle.

Elle n'attendait pas d'enfant. Elle en avait pleuré dans le secret de sa chambre quand ses règles avaient commencé une semaine environ après son retour d'Alvesley. Elle avait pleuré ce bébé qui n'avait jamais existé, ce mariage qui n'aurait pas lieu. Dans le même temps, elle était profondément soulagée. Elle avait écrit à Kit dès le lendemain pour rompre leurs fiançailles. Jamais elle n'avait rien entrepris de plus difficile.

Ce souvenir, celui de l'instant où elle avait remis la lettre, lui étreignait encore la poitrine d'une douleur insupportable. Alors elle s'interdisait d'y songer. Plus tard, peut-être serait-elle capable de se remémorer avec plaisir cet été à Alvesley, cette période qui avait sûrement été la plus heureuse de sa vie.

Pour l'instant, elle était *presque* heureuse. Et se résignait patiemment à ne pas l'être tout à fait.

Demain, elle irait à Bath. Les choses se mettaient doucement en marche. Gwen et Neville devaient l'accompagner. Un agent lui avait sélectionné quatre maisons qu'il jugeait convenables pour une dame seule de modeste fortune. Elle allait les visiter et faire son choix. Contre l'avis de tous, excepté d'Elizabeth, elle s'apprêtait à s'embarquer pour le reste de sa vie. Non plus comme simple observatrice, mais, comme actrice principale.

Les embruns – ou commençait-il à pleuvoir ? – lui mouillaient le visage. En rentrant, elle serait toute frisée et sa femme de chambre aurait fort à faire pour discipliner sa masse de cheveux. Pourtant, Lauren ferma les yeux et se laissa bercer par le vent dont la fureur la grisait et renforçait sa volonté.

Elle avait lu toutes les lettres que sa mère, cette inconnue, lui avait écrites pendant quinze ans. Des missives joyeuses, insouciantes, griffonnées à la hâte par une femme qui profitait manifestement pleinement de sa vie même si elle se plaignait de tout – et en particulier des hommes, y compris ceux qu'elle portait aux nues dans de précédents courriers. Mais ce qu'elle regrettait le plus, c'était que sa Lauren chérie ne lui écrive jamais et ne vienne pas vivre avec elle. Certaines de ces lettres l'auraient profondément choquée, il y a quelques mois. Mais elle était devenue tolérante ; elle acceptait le fait que les gens puissent faire face à la vie de mille façons. Elle éprouvait un amour douloureux pour cette mère qu'elle se rappelait si peu qu'elle n'avait d'elle aucun souvenir précis. Elle lui avait écrit une longue lettre qu'elle lui avait envoyée en Inde. Elle ne pouvait espérer de réponse avant l'année suivante, mais elle avait tout de même l'impression d'un lien avec la femme qui l'avait portée.

Elle ferait mieux de redescendre, songea-t-elle en considérant avec inquiétude les prises qui lui avaient paru très faciles à atteindre depuis la plage. Si elle attendait que la pluie tombe tout à fait, le rocher risquait de devenir glissant et elle serait bloquée ici.

Un instant, le souvenir de Kit l'aidant à descendre de l'arbre lui effleura l'esprit. Elle se rappela la façon dont il la protégeait de son corps et de ses bras sans la toucher ni la porter comme elle le lui avait demandé. Elle chassa ce souvenir. Elle n'était pas encore prête. C'était trop douloureux.

Il lui sembla que quelque chose entrait dans son champ de vision. Elle tourna la tête pour mieux regarder. Un chemin escarpé descendait de la falaise vers la vallée, la cascade, la mare et le cottage, qu'elle ne pouvait voir de là où elle se trouvait. En revanche, elle voyait le pont qui enjambait la rivière juste avant qu'elle se jette dans la mer. Et il était en train de le passer, ce pont, les pans de son long manteau de cheval volant au vent, son chapeau enfoncé sur le front.

Un mirage, devina-t-elle tristement en baissant la tête pour la reposer sur ses genoux. Son cœur battait plus fort, comme si elle avait couru trop vite. Ou alors Neville, sans doute, envoyé par tante Clara pour voir ce qui la retenait aussi longtemps. Mais, non, ce n'était pas Neville. Le duc de Portfrey, venu à la demande d'Elizabeth et de Lily, pour la même raison ? Non. Ce n'était pas lui non plus. D'ailleurs, aucun des deux ne serait venu sans son consentement.

Elle releva la tête, voulant s'assurer qu'elle avait bien rêvé.

Mais il était sur la plage et il venait vers elle.

Lauren resserra ses bras sur son corps.

Tous les invités avaient quitté Alvesley dans les deux semaines qui avaient suivi l'anniversaire. Sydnam était parti la semaine suivante prendre en charge l'un des plus grands domaines du duc de Bewcastle, au Pays de Galles. Il était très heureux de cette perspective. Il avait besoin de faire ses preuves en tant que régisseur chez quelqu'un d'autre, avait compris Kit. Car il avait suffisamment de revenus personnels pour ne pas avoir besoin de ce salaire.

La vie à Alvesley était paisible et heureuse. Ou presque. Les relations qu'il entretenait avec son père étaient meilleures qu'elles ne l'avaient jamais été. Ils parvenaient enfin à communiquer d'homme à homme. De père à fils. D'autant que le père ne demandait qu'à transmettre ce qu'il savait et le fils qu'à l'apprendre. D'autant que le fils apportait ses compétences propres, son expérience du commandement et des responsabilités, et que l'énergie de sa jeunesse complétait idéalement la sagesse de son père. Sa mère se montrait gaie et affectueuse et il était à nouveau le favori de sa grand-mère – bien qu'il eût peu de concurrence, désormais. Un jour où il était sorti à cheval, il avait croisé Rannulf. Ils avaient bavardé plusieurs heures, se promenant sans but précis. Ils n'avaient pas tardé à retrouver la franche camaraderie qui les liait dans leur jeunesse. Depuis, ils s'étaient revus plusieurs fois et leur amitié grandissait.

Une seule chose troublait ce bonheur. Une chose sans quoi toutes les autres n'avaient pas d'intérêt. En ouvrant la lettre, il ignorait le destin qui l'attendait. Lauren lui avait écrit un petit mot très cérémonieux de Newbury pour rompre leurs fiançailles en prétextant l'incompatibilité d'humeur et en s'accusant d'inconstance. Elle avait tenu parole jusqu'au bout, endossant toute la responsabilité de leur rupture. Et cette lettre était destinée à pouvoir être lue de tous car il n'y était pas fait allusion à une grossesse. Lauren n'était donc pas enceinte.

Après avoir lu la missive, il était descendu jusqu'au lac et s'était dévêtu, en plein jour et alors qu'il risquait d'être vu. Il avait nagé jusqu'à l'épuisement et, arrivé à l'île, s'était écroulé face contre terre parmi les fleurs sauvages. Il n'aurait su dire combien d'heures il était resté allongé là, hébété par le désespoir.

Le plus idiot, c'était qu'il n'avait pas tout de suite dit la vérité à sa famille. Il ne se voyait pas faire face aux questions, aux explications, aux émotions, aux reproches, à la sympathie des uns et des autres. Il avait décidé d'attendre le soir. Puis le lendemain matin. Puis...

En fin de compte, il n'avait rien dit.

Un matin, le père et le fils étaient allés surveiller la maturité des récoltes dans les champs de la ferme du domaine. Le comte lui avait avoué qu'il n'avait arrangé le mariage avec Freyja que dans l'espoir de lui faire plaisir. Mais il reconnaissait que Kit avait fait un choix bien meilleur que tous ceux que l'on aurait pu faire pour lui. Malgré les frasques dont il avait émaillé son séjour à Londres jusqu'au printemps, c'était devenu un homme intelligent et fiable. Miss Edgeworth ferait une parfaite vicomtesse et, le moment venu, une comtesse idéale.

Le jour du départ de Syd, après avoir séché ses larmes, leur mère avait pris le bras de Kit pour aller se promener avec lui dans le jardin. La perspective d'une cohabitation avec Freyja l'avait un peu inquiétée, lui avait-elle avoué, même si elle l'aimait beaucoup, ainsi que tous les Bedwyn. C'était une mère qui leur avait manqué au cours des années décisives de leur jeunesse, pour refréner leur tempérament indomptable et leur enseigner la retenue. En revanche, elle avait pour Lauren une affection sans réserve. C'était déjà presque la fille qu'elle n'avait jamais eue.

Quant à la grand-mère de Kit, elle parlait de Lauren le matin, quand elle ne l'avait pas pour l'accompagner dans sa promenade, et le soir au coin du feu, quand elle n'était pas là pour lui faire la conversation, l'écouter et lui masser la main, et chaque fois qu'elle trouvait à Kit l'air agité. C'est-à-dire presque chaque fois qu'elle posait les yeux sur lui.

Il n'avait pas eu le courage de leur dire que les fiançailles étaient rompues, qu'ils ne reverraient jamais Lauren. Et lui non plus.

À la mi-septembre, sa mère lui demandait presque tous les jours quand ils comptaient fixer la date du mariage et sa grand-mère insistait pour que ce soit avant Noël afin que Lauren passe les fêtes avec eux. Et que l'on puisse sans trop tarder ressortir les robes de baptême de la famille. Il comprit qu'il allait devoir faire quelque chose de décisif. Leur avouer la vérité.

Un soir, au dîner, il finit par se décider. Il prit une longue inspiration et annonça brusquement :

— Je vais me rendre à Newbury Abbey. Demain, je crois. J'ai besoin de… voir Lauren.

Il fut plus surpris qu'eux de se l'entendre dire. Ses parents et sa grand-mère étaient ravis. Ils s'y attendaient, d'ailleurs. Et il était grand temps. Lauren allait finir par croire qu'il regrettait sa décision.

Ce n'est qu'après avoir fait cette annonce qu'il comprit pourquoi il n'avait pas parlé de la lettre à sa famille, pourquoi il ne parvenait pas à mettre fin à cette comédie. Cet été, il avait appris une chose très importante, et sans doute Lauren l'avait-elle apprise elle aussi. L'importance de toujours être franc. Il fallait s'ouvrir aux êtres que l'on aimait même lorsque l'on était habitué à tout garder pour soi. S'il s'entendait bien avec son père et Syd aujourd'hui, c'était parce que Lauren l'avait poussé à leur parler après trois ans de non-dits.

Pourtant, à Lauren, il n'avait jamais dit la vérité. Il s'en était empêché pour elle, parce qu'elle n'avait pas envie de l'entendre, parce qu'elle pourrait trouver ce fardeau trop lourd à porter, parce que cela pourrait la pousser à sacrifier ce qui était le plus important pour elle – sa liberté.

Sauf qu'elle avait peut-être le droit de la connaître, cette vérité. La liberté, c'était avant tout le droit de choisir.

À moins qu'il ne se berçât d'illusions ?

En tout cas, c'est dans un état de nervosité éprouvant qu'il arriva à Upper Newbury deux jours plus tard et qu'il prit une chambre à l'auberge. Sous un ciel lourd de menaces, le village était pittoresque. De la fenêtre de sa chambre, il voyait d'autres petites maisons serrées les unes contre les autres autour d'un port, au pied d'une falaise escarpée. La mer était déchaînée.

Devait-il se rendre chez la douairière ou à Newbury House ? Il découvrit en arrivant que la demeure de tante Clara se trouvait tout près de la grille du parc et décida de s'y arrêter en premier. Ces dames étaient à l'abbaye, lui indiqua une femme de chambre. Il poursuivit donc son chemin sur la longue avenue sinueuse. Arrivé à Newbury Abbey, il présenta sa carte et demanda à être reçu par la comtesse de Kilbourne.

On le fit attendre quelques minutes avant de le recevoir dans le salon où plusieurs personnes l'attendaient, debout. Lauren n'était pas du nombre.

Elle n'avait pas été aussi réservée que lui, vit-il immédiatement. Tous ces gens savaient. Lady Muir était très pâle, la comtesse douairière lady Kilbourne avait l'air grave, Portfrey était comme toujours impassible. En revanche, la ravissante jeune femme blonde qui venait vers lui en lui tendant la main souriait.

— Lord Ravensberg ? dit-elle. Quel plaisir de faire votre connaissance.

— Madame, répondit-il en s'inclinant sur sa main.

— Ravensberg ?

Un homme grand et blond, qui devait avoir à peu près l'âge de Kit, s'approcha de lui et s'inclina sans lui tendre la main.

— Kilbourne ? devina-t-il.

Il se trouvait donc en présence de l'homme qui avait tant compté pour Lauren, l'homme qu'elle avait failli épouser – à quelques minutes près –, l'homme qu'elle avait aimé et que, sans doute, elle aimait encore. Et de la fameuse Lily, qui avait anéanti tous les rêves et les espoirs de Lauren.

342

— Quelle bonne surprise, lança la comtesse. Venez vous asseoir. Il fait assez froid, aujourd'hui, n'est-ce pas ? Vous connaissez tout le monde, je crois ?

Les dames firent la révérence. Portfrey inclina la tête. Il tenait un nouveau-né contre son épaule, remarqua soudain Kit. La duchesse, Elizabeth, entra, souriant chaleureusement.

— Vous êtes venu, lord Ravensberg, dit-elle. J'en suis enchantée : je l'avais prédit.

— Moi aussi, renchérit la comtesse en prenant le bras de Kit pour le conduire à un siège. Lauren vous a écrit avant de nous prévenir – même Gwen – qu'elle allait rompre vos fiançailles. Nous en avons tous été stupéfaits et attristés parce que Gwen et lady Kilbourne étaient persuadées toutes les deux qu'il s'agissait d'un mariage d'amour que votre famille approuvait sans réserve. Lauren a eu beau répéter que c'était elle qui avait voulu rompre, qu'il ne fallait rien vous reprocher, nous nous sommes bien entendu empressés de faire le contraire. Nous aimons énormément Lauren, comprenez-vous, et il est toujours plus facile de rejeter la faute sur les étrangers. Mais, maintenant que vous voilà, vous allez pouvoir vous défendre en personne.

— Lily ! protesta Kilbourne. Ravensberg ne nous doit aucune explication. Nous ne savons même pas pourquoi il est ici.

— Je suis venu parler à Lauren, répondit Kit. Où est-elle ?

— Que souhaitez-vous lui dire ? s'enquit Kilbourne. Elle a rompu vos fiançailles. Aucun de nous ne sait pourquoi, mais nous avons tout lieu de croire qu'elle ne souhaite ni vous voir ni vous parler.

— Mieux vaut la laisser seule, lord Ravensberg, confirma la comtesse douairière. Elle a affirmé qu'elle ne vous avait pas écrit sur un coup de tête. J'ignore ce qui s'est passé à Alvesley mais elle semble déterminée à ne pas vous épouser malgré le déshonneur social d'une rupture de fiançailles. S'il s'agit d'une visite de courtoisie, je vous remercie au nom de ma nièce. Autrement, vous voyez devant vous toute une assemblée de proches prêts à la protéger de vous.

— Pauvre lord Ravensberg, intervint la duchesse avec un petit rire compatissant. Il va vous sembler que vous venez de débarquer sur le continent arctique. Nous sommes injustes avec vous. Lauren a bien souligné que vous n'étiez pas responsable de ce qui était arrivé.

— Elle est à la plage, dit simplement lady Muir, assise un peu à l'écart.

Kit la regarda et inclina la tête. Il ne s'était toujours pas assis.

— Merci, madame.

— Elle a dit qu'elle voulait être seule, fit valoir Kilbourne. Et qu'il ne fallait pas la déranger.

— Ainsi, lord Ravensberg, remarqua la comtesse en souriant, vous serez bien tranquille pour lui dire ce que vous avez à lui dire.

— Il n'est pas question qu'on la contrarie, répliqua Kilbourne.

La comtesse lâcha le bras de Kit pour prendre celui de son mari.

— Lauren a vingt-six ans, Neville, lui rappela-t-elle en souriant. Elle est parfaitement raisonnable et vient de passer plusieurs semaines à nous convaincre qu'elle était capable de mener sa vie comme elle l'entendait et de prendre elle-même les décisions qui la concernaient. Si elle ne veut pas parler à lord Ravensberg, elle le lui fera savoir.

Lorsque Kilbourne plongea son regard dans celui de son épouse, Kit comprit deux choses. D'une part, Lauren était très aimée à Newbury Abbey, notamment par les deux êtres qui l'avaient fait le plus souffrir. D'autre part, Kilbourne était dévoré par la culpabilité pour ce qu'il lui avait infligé. Il faisait donc tout ce qui était en son pouvoir pour éviter qu'elle souffre à nouveau.

— Je vais descendre à la plage, annonça Kit, si quelqu'un veut bien m'indiquer le chemin.

— Il va pleuvoir, remarqua Kilbourne en jetant un coup d'œil par la fenêtre. Dites-lui de rentrer sans tarder.

La comtesse eut un sourire radieux pour son mari mais c'est à Kit qu'elle s'adressa.

— Conseillez-lui plutôt de s'abriter dans le cottage, lord Ravensberg suggéra-t-elle. C'est plus près.

— Traversez la pelouse, lui indiqua lady Muir, en allant vers la droite jusqu'à ce que vous tombiez sur le chemin de la falaise.

Kit s'inclina et sortit.

Il ne pleuvait pas encore quand il arriva au chemin escarpé qui descendait de la falaise. Il ne bruinait pas non plus mais l'humidité lui collait au visage et aux mains.

À mi-parcours, il comprit où il était. Lauren lui avait décrit l'endroit, un jour – la petite vallée avec une cascade et une mare au bord de laquelle avait été construit un petit cottage. C'était là qu'elle avait vu Kilbourne et la comtesse batifoler dans l'eau et qu'elle en avait conclu qu'elle était incapable de ce genre de passion. Mais il n'y avait pas trace de Lauren. Il se tourna vers la plage et scruta la longue bande de sable doré.

C'est alors qu'il la découvrit. Il sourit. Il comprit sans l'ombre d'un doute qu'elle n'avait pas perdu son été. Vêtue d'une cape mais nu-tête, elle se trouvait au milieu de la plage, face à une mer déchaînée, perchée au sommet d'un gros rocher qui, vu d'ici semblait inaccessible.

La scène le glaça soudain. Elle avait réussi cette ascension toute seule. Elle n'avait pas eu besoin d'aide, ni de soutien. Il comprit qu'elle avait atteint la connaissance de soi et la paix. Qu'elle était capable de vivre à sa façon. Qu'elle n'avait besoin de personne.

Qu'elle n'avait pas besoin de lui.

Bêtement, il faillit faire demi-tour. Mais il avait quelque chose à lui dire. Quelque chose d'important.

Quand il quitta l'abri relatif du chemin pour passer le pont qui enjambait la petite rivière, il crut que le vent allait le faire tomber. Il baissa la tête pour ne pas perdre son chapeau. Il avançait péniblement dans le sable quand il se décida à relever la tête. Elle le regardait approcher, toujours assise sur son rocher, les genoux serrés contre son cœur. Il eut l'impression de mettre une éternité à parcourir les derniers mètres.

Il leva les yeux vers elle et lui sourit.

— Vous êtes piégée ? lui demanda-t-il. Vous avez besoin de secours ?

— Non, répondit-elle avec sa dignité caractéristique. Merci.

De fait, elle descendit sur l'autre versant, bien plus praticable. Il fit le tour et l'observa progresser lentement. Il eut envie de monter pour la rattraper si elle glissait, mais quelque chose lui dit que ce serait une grosse erreur. Enfin, elle posa un pied, puis l'autre, sur la terre ferme – ou, du moins, sur le sable fuyant. Puis elle tourna la tête et le regarda.

Il ouvrit la bouche pour parler mais ne sut que dire.

Elle ne fit rien pour l'aider.

Ils se fixèrent un instant.

Puis, l'esprit cotonneux, il se pencha vers elle et l'embrassa. Il sentit ses lèvres céder et se presser doucement contre les siennes.

— Lauren...

— Kit.

Au bout d'un petit moment, elle se décida à le secourir.

— Que faites-vous ici ? Pourquoi êtes-vous venu ?

L'humidité de l'air s'était transformée en crachin.

— Pour vous conseiller de vous dépêcher de rentrer à la maison, si vous voulez écouter Kilbourne. Ou de vous mettre à l'abri dans le cottage, qui est plus près, si vous voulez l'avis de la comtesse.

Il lui sourit de nouveau.

— Kit. Je ne voulais pas vous revoir. Vraiment pas.

Il déglutit et posa la main sur le rocher derrière elle. En baissant la tête, il remarqua que le sable ternissait ses bottes de cheval. Dire qu'il était venu sans valet de chambre...

— Vous êtes encore là, remarqua-t-il. Encore à Newbury.

En venant, il s'était préparé à apprendre qu'elle était déjà partie.

— Seulement jusqu'à demain. Je dois me rendre à Bath pour choisir une maison. Je vais vivre là-bas.

— Est-ce vraiment ce que vous souhaitez ?

— Vous le savez bien. Kit, pourquoi êtes-vous venu ? Où est lady Freyja ?

— Freyja ? répéta-t-il, perplexe. À Lindsey Hall, je présume. Pourquoi ?

Tout de même, il comprit avant qu'elle ait eu le temps de répondre.

— Il n'y a rien entre Freyja et moi, Lauren, précisat-il. Ce qu'il a pu y avoir a été de très courte durée, et c'était il y a longtemps. Il n'y aura plus jamais rien.

— Pourtant, vous allez si bien ensemble...

— Ah bon ?

Il y réfléchit un instant.

— Oui, sans doute nous ressemblons-nous, concéda-t-il. Mais cela ne signifie pas que nous allons bien ensemble. Au contraire, nous nous accordons très mal. Cette idée fausse a-t-elle quelque chose à voir avec votre décision de rompre nos fiançailles ?

— Bien sûr que non.

Elle soupira et s'adossa au rocher.

— Tout était convenu avant même que je rencontre lady Freyja, Kit, vous vous en souvenez ? Mais que faites-vous ici ?

— Il y a une chose qu'il faut que je vous dise, répondit-il. Quelque chose que j'aurais dû vous avouer avant que vous quittiez Alvesley. Quelque chose qu'il faut que vous sachiez, peu importe votre décision. Lauren, vous n'aurez qu'un mot à dire pour que je parte et que vous ne me revoyiez jamais. Je vous le promets.

— Kit...

Il posa un doigt sur les lèvres et accrocha son regard.

— Je veux vous épouser, déclara-t-il. Je le veux plus que tout au monde. Et pour bien des raisons. Cependant, à mes yeux, il n'y en a qu'une qui compte. C'est celle que je ne vous ai pas révélée parce que, curieusement, cela ne me semblait pas honorable vis-à-vis de vous qui aviez tenu votre partie de notre marché avec tant de grâce et de gentillesse. Je vous aime. Voyez-vous, c'est l'élément que j'ai omis. Rien que cela. Je vous aime. Je ne crois pas que cela puisse vraiment vous faire du mal de le savoir. Cela ne vous oblige à rien. J'avais simplement besoin de vous le dire. Maintenant, si vous le souhaitez, je vais m'en aller.

Elle ne dit rien. Elle appuya plus fort la tête contre la paroi rocheuse et fixa sur lui ses beaux yeux violets. Le crachin virait à la pluie. Des gouttelettes ruisselaient sur son visage. Et se mêlaient aux larmes.

— Dites-moi de partir, murmura-t-il.

Elle voulut parler mais se ravisa. Elle déglutit avant d'entrouvrir de nouveau les lèvres.

— Je n'ai pas besoin de vous, vous savez.

— Je le sais, assura-t-il la mort dans l'âme.

— Je n'ai besoin de personne. Je suis capable de faire cela toute seule, vivre. Toute ma vie, je me suis modelée pour devenir ce que les autres attendaient de moi, afin de trouver ma place quelque part, d'être acceptée, d'être aimée par quelqu'un. Quand j'ai compris que je ne pourrais pas appartenir à Neville, mon existence tout entière s'est vue reléguée au fin fond de l'univers. Alors je me suis raccrochée à ce que je connaissais en me retranchant dans une distinction plus rigide encore. Mais je n'ai plus besoin de rien de cela. Et c'est grâce à vous. Je n'ai plus besoin de vous, Kit. Je suis assez forte pour m'en sortir seule.

— Oui, confirma-t-il en baissant la tête et en fermant les yeux. Oui, je le sais.

— Je suis libre, vous comprenez. Libre d'aimer ou de ne pas aimer. Je ne suis plus obligée de confondre amour et dépendance. Oui, je suis libre d'aimer. De vous aimer. Alors si vous êtes venu ici parce que vous croyez me devoir quelque chose ou parce qu'il vous semble que je risque de m'effondrer sans votre protection, allez-vous-en, avec ma bénédiction, et trouvez le bonheur avec quelqu'un d'autre.

— Je vous aime, répéta-t-il.

Elle le considéra un long moment, les yeux toujours baignés de larmes, puis lui sourit, lentement, d'un sourire rayonnant.

Alors il l'enlaça, la souleva de terre et la fit tournoyer tandis qu'elle se tenait à ses épaules et riait, la tête rejetée en arrière pour offrir son visage à la pluie.

Kit poussa des cris de joie que l'écho des falaises renvoya de façon si impressionnante que, à son tour, il renversa la tête et hurla comme un loup.

23

— Comment va votre grand-mère ? demanda Lauren.

— Elle est très occupée à ressortir les robes de baptême de la famille.

— Ah.

— Il faut que je vous épouse avant Noël et que vous soyez enceinte à Noël pour que, dans un an jour pour jour, j'arpente Alvesley en m'arrachant les cheveux pendant que vous donnerez naissance à notre premier fils. Comme vous voyez, j'ai des ordres très stricts. Pourquoi croyez-vous que je sois venu ? Uniquement pour vous dire que je vous aimais ?

— Que je suis bête de l'avoir cru !

Le temps qu'ils recouvrent un semblant de raison, il pleuvait des cordes. Main dans la main, ils coururent jusqu'au cottage. Lauren ôta sa cape et ses souliers mais se souvint trop tard de son chapeau et de ses gants restés dans une faille du rocher. Elle se frictionnait les cheveux avec une serviette en regardant Kit, qui avait enlevé son grand manteau de cheval trempé, s'accroupir devant la cheminée pour faire du feu avec le bois entassé à côté.

Si c'était un rêve, elle espérait ne pas se réveiller avant très, très longtemps. Et même, de préférence, jamais.

— Avez-vous lu les lettres de votre mère ? voulut savoir Kit.

— Oui. Toutes. Elle n'est pas respectable, Kit, c'est le moins que l'on puisse dire. Mais elle a l'air si charmante que j'en ai le cœur serré. Cependant, vous devriez peut-être y réfléchir à deux fois avant d'épouser sa fille.

— Ah, dit-il en allumant le feu à l'aide de la boîte d'amadou. Voilà qui explique un certain nombre de choses. C'est sa fille, je crois, qui s'est baignée nue dans un lac à Alvesley – manquant du même coup de me faire défaillir et me noyer. C'est également sa fille qui, un soir, m'a poursuivi pour venir passer la nuit avec moi dans une cabane de garde-chasse. Tout compte fait, peut-être est-elle effectivement bien trop délurée pour moi.

— Kiiit !

Il se leva, s'épousseta les mains et se tourna vers elle. Elle se frotta de plus belle avec la serviette.

— Et regardez-vous maintenant ! ajouta-t-il joyeusement.

Elle baissa les yeux et découvrit non sans embarras que sa robe humide moulait son corps. Elle préféra en rire.

— Nous ne pouvons pas prendre le risque de vous voir attraper froid, déclara-t-il en jetant un coup d'œil à la petite chambre adjacente. Imaginez que vous passiez tout le mariage à tousser et à éternuer. Quel romantisme !

Il alla chercher une couverture dans la chambre.

— Venez ici, près du feu.

Elle alla docilement jusqu'à lui. Il lui ôta ses vêtements et la contempla, l'œil admiratif, avant de l'envelopper dans la couverture – sans cesser de lui parler.

— Portfrey avait un nouveau-né dans les bras, remarqua-t-il. Ils n'ont pas les moyens d'employer une nurse ?

Elle laissa échapper un petit rire.

— Le bébé est adorable et honteusement gâté par nous tous. Je n'ai jamais vu Elizabeth aussi heureuse ni le duc aussi détendu. Quant à Lily, elle ne se lasse pas de son jeune demi-frère.

— Vous voilà donc en bons termes avec la comtesse ? s'enquit-il.

— J'ai toujours reconnu que, dans d'autres circonstances, je l'aurais appréciée. C'est une personne qui rayonne, simple et aimante. Et elle a toujours fait preuve d'une gentillesse et d'une sympathie indéfectibles à mon égard. Maintenant, je peux enfin l'aimer.

— Et Kilbourne ?

Il l'attira à lui et, ce faisant, écarta les pans de la couverture. Sentant le tissu très fin de sa veste, celui de sa culotte, le cuir de ses bottes contre sa peau nue, elle fut prise d'un accès de désir plus intense que s'il avait été nu.

— Lui aussi, je l'aime, Kit. Je l'ai toujours aimé et je l'aimerai toujours. Si nous nous étions mariés ce jour-là, je crois que notre union aurait été bonne. J'aurais été satisfaite et je me serais crue heureuse. Je ne me serais jamais rendu compte que mon amour pour lui était celui d'une sœur dévouée. Je ne me serais jamais demandé pourquoi je n'éprouvais pas de… de passion pour lui. J'en aurais simplement déduit que ce n'était pas dans ma nature.

— Ah ? Et ce n'est pas le cas ?

Elle avait tourné le visage vers lui et il la dévorait des yeux.

— Non, répondit-elle en secouant la tête.

— Seigneur ! Vous n'éprouvez pas de passion pour un débauché comme moi, Lauren, n'est-ce pas ?

Elle rit. Et elle fit une chose tout à fait scandaleuse : elle se frotta contre lui en le fixant de ses yeux mi-clos. Un désir sourd se répandait entre les cuisses.

— Satanée pluie ! À cause d'elle, me voilà enfermé dans un cottage perdu dans le paysage avec une femme qui a conçu une passion pour moi. Et personne ne va venir à mon secours. Je me souviens parfaitement que, à la maison, quelqu'un a dit que vous aviez demandé à ne pas être dérangée. Et que quelqu'un d'autre a ajouté que je serais donc parfaitement tranquille pour vous dire ce que j'avais à vous dire. Que vais-je faire, mon Dieu ?

Elle adorait cette façon qu'il avait de conserver un visage sérieux, voire inquiet, alors que ses yeux riaient.

— Absolument rien, assura-t-elle en baissant la voix tandis qu'elle se mettait en devoir de lui déboutonner sa veste. Pour l'instant.

Il feignit de frémir mais son regard dansait toujours.

— Je commence à croire, dit-il, que je pourrais bien m'habituer aux femmes libres d'aimer.

— Et moi, repartit-elle, je crois que l'une d'elles ne va pas tarder à vous conduire au bord de la folie, monsieur.

— Oh, tant mieux ! murmura-t-il aimablement.

Elle ouvrit sa veste et la fit glisser tandis qu'il restait debout, sans bouger, détendu. Les gilets, découvrit-elle, avaient beaucoup trop de boutons et de boutonnières plus petites encore. Mais rien ne la pressait. Pendant que ses mains s'affairaient, elle lui couvrait le cou de baisers. Puis elle suivit du bout de la langue la longue cicatrice qui lui courait sous la mâchoire. C'est alors qu'elle le surprit à prononcer un mot qui ne convenait pas du tout aux oreilles d'une dame. Elle baisa sa bouche et glissa la langue entre ses lèvres pour en explorer l'intérieur humide, délicatement, d'abord, puis plus avidement.

— J'ai reçu des éloges, des distinctions et même des décorations pour des faits militaires qui n'avaient requis que la moitié du courage et de la discipline dont je fais preuve cet après-midi, fit-il sur le ton de la conversation quand elle eut libéré sa bouche pour se concentrer sur les secrets de la braguette de sa culotte. J'espère que vous vous rendez compte que vous assistez à un acte héroïque.

Depuis peu, la couverture avait glissé, remarqua-t-elle. Mais cela n'avait pas d'importance. Le feu avait si bien démarré qu'il faisait déjà presque trop chaud dans le cottage.

— Un conseil, suggéra-t-il, de la part d'un homme qui se déshabille depuis bientôt trente ans, commencez par les bottes. Voulez-vous que je vous aide ? Souhaitez-vous que je les retire moi-même ?

— Non.

Elle s'agenouilla par terre.

— En voilà une position érotique de femme soumise, commenta-t-il en soupirant et en levant un pied. Tout à fait trompeuse, bien entendu. Oui, il faut tirer fort. Vous n'allez pas me casser la cheville, je vous assure. J'aimerais vous suggérer de vous dépêcher pour que nous puissions passer plus vite aux choses sérieuses. Hélas, vous mettez à mal toutes mes anciennes convictions. L'allure d'escargot a quelque chose de délicieux.

— Et ce n'est qu'un début, promit-elle en levant son regard chargé de promesses vers lui avant de lui ôter sa deuxième botte et de se redresser.

— Ensorceleuse ! l'accusa-t-il. Moi qui suis venu sans méfiance au bal de lady Mannering, pauvre innocent que j'étais... Vous avez l'air d'une dame inoffensive. Respectable. Un peu collet monté, même.

— Prude, renchérit-elle.

— Précisément.

— Vous ne me paraissez ni innocent, ni inoffensif, Kit, répliqua-t-elle en lui ôtant sa culotte et son caleçon.

Il baissa le visage sur son torse pour voir les doigts fins de Lauren descendre, le prendre délicatement. Elle fut stupéfaite de sa propre audace, à demi égarée par le désir contenu.

Il releva la tête et plongea son regard dans le sien.

— Vous pouvez continuer tout l'après-midi et toute la soirée si vous le souhaitez, mon amour, assura-t-il. Il n'y a rien de plus délicieux que les jeux sensuels. Nous avons la vie devant nous pour en essayer une infinité. Néanmoins, si vous ne tenez pas absolument à prolonger ceci, je crois que je serais mieux dans le lit, à côté. J'ai très envie de mettre ce que vous tenez entre vos cuisses.

Elle lâcha prise. Il ne bougeait toujours pas, les bras ballants, les yeux mi-clos et soudain sérieux. Il découvrait avec surprise que ne pas être touchée pouvait se révéler aussi excitant que de sentir ses mains et sa bouche sur tout son corps.

— J'ai cru que vous ne me le demanderiez jamais, avoua-t-elle. Une dame ne peut pas inviter un gentleman à aller au lit, expliqua-t-elle, les jambes en coton, excitée par l'aveu qu'il venait de lui faire.

Il ne commença à la toucher que quand elle se fut couchée sur le dos, dans le lit, lui tendant les bras. Ses doigts glissèrent sur ses hanches, ses fesses, lui faisant écarter les cuisses de désir. Puis il vint sur elle et la pénétra en une fois, d'un puissant coup de reins.

Elle respirait lentement.

— Maintenant, dit-il en relevant la tête pour lui sourire de son air le plus malicieux, nous pouvons choisir la facilité. Ou alors, je peux viser la médaille d'honneur en prenant le chemin le plus long et le plus dur. Un chemin vraiment très long et très dur. Que choisissez-vous ?

— Quel est le chemin qui conduit au plus près de la folie ? lui demanda-t-elle en enroulant ses jambes autour des siennes et en ondulant des hanches pour l'accueillir plus profondément.

— Le moins facile.

— Alors allons-y pour la route longue et dure, s'il vous plaît, dit-elle d'une voix délibérément grave en promenant les paumes sur ses épaules et en plongeant son regard dans ses yeux redevenus sérieux. S'il vous plaît, mon amour...

Ce fut très long, en effet, et très dur. Et il fallut beaucoup d'énergie. Au bout d'un moment, elle prit conscience de leurs corps en sueur, de leur souffle haletant et laborieux, du martèlement soyeux de leur union et des sons érotiques comme ce chuintement humide et les grincements rythmés du lit.

Dans un premier temps, son plaisir fut tempéré par la crainte que tout finisse trop vite et qu'elle ne puisse atteindre le plaisir intense ressenti sur l'île, parmi les fleurs sauvages. Mais bientôt, transportée par l'amour et la confiance, elle sut qu'il aurait la force et la sensibilité de l'attendre – comme il l'avait fait au bord du lac.

Cela vint lentement. Avec une lenteur douloureuse qui s'accompagna d'un désir tout-puissant à l'endroit où ils s'unissaient. Puis le plaisir se répandit en elle en une spirale toujours très lente qui descendit dans ses jambes et remonta dans son ventre, sa poitrine, sa gorge, ses joues. Cela vint si lentement qu'elle craignit un instant que le moment de plénitude absolue lui échappe.

— Détendez-vous maintenant, mon amour, lui murmura-t-il à l'oreille. Laissez-moi finir pour vous. Faites-moi confiance.

Ces mots lui rappelaient vaguement quelque chose. Les lui avait-il déjà dits ? Toujours est-il qu'elle avait peur. Très peur. Comme de sauter d'une falaise dans ses bras tendus. Sauf qu'elle était certaine, et ce depuis longtemps, de pouvoir remettre sa vie entre les mains de Kit en toute confiance. Il ne lui restait plus qu'à lui confier son âme, à lui livrer son cœur en sachant qu'il n'abuserait jamais du cadeau qu'elle lui faisait.

Elle se jeta de la colline, confiante, ne doutant pas un instant qu'il allait la rattraper.

— Ah, mon amour...

Il augmenta le rythme et la puissance de son va-et-vient.

— Oh, mon Dieu !

Elle tombait, frémissante, sans pouvoir se raccrocher à rien. Mais à aucun moment elle n'eut peur. À aucun moment elle ne douta. Il cria à son tour et la rattrapa en bas de sa chute, l'enlaçant fermement et la tenant bien à l'abri sur le matelas. Elle entendait battre leurs deux cœurs à l'unisson.

Il était lourd. Elle parvenait tout juste à respirer. Et elle avait mal aux jambes de les avoir écartées aussi longtemps. À l'intérieur aussi, elle se sentait endolorie. Pourtant, elle touchait la félicité.

— Nous allons faire lire les premiers bans dimanche prochain, déclara-t-il d'une voix étrangement normale. Il est grand temps que je fasse de vous une femme honnête. D'autant qu'il est possible de faire passer un bébé né huit mois après le mariage pour un prématuré mais, à six ou sept mois, il y a de quoi éveiller les soupçons et créer le scandale. On pourrait murmurer que nous avons pris de l'avance sur notre nuit de noces...

— Quelle horreur ! fit-elle dans un soupir de contentement. Dimanche, c'est très bien.

— Un grand mariage mondain dans un mois, donc ? Nos deux familles semblent y tenir et je n'ai pas le courage de leur résister. Et vous ?

— J'aimerais bien un grand mariage, admit-elle.

— Parfait. C'est entendu, alors.

Il lui baisa la tempe.

— Je viens de faire une découverte qui m'enchante, ajouta-t-il, dans la mesure où nous allons dormir dans le même lit pour le restant de nos jours. Vous faites un matelas merveilleusement confortable.

— Et vous une couverture acceptable, repartit-elle en détachant ses jambes des siennes et en les étirant à côté des siennes avec un bâillement paresseux. Taisez-vous, Kit. Dormons.

— Dormir ?

Il releva la tête et lui sourit. Aussitôt, l'inquiétude la gagna.

— Dormir, Lauren ? répéta-t-il. Alors que nous sommes tous les deux en nage et qu'il y a une jolie mare dans laquelle nous baigner – avec même une chute d'eau ?

— Kiiit !

Il se contenta de lui sourire.

— Il n'est pas question – pas question un seul instant, vous entendez – que j'aille me baigner dehors maintenant. Il pleut !

— C'est un problème, en effet, concéda-t-il en se retirant et en se levant. Vous pourriez vous mouiller.

Si elle n'avait pas ri, elle aurait peut-être été sauvée. Quoique… songea-t-elle quelques instants plus tard quand elle s'enfonça, nue, dans l'eau glacée et remonta aussitôt en s'étranglant, cramponnée à Kit de toutes ses forces. Elle regretta amèrement de ne connaître aucun juron. Cependant, ses dents claquaient si fort qu'on ne l'aurait sans doute pas entendue.

Elle secoua la tête pour chasser l'eau de ses yeux et rit avant de faire la plus grosse bêtise de la journée. Elle lui proposa de faire la course jusqu'à la cascade. Bien entendu, il accepta, à condition que le prix, s'il gagnait, soit une seconde étreinte dans le cottage.

S'il gagnait !

Elle en était encore à essayer de coordonner ses bras et ses jambes qu'il faisait déjà du surplace sous la cascade en souriant, l'ignoble personnage !

À Newbury Abbey, la tradition depuis des générations était de donner un grand bal la veille des mariages. Kit trouvait cela un peu curieux dans la mesure où les mariés avaient besoin de repos la veille de leur nuit de noces. Peut-être que les hommes de Newbury qui avaient laissé cette tradition se perpétuer n'étaient pas d'une nature particulièrement voluptueuse. À moins qu'il ne s'agît d'une ruse habile des mariées pour les rendre un peu moins téméraires, justement.

Quoi qu'il en soit, le bal de la veille de son mariage avec Lauren avait attiré les foules. L'abbaye débordait de membres de la famille et d'amis des Kilbourne et des Redfield. La maison de la douairière aussi. Et l'auberge du village. Même d'après les critères de la saison londonienne, le lieu était bondé. Les invités s'entassaient sur le balcon de la salle de bal, sur le palier et même dans l'escalier. C'était à se demander comment tout le monde tiendrait dans l'église le lendemain.

Lauren, avec qui il n'avait dansé qu'une fois comme le voulait la bienséance, rayonnait de bonheur. Elle était plus jolie que la plus jolie des femmes présentes. Elle scintillait dans une robe de satin violet très foncé. Le collier de diamants à son cou – cadeau de mariage des parents de Kit – étincelait à la lumière des centaines de chandelles. Elle portait sa bague au doigt, un solitaire si gros et si bien taillé qu'il avait éveillé la jalousie de lady Wilma Fawcitt, comtesse de Sutton depuis peu.

— Tu n'arrives pas à t'approcher suffisamment de la piste pour danser, Ravensberg ? plaisanta lord Farrington.

— C'est une abomination, n'est-ce pas ? repartit Kit gaiement.

— La délicieuse lady Muir danse-t-elle ou risque-t-on un faux pas à cause de sa boiterie ? lui demanda-t-il à mi-voix.

— Elle danse, assura Kit.

Manifestement, Farrington avait réussi à se tirer des griffes de Merklinger au cours du printemps. Il était de nouveau sans attache, toujours à l'affût d'une aventure.

— Dans ce cas, je vais tenter ma chance. Voyons déjà si je parviens à l'éloigner de ce grand et beau Viking.

— Ralf Bedwyn ?

Kit sourit et porta son attention sur un laquais qui venait le prévenir qu'un monsieur était arrivé et qu'il avait demandé à s'entretenir avec lord Ravensberg.

Encore un invité ? s'étonna Kit en descendant l'escalier.

Le nouvel arrivé était un tout jeune homme, grand et très mince, comme s'il n'avait pas encore fini de se développer. Il semblait même avoir le visage encore glabre. Quoi qu'il en soit, il était beau garçon. Kit l'évalua d'un rapide coup d'œil comme il avait autrefois l'habitude de le faire avec des dizaines, voire des centaines de nouvelles recrues.

— Bonsoir, dit-il.

— Ravensberg ?

Le jeune homme s'approcha de lui, la main droite tendue.

— Je n'ai eu votre invitation qu'il y a une semaine, expliqua-t-il. À ce moment-là, l'annonce de votre mariage était déjà parue dans les journaux. Je suis venu le plus vite que j'ai pu.

Il rougit quand Kit le fixa sans comprendre.

— Je vous prie de m'excuser, ajouta-t-il. Je suis Whitleaf. Le vicomte Whitleaf.

— Whitleaf ? répéta Kit en lui serrant la main. Mais l'invitation était pour la fête de mes fiançailles à Alvesley Park. Pour l'anniversaire de ma grand-mère.

Il l'avait envoyée en même temps que celle du baron Galton, avant l'arrivée de Lauren à Alvesley et avant qu'il apprenne qu'elle n'avait plus de contact avec la famille de son père. Il avait été plus soulagé que déçu de ne voir venir personne.

— J'étais en Écosse depuis ma sortie d'Oxford au printemps, expliqua le jeune homme. Je faisais une randonnée avec mon vieux précepteur et quelques amis.

Et pendant le reste de la vie de Lauren, que faisait-il ?

Kit garda cette question pour lui. Il croisa les mains dans le dos.

— Après avoir lu votre invitation, j'ai demandé à ma mère qui était Lauren Edgeworth. Elle était manifestement de ma famille puisque je m'appelle aussi Edgeworth.

— Vous ne saviez pas ?

— Non, pas vraiment, avoua le jeune homme. On m'a peut-être parlé d'elle quand j'étais enfant. Je ne me souviens pas. Je suis navré d'avoir manqué les festivités à Alvesley. Mais lorsque j'ai lu l'annonce dans le journal, je me suis dit qu'il serait gai de venir présenter mes respects à ma cousine à l'occasion de son mariage.

— Gai ? répéta Kit en fronçant les sourcils.

Le jeune homme rougit de nouveau.

— Vous n'êtes pas content de me voir, devina-t-il.

— Depuis quand portez-vous le titre ?

— Oh, depuis une éternité. Mon père est mort quand j'avais trois ans. J'étais le benjamin de six enfants et le seul garçon. J'atteindrai la majorité en janvier. À ce moment-là, je serai libéré de mes tuteurs. Enfin ! Êtes-vous vraiment mécontent que je sois là ? Ma cousine a-t-elle été offensée que je ne réponde pas à son invitation ? Faut-il que je parte ?

— Des tuteurs, dit calmement Kit. Depuis que vous avez trois ans.

— Hélas, oui, confirma le jeune homme avec une grimace. Ils sont trois. Et je vous assure qu'ils ne sont pas drôles. Et ma mère non plus, même s'il faut reconnaître qu'il lui arrive de rire de temps en temps. Du reste, vous savez, les mères n'ont pas tellement voix au chapitre pour l'éducation de leurs fils. Curieusement, on les soupçonne de n'avoir pas de cerveau.

Quoi qu'il en soit, j'ai passé presque toute ma vie à ne rien pouvoir faire par moi-même.

— Saviez-vous, demanda Kit, que ces tuteurs écrivaient des lettres en votre nom ? Qu'ils avaient refusé de recueillir Lauren, enfant, quand sa mère, partie pour un long voyage à l'étranger, semblait avoir disparu – et bien que son père ait été le vicomte Whitleaf, votre oncle, sans doute ? Qu'ils lui avaient répondu, quand elle avait écrit en toute amitié il y a huit ans, que vous n'encouragiez ni les parents indigents ni les parasites ?

Le vicomte Whitleaf rougit et fit la moue.

— Lorsque je demandais à voir mon courrier, reconnut-il, ils me traitaient de jeune impudent et me regardaient comme le plus méprisable des insectes. Mais je dois dire que c'est tout à fait leur façon de faire – ce que vous décrivez, je veux dire. Ma mère m'a dit, la semaine dernière, que ma tante, la mère de miss Edgeworth, n'était pas très recommandable. Qu'elle se liait avec tout ce qui était riche et important – à en croire ma mère. Qu'elle a épousé Wyatt à peine mon oncle enterré. On dit même… Hmm. Pardon. Je ne devrais pas parler de cela. D'autant que ce sont sans doute des inventions de gens malintentionnés qui n'ont rien de mieux à faire. Quoi qu'il en soit, on a même dit que sa fille – c'est-à-dire miss Edgeworth – était de lui. Du deuxième mari, je veux dire. Pas de mon oncle.

Se sentant gagné par la fureur, Kit décida d'opter pour l'amusement.

— Mais vous avez trouvé qu'il serait gai de la rencontrer ? s'étonna-t-il.

— Oh, oui ! s'exclama le jeune homme en souriant. Les moutons noirs sont toujours plus intéressants que les moutons blancs. Ces derniers sont généralement ennuyeux. Pour ne pas dire autre chose.

— Restez ici, lui indiqua Kit. Mettez-vous à l'aise. Lauren doit être en train de danser. Je vous l'amène dès qu'elle sera libre. Quoi qu'il en soit, je puis vous affirmer par avance que ma future épouse est un membre légitime de la famille Edgeworth.

— Oh, je n'en doute pas, assura le vicomte avec bonne humeur. Et si ce n'était pas le cas, sachez que je m'en moquerais bien.

— Vous avez les mêmes yeux, continua Kit en souriant. J'aurais dû deviner qui vous étiez dès que je vous ai vu. Mais la lumière était derrière vous à ce moment-là.

— Ah, les yeux Edgeworth... Ils font toujours meilleur effet sur les femmes que sur les hommes.

Kit remonta les escaliers en riant tout bas, saluant des invités sur son passage, acceptant leurs félicitations et leurs vœux de bonheur. D'ici à trois ou quatre ans, ce regard ferait chavirer bien des cœurs.

24

Le vestiaire semblait assez encombré mais Lauren avait tenu à congédier sa femme de chambre quelques minutes. La malheureuse n'avait cessé de renifler pendant l'heure qu'elle avait passée à la coiffer. C'était le plus beau jour de sa vie, déclarait-elle en hoquetant d'un air affligé. Même si elle était triste à l'idée de voir moins souvent sa mère qui habitait à Lower Newbury, elle se ferait une joie de suivre miss Edgeworth à Alvesley et d'entrer au service de lord Ravensberg. C'était le monsieur le plus beau et le plus gentil qu'elle ait jamais vu.

Lauren s'était montrée indulgente parce que la journée promettait d'être riche en émotions.

C'était le jour de son mariage.

Tante Clara fut la première à venir la trouver. Lauren n'avait pas pris le petit déjeuner avec les invités. Un plateau lui avait été monté dans sa chambre. Bien qu'il n'y eût que des choses dont elle raffolait, elle avait été incapable d'avaler une bouchée.

Tante Clara l'avait étreinte en laissant une certaine distance pour ne pas abîmer leurs toilettes.

— Lauren...

Ce fut tout ce qu'elle put dire dans un premier temps, mais elle souriait.

Oh, oui, la journée allait être riche en émotions. Lauren savait que sa tante était heureuse pour elle. Elle avait été d'autant plus bouleversée de la rupture des fiançailles que, à Alvesley, elle s'était persuadée que sa nièce avait enfin trouvé le bonheur. Elle avait même pleuré – il avait fallu que Neville et Lily la consolent – quand Lauren et Kit étaient entrés dans le salon de l'abbaye en fin d'après-midi il y a un mois. Ils n'avaient pas eu besoin de dire un mot. Tout le monde avait compris qu'ils étaient réconciliés. C'en avait presque été gênant. Ils devinaient tous ce qui les avait retenus si longtemps sur la plage.

Gwen succéda à sa mère dans le vestiaire.

— Oh ! lança-t-elle en s'arrêtant sur le seuil. Ce que tu es belle, Lauren ! Je ne connais personne, à part peut-être Elizabeth, qui puisse faire paraître la simplicité aussi élégante. Certaines d'entre nous sont nettement plus… boulottes.

Lauren avait ri de bon cœur. Gwen n'était pas très grande et assez voluptueuse, mais certainement pas boulotte.

Ensuite, ce fut le vicomte Whitleaf – son cousin Peter – qui gratta à la porte et passa une tête rougissante à l'intérieur quand Gwen lui ouvrit.

— Ça alors ! s'exclama-t-il. Vous êtes splendide, ma cousine. Je pars à l'église. Je voulais simplement vous dire bonjour et vous présenter tous mes vœux de bonheur, d'autant que je suis votre seul parent présent du côté paternel. J'espère que ce n'est pas impertinent de ma part. Le bal d'hier soir était très gai, n'est-ce pas ?

Lauren se hâta de traverser la pièce pour aller prendre ses deux mains dans les siennes.

— Oui, confirma-t-elle, le bal était très gai. En grande partie parce que vous êtes venu et resté. Grâce à vous, mon bonheur est complet.

— Oh, ça alors ! fit-il d'un air ravi. Mais il faut que je me sauve.

Il avisa Gwen à côté de la porte et s'inclina profondément.

— Permettez-moi de vous remercier encore une fois, madame, d'avoir eu l'extrême gentillesse de me céder votre chambre hier soir.

Il n'y avait pas un seul autre lit disponible ni à l'abbaye, ni dans la maison de la douairière, ni à l'auberge. Alors Gwen avait dormi dans un lit d'appoint dans le vestiaire de tante Clara.

Et puis, moins de deux minutes après son départ, ce fut au tour de Neville et Lily de faire leur entrée.

— Nous n'avons pas pu résister à l'envie de monter voir Lauren avant de nous rendre à l'église, avoua Lily en guise d'excuses. Oh, Lauren ! Vous êtes magnifique ! Je suis tellement heureuse pour vous... Tellement heureuse !

Elle l'embrassa avec effusion malgré les risques que cela faisait prendre à leur robe et à leur coiffure et malgré son ventre qui commençait à s'arrondir.

Lauren l'embrassa à son tour.

— Je vous adore, Lily, murmura-t-elle.

— Je vous crois, repartit cette dernière sans se laisser décontenancer. Sans moi, ce ne serait pas le jour de votre mariage aujourd'hui, n'est-ce pas ?

La franchise de Lily n'avait pas de limites.

Neville s'approcha. Il ne dit rien mais il l'étreignit, fort. Elle l'enlaça à son tour et ferma les yeux.

Neville. Son si cher Neville. Son frère. Elle savait, même s'ils n'en avaient pas parlé, combien elle avait compté à ses yeux. Aujourd'hui, il allait enfin la voir pleinement heureuse et pouvoir se libérer de sa terrible culpabilité.

— Soyez heureuse, lui dit-il en la lâchant, le sourire aux lèvres. Vous me le promettez ?

— Je vous le promets, répondit-elle en souriant à son tour. Je l'aime, vous comprenez.

— Si nous ne partons pas immédiatement, Neville, observa tante Clara, la mariée va arriver avant nous. Quelle honte ce serait !

Ils rirent de bon cœur et tante Clara enveloppa Lauren d'un dernier regard plein d'affection avant de s'en aller avec Neville et Lily.

Lauren resta seule avec Gwen. Elle se retourna vers elle. Elle ne souriait plus.

— N'aurais-je pas mieux fait de suggérer que le mariage ait lieu à Alvesley, tout compte fait ?

Gwen comprenait. Comment aurait-il pu en être autrement ? Elles étaient sœurs et meilleures amies depuis vingt-trois ans.

— Non, assura Gwen. Ta dignité et ton courage ne t'ont jamais fait défaut en plus d'un an et demi, Lauren. Cela n'arrivera pas davantage aujourd'hui.

La femme de chambre de Lauren frappa à la porte. Elle avait encore les yeux rouges. Le baron Galton attendait miss Edgeworth et lady Muir dans le hall, en bas, annonça-t-elle.

Tant de souvenirs…

La dernière fois, c'était au printemps, en mars. Aujourd'hui, on était à la fin octobre. Le temps était tout aussi agréable – frais, mais ensoleillé. Les arbres du parc s'étaient parés de leurs somptueuses couleurs d'automne. L'avenue était tapissée des feuilles déjà tombées.

Il y avait du monde sur la place du village et plus encore devant l'église. Des voitures vides attendaient sur le bord des routes et les cochers en livrée ajoutaient une note de couleur au décor.

Oh, oui, tout cela lui rappelait bien des choses, songea-t-elle avec angoisse.

Sous le porche de l'église, quelques minutes plus tard, alors que Gwen se baissait pour arranger son voile et sa traîne, Lauren se représenta la foule impatiente, le pasteur qui devait attendre devant l'autel, Kit et Sydnam… Elle imagina tous les gens dehors, à attendre que les cloches sonnent pour annoncer la fin de la cérémonie. Ils allaient rester là à guetter la sortie des jeunes mariés.

Il lui sembla presque sentir un petit bout de femme en haillons arriver en courant, passer sous le porche en la frôlant et faire irruption dans l'église pour tout détruire. Lauren frémit.

Son grand-père attendait patiemment, un sourire bienveillant aux lèvres.

Elle crut qu'elle allait s'évanouir. Pire, la nausée la gagna. Et la panique, qui menaçait de lui faire perdre le contrôle de l'instant. Gwen apparut alors à son champ de vision, plongea son regard dans le sien et serra bien fort sa main dans les siennes.

— Lauren, dit-elle doucement. C'est fini maintenant. Le passé est le passé. C'est ton avenir qui t'attend. Aujourd'hui, c'est le jour de ton mariage. De *ton* mariage.

Aux premières mesures de l'orgue, son grand-père lui donna le bras. Ils s'avancèrent dans l'église.

Pendant quelques instants, elle vit tous les détails, comme s'ils se gravaient dans sa mémoire pour toujours. Les visages tournés vers elle pour la voir entrer – familiers, pour la plupart, et tous souriants. Elle en distingua même certains : Claude et Daphné Willard, tante Sadie et oncle Webster, le duc de Bewcastle, lord Rannulf Bedwyn, Elizabeth et le duc de Portfrey, son cousin Peter, la grand-mère de Kit qui hochait la tête en souriant, Lily et Neville, tante Clara, le comte et la comtesse de Redfield.

Mais cela ne dura pas. Elle suivit l'allée des yeux et fixa son attention sur l'homme qui, au bout de la nef, la regardait arriver. Il n'était pas aussi grand que le pasteur ni que Sydnam. Mais il était d'une beauté extraordinaire et d'une élégance digne dans sa redingote noire ajustée et sa culotte de satin ivoire, son gilet brodé, ses bas et sa chemise d'un blanc immaculé ornée de dentelle au col et aux poignets.

Kit !

Il avait l'air cérémonieux et solennel. Arrivée à sa hauteur, Lauren vit que ses yeux souriaient. Cette lueur franche n'avait rien à voir avec la gaieté et la malice qui le caractérisaient. Non, c'était cette même certitude qu'elle avait ressentie à la lecture des nombreuses lettres qu'il lui avait écrites d'Alvesley depuis un mois qu'ils attendaient la noce. Il l'aimait. Ce n'était pas écrit dans cette langue souvent outrageusement fleurie qui la ferait rire. C'était murmuré avec toute son âme et avec tout son corps.

Elle se sentait comme aimantée par son regard qui la réchauffait, la dévorait, la rendait belle, désirable et très désirée. Il l'adorait des yeux.

Elle se demanda soudain si elle souriait et se rendit compte que oui.

Pourtant l'angoisse ne la quittait pas. Toute la nuit, pendant qu'elle s'était habillée, au cours du trajet pour venir à l'église, en attendant sous le porche, et maintenant que son grand-père répondait à la question du pasteur et posait sa main dans celle de Kit. Oui, elle était terrifiée. Il allait forcément arriver quelque chose. Elle se rendit compte que la cérémonie du mariage – de *son* mariage – avait commencé, mais elle était incapable de se concentrer. Il était bien possible qu'elle s'évanouisse en fin de compte.

Il ne l'avait jamais vue plus belle. Sa robe de satin blanc d'une simplicité élégante n'était ornée que dans le bas, au bout de la traîne, au bord des manches courtes et à l'encolure d'une délicate dentelle et d'une broderie argentée composée de centaines, peut-être de milliers de minuscules perles. Son chapeau garni d'un voile de dentelle très léger, ses mules et ses longs gants étaient blancs également. Les seules touches de couleurs étaient un ruban violet sous sa poitrine dont les extrémités descendaient jusqu'au sol et le petit bouquet de violettes aux feuilles vert sombre qu'elle tenait à la main.

Il n'aurait jamais cru que le jour de son mariage serait le plus beau jour de sa vie. Le mariage – à l'exception, peut-être, de la nuit de noces – était une affaire pénible et embarrassante pour le marié, avait-il toujours jugé. Aujourd'hui, il se sentait prêt à reconnaître que ce vieux cliché n'était pas tout à fait faux. Sur le seuil, elle ressemblait un peu à l'ancienne Lauren Edgeworth, majestueuse. Mais, à mesure qu'elle s'avançait et que ses yeux se fixaient sur lui, elle se mit à lui sourire.

Alors, son cœur bondit dans sa poitrine. Encore un cliché. Elle lui avait manqué, depuis un mois. Hier soir, c'était tout juste s'il avait pu s'approcher d'elle. Alors, aujourd'hui... Eh bien aujourd'hui était le plus beau jour de sa vie.

C'est alors qu'il perçut la terreur derrière son sourire et sentit la rigidité de sa main. Plus que de la simple nervosité. Il la connaissait suffisamment pour savoir. Mais bien sûr... Bien sûr ! Il s'était demandé si le choix de l'église de Newbury était si judicieux, compte tenu de ce qui s'y était passé il y a un an et demi. Mais il avait fini par conclure qu'il serait bon pour elle que leur mariage ait lieu au même endroit pour qu'elle puisse exorciser ses derniers démons. Il s'en voulait à présent de ne pas avoir senti quelle épreuve cette cérémonie serait pour elle...

Il fit son possible pour la rassurer du bout des doigts, du regard. Il s'efforça de l'envelopper de son amour, oubliant tout de la cérémonie.

Soudain, il redevint plus attentif. Lauren écoutait aussi. Le pasteur demandait à l'assemblée si elle connaissait une raison pour laquelle ce mariage ne devait pas avoir lieu.

Il sentit sa main se crisper dans la sienne.

Non, mon amour, lui promit-il *in petto. Personne ne troublera le silence. Il n'existe aucun empêchement.*

Cela va passer, cette peur irrationnelle va se dissiper.
Courage, mon amour.

— Acceptez-vous de prendre cette femme pour épouse ?

C'était fini. Fini. Elle se détendit aussitôt et lui sourit, radieuse.

Bientôt, très bientôt, ils furent mari et femme. Unis jusqu'à ce que la mort les sépare. Il releva le voile de Lauren et plongea son regard rieur dans le sien.

Son amour. Son épouse.

Sa terreur – sa terreur absurde – s'était dissipée. Le registre avait été signé, les cloches de l'église sonnaient à la volée et l'orgue jouait avec allégresse. Les jeunes mariés remontèrent la nef en souriant à leur famille et leurs amis qui les acclamaient.

Mais beaucoup d'invités ne les avaient pas attendus. Les cousins des deux familles s'étaient éclipsés et armés. Kit et Lauren avancèrent vers la lumière sous les vivats des villageois désormais groupés autour de la porte et du barouche découvert qui devait les ramener de l'église à l'abbaye où avait lieu le déjeuner du mariage. Les cousins s'étaient alignés de chaque côté du chemin et souriaient d'un air malicieux, avec dans les bras des paquets de feuilles d'automne.

— Hmm, fit Kit tandis que Lauren souriait, rayonnante, sur le seuil. Voulez-vous que nous nous fondions dans la foule ou que nous passions en courant ?

— Il ne serait pas très gentil de gâcher leur joie, remarqua-t-elle.

— Pas gentil du tout, en effet. Ils seront déçus si nous ne passons pas en courant et en baissant la tête. Allons-nous les décevoir ?

— Absolument. Nous allons avancer la tête haute.

Sur quoi elle lui prit le bras et sortit lentement, en souriant et en saluant tout le monde de la main, sous une pluie de feuilles colorées.

Ils saluèrent de nouveau l'assistance au moment où Kit aida Lauren à monter dans le barouche avant de sauter à côté d'elle. Le cocher lança un avertissement jovial, la foule s'écarta et la voiture se mit en marche tandis que Kit lançait des poignées de pièces préparées à l'avance sous le siège. Les invités commençaient à sortir de l'église.

Kit trouva la main de Lauren et la serra tendrement dans la sienne. Ils se regardèrent et se sourirent tandis que le barouche faisait lentement le tour de la place avant de franchir les grilles du parc.

— Nous voilà enfin seuls, dit-il. Et unis. Ce dernier mois m'a semblé interminable.

— Oui, mais c'est terminé.

Soudain, les yeux de Lauren s'emplirent de larmes.

— Et cette matinée aussi est passée, ajouta-t-elle.

Il lui pressa plus fort la main dans la sienne.

— Tout était parfait, dit-il. Mon épouse. Mon épouse pour toujours, Lauren. Mon amour pour toujours.

— Mon amour, répéta-t-elle doucement.

Son sourire se fit plus lumineux.

— Oh, Kit, je suis tellement heureuse que vous vous soyez battu dans le parc le jour où je m'y promenais. Je suis tellement heureuse que vous ayez fait cet horrible pari avec vos amis. Je suis tellement heureuse...

Il se pencha vers elle et l'embrassa.

Derrière eux, les acclamations redoublèrent.

Les cloches de l'église sonnaient à la volée.

Découvrez les prochaines nouveautés
des différentes collections J'ai lu pour elle

AVENTURES
& PASSIONS

Le 6 mars

Abandonnées au pied de l'autel - 2 -
Le scandale de l'année cx **Laura Lee Guhrke**
Au premier regard, Julia a su qu'Aidan Carr, le duc de Trathen,
avait en lui l'âme d'un diable, qui brûlait de la posséder. Alors,
quand treize ans plus tard la jeune femme cherche un prétexte
compromettant pour obtenir son divorce, Aidan semble incarner
la réponse à toutes ses prières...

Scandale en satin cx **Loretta Chase**
Sous ses grands yeux bleus d'apparence innocents, Sophy Noirot
est en réalité une vraie friponne, dont les principaux atouts sont le
sens du scandale et de la réclame. Quoi de mieux quand on tient
une boutique de robes pour se faire connaître ? Et bientôt, elle
croise le chemin du comte de Longmore...

Les Highlanders du Nouveau Monde - 1 - Sur le fil de l'épée
cx **Pamela Clare**
1755. Exilé au Nouveau Monde avec ses deux frères, Iain
MacKinnon est enrôlé de force dans l'armée anglaise. Un jour,
il sauve la vie d'une certaine Annie Burn. Écossaise, elle voit en
lui un ennemi. Pourtant, aux confins de cette terre sauvage, elle
va accepter sa protection, et plus encore.

Le 20 mars

Les chevaliers des Highlands - 1 - Le chef
∞ **Monica McCarty**
Chef de l'un des plus puissants clans d'Écosse, Tor MacLeod ne se laisse dominer par personne. Pas même par sa jeune épouse, Christina, qui lui a été donnée pour former une alliance contre les Anglais, qui tentent d'envahir le pays. Et si Tor se détourne de Christina, elle, de son côté, espère bien le conquérir…

Les Frazier - 1 - Amante ou épouse ?
∞ **Jade Lee**
Fille d'actrice, Scher Martin n'a jamais réalisé son rêve le plus cher : fonder un foyer. Désabusée, elle accepte de devenir la maîtresse du vicomte Blackthorn. Mais quand le cousin de ce dernier lui propose le mariage, Scher comprend qu'elle devra faire un choix entre devenir une femme respectable ou une amante scandaleuse…

La ronde des saisons - 3 - Un diable en hiver
∞ **Lisa Kleypas**
Après ses amies Annabelle et Lillian, c'est au tour de la timide Evangeline Jenner de se trouver un mari. Et quel mari ! Lord Saint-Vincent est un débauché notoire et un aristocrate plein de morgue, qui vient de trahir son meilleur ami en tentant d'enlever sa riche fiancée. Et c'est pour échapper aux griffes de sa famille qu'Evangeline va signer un pacte avec ce diable d'homme.

Le 6 mars

PROMESSES

Inédit *Friday Harbor - 1 - La route de l'arc-en-ciel*

ભ **Lisa Kleypas**

Artiste de talent, Lucy Marinn voit son univers s'effondrer quand son petit ami lui annonce qu'il la quitte... pour convoler avec sa propre sœur ! Lucy fuit au bord de la mer. Elle y fait la rencontre d'un charmant étranger. Sam Nolan. Une belle amitié naît entre eux, mais leur attirance devient bientôt irrépressible...

CRÉPUSCULE

Inédit *Les ombres de la nuit - 8 - Le démon des ténèbres*
❧ **Kresley Cole**

Sur une île mystérieuse, les humains détiennent captives toutes sortes de créatures, utilisées à des fins scientifiques. Carrow est l'une d'elles. Pour retrouver sa liberté, la sorcière accepte le marché que lui proposent ses bourreaux : partir à la recherche d'un être rare et d'une violence inouïe, mi-démon, mi-vampire... Malkom Slaine.

Inédit *La chronique des Anciens - 1 -Le baiser du dragon*
❧ **Thea Harrison**

Mi-humaine, mi-dragonne, Pia Giovanni a été choisie pour une mission ultra dangereuse : dérober un élément du trésor de Dragos Cuelebre, le dragon le plus redoutable au monde. Simple pion dans la guerre qui oppose le roi Faë à Dragos, Pia va bientôt subir la colère de la ténébreuse créature...

Romantic Suspense

Inédit *Les anges gardiens - 1 - Témoin en détresse*
❧ **Roxanne St. Claire**

Témoin d'un meurtre, nul doute que Samantha Fairchild sera la prochaine cible du tueur qu'elle a aperçu. En désespoir de cause, elle fait appel à la journaliste et détective Vivi Angelino, sans savoir que cette dernière va charger son frère, Zach, de la protéger. Ironie du sort : Sam a connu quelques nuits torrides avec cet ex-membre des forces spéciales. Une mission l'avait appelé ailleurs et il avait disparu du jour au lendemain.
Mais la jeune femme a mis le doigt sur une conspiration qui va les mener dans les bas-fonds de Boston. Pour doubler le tueur à gages qui les traque, ces deux-là vont devoir apprendre à se faire confiance.

Inédit *Scandale meurtrier* ❧ **Pamela Clare**

Chargée de couvrir le meurtre d'une adolescente, la journaliste Tessa Novak apprend qu'un mystérieux homme a été repéré aux abords de la scène du crime. Elle voit immédiatement en lui un suspect et le traque sans relâche. Fausse piste : il s'agit de Julian Darcangelo. Cet agent du FBI sous couverture est sur la piste du véritable tueur, un trafiquant des plus dangereux. Mais les accusations de Tessa ont déjà attiré l'attention sur eux : trop tard pour faire marche arrière, il leur faudra avancer main dans la main… ou mourir.

Et toujours la reine du roman sentimental :

Barbara Cartland

« Les romans de Barbara Cartland nous transportent dans un monde passé, mais si proche de nous en ce qui concerne les sentiments. L'amour y est un protagoniste à part entière : un amour parfois contrarié, qui souvent arrive de façon imprévue.
Grâce à son style, Barbara Cartland nous apprend que les rêves peuvent toujours se réaliser et qu'il ne faut jamais désespérer. »
Angela Fracchiolla, lectrice, Italie

Le 6 mars
L'artiste

10169

Composition
FACOMPO

Achevé d'imprimer en Italie
par GRAFICA VENETA
Le 21 janvier 2013

Dépôt légal : janvier 2013
EAN 9782290059685
L21EPSN001044N001

ÉDITIONS J'AI LU
87, quai Panhard-et-Levassor, 75013 Paris

Diffusion France et étranger : Flammarion